Fortuna i namiętności
KLĄTWA

Małgorzata
Gutowska-Adamczyk

Fortuna i namiętności

TOM 1

KLĄTWA

Nasza Księgarnia

Projekt okładki *Marta Weronika Żurawska-Zaręba*
Grafika na okładce *black gear Paweł Zaręba*
Zdjęcia na okładce:
© andreyutzu/freeimages.com
© djeyewater/freeimages.com

Konsultacja historyczna *Paweł Tyszka*

Fortuna cię zmiennicza zawsze poniewiera,
Co jedną ręką daje, to drugą wydziera.

SENEKA*

Wojtkowi

* Tłum. ks. Dawid Pilchowski.

I

Dziewka przyznała się do wszystkich guseł i czarów, choć nawet specjalnie się nie wysilał. Zresztą nie było jeszcze nikogo, kto zniósłby tortury mistrza sprawiedliwości. Brali winę na siebie, nie mając niczego na sumieniu, byle szybciej umrzeć, byle już nie cierpieć. Dodawali szczegółów i wymieniali pomocników w zbrodniczym rzemiośle, wystarczało jedynie dobrze za język pociągnąć lub podłożyć ogień pod pachy…

Strzyknął z nosa smarkiem, chcąc uciec od natrętnych myśli, bo po raz pierwszy poczuł słabość. Żal mu się jej zrobiło. Młoda była i ładna. Nawet gdy długi warkocz koloru pszenicy spadł na brudną podłogę, wciąż jeszcze robiły na nim wrażenie jej duże usta, wąska kibić, jędrne piersi, skóra niczym alabaster. Niewiele zasłaniał poszarpany, obszyty szkaplerzami i świętymi obrazkami worek, którym ją baby okryły, żeby nie mogła już nikomu szkodzić. Patrząc na nią, czuł pulsowanie w kroczu. Miała szesnaście lat. Czarownica czy nie, zdałaby się na żonę, skoro żadna inna nie chciała z dobrej woli katowską jejmością zostać. Trafiała się fortunna okazja, bo samotne życie całkiem mu już obrzydło.

Narażając się na sto batów kary, pozorował męczarnie, ale darła się jak ze skóry obdzierana. W jej oczach czaił się lęk. Wiedziała, co ją czeka. Pogodziła się już z nieuchronnym i chciała tylko szybko umrzeć. Dlaczego akurat to jej strach tak na niego działał – rozmyślał, wiercąc się nocą w brudnym barłogu i tarmosząc przyrodzenie, póki nie doznał ulgi. Nie, na pewno była niewinna, wystarczyło jedno spojrzenie. Nie miała w sobie ani krzty hardości, chociaż mogła nią zgrzeszyć wobec kasztelana, znany to lubieżnik. Duma to cała jej wina. Teraz za to zapłaci. Panowie nie wybaczają takich zniewag. Przysłani przez niego oskarżyciele nalegali na wyrok, bo służyli panu na Turowie, zwykła to rzecz. Sąd wójtowski uznał ich argumenty. Mało to niewinnych pozbawił życia?

Zresztą winna czy nie, nie miało znaczenia, skoro postanowił ją uratować. „Uratować" – nie znaczy puścić wolno. Pragnąc jej całym sobą, zlekceważył niebezpieczeństwo zadawania się z czarownicą. A nienawiść i strach wobec czarownic przewyższały te, które ludzie czuli wobec katów. Nie zważał też na gniew i przyszłą zemstę kasztelana, chciał mieć dziewkę tylko dla siebie. Myśl o niej tak go opętała, że gotów był zaryzykować. Raz czy drugi wzdrygnął się z obawy. A jeśli naprawdę jest czarownicą? Jaki los go spotka, gdy będzie próbowała na nim swoich mocy? Jednak ze wzgardą odrzucał te lęki, rojąc o jej gorących udach, słodkich ustach i miękkich dłoniach. Ten obraz dodawał mu wigoru. Kiedy się przyznała i sąd skazał ją na śmierć, była już zależna tylko od jego dobrej woli.

Czule przesunął dłonią po głowni miecza i uważnie przyjrzał się wyrytemu na niej zaklęciu:

Ilekroć miecz swój do góry wznoszę
O życie wieczne dla grzesznika proszę.

Odczytywane w przededniu każdej egzekucji, znał je na pamięć. Powtarzał sentencję, potem następowała krótka, nieuważna modlitwa. Nie myślał o ludziach, którym odbierał życie, tak jak nie myślał o cierpieniach zarzynanej na świąteczny obiad kury. Wszakże jest tylko ręką sprawiedliwości, która już się dokonała. Na ogół nie myślał, czy byli za młodzi, żeby umierać, winni czy też nie. To nie należało do niego. Przeciął nić żywota kilku skazanym i nigdy nie czuł się winien. Ważniejsze, czy robota została dobrze wykonana.

„Co żyje, musi umrzeć" – powtarzał, choć sam był na razie wyjątkiem od tej reguły. Kiedyś, zaplątany w sprawę morderstwa, uniknął stryczka, wyzwolony przez pewnego kata. Z początku służył mu jako pomocnik, potem awansował na hycla, wreszcie wysłali go do Biecza, aby zgłębiał rzemiosło. Wrócił po wyzwolinach, aby podziękować, i ruszył w poszukiwaniu zajęcia. Tak został mistrzem sprawiedliwości na dwa miasta: Winnicę i Skrzeczewice. Jest tu szanowaną personą, urzędnikiem o solidnych dochodach. Po parę talarów bitych dostaje za tortury, za każde ścięcie, spalenie, wieszanie. Odzienie i sznury po powieszonych znajdują wielu chętnych – są trzymane po domach lub noszone na piersiach jako amulety. Kasa miejska płaci mu osobno za przecinanie wrzodów, osobno, gdy usuwa z miasta padlinę czy wyłapuje bezpańskie psy albo grzebie samobójców. Jako kat ma też pieczę nad skrzeczewickim domem uciech. I choć bywa tam regularnie, coraz częściej doskwiera mu samotność. Pora już założyć rodzinę. Gdyby uprawiał jakiekolwiek inne rzemiosło, już dawno posłałby swaty do jakiejś godnej rodziny. Jednak musi sobie radzić inaczej.

*

Wieść o egzekucji rozeszła się niczym zaraza. Mroźna pogoda nie odstraszyła ciekawskich. Na rynku zebrał się niemały tłumek mieszczan i chłopów. Szynkarz wyszedł przed gospodę, Żydzi zostawili warsztaty, a braciszkowie z klasztoru karmelitów dostali dyspensę od południowych modlitw. Między rozprawiającymi dorosłymi plątała się głośna, spragniona uciech dzieciarnia. Pokazywali sobie kata, zapewne podziwiając jego nowy karmazynowy kubrak i piękny czarny kapelusz z kogucimi piórami. Objął ich wszystkich wzrokiem, myśląc z satysfakcją, że o tym, co tu dziś zobaczą, będą bajać przez długie lata.

Chcąc na zawsze utrwalić sobie ów obraz, omiótł spojrzeniem wieżę kościoła, przeniósł wzrok na dachy chałup, na odległą ścianę puszczy i gościniec wiodący do Turowa, którym pędził właśnie w kierunku Winnicy konny jeździec, i odległą ścianę puszczy winnickiej. Powietrze było przejrzyste, mróz ściął błoto, zalegające rynek śmieci przykrył śnieg, lśniący i jarzący się niczym drogie kamienie. Nagle ludzie ucichli. Z budzącą grozę łysą czaszką, w poszarpanym worku, boso dziewka szła ku przygotowanemu stosowi. Jakby nie wiedziała, co się dzieje wokół, obojętna wobec złych i ciekawskich spojrzeń. Mętny wzrok wbiła w ziemię. Nie było w nim lęku, raczej obojętność, a może pogarda? Kat obserwował każdy krok czarownicy, ciesząc się w duszy ze swego postanowienia. Zrobi jej niespodziankę, a w nocy posiądzie po sutej kolacji, na którą każe przynieść z karczmy pieczoną kiełbasę. Będzie odtąd panią. Otarł dłonie o rękaw swego najlepszego kubraka i rozejrzał się raz jeszcze.

Samotny jeździec dotarł już do rynku. Dopiero teraz kat poznał w nim podstarościego winnickiego. Ów wstrzymał na moment konia i rozejrzał się bacznie, lustrując zbiegowisko. Jednak jakby nieciekaw tego, co przywiodło tu innych, ruszył zaraz, kierując się na Gród Orłowy. Minął wieżę i znów rynek winnicki spowiła cisza. Ludzie stali w bezruchu. Może czekali na złego, który przyleci i porwie swą kochanicę, w ostatniej chwili ratując ją od zguby? Kat wiedział, że bies nie przyleci, bo stos dziś nie zapłonie. Widzowie się rozczarują. Takie rzeczy zbyt często się w Winnicy nie zdarzały. Nie za jego katostwa. To będzie pierwsze wyzwolenie. Pisarz utrwali je pewnie w miejskich księgach sądowych na wieczną pamiątkę: „Sąd niniejszy wójtowski winnicki, stosując się do prawa magdeburskiego konstytucjami koronnymi obwarowanego, dekretem swoim skazał na śmierć Klementynę Furtak, aby na stosie drew jako czarownica spalona była, aliści pomieniona uwolnioną od mistrza sprawiedliwości została, co niniejszym wiadomym czynimy i oną od spalenia uwalniamy".

Doprowadzona przez pomocnika dziewczyna, słaniając się na nogach, stanęła obok sterty chrustu. Oczekujący momentu kaźni ksiądz zapytał z obowiązku:

– Na Boga w niebiesiech jedynego, azali odpuszczasz ludziom ich grzechy?

A ona syknęła tylko przez zęby:

– Idź precz!

Bojąc się, że zgromadzeni usłyszą drżenie jego głosu, kat wciągnął głęboko mroźne powietrze. Starał się mówić głośno i wyraźnie, tak aby wszyscy usłyszeli i byli mu świadkami:

– Klementyno Furtak, uwalniam cię od stosu!

Nie zareagowała. Nawet nie spojrzała na swego wybawiciela!

– Uwalniam cię od śmierci, zostań moją żoną! – oznajmił uroczyście, chcąc upewnić się, że zrozumiała, nierad, że musi dwa razy powtarzać, jakby prosił o jakąś łaskę.

Tłum westchnął i zafalował. Wszystkie oczy patrzyły na skazaną. Sami nie wiedząc, czy żałować egzekucji, która nie nastąpi, czy też cieszyć się z niespodziewanego finału, mieszkańcy miasteczka wstrzymali oddechy. Może czekali na dziękczynny pocałunek?

Jakby nie dosłyszała, dziewczyna jednak weszła na stos. Powiodła po zebranych niewidzącym wzrokiem, na nikim nie zatrzymawszy spojrzenia, coś tam jeszcze zamruczała pod nosem i niemal natychmiast rzuciła z wyższością:

– Kacie, czyń swą powinność!

Mistrz sprawiedliwości sczerwieniał, jakby mu kto napluł w twarz. Ta dziewka woli śmierć niż wyzwolenie i małżeństwo, które jej ofiarował?! Głuchy pomruk przeszedł przez ciżbę. Niektórzy zaczęli się podśmiewać i pokazywać go sobie palcami. Wzgardzony i wyszydzony – tak się kończą niewczesne amory! Taki jest finał, kiedy kto chce być dobry dla innych!

– Dajcie ogień! – krzyknął zachrypniętym głosem.

Stojący obok hycel podał mu zapaloną pochodnię. Przykładając płomień do stosu, kat plunął czarownicy pod nogi. Pogarda dziewki paliła mocniej niż płomienie, które podchodziły już pod jej stopy. Jeszcze nie krzyczała, ale zaraz zacznie. Obejmując stos nienawistnym spojrzeniem, kat cisnął pochodnię. Odwrócił się na pięcie, jeszcze raz splunął i odszedł.

– Bogu niech będą dzięki! – westchnęli braciszkowie z klasztoru karmelitów, skwapliwie się przeżegnawszy.

II

Gęste lasy, zwane puszczą winnicką, leżące między Lichosielcami na wschodzie a Turowem na zachodzie i zamykające od południa perspektywę miasta Winnicy, ciągnąc się aż ku Skrzeczewicom, były w owych czasach jedynie cieniem nieprzebytych borów, które tu niegdyś rosły. Palone na popiół, ścinane na bale, gdy tylko lody skuwające rzekę Winnicę pękały, pełnymi szkutami wysyłano ku Bugowi i dalej Wisłą aż do Gdańska. Na powstałych polanach z rzadka rozsiadały się nowe sioła, przeważnie bartników i smolarzy. Podróżni bali się lasów, bo z braku dróg, poza jedynym traktem do Turowa, łatwo było pobłądzić. Rozlewiska i zdradliwe bagna wielu już wędrowców pozbawiły życia. Wciąż trafiało się też myśliwym złowić tu grubego zwierza, co prawda nie żubra czy niedźwiedzia, ale łosia, a wilcze watahy ożywiały się zimą, podchodząc blisko wsi i siejąc postrach.

Jednak bardziej niż zwierząt obawiano się zbójców. Ci podobno kryli się głęboko w borze, tam gdzie nikt się bez potrzeby nie zapuszczał. Powiadano, że składali swe łupy w wydrążonych pniach odwiecznych dębów. Trzymani w ryzach przez kasztelana, który dla zaprowadzenia porządku na trakcie coraz to wysyłał przeciwko nim swą chorągiew, zazwyczaj zadowalali się kosztownościami lub gotowizną, pobierając myto na moście winnickim. Ich przywódca, Bartek Rabiński, na którego już pewnie gdzieś niecierpliwie czekał sznur ukręcony przez skrzeczewickich powroźników, hasał sobie po karczmach, używając wolności, rżnąc w mariasza*, porzucając brzuchaciejące za jego przyczyną dziewki i kpiąc z prawa, nakazującego staroście winnickiemu przestępców okolicznych chwytać i wieszać.

Osobliwy to był zbójca. Niegdyś ponoć sposobiący się na jurystę, trudno dociec, czy za mądry, czy zbyt głupi do trybunału, dość, że miejsca tam nie zagrzał, ponad poczciwe życie szlachcica przedkładając złodziejskie rzemiosło. Igrał z niebezpieczeństwem, licząc na własny spryt i przemyślność swoich ludzi, ale i tak wszyscy wiedzieli, że czas jego już w niebie policzony, bo wreszcie znajdzie się taki, co myta, choćby i niewielkiego, za przejazd przez most zapłacić nie zechce, Bartkowej bandy się nie przelęknie i albo go na miejscu ubije, albo do sądu zawlecze.

Na razie jednak Bartek miał się dobrze, a podróżujący do Turowa, aby minąć mostek na Winnicy, imali się różnych sposobów, z których najłatwiejszy był przygotować opłatę i gdy koło mostu kto huknął, w woreczku przed siebie rzucić. Czasami jakiś śmiałek zacinał konie i bez zatrzymania pędził dalej, na przemian klnąc, modląc się i truchlejąc, czy nie poleci ze świstem kulka i konia ugodziwszy, jeźdźca lokomocji nie pozbawi, zostawiając go na łasce i niełasce Rabińskiego. Nikt nie potrafił odgadnąć humorów zbójcy ani dni szczególnej zajadłości, ale dziś

* Gra w karty popularna w pierwszej połowie XVIII wieku.

liczne sanie przeprawiające się przez most były całkowicie bezpieczne. Żaden rozbójnik nie gwizdał zza skałek, nikt o okup nie wołał, rzecz dziwna i nieoczekiwana. Kasztelańscy goście chowali więc przygotowane zawczasu sakiewki i oddychali głęboko, co prędzej spiesząc ku zamkowi.

Samotny jeździec dotarł do mostku i minął go, nie rozglądając się, jakby nie wiedział lub lekceważył zagrożenie. Potem skręcił i ruszył w dół zamarzniętej rzeki. Pochylając głowę pod gałęziami i osypując z nich śnieg, kierował się na południe. Zatrzymawszy się dopiero obok niewielkiego wzniesienia, jakieś pół mili od mostu, zagwizdał przeciągle. Na ten dźwięk z oddali odezwał się podobny, dwukrotnie powtórzony. Konny ruszył i wkrótce zauważył, jak zza drzew ktoś wyjeżdża mu na spotkanie.

– A czego? – warknął olbrzymi brodacz, ubrany w kurtkę z wilczego futra.

– Najpierw schowaj broń – bez lęku odpowiedział przybyły.

Był niższy, drobniejszy, w szlacheckim stroju, bystre oczy odważnie mierzyły przeciwnika.

– Schowam, kiedy odjedziesz. Po coś przybył?

– Może nie wiesz?

– Powiedz mu, że nic nie mam.

– Nie będzie kontent.

– Miałem mu gości ogołocić?! Taki z niego gospodarz?! – Brodacz poruszył się w siodle.

– Mówią Rąbiński, żeś rozbójnik, a ty mógłbyś w brzeskim kolegium dobre maniery wykładać! – rzekł ze śmiechem przybyły. – Dawaj, co masz, bo pilno mi w drogę!

Zbójca zdjął z szyi woreczek i rzucił. Tamten złapał go w locie, wsadził za pazuchę i krzyknął:

– Uważaj, żeby ci na drugi raz ta litość kością w gardle nie stanęła! – Ściągnął cugle, zawrócił konia i nie żegnając się, ani nie zaprzątając sobie głowy pistoletem tkwiącym u Rabińskiego za pasem, przez kopny śnieg ruszył w drogę powrotną.

– Ty się kiedyś doigrasz, panie podstarości. Jeszcze ty poznasz Rabińskiego! – mruknął zbójca i strzelił w górę, podrywając do lotu zmarznięte stado wron.

Pierwsze sanie, w których jechał cześnik, raptownie stanęły. Przez uchylone drzwiczki nie bez trudu wygramolił się postawny mężczyzna, szukając wsparcia na ramieniu sługi. Chłopak zeskoczył z tylnej płozy, gotów służyć swemu panu.

– Ha! Słyszałeś?

– Tak jest, jaśnie panie, ktoś w lesie strzelił.

– Tak blisko zamku? Niepojęte! I nasz kasztelan to toleruje! Daj no konia!

Ani zdrowie, ani wiek, ani tusza nie pozwalały już Florianowi Żelskiemu podróżować wierzchem na długie dystanse, jednak ten ostatni odcinek drogi chciał przejechać w siodle, jak przystało wojskowemu i szlachcicowi. Nim podprowadzono gniadosza, cześnik bacznym okiem skontrolował cały tabor. Szczególnie uważnie spojrzał ku drugim saniom. Przykryte niedźwiedzim futrem, grzejąc nogi przy piecyku, siedziały tam jejmość i jejmościanka, jak uparcie wciąż nazywał swą córkę, mimo że była zamężna od długich siedmiu lat, z których dwa ostatnie spędziła we wdowieństwie.

– A co?! – zapytał z triumfem, zaglądając do wnętrza i wydmuchując kłęby pary spomiędzy gęstych wąsisk. – Cóżeś ty, Zofio, taka markotna? Polanę zbójców bezpiecznie ominęliśmy, a ty masz minę, jakbyś zdążała na pogrzeb, nie na wesele. Smucisz się, choć po latach znów będziesz miała okazję pokłonić się swej dobrodziejce, pani kasztelanowej!

– Dzieci we dworze zostawiła, to i markotna! – skwapliwie usprawiedliwiała córkę cześnikowa.

– Nie martw się, same nie zostały! I nie wchodź na zamek z takim licem, bo w przededniu wesela nie wypada! – fuknął Żelski, przy pomocy sługi dosiadł konia i spiąwszy go kolanami, ruszył przed siebie. Za nim pognało trzech hajduków przybranych w odświętny strój. Trzech innych, zostawszy z tyłu, pilnowało bezpieczeństwa niewiast, służby i skrzyń. Chwilę później woźnice zacięli konie i wszystkie sanie ruszyły, pobrzękując wesoło dzwonkami.

III

Luty roku pańskiego 1733 ledwie się zaczynał. Czwarty dzień tego miesiąca wstał piękny, jasny, mroźny. Śnieg skrzył się i skrzypiał pod końskimi kopytami, delikatną mgiełką spadał z potrąconych wiatrem gałęzi świerków i jodeł.

„Bogu dzięki – myślał cześnik – że wesele zaplanowano na zimę! Cóż by to była za podróż jesienią, istna mordęga! Konie grzęzłyby w błocie, koła powozu zapadałyby się aż po osie, należałoby zabrać kilku chłopów do pomocy. A tak sanki suną gładko po śniegu bez najmniejszej przeszkody".

Do zamku turowskiego pozostało drogi na kilka pacierzy, a tam już gościna, zabawy, wesele. Kasztelan Tadeusz Jandźwiłł to magnat całą gębą, szlachty się zjedzie niczym na sejmik w Brześciu, bo wszyscy będą chcieli, pod kolana chwyciwszy pana swego, nowego zięcia mu winszować. W dniu tak uroczystym, gdy fortuna zwróciła nań przychylne oblicze i on z pewnością zechce obdarzyć faworami swych poddanych!

Florian Żelski też snuł plany i liczył w duszy, że za tyloletnią wierną służbę uda mu się dobrodzieja uprosić o jakąś łaskę. A spraw było niemało, choćby czynsz dzierżawny za trzy wsie, które dzięki łasce kasztelana trzymał. Komisarz klucza turowskiego przypominał już o zaległych ratach, a cóż poradzić na nieurodzaj? Tymczasem liczne posługi, jakich się cześnik dla kasztelana podejmował, pozostały bez żadnej nagrody. Solenne przyrzeczenia rychło szły w zapomnienie, pojawiały się następne polecenia, znów trzeba było ruszać z posłannictwem do Trybunału Litewskiego, na sejmik czy do samej Warszawy. Politykę pan na Turowie prowadził aktywną, a wszędzie samemu dojechać nie sposób. Póki cześnik miał zdrowie i siły, chętnie służył swemu dobrodziejowi. Pił z braćmi szlachtą i politykował. Powoli jednak zaczynało mu doskwierać, że każdy na jego miejscu już dawno dochrapałby się urzędu podczaszego lub podstolego. A jemu wstyd jakoś było swoimi sprawami możnego pana angażować.

Teraz, podczas wesela, też pewnie nie będzie okazji, ale trzeba przecież tam być, wznosić toasty, przemawiać, a lepszego mówcy i gawędziarza w powiecie całym ze świecą nie znajdziesz! Cześnik wiedział, że być zapamiętanym to furtka do łask kasztelana. Wreszcie – lubił po długiej uczcie lec na wspólnym wiechciu słomy, bo miejsca w łożach dla wszystkich i tak nigdy nie wystarczało. W towarzystwie czuł się jak ryba w wodzie. Opowiadał o dawnych potyczkach, gdy wraz z kasztelanem służyli w tej samej chorągwi, jedną się nieraz okrywając derką. Wspominając słynną bitwę pod Olkiennikami, dumnie spoglądał na zasłuchaną młodzież i starszych, co znając minione czasy, pomrukiwali z aprobatą.

Miał też cześnik inne prośby. Kasztelan od dawna robił mu nadzieję na wyswatanie Zofii z kimś godnym i majętnym. Żałoba po świętej pamięci Atanazym Niezgodzkim skończyła się dawno, szukano odpowiedniego kandydata, ale trafiali się sami golce. Na razie obyło się bez czarnej polewki, powtarzano jedynie tę samą wymówkę, że Zofia ślubowała dwa lata wdowieństwa. Drugi rok jednak od śmierci miecznika wartko płynął i należało się zawczasu zastanowić, kto weźmie wdówkę, mimo dwudziestej trzeciej wiosny tak jeszcze ponętną. W marzeniach cześnik sięgał znacznie ponad stan, nawet małżeństwa córki z wojewodzicem nie uznałby za zbyt wielki zaszczyt. Zofia zdawała mu się najpiękniejszą z kobiet w powiecie, nic dziwnego, wszak to jego krew! Ale też majątek po mieczniku odziedziczyła zacny; kilka wsi i dzierżawa jarmarku winnickiego czyniły ją łakomym kąskiem. Znalezienie męża okazało się jednak trudniejsze, niż przypuszczał, Żelski czuł, że nie obędzie się bez wsparcia oraz pomocy kasztelana. Liczył też na Zofię i jej względy u kasztelanowej. Pora zdjąć już żałobę. Kasztelanowa wie to jak mało kto, wszak jej córka Cecylia, do dziś również wdowa, jutro po raz drugi wyjdzie za mąż.

Zofia, uśmiechnąwszy się blado, popatrzyła za odjeżdżającym. Na pięknym koniu przybranym w pozłocisty rząd jej ojciec znów przypominał tego bitnego wojaka, jakim go pamiętała z dzieciństwa. W popielatym kontuszu ze srebrnym galonem, różowym żupanie, złocistym pasie i zielonej kierei podszytej wilkami prezentował się nadzwyczaj godnie! Do boku przypiął karabelę, za pas wsunął dwa pistolety oprawne w mosiądz, na głowę wcisnął wysoką czapkę z siwym barankiem. Mógłby tak wystąpić przed samym majestatem królewskim!

Ta chwila rozmowy na moment oderwała Zofię od jej myśli. Zawsze się zamartwiała, zostawiając dzieci. Ignaś, pozbawiony matczynego dozoru, lubił dokazywać, a Dorotka była tak chorowita, że wystarczył byle podmuch i już zaczynała kaszleć! Jednak to nie dzieci zaprzątały ją w tej chwili. Kiedy kilka tygodni temu dowiedziała się, że powinna pojechać na ślub córki kasztelana, nieopisany lęk zakradł się w jej serce i mącił radość z ujrzenia dworu oraz kasztelanowej, dobrej pani, której zawdzięczała tyle łask. Samej kasztelanki nigdy nie darzyła uczuciem, niegdyś była to panienka płocha, zepsuta, niegrzeczna dla służby. Taką też pewnie pozostała. Zofia nie widziała jej po ślubie, nie sądziła też, aby wdowieństwo mogło ją znacząco zmienić. Cóż, musi wytrzymać jakoś te kilka dni...

Lecz jeśli pozostawała chłodna wobec Cecylii, to nie potrafiła zachować obojętności na wspomnienie jej starszego brata, Jana. Służąc przez kilka lat na zamku w Turowie jako panna respektowa*, spotykała go czasem podczas dużych uroczystości. Kasztelanowa, zazwyczaj surowo dbająca o zachowanie powierzonych swej opiece panien, niekiedy pozwalała dwórkom zasiąść w jednej komnacie z orszakiem męża. Widywali się również w kaplicy zamkowej. Chociaż wstydliwa Zofia rzadko podnosiła wzrok, te krótkie chwile wystarczyły, aby w oczach młodego kasztelanica ujrzała coś, co ją z początku przeraziło, potem zaś napełniło nieopisaną słodyczą. Pilnowała się bardzo, bo nikt nigdy nie mógł odkryć sekretu, zwłaszcza on sam! Jednak Jan Jandźwiłł nie tylko go poznał, nie tylko podzielił jej uczucie, ale nawet znalazł sposób, aby oświadczyć się ze swoim!

Miała wtedy czternaście lat, on zaś osiemnaście. Podczas poloneza wyszeptał jej do ucha: „Miłuję waćpannę i póki życia, miłować nie przestanę!". Nie wiedziała, czy kasztelanic z niej nie kpi, bała się, że jeśli tylko spojrzy mu

---

* Szlachcianka służąca we dworze bez zapłaty, dla nabrania ogłady towarzyskiej.

w oczy, wyznanie zmieni się w żart. Dokończyła taniec, nie podnosząc wzroku, i jedynie uścisk dłoni upewniał ją, że to nie sen.

Nim zdołali się spotkać ponownie sam na sam, Jan z młodszym bratem, szesnastoletnim Stanisławem, i swym tutorem, zaufanym dworzaninem kasztelana Wacławem Straszem, wyjechali w podróż po Europie. Stęskniona Zofia czerpała o nim wiadomości z listów, które pisywał do matki, a które ona, trzymając w dłoniach niczym najświętsze relikwie, odczytywała na głos swej pani. Wiedziała zatem, że przez Wiedeń ruszyli do Francji, tu byli obecni na koronacji króla Ludwika XV, potem skierowali się do Anglii, Holandii i Italii. Nim młodzi Jandźwiłłowie po dwuletniej peregrynacji wrócili, kasztelanowa znalazła Zofii męża, a panna Żelska, srodze opłakawszy w samotności swą pierwszą i jedyną miłość, została panią miecznikową Niezgodzką i wyjechała z Turowa, by zamieszkać w Złotym Moście.

Minęło tyle lat, a ona wciąż skrycie kochała kasztelanica Jandźwiłła! Nie śmiałaby go jednak nigdy nagabywać w tym względzie, dlatego też tak bardzo obawiała się możliwego spotkania. Nie była już tą samą śliczną dzieweczką, lecz wdową obarczoną licznymi obowiązkami, z dziećmi, o które musiała się troszczyć i którym powinna znaleźć dobrego opiekuna! Jan Jandźwiłł jeszcze się nie ożenił, ale Zofia wiedziała, że nie jest dla niego odpowiednią partią.

Jakże żałowała, że nie zabrała ze sobą Dorotki! To złote dziecko oderwałoby jej myśli od mężczyzny, o którym nie powinna nawet przez chwilę marzyć! Przy stole nie będą siedzieli obok siebie, to pewne, lecz jak zachować obojętność, jeśli nagle staną twarzą w twarz? Jeśli obtańczywszy wszystkie zacniejsze damy, kasztelanic zaprosi i ją do poloneza? To się przecież może zdarzyć. A jeśli jej nie zaprosi? Mój Boże, pewnie zapomniał już, co wtedy wyznał! Patrzeć na jego obojętność będzie nie mniej przykro. Znów lęk ścisnął Zofię w środku, a myśl o ujrzeniu miłego rozlała się przyjemnym ciepłem po całym ciele.

– Niebywałe! Jegomość chce przed kasztelanem młodzika udawać, aby ten wysłał go do Brześcia albo i dalej jeszcze! A kto mu wyrówna straty, zajechane konie, zniszczone stroje, koszty służby?! Zamiast siedzieć w domu, grzać stare kości i własnych interesów doglądać, cześnik rzuca się głową w studnię! Wreszcie jeśli i co załatwi, to wszak nie dla nas, nie dla siebie! I kto ma z tego korzyść, moja Zosiu?! No, przecież nie Żelscy! – mamrotała pani Salomea i rozpalała się coraz bardziej, widząc potakującą córkę. – A powiem ci jeszcze, dziecko, że ja też jestem pełna niepokoju.

– Czemuż to?

– Przy śniadaniu jegomość sól wysypał, psy całą noc wyły, a mnie w lewym uchu dzwoniło! – oznajmiła trwożliwie. – Toż i lękać się wypada, co podczas wesela kasztelanki może się przydarzyć! Mówię ci, to niechybny dowód, że na zamku czekają nas złe wieści!

Mimo ponurego tonu oraz zapowiedzi nieszczęścia Zofia, zajęta własnymi wspomnieniami, marzeniami i obawami, pokiwała tylko głową. Wiedziała bowiem, że pośród tłumu gości kasztelana ojciec będzie chciał jej znaleźć męża, to naturalna kolej rzeczy. Tymczasem ona nadal nie czuła się gotowa, aby z kimkolwiek znowu dzielić łoże.

IV

Las ustępował, z wolna dojeżdżali do zamku. Florian Żelski zatrzymał konia, zlustrował swój konwój i machnąwszy ręką, bez słowa pokłusował traktem. Wśród rzednących drzew rysowały się wieże starożytnego zamczyska. Wzniesiona na skalistym wzgórzu niezdobyta nigdy twierdza zmuszała zbliżających się podróżnych do milczenia. Zadzierali wysoko głowy, chcąc ogarnąć jej ogrom. Zaiste, potęga kasztelana zasadzała się na tych wzbudzających szacunek murach! Na pobliskich polanach tu i ówdzie paliły się ogniska, wokół których gromadzili się służący gości weselnych.

Zofia westchnęła. Przypomniała sobie cudowne czasy dziewczęce, beztroskie zabawy i przyjemne obowiązki, z których służenie kasztelanowej było najmilszym. Zastanawiała się, w której z wielkich sal goście zasiądą do wieczerzy i gdzie gospodarze ulokują ich na noc. Najbardziej chciałaby zobaczyć pokoje dzielone kiedyś z innymi dwórkami i choćby wyjrzeć z okna na bezmiar lasów otaczających zamek, odetchnąć czasem minionym. Uśmiechnęła się na wspomnienie niedozwolonych, a jednak nieraz trwających długo w noc szeptanych rozmów z innymi pannami. Czy którąś tu dziś spotka? Wszystkie już pewnie dawno powychodziły za mąż!

Wspominała ich wspólny pokój na trzecim piętrze, drewniane łóżka z firankami, flanelową pościel, miłą w dotyku jak puch anielski! Przyjemnie było pod okiem *madame* mówić rano po francusku pacierz, razem z córkami państwa uczyć się robótek, dobrych manier, pisania i czytania, a nawet słówek z gramatyki francuskiej i dialogów ze słownika! Po nauce, o godzinie ósmej, jedli razem z państwem śniadanie. Do dziś pamięta pyszny smak podawanej zimą polewki piwnej, którą w czas postu zastępował żurek. Następnie wszyscy razem szli na poranne nabożeństwo do kaplicy zamkowej, większej od niejednego kościoła, gdzie jezuici odprawiali mszę łacińską, i znów młodzież wracała do nauki. Następowały najprzyjemniejsze ze wszystkich lekcje poezji, muzyki i tańca. Przed obiadem przychodził fryzjer, czesał pannę Cecylię w wymyślne fryzury, a reszta dwórek czesała się nawzajem. Do obiadu ubierano się wykwintnie, aby potem, dotrzymując towarzystwa kasztelanowej i jej gościom, nie przynieść swym dobrodziejom ujmy. Póki się nie ściemniło, dziewczęta haftowały, tkały, przygotowywały rozmaite robótki dla kaplicy zamkowej lub okolicznych kościołów.

O siódmej na zamku odbywała się wieczerza, a po niej wesołe zabawy: gra w karty, czytanie „Kuriera Polskiego", a czasem gazety pisanej specjalnie dla kasztelana przez korespondenta z Warszawy. W karnawale mniej się czytało, więcej było zabaw i tańców, w których Zofia szybko się rozsmakowała. Lekko jej się zrobiło na duszy, kiedy wspomniała swą beztroską młodość w zamku turowskim! Ledwo westchnęła, a już kopyta końskie zadudniły na opuszczonym moście zwodzonym. Sanki z jejmością Żelską i panią miecznikową Niezgodzką oraz kolejne z ich służkami i skrzyniami zatrzymały się na dziedzińcu.

Tumult tu panował, rozgardiasz i wrzawa! Towarzystwo wszystko najlepsze z całego województwa, żadnych szaraków, sami najważniejsi! W sobolowych futrach po tysiąc złotych, niektórzy w wilkach czy lampartach lub karmazynowych kierejach podszytych niedźwiedziem. Kontusze przepasane tureckimi pasami przetykanymi srebrem lub złotem. Do tego kołpaki aksamitne przybrane sobolowym futrem i brylantowymi albo innymi drogimi kamieniami. Stroje pań były nie mniej ozdobne: kontusiki podszyte futrem, czapki jedwabne obwiedzione futrem z brylantami, nawet trzewiki haftowane złotą lub srebrną nicią – tylko usta rozdziawić i patrzeć w zachwycie! A co rzędów końskich widziało się bogato zdobionych, ile złota, srebra, pereł! Ile szabel bogatych, ile noży osadzonych w kamieniu cennym! Jaki wszędzie przepych i splendor!

„Aż dziw, że nas zaprosili..." – pomyślała Zofia z przestrachem.

Natychmiast podbiegli stajenni, jęli wyprzęgać konie, służba pochwyciła toboły, wskazując przybyłym drogę do sieni. Tu, zgodnie ze staropolskim obyczajem, czekał już sam kasztelan i wszystkim gościom uniżenie się kłaniał. Otoczony dworskimi i służbą, kierował ich do marszałka dworu, a ów rozporządzał, kogo do której komnaty przydzielić, i zapraszał na mający się zaraz rozpocząć obiad.

Zofię i jej matkę umieszczono w dużej sali drugiego piętra razem z kilkoma innymi paniami. Nie było tu łóżek, tylko słomiane sienniki powleczone lnianym płótnem. Spodziewając się najazdu licznych gości, Żelscy zabrali z domu wszystko, co niezbędne: piernaty, kołdry i jaśki, a także własne sztućce. Patrząc, jak dziewki układają rzeczy, cześnikowa Żelska kłaniała się pozostałym paniom, wymieniając uprzejmości.

– Toż naszą panienkę wydają za królewskiego ministra! – Westchnęła, myśląc, jak bardzo Zofii przydałby się równie dobrze sytuowany mąż.

– Nie za ministra, tylko za urzędnika. Herb u niego bardzo świeżej daty i jakiś taki dziwaczny... Trzy kawki... Kto słyszał o takim herbie? I to nazwisko: Lange... Jak to o niej teraz będziem mówić: pani Lanżyna? Przyjdzie język połamać – fuknęła z pogardą koniuszyna Skirgiełłowa.

– Ale podobno na ślubie spodziewają się kasztelaństwo kilku biskupów! – jakby ją pocieszając, odpowiedziała jedna ze szlachcianek.

– Dla takiego pana to i sam prymas mógłby się pofatygować! – wtórowała kolejna.

– Prymas w Warszawie na najjaśniejszego pana czeka, bo lada dzień ma się zacząć sejm. Pewnie i kasztelan tam wkrótce pośpieszy, a mój mąż razem z nim! Skaranie boskie z tymi sejmami! – narzekała jejmość krajczyna Koziełłowa.

Nikt jednak nie wierzył w szczerość tych lamentów, wiadomo było bowiem, że każdy ze szlachty chciałby być zaufanym kasztelana.

Gdy panie oporządziły się nieco, a skrzynie ustawiono obok ich pościeli, usłyszały donośny dźwięk trąb, znak, że pora zacząć ucztę. Wszyscy zeszli do wielkiej sieni i popatrywali z oskomą, jak podstoli wiedzie do sal biesiadnych hufiec wojska z tacami, na których ułożone zostały rozmaite smakowite potrawy pierwszego dania. Marszałek z przygotowanego wcześniej rejestru odczytywał nazwiska gości, którzy zdążali na swoje miejsca. Przybyłych rozsadzono, mieszając kobiety i mężczyzn, aby umożliwić im ciekawą konwersację. Tuż przy drzwiach sali biesiadnej stali słudzy trzymający misę z wodą zaprawioną wonnościami, w której goście myli dłonie i wycierali je w bogato haftowany ręcznik.

Stoły ciągnęły się przez kilka sal. Pozycję gościa odgadywało się natychmiast po miejscu, na którym został usadzony. Najważniejszym wyznaczono miejsca przy pierwszym stole, a siedzieli na krzesłach z poręczami, mniej ważni przy drugim, zasiadali na ławach, przy trzecim zaś ustawiono proste zydle, a stoły zaścielały obrusy z szarego płótna. Wchodzący do sali kłaniali się już siedzącym, wymieniali wieści z podróży, ściskali, przepijali do siebie, a krajczy rozpoczynali dzielenie pieczeni. Cześnikowej i Zofii wskazano miejsca przy drugim stole.

Obie pokłoniły się swoim sąsiadom i odpiąwszy od pasa sztućce oraz okrywszy się nieco serwetkami, już mogły się posilać. Stały przed nimi srebrne talerze, znak, że rodzina Żelskich jest u kasztelana w poważaniu. Ku końcowi stołu bowiem jedzono na cynowych. Towarzystwo, strojnie ubrane, zmarznięte i zgłodniałe po podróży, niecierpliwie czekało na potrawy. Kolejno przynoszono barszcz, bigos hultajski z mięsem i słoniną, kaszę jaglaną z sosem korzennym, groch z wędzonką, po nich następowało pieczyste.

Nie zważając na smakołyki, ledwie umoczywszy usta w kielichu z winem, Zofia dyskretnie obserwowała biesiadników. U szczytu stołu siedział już kasztelan wraz z małżonką, młodszym synem, córką i jej narzeczonym. Ów minister o zabawnym herbie, zapewne Prusak, miał ze czterdzieści lat, był drobnej budowy. Odmiennie niż niemal cała reszta włożył strój europejski, jakiego używali dworzanie Jego Królewskiej Mości, przez co bardzo odróżniał się od towarzystwa. Głowę przykrył pudrowaną peruką z dwoma lokami zakrywającymi uszy, zebraną z tyłu w czarną kokardę. Czuł się chyba nieswojo, chociaż młodszy syn kasztelana również przywdział podobny, zgodny z nakazami zagranicznej mody, atłasowy szustokor* i uszytą z identycznej tkaniny haftowaną kamizelkę. Dopiero później Zofia zauważyła zabawne spodnie, ujęte pod kolanem w sprzączkę i wzbudzające uśmieszki białe pończochy oraz czarne trzewiki ozdobione klamrą. Na obu mężczyzn popatrywano z ironiczną ciekawością, dziwiąc się chyba kasztelanowi, że toleruje w swym zamku podobne dziwactwa.

Ale ani uroda, ani strój przy wyborze męża się nie liczyły. Mariaż dyktowały inne względy. Wiedziały to wszystkie panny i wdowy, co nie znaczy, że serce nie biło im żwawiej na widok mężczyzny, którego nigdy nie będą miały szansy poślubić. Rozglądając się bacznie wśród gości, Zofia nie zauważyła kasztelanica Jana, ale jedno wolne miejsce pozwalało jej mieć nadzieję, że może dziś jeszcze go ujrzy. Zapewne wkrótce przyjedzie, nie opuściłby takiej uroczystości! Coś ją ściskało w gardle. Mimo że od rana nie miała nic w ustach, niczego nie zdołała przełknąć. Natomiast jej matka, pani Salomea Żelska, pośpiesznie zjadła talerz barszczu, bigos z kapustą i sztukę mięsa. Spróbowała też gęsi, szepcząc do córki, że zimna i twardawa.

Tymczasem Zofia, siedząc obok zażywnego szlachcica starej daty, raz po raz musiała mu dziękować za wyrękę. A to kiedy podcrwał się, aby podnieść z podłogi upuszczoną niechcący łyżkę, a to gdy do niej przepijał i wołał lokajczyka, aby wciąż jej dolewał. Prawił przy tym komplementy i przysuwał się coraz bliżej, nie gardząc też jed-

* Elegancki, sięgający kolan dopasowany strój męski z długimi rękawami.

nak polewką, którą jadł łyżką z wydrążonej skórki chlebowej.

– Takiego nadobnego kwiatka nie spodziewałem się tu dziś ujrzeć, jakem Wenanty Żaba! – posapując, rzucił między jednym a drugim zaczerpnięciem zupy.

Zofia żałowała, że nie usadzono jej z drugiej strony, a choćby i na szarym końcu, teraz już jednak nie mogła zmienić miejsca, nie czyniąc afrontu krewkiemu szlachcicowi. Kręciła się, wypatrując, kto ją uwolni od zalotów nieznośnego jegomościa. Pomoc jednak nie nadchodziła, bo nawet gdy ktoś do niego wznosił kielich, szlachcic każdy gest kończył, spoglądając Zofii w oczy. Doprowadzało ją to niemal do łez, choć trzeba przyznać, że dzięki opędzaniu się od natręta zdołała zapomnieć na dłuższą chwilę o nieobecnym Janie.

Przy stole trwała gorąca dyskusja.

– Mówię wam, bracia, na Litwę zacny Palemon prosto z Rzymu swoich rycerzy przyprowadził, aby tu nową Italię założyć, i od nich właśnie pochodzimy! Tylko my, polska szlachta, jesteśmy wolni w całym szerokim świecie, bo tylko my ze starożytnego Rzymu ród swój wiedziemy. Powiadam, nie masz drugiego kraju, gdzie szlachta spośród siebie króla wybiera! I żaden monarcha nam swych praw nie narzuca, bo my sami je ustanawiamy i sami ich przestrzegamy! Niech żyje Najjaśniejsza Rzeczpospolita! – krzyknął krajczy Koziełło, wychylając puchar.

– Wiwat! Wiwat! – zawtórowano mu z wielu gardeł i już spełniając toast, popatrywano na kolejnego mówcę, który wznosił kielich.

Przyszedł czas na pieczyste. Popijający tylko miód i piwo służba i drobni oficjaliści, którzy zasiadali przy szarym końcu, wstali i ukłoniwszy się, wyszli. Kasztelan dał znak i do kielichów wlano tęgiego węgrzyna, sprowadzonego specjalnie z okazji urodzin córki i czekającego w piwnicach zamkowych takiej okazji jak dzisiejsza.

– *Nihil est vinum nisi hungaricum!** – krzyknął cześnik Żelski.

– Prawda! Szczera prawda! – przyznał Wenanty Żaba. – Bo i cóż stąd, że mamy burgońskie, bajońskie, pikardyjskie, włoskie Lacrima Cristi, skoro żadne się nie umywa do tokaju i małmazyi!

– Francuskie to chyba dla chorych tylko! – Żelski westchnął żałośnie. – Takiego na przykład szampańskiego musiałem kiedyś skosztować. Dla cenności rzekomej w likworowych kieliszkach toto podają i co, mości dzieju? Ano dla zbytku po posadzce u księcia dobrodzieja wylalim!

– Jam musiał do gardła wlać u wojewody, ale to okropieństwo kwaśne, aż gębę wykrzywia! – wtórował mu kto inny.

Zofia uśmiechnęła się do siebie, słysząc te przechwałki. O piciu wina szampańskiego ów szlachcic zapewne ledwie gdzieś słyszał, bo wyobrazić sobie nie bardzo mogła, aby go sam wojewoda czy książę raczył przyjmować! W atmosferze wzajemnej przyjaźni nikt mu jednak kłamu nie zadawał. Może kiedyś, podczas sejmu czy sesji sądów ziemskich, zdarzyło im się wspólnie z księciem biesiadować?

Przyszedł czas na wety. Podano chleb cukrowy, imbir smażony w cukrze, karmelki, makaroniki, konfitury, pierniki toruńskie, a wszystko w misternych naczynkach: porcelanowych czareczkach, na cukrowych listkach, w konchach, słoiczkach. Zajadali ze smakiem, aż wreszcie do komnaty weszło kilka par kuchcików, wnosząc na szklanych taflach cukry lodowe wyobrażające zamek tu-

* Nie ma wina nad węgierskie! (łac.)

rowski, młodą parę, Amora, boga miłości, i rajski ogród. Westchnęli wszyscy zachwyceni i chwycili kielichy.

Nim zdążyły umilknąć podnoszone za zdrowie Rzeczypospolitej toasty, do kasztelana podszedł ubrany z francuska dworzanin. Jego wykwintny, haftowany strój sięgał kolan, zapinany tylko na kilka pętlic, dołem był rozcięty. Mężczyzna włosy miał w nieładzie, długie, nie tak jak niemal wszyscy tu obecni podgolone, z czubem na wierzchu głowy, tylko zebrane z tyłu. Nie nosił też wąsów, co przydawało jego wyglądowi niemal dziecięcej łagodności. Pochylił się do ucha kasztelana, a ten natychmiast przybrał poważną minę, coś odpowiedział, przybyły skłonił się i odszedł. Wtedy dopiero Zofia uświadomiła sobie, że to był Jan Jandźwiłł! Ten zagraniczny strój i brak wąsów czynił go zupełnie do siebie niepodobnym!

Pan na Turowie wstał. Tu i ówdzie trwały jeszcze pogawędki i śmiechy, jednak poważna mina stojącego gospodarza szybko uciszyła zebranych.

– Moi państwo! – powiedział kasztelan tonem głębokiej powagi i spojrzał wymownie na przyszłego zięcia. – Najmiłościwiej nam panujący król August II zasnął w Panu!

Zapadła cisza. Zięć kasztelana, Nepomucen Maria Lange, zmarszczył brwi. Cecylia, jego przyszła żona, spojrzała nań pytająco, a on powoli pokręcił głową, jakby chciał powiedzieć: „To niemożliwe!". Goście, chcąc pojąć smutną nowinę, spoglądali dookoła poruszeni, łapali się za głowy, żegnali się, pochylali ku sobie, szepcząc. Wreszcie jeden po drugim w milczeniu opuszczali wzrok.

Ojciec jezuita wstał i powiedział dobitnie, aby usłyszano go nawet przy końcu stołu:

– Spraw Panie, by dusza jego zaznała spokoju w królestwie niebieskim!

– Amen! – odpowiedzieli chóralnie, żegnając się znakiem krzyża.

Kasztelan Jandźwiłł wzniósł kielich i rzekł:

– Za spokój duszy króla jegomości! Dziś podczas wieczornej mszy będziemy się wszyscy o to modlić!

Cześnikowa Żelska spojrzała na córkę i z wyrazem triumfu w oczach szepnęła:

– Sól! A nie mówiłam?! Jegomość sól wysypał…

V

Wieczór spędzono uroczyście, wspominając dawne czasy i dyskutując o polityce. Orkiestra zamkowa grała poważne melodie, bo też nikomu nie było do śmiechu. Kraj czekała nowa elekcja i spory partyjne, konfederacje, walki, rokosze, a może nawet wojna domowa?! Niełatwo będzie o jednomyślność, tym bardziej że kandydaci na króla i ich protektorzy, jak poprzednio, szastając monetą, będą wodzić braci szlachtę na pokuszenie. Dla jednych to dobra okazja, aby za swe poparcie zarobić trochę grosza, wiadomo jednak, że nowa elekcja to nowe swary, nowe koterie, nowe partie, ruina porządku. Pamiętano przecież niedawne wojny, przemarsze wojsk, bezpardonowe rekwizycje, za które niezapłacone kwity po dziś dzień u niejednego w skrzyniach zalegają. Od obcego łatwiej krzywdy doznawać, ale co zrobić, gdy cię własne, polskie wojsko łupi? Gdy plony siłą zabiera, grożąc orężem? Zaiste, niełatwe idą czasy...

– Dość już obcych rządów! Dość królewskich rojeń o monarchii dziedzicznej! – wygłosił powszechnie panujące przekonanie koniuszy Skirgiełło. – Alboż to naród polski nie potrafi spośród siebie króla wybrać?! Nareszcie czas na Piasta! Tylko Polak zrozumie Polaka! Tylko Polak będzie strzegł *liberum veto* i naszych najświętszych obyczajów! Król jest wyłącznie równym między równymi, każdy z nas może zgłosić swoją kandydaturę!

Kasztelan się zamyślił. Pamiętał jeszcze wojnę domową, która rozgorzała w roku pańskim 1700, pamiętał wojowanie pod Karolem XII, z którym chciał zdobywać Moskwę. Młody i porywczy, więc w to mu było graj walczyć, lecz teraz inaczej patrzył na pewne sprawy. Klęska pod Połtawą ostudziła ogień krwi i innego kazała szukać sojusznika. Wraz z wiekiem przyszła stateczność. Nie rwał się już tak do boju, a i synów swych temperował w ich zapałach. Obu kazał służyć ojczyźnie, aby kiedyś jako posłowie w sejmie zbierali zasługi i pięli się po szczeblach kariery. Chciał znaleźć im stateczne żony z pięknymi posagami, aby skoligaciły Jandźwiłłów z litewską magnaterią. Marzyła mu się synowa z Radziwiłłów, Branickich, Wiśniowieckich, Sapiehów, Paców, Chodkiewiczów, która wniosłaby pół miliona lub więcej.

Ale panicze, gorące głowy, na razie o żeniaczce ani myśleli! Dobrze im było na rodzicielskim chlebie, bez obowiązków, bez trosk o codzienność. Jeździli do Warszawy czy Grodna na sejmy, do Brześcia na sejmiki, do Wilna na trybunały. Czasem w czymś pomogli, ciągle powtarzając, że na założenie rodziny jeszcze mają czas. Przesiąkli na Zachodzie nową modą, naczytali się o reformach, coraz częściej ośmielali się mieć własne zdanie! Jeden drugiego podburzał, zwłaszcza kiedy byli sami, ale czasem przychodzili na posłuchanie i referowali te swoje śmiechu warte, nieziszczalne w Rzeczypospolitej nowinki. Roili o reformie wojska, o nowych podatkach, a nawet – o zgrozo! – o wprowadzeniu dziedziczności tronu! Tadeusz Jandźwiłł kochał swoich synów, czasem jednak żałował, że ich surowszemu nie poddał wychowaniu, bo już zupełnie proporcje zatracali!

Dobrze przynajmniej, że Cecylka, dziewczę rozumne, nie wzbraniała się poślubić tego, kogo jej z Reginą wybrali! Pozycja Langego na dworze nie była co prawda najwyższa, ale zawsze mógł awansować, a solidne dochody wydawały się stanowić dobry fundament udanego małżeństwa. Nieoczekiwana śmierć króla mogła położyć kres tym rachubom. Kasztelan nie umiał przewidzieć, czy przy nowym królu Nepomucen Maria utrzyma swoje intratne stanowisko. Trzeba więc będzie jeszcze i o to zabiegać!

Podczas gdy panowie w wielkiej sali kominkowej debatowali nad przyszłością, panie skupiły się w sali arrasowej i tam, zajęte robótkami oraz odmawianiem różańca, spędziły czas aż do nocy. Tymczasem w komnacie panny młodej trwał dziewiczy wieczór. Choć Cecylia dziewicą nie była, kasztelanowa uznała, że obrzęd wicia wieńca, rózgi weselnej i śpiewania pieśni należy powtórzyć. Najbliższe, wybrane przez pannę młodą przyjaciółki asystowały w ceremonii, która zakończyła się późnym wieczorem uroczystą prośbą Cecylii o rodzicielskie błogosławieństwo.

Mimo wielu obowiązków Regina Jandźwiłł, ubłagana przez cześnikową, wezwała do siebie Zofię i rozpytywała ją o plany małżeńskie. To była trudna rozmowa. Zofia musiała wyjawić swej pani wszystkie wątpliwości i obawy związane z powtórnym wyjściem za mąż, nie zająknąwszy się ani razu o najistotniejszej przyczynie odkładania decyzji. Na szczęście kasztelanowa, przejęta śmiercią króla i złą wróżbą, jaka stąd wynikała dla jej własnego dziecka, nie nalegała na szybką decyzję. Jakaś przygaszona, wyglądała na smutną, jakby jej ten mariaż nie odpowiadał. Głębokie bruzdy rzeźbiły poszarzałą, zmęczoną twarz.

Zofia nie śmiała o to pytać, ale już wcześniej, przy stole, kasztelanowa wydawała się inna niż zwykle. Cóż, minęły lata. Przykro było to stwierdzić, ale pani na Turowie straciła swój wewnętrzny ogień. Co jakiś czas zapominała o wyprostowanej postawie, dumny uśmiech, którym niegdyś wszystkich obdarzała, raz po raz przygasał, a przez twarz kasztelanowej przebiegał dziwny grymas zniecierpliwienia czy bólu.

Poruszona rozmową i własnymi spostrzeżeniami Zofia przez całą noc nie zmrużyła oka. W dużej sali słyszała sapania, pochrapywanie, któraś z pań mówiła przez sen. A ją samą dręczyła bolesna myśl, że kasztelanic na rozkaz ojca pewnie wrócił do Warszawy i podczas wesela nie zdołają się nawet zobaczyć. Sen nie przyniósłby jej ukojenia, dlatego ucieszyła się, słysząc ruch w korytarzach, który zwiastował nadchodzący poranek. Niedługo potem dzwony kaplicy zamkowej wezwały gości na jutrznię. Do sypialni poczęły wchodzić służące, aby pomóc swym paniom w ubieraniu. Zmęczone z powodu niewygód kobiety wstawały powoli. Cześnikowa Salomea Żelska otworzyła oczy i westchnęła:

– Śniło mi się, że wychodzisz za mąż.

– Jeszcze nie teraz, matko. Nie teraz…

VI

W pokoju panieńskim Cecylii trwały gorączkowe przygotowania. Wiadomość o śmierci króla stanowiła zły znak dla rachub kasztelana, który wolałby zapewne dokonać wyboru pośród faworytów nowego monarchy, ślub jednak musiał się odbyć. Cecylia stała zadumana. To kolejny mąż wybrany przez rodziców. Mimo swego niełatwego charakteru była dobrym dzieckiem i z pokorą przyjęła ich decyzję. Nepomucen Maria Lange dorobił się na dworze królewskim pokaźnego majątku, co z pewnością pomoże zapomnieć, że herb małżonka dość świeżej jest daty, a o jego przodkach niewielu słyszało.

Cecylia poddawała się zabiegom służących nakładających jej pończochy, pantalony, jupkę, irchowe trzewiki i sznurujących gorset, myśląc, że starszy o niemal dwadzieścia lat małżonek niczego nie będzie jej w stanie odmówić. To musiało przecież zostać ujęte w przedślubnym kontrakcie, inaczej ojciec nigdy by się nie zgodził! Cieszyła się, że wreszcie zamieszka w Warszawie, gdzie tyle się działo, zostanie przedstawiona królowi, będzie wraz z mężem podróżować do Drezna, a może nawet Paryża i Rzymu?

Wiele sobie obiecywała po tym mariażu. Ale też szkoda jej było przygody, którą właśnie przeżywała. Westchnęła na wspomnienie silnych męskich ramion, pocałunków pachnących tytoniem, krótkich chwil ekstazy, które straci, zyskując pozycję w stolicy.

Przyszedł fryzjer i przykrywszy dokładnie suknię podwłośnikiem*, zabrał się do pracy. Długo manipulował żelazkiem, przypalając loki, aby miały odpowiednią sprężystość i prezentowały się pięknie również podczas wesela. Potem układał z nich coś na kształt stromego ptasiego gniazda. W końcu przykleił Cecylii muszkę, by przykryć brzydką krostę, która tego akurat dnia uparła się oszpecić twarz panny młodej! Przystawiając do czoła cynowe naczynie, upudrował ryżowym pudrem wysoką na łokieć fryzurę i kazał potrząsnąć głową.

Panna młoda spełniała te prośby bez najmniejszego zainteresowania wykonywanymi czynnościami. Ceremoniał ów, podobny do codziennego ubierania, różnił się tylko sukniami wierzchnimi, które dziś planowała włożyć: pod spód czarną suknię wdowy, na wierzch zaś bogatą, przetykaną złotą nicią, brokatową suknię panny młodej. Czuła ciężar stroju: gorset ściskał jej żebra, a suknie krępowały ruchy.

Drzwi się uchyliły i do garderoby wszedł jej starszy brat Jan. Dziewczęta, które miały towarzyszyć Cecylii, nie wszystkie jeszcze ubrane, rozpierzchły się z piskiem. Uśmiechnięty kasztelanic stanął przed siostrą:

– Jakaż jesteś piękna w dniu swojego ślubu, siostro moja!

Cecylia lekko wzruszyła ramionami.

* Okrycie używane podczas czesania do ochrony sukni.

– Co tam w stolicy? – zapytała obojętnym tonem, dobrze kryjąc zainteresowanie.

– Nic szczególnego.

– Wszakże obradował sejm.

– Posłowie! – parsknął zniechęcony. – Kto ich wybierał?!

– Panowie szlachta.

– Rwą się do posłowania jak do szabli, ale rozumu za grosz. Puste głowy przykrywają instrukcjami. Gadają dużo i bez żadnego sensu, piją jeszcze więcej. Obrotni, ale nie za sprawą krajową, najwięcej węszą, kto by im dał talara za jaką przysługę. Za czy przeciw, nie ma znaczenia, byle się wspiąć na urząd, byle wywalczyć coś dla siebie, dla rodziny lub partii! – perorował w uniesieniu.

Cecylia westchnęła znudzona i oparła się o klęcznik.

– Zatem będziemy mieć nowego króla?! – zmieniła temat. – Czyżby Piasta, jak chce ojciec? I któż nim zostanie? Znów Leszczyński?

– Jesteś zbyt mądra, moja siostro! Nepomucen Maria powinien się mieć na baczności! Notabene, czy to prawda, że w Winnicy znowu niewinna dziewka spłonęła na stosie? Kiedyż wreszcie wyplenimy te zabobony?!

– Myślę, że osądzono ją sprawiedliwie – z pozorną obojętnością odrzekła Cecylia.

Gdyby brat przyjrzał się jej uważniej, lekki rumieniec, jaki zabarwił policzki panny młodej, mógłby mu niejedno powiedzieć.

– Gdzie infamis* rządy sprawuje, nigdy nie będzie sprawiedliwości!

Cecylia uśmiechnęła się z udawaną ironią.

* Człowiek skazany na utratę praw obywatelskich.

– Wszak on tylko podstarościm, a starostą winnickim nasz ojciec! Czemuż więc go nie zajedziecie?! Pochwycić, zamknąć do wieży na rok i sześć niedziel, szabel wam przecie nie zbraknie. Ot, i zapanuje spokój! – dodała z pozoru beznamiętnie.

– Nie można bezprawia karać bezprawiem! Kasztelan uważa, że to zemsta Szuksztów. Ścigają go, bo wyroku nie odsiedział. Zresztą któż miałby podstarościego zajechać? Niechże się Szuksztowie sami tym zatrudnią. A on wszakże nie sądził tej…

– Furtak.

– Furtak? Czyżby to…

– Idźże już, muszę się szykować! – rzuciła zniecierpliwiona.

Nic jej nie obchodziła jakaś dziewka posądzona o czary.

Kasztelanic uniósł dłoń siostry ku ustom, ucałował i wyszedł z gotowalni, mijając w drzwiach matkę, która przyszła dokonać obrzędu ubierania. Fuknęła na syna niezadowolona, bo nie powinien się pojawiać w komnatach panny młodej, ale wykonał ów dworny ukłon, który ją tak zawsze ujmował, więc w końcu tylko pokręciła głową z uśmiechem, dziwiąc się własnej pobłażliwości. Potem sama włożyła córce weselną koronę, a pod nią, mimo oporu, sarkania i dąsów – chleb, cukier i drobną monetę na szczęście.

Zarówno w kościele, jak i później, podczas śniadania, Zofia rozglądała się bacznie. Szukała wzrokiem nie tylko Jana Jandźwiłła, bardziej jeszcze obawiała się stanąć oko w oko z tak nachalnie narzucającym się wczoraj Wenon tym Żabą. Gdy już usiadła do stołu pewna, że nikt jej nie będzie przeszkadzał, ojciec przywiódł ze sobą tę maszkarę! Byli w jak najlepszej komitywie i Żelski ustąpił mu miejsca obok Zofii! Oczywiście natychmiast zaczęły się umizgi, przetykane łaciną dykteryjki, z których śmiali się jedynie imć Żaba i cześnik, chcący go wprawić w dobry nastrój.

– Wyobraź sobie, duszko, że jegomość pod Połtawą w przeciwnym obozie wojował! – powiedział beztrosko.

– Trzeba zawczasu dosiąść dobrego konia! – chwalił się podstoli.

– A wcześniej to nie daliśmy wam łupnia? Mało brakowało... – Żelski tłumaczył się z nie swoich przewin.

– Mało, mało... Aż pognaliśmy was do Turcji! – zakpił imć Żaba.

– To się i świata kawał zobaczyło! – Cześnik chełpił się przegraną, jakby była zwycięstwem.

Przegadywali tak do siebie za jej plecami, a jeden drugiego nie mógł przekonać. Tymczasem Zofia puszczała ich sprzeczkę mimo uszu, bo u szczytu stołu zobaczyła kasztelanica! Serce miecznikowej załomotało, jakby znów była panną dworską. Pragnęła, aby ją dostrzegł, i bała się tego jednocześnie, więc jedynie zerkała ukradkiem w tamtą stronę, nie potrafiąc się powstrzymać.

„Mój Boże, daj mi choć chwilę sam na sam, pozwól aby na jedno słowo!" – modliła się w duchu, wiedząc, jak nieobyczajne są to pragnienia. Przewidywała okrutny ból rozłąki, żal, którego nic nie ukoi, ale chciała cierpieć, mając w pamięci spojrzenie ukochanego.

– ...moja Zosiu! – usłyszała wreszcie.

– Tak?

– Jegomość zaprasza nas w drodze powrotnej do swojego Głębokiego Kąta! Wszak nie odmówimy?

– Ojcze, wiesz, że muszę jak najszybciej wrócić do domu. Chore dzieci czekają. Dajże mi sanki i jednego hajduka i jedźcie sobie z mamą w gościnę, skoro pan podstoli nalega.

– A nalegam, nalegał będę i nalegać nie przestanę, aż pani zaproszenie zaakceptuje! – naciskał podstoli. – Zresztą jeden hajduk nie obroni waćpani przed zgrają wilków, które się ostatnio w puszczy winnickiej pokazały, że o Rabińskich nie wspomnę.

Jego słowa nie dotarły do Zofii, bo w tej właśnie chwili napotkała spojrzenie Jana Jandźwiłła! Niepomni na biesiadników, czyniony przez nich rumor, nie zauważając nikogo i niczego dookoła, trwali tak zamroczeni. To nie było przelotne, obojętne muśnięcie wzrokiem! Kasztelanic patrzył, jakby jego życie zawisło na tej niewidzialnej nici. A więc ją pamiętał! Zofia oddychała z trudem i wtedy pewnie, nie słysząc wcześniejszego pytania, bezwiednie odpowiedziała:

– Tak, oczywiście! – wyrażając tym samym zgodę na niechcianą wizytę w Głębokim Kącie. Nie była to zbyt wysoka cena za szczęście, którego teraz, po tak wielu latach, niespodziewanie doświadczyła.

– A widzisz waćpan! – Żelski klepnął się po kolanie. – Takem córkę wychował, we wszystkim mi posłuszna!

Po sutym, trwającym niemal do południa śniadaniu wyszli znów do kaplicy. Tu nastąpiła zadziwiająca scena. Przed ołtarzem, jakby za sprawą czarodziejską, z panny młodej opadła włożona pod bogatą złotą suknię czarna, oznaczająca wdowieństwo. Nigdy jeszcze nie widziano takiego cudu, toteż towarzystwo westchnęło, dając wyraz swemu zachwytowi. Zwłaszcza panie, ciekawe przedziwnej zasady, po cichu szeptały między sobą nad tym nowym obyczajem. Również pan młody, Nepomucen Maria Lange herbu Trzy Kawki, był wyraźnie poruszony. Głos mu się łamał, kiedy twardą polszczyzną powtarzał za księdzem słowa swej małżeńskiej przysięgi:

– Ja, Nepomucen, biorę ciebie, Cecylio, za moją własną żonę i ślubuję tobie chować wiarę małżeństwa świętego aż do mej śmierci. Tako mi Pan Bóg dopomóż, Panna Maria i wszyscy święci!

– Dobrze, że przynajmniej katolik! – szepnęła koniuszyna Skirgiełłowa do krajczyny Koziełłowej.

– A kto go tam wie?! Dla wywyższenia każdy gotów się przechrzcić!

Po powrocie na zamek nastąpił długi ciąg mów. Kasztelan Tadeusz Jandźwiłł, oddając swą córkę mężowi, chwalił pannę, ale też własną familię, jej starożytność, tradycje i znaczenie. Drużba pana młodego odpowiedział równie kunsztownym podziękowaniem. Jednak najpiękniejszą ze wszystkich była mowa przygotowana przez cześnika Floriana Żelskiego:

– Drogi naszyjnik wymaga bezpiecznego schronienia. Źle sobie poradził, ktokolwiek bogaty skarb słabemu powierzył schowaniu. Nie mógł lepiej uczynić i bezpieczniej go zachować, jeśli kto go do serca złożył. Niepodobna, aby kto wykradł, co raz dobrze w sercu zapieczętowano. Więc niech tu szczęśliwie odpoczywa, niech go serce i on serca strzeże!

Mowa cześnika wywołała rzęsistą owację i tylko dwie osoby nie zauważyły, że to już koniec przemówienia: Zofia oraz Jan Jandźwiłł, którzy zapomniawszy o bożym świecie, tymiż słowami przekazywali sobie najsekretniejsze uczucia.

Goście zasiedli znów do stołów. Rozpoczynała się uczta, która trwać miała do dwóch niedziel i ogołocić piwnice zamkowe kasztelańskie z win, spiżarnie z zapasów, a skarbiec ze złota.

VII

Umyślny z Turowa przybył? – rzucił pośpiesznie podstarości winnicki, gdy tylko golibroda uniósł na chwilę brzytwę, aby ją oczyścić.

– Nie, panie – odpowiedział sługa, stawiając na stole kufel z piwem.

Kacper Hadziewicz poderwał się z miejsca. Gdyby golibroda przytomnie nie odsunął ręki, byłby go skaleczył.

– A cóż to za tępa brzytwa! – krzyknął podstarości. – Skrobiesz i skrobiesz! Naostrz ją, bo do południa nie skończysz!

Służący wytarł brzytwę i zaczął ją ostrzyć na skórzanym pasku, który wyciągnął ze spodni. Tymczasem zdenerwowany Hadziewicz chodził od okna do okna.

– Wesele się pewnie przedłuża – lokajczyk starał się go uspokoić.

– Tydzień już minął, czas kończyć! Nie pora na zabawy, gdy w kraju żałoba!

– E tam, panie, król nie był z naszych... – poufalił się chłopak. – W Saksonii podobno same lutry siedzą...

– Ty mi tu, Witek, nie praw mądrości, tylko leć do bramy i obacz dobrze, czy kogoś na gościńcu nie widać!

Sługa skłonił się i wyszedł, a podstarości, głęboko westchnąwszy, usiadł znów na zydlu, z rezygnacją poddając się zabiegom golibrody.

Do południa nie było żadnych wieści, dopiero w czas obiadu przyjechał umyślny. Hadziewicz wygonił wszystkich z komnaty, rozerwał pieczęcie listów, podszedł do okna i chciwie czytał:

Panie mój, wszystko poszło zgodnie z Waszmości życzeniem. Z Turowa ruszamy pojutrze, wcześniej bez obrazy kasztelana nie damy rady. Gości zatrzymam w Głębokim Kącie, jak długo zdołam, ale musisz Waćpan wiedzieć, że wdowa do domu chce wracać, bo na Złotym Moście pono dziatki chore. Śpiesz się zatem i co rychlej przyjeżdżaj, aby nam nie czmychnęła. Sługa uniżony!

– A to hultaj! – szepnął zadowolony podstarości. – Jakem Hadziewicz, lepszego intryganta w całej Litwie nie znajdziesz!

Popatrzył przez okno, uśmiechnął się i rzucił okiem na drugi list.

Miły mój! Już sześć niedziel minęło, jakem Cię nie widziała! Tęsknota pożera mi serce, myśleć nie potrafię ni czytać, ni spać. Teraz się pewnie długo nie zobaczymy, chyba w Warszawie, na sejmie? Nie zawiedź mnie, proszę, umieram bez Twego widoku!

List nie był podpisany, ale podstarości wiedział, od kogo pochodzi. Przeczytawszy, zmiął pismo i wrzucił papier do kominka, mamrocząc:

– Bodaj cię piekło pochłonęło!

VIII

Powrotna droga wiodła Żelskich i Zofię Niezgodzką nie ku Lichosielcom i Złotemu Mostowi, lecz w kierunku Głębokiego Kąta, majątku Wenantego Żaby. Zatem jechali nie przez puszczę winnicką, na wschód, ale wprost z Turowa na północny wschód. Nie musieli mostem przeprawiać się przez rzekę Winnicę, jako że stała skuta lodem. Żelscy byli zadowoleni z podróży, nie śpieszyło im się do domu, natomiast Zofia miała sobie za złe, że przystała nieopatrznie na tę wizytę. Podejrzewała, że pan Żaba chce ją bliżej poznać, bo jego zachowanie względem niej nie budziło najmniejszych wątpliwości. Zastanawiała się w duchu, dlaczego przyjmuje te zaloty, chociaż nie będzie mu nigdy wzajemną.

Wciąż kochała kasztelanica Jandźwiłła. Kilka krótkich spojrzeń i jeden polonez, w którym ją poprowadził, nie chcąc wzbudzać podejrzeń, wystarczyły, aby dla tej miłości pozostała w stanie wdowim przez całe życie. Nie mówiła jeszcze matce ani ojcu, że nikt inny nie uzyska jej zgody. Zresztą podstoli nie dotykał tematu ewentualnego małżeństwa. Adorował ją, ale też dużo mówił o swej wsi, rozmawiał z cześnikiem o polityce, gospodarce, jak to mężczyźni, a także o procesach, które go kosztowały tyle zdrowia. Wspominali bez końca wojenną młodość. Zofia rada była, że podróżują z matką w innych saniach i nie musi tego wszystkiego wysłuchiwać. Chciała myśleć bez przerwy o swym odzyskanym po latach kochaniu, pragnęła czuć ból i udrękę rozstania, przypominając sobie raz po raz rozmowę z kasztelanicem:

– Pani wciąż piękna i hoża, niczym dzieweczka, którą tu niegdyś we fraucymerze jejmości poznałem.

– Pan Jan zbyt miły dla mnie, ale komplement przyjmuję z wdzięcznością! – odpowiedziała, czerwieniąc się ze wstydu i radości.

– Czy pozwolisz, pani, abym jej kiedyś złożył wizytę w Złotym Moście?

– Z serca zapraszam! – wyszeptała. Czuła, jak toż serce szarpie się w piersi, gotowe wyskoczyć. – Z Turowa ruszamy z wizytą do pana podstolego Żaby, rodzice zadecydowali. Jednak niedługo tam zabawię, muszę bowiem wracać do dzieci. Będzie mi miło znów pana widzieć.

Choć na pozór zajęta rozmową z matką, rozmarzona wspominała tę szczęśliwą chwilę. Czy mogła więc oddać teraz rękę komukolwiek innemu?

Szarzało już, gdy zbliżali się do Głębokiego Kąta. Z daleka widać było palisadę otaczającą modrzewiowy dwór. Podobny do wielu stawianych w okolicy, z zamkniętą wciąż bramą, dla bezpieczeństwa pilnowaną przez straże, nie różnił się zasadniczo od tego, w którym mieszkała Zofia. Z ganku przez solidne dębowe drzwi wchodziło się do obszernej sieni dzielącej dom na dwie części. Lewa strona należała do gospodarza. Weszli zdrożeni do izby stołowej i zdjąwszy okrycia, zasiedli przy stole. Podstoli udał się do izby czeladnej, aby wydać dyspozycje, ale ochmistrzyni, uprzedzona przez posłańca, nagotowała już żuru i po chwili wnoszono najlepszą zastawę oraz półmiski z pieczystym, wazę z polewką, chleb i wino. Zajęto się też hajdukami i dziewczętami.

Goście wzdragali się co prawda przed jedzeniem, wszak przez ostatnie dni nie robili nic innego, jak tylko smakowali kolejne wykwintne potrawy, cóż jednak było robić? Należało spróbować i pochwalić głębockie specjały, grzeczność tego wymagała, a nikt tu nie zamierzał obrażać gospodarza. Zofia postanowiła, że następnego dnia z samego rana, choćby się paliło, ruszy w jedne sanie do Złotego Mostu, tak jak to wcześniej zapowiedziała. Może sobie pan podstoli gościć jej rodziców, ile mu się podoba, ona sama stęskniła się za dziećmi, zresztą obmierzł jej już ten starzec.

Kiedy kończyli wieczerzę, na dziedzińcu zrobiło się głośno.

– Cóż to za goście po nocy?!

Podstoli wyszedł do sieni, aby sprawdzić powód tego poruszenia, i po chwili wrócił z bogato odzianym, blisko trzydziestoletnim mężczyzną, w którym zdumieni goście rozpoznali podstarościego winnickiego, Kacpra Hadziewicza.

– Pozwólcie, mości państwo... – zaczął skrępowany Wenanty Żaba, ale krewki cześnik już się poderwał z miejsca.

– A kogóż waćpan u siebie przyjmujesz?! – zapytał ze zgorszeniem. Chciał chwycić za szablę, ale odpiął ją wcześniej, zresztą w gościnie nie wypadało.

– Mości cześniku, porwał się pan na równe nogi, jakby samego diabła zobaczył! – Podstarości roześmiał się w głos, niespeszony chłodnym przyjęciem.

– Nic inaczej, dobrodzieju! Wszak ciąży na tobie wyrok! Wieży nie odsiedziałeś!

– Wyrok wyrokiem, ale jakoś nikt mnie nie ściga. – Hadziewicz nie dawał się zbić z tropu.

– Bezpieczny jesteś, panie bracie, pod moim dachem! – zapewnił go podstoli. – Siadajże z nami, pewnieś zdrożony? Państwo wybaczą, gość w dom… – Rozkładał ręce w fałszywym geście bezradności.

– Z serca dziękuję! – Przybyły się uśmiechnął i usiadł obok Zofii. – Pani w żałobie. Nie zdążyłem jeszcze złożyć kondolencji. Jakoś nie było kiedy… – Roześmiał się bez cienia żalu.

– Dziękuję – odpowiedziała, unikając jego spojrzenia i płoniąc się ze złości i wstydu.

Siedziała sztywno, żałując całym sercem, że dała się namówić na tę wizytę. Hadziewicz tymczasem całkiem się rozgościł. Złapał za nogę pieczonego koguta, wyrwał i ogryzając, jakby od tygodnia pościł, przemawiał z pełnymi ustami:

– Wybaczcie państwo, że taki najazd uczyniłem, dawno się z jegomościem nie widzieliśmy, a ciekawy jestem bardzo nowin z Turowa. Jakże się udało wesele naszej kasztelanki? Gości pewnie zjechało mrowie?

– Oj, mrowie! – powtórzył podstoli.

– Cała szlachta z powiatu?

– Pewnie będzie, że cała… – zastanowiwszy się przez chwilę, potwierdził gospodarz.

– Co pleciesz, durniu, skoro mnie nie było! – krzyknął rozsierdzony podstarości i rzucił kością w talerz.

– Mospanie, to nie uchodzi! Wobec gospodarza… – zaczął Żelski, ale Hadziewicz nie zamierzał dopuścić go do głosu.

– Spokojnie, panie bracie, wszak wyrok… – Żaba już nabrał rezonu i uspokajał gościa proszącym tonem. – Kasztelan i tak grzeczność ci wyświadcza, przed zajazdem broniąc. Szlachta poszłaby na jego zawołanie, wielu sadła za skórę zalałeś.

– Ustatkowania się mojego wygląda pan turowski... – nieszczerze wzdychając, powiedział Hadziewicz i sięgnął po kolejne udko.

– Dobry dla waszmości jak ojciec – potwierdził imć Żaba.

– Dobry, powiadasz, panie podstoli? To czemu mi ojca zabrał?!

– Wszak nikt panu ojca nie zabierał! – Żelski nie krył oburzenia.

– Gdyby się tchórzliwie za mym ojcem w bitwie nie schował, byłby żył jeszcze pan na Grodzie Orłowym!

– Co komu pisane... – westchnął podstoli.

– To i spłaca dług wdzięczności nasz kasztelan... Widać sumienie go gryzie...

– A nie spłacił już długu, jak własnego syna wychowując waszmość pana w swoim zamku? Grodem Orłowym i matką się twoją opiekując, póki żyła? Świeć panie nad jej duszą! Karierę i urząd zapewniając? Ileż ma być tej wdzięczności?! – surowo upomniał podstarościego Żelski.

– Dobrodzieju, ja za grzeczność panu kasztelanowi wdzięcznością odpłacam.

– Jakąż to?

– A taką, że na ślub jego córki nie pojechałem.

– Boś acan zaproszony nie był!

– A nie byłem! – krzyknął znów Hadziewicz, rzucając kolejną kością w talerz, aż ten rozkołysawszy się, upadł na podłogę. – Nalej mi wina! – warknął do chłopca stojącego przy drzwiach.

Służący spełnił rozkaz i wrócił na miejsce. Gość wychylił puchar niemal jednym haustem.

– Dobre masz wino, mości cześniku! A cóżeście, państwo, tak zamilkli? Czy to wypada w gościach gębę na kłódkę trzymać? Opowiedzcie o weselu, bo tu u nas niewiele się dzieje. Co prawda spaliliśmy niedawno jedną czarownicę, ale poza tym nic... Umrzeć z nudów przyjdzie... – Zachichotał.

„Wydaje mu się, że jest dowcipny, ach, jaki to uprzykrzony człowiek! – pomyślała Zofia. – Służąc u kasztelana, był takim miłym, grzecznym chłopcem. Skąd ta dzikość, skąd to zło w jego spojrzeniu?".

Hadziewicz, jakby czytając w jej myślach, zapytał:

– A pani to mnie nie pamięta z dawnych czasów?

– Pamiętam, tylko jakby kto podstarościego odmienił – odpowiedziała speszona.

– Cóż, życie... – Zaśmiał się znów swobodnie. – Życie...

Przez krótką chwilę wydał się nawet godzien litości, chciała coś powiedzieć, aby go pocieszyć, ale on uprzedził ją, krzyknąwszy:

– A gdzież ten hultaj z winem?! Chodźże tu, psubracie, ma mi u pana podstolego język kołkiem stanąć?!

– Nigdy na to nie pozwolę! – obruszył się Żaba i machnął na chłopaka.

Pacholik nalał wszystkim wina. Hadziewicz podniósł kielich i nie wstając, krzyknął:

– Piję zdrowie pana młodego, kasztelańskiego zięcia, bo niedługo się on będzie swoim szczęściem cieszył!

– A wyplujże waść te niedorzeczne słowa! Kto to może wiedzieć? – łagodził go cześnik.

– Ja mogę i wiem! – rzucił chełpliwie podstarości i dla podkreślenia swych słów tak mocno postawił kielich na stole, aż niedopite wino chlusnęło na kobierzec.

– Na Boga, co pan zamierzasz?! – Cześnik poderwał się na równe nogi, jakby chciał zatrzymać gościa przed popełnieniem zbrodni.

– Nic zgoła. – Hadziewicz zamyślony patrzył gdzieś w dal. – Wspomnicie jednak, com tu dziś rzekł…

– Trzeba koniecznie zawiadomić kasztelana, moja duszko! – Florian Żelski, szykując się do snu, chodził tam i sam, szukając sposobności, jak zaradzić złu, które się być może niedługo przydarzy Cecylii Lange za sprawą podstarościego winnickiego.

– Widać mu jeszcze do końca złość nie przeszła. – Jejmość wzdrygnęła się na wspomnienie Hadziewicza.

– Mścić się na córce swego dobrodzieja?! Toż to czarna niewdzięczność! Do opamiętania by przyszedł, wszak już nie młodzik! Co robić? Co robić? – Cześnik uderzał się dłonią w czoło, chcąc zmusić oporny umysł do pracy, wreszcie, zasępiony, usiadł na łóżku. – Kasztelan mi nie wybaczy, jeśli się dowie, że wiedziałem o niebezpieczeństwie. Co jednak mam powiedzieć, że podstarości rzuca jakieś pogróżki? Wiadoma to rzecz, że odgraża się wszystkim dookoła, skłonny raczej do bitki i wypitki aniżeli do sąsiedzkiej zgody. – Westchnął, przykrywając się pierzyną.

– Prześpi się, to i mu przejdzie. I ty też odpocznij, utrudzonyś po podróży, a niezdrowo myśleć za wiele przed spoczynkiem.

– Moja jejmości, gdybym niebezpieczeństwu zapobiegł, toż to by była zasługa u kasztelana! – Żelski westchnął ponownie i zdmuchnął świecę.

Po chwili przez komnatę niosło się już tylko jego miarowe chrapanie.

IX

Zofia Niezgodzka bardzo się zdziwiła, że po śniadaniu nikt jej we dworze pana Żaby nie zatrzymywał. Wczoraj, wstrząśnięta obserwowaniem tego nieszczęśnika podstarościego, jego nagłych śmiechów i zasmuceń, jego szybko wychylanych kielichów, łapczywości, z jaką jadł pieczyste, słuchaniem strasznych rzeczy, które włos jeżyły na głowie, nie zauważyła, że podczas całej uczty gospodarz nie zwrócił się do niej ani razu! Nie zasiadł obok, zostawiając to miejsce wolnym, z czego natychmiast skorzystał Hadziewicz. A może podstarości zajął je, bo tak mu było wygodniej? Odsunąwszy krzesło daleko od stołu, siedział niedbale, z wyciągniętymi nogami, lekceważąc grzeczność wobec gospodarza oraz cześnikostwa. Dziś sytuacja się powtórzyła. Zofia znów usiadła tam gdzie wczoraj, tyłem do okien. Matka i ojciec naprzeciw niej, gospodarz u szczytu, a spóźniony podstarości, w rozchełstanej jedwabnej koszuli, z potarganymi włosami, grzebiący palcem w uchu, nie zważając na dobre obyczaje, wszedł, jakby był u siebie.

– Pochwalony! – Ziewnął i ciężko padł na stołek.

Zofia popatrywała na niego z ukosa, sądząc, że Hadziewicz zaraz zaśnie. Kiedy podano polewkę, ożywił się jednak.

– Jakże się spało? – rzucił, nie wiadomo do kogo, toteż nikt nie kwapił się z odpowiedzią.

Cześnik rad by go wypytać o niebezpieczeństwo grożące córce kasztelana, szukał jakiegoś sposobu rozpoczęcia konwersacji, ale zawsze tak rezolutny, wobec tego dzikiego człowieka tracił swój zwyczajny koncept. Zofia, z natury małomówna, oddawała pole starszym. Jej matka, kręcąc się niespokojnie, czekała na męża, który zaczął przymilnie:

– A dokąd teraz panu podstarościemu droga?

– Dokądże by? Do Grodu Orłowego, do pustego domu! – Westchnął tęsknie, co mu całkiem było niepodobnym, a jednak ich rozrzewnił. Gotowi byli współczuć afrontu, jaki spotkał tego gorącego, nieszanującego zasad człowieka. Bo czymże innym był ów brak zaproszenia na wesele?

– Gdyby tak pan podstarości tę karę wieży odsiedział... – niczym matka wobec niesfornego syna zasugerowała cichutko cześnikowa Żelska. – Byłby może kasztelan przypuścił go znów do łask swoich...

– Ja?! Odsiedzieć?! – zaperzył się Hadziewicz.

– Jeśliby podstarości wobec prawa się ukorzył, zadośćuczynił za krzywdy, powrócił do braci szlachty oczyszczony z zarzutów... – popierając żonę, łagodnie perswadował cześnik.

– Nigdy! Póki stać mogę, a w ręku szablę zdzierżę, nigdy! Ja do wieży?! Za nieprawe oskarżenie? Ukorzyć się wobec statutów?! Szuksztom oddać sprawiedliwość?! Mości cześniku, tyś mym bratem czy katem? – Hadziewicz podniósł głos i Żelski już począł żałować, że zaczął całą dyskusję.

– Otóż to, że bratem! Z ojcem waszym wojowałem, mając w nim przyjaciela, i radzę po ojcowsku: nie stawaj sam wobec wszystkich. Szuksztowie mocni w powiecie, dużo ich i choć gołota, długo będą swojej krzywdy dochodzić. Zapomnij, co boli, nawet jeśli cię niesłusznie oskarżyli. Albo uprzedź niebezpieczeństwo, które grozi kasztelance, i zasłuż na łaski, to kasztelan i bracia szlachta odpuszczą i staną po twej stronie – wyrzucił z siebie jednym tchem Żelski. – Wiesz, jak się sprawa ma z jurystami: kto raz zaczął się sądzić, ten skończyć może na Sądzie Pańskim. Krwiopijce to i ludzkiego czasu marnotrawce. Fortuny cię pozbawią, a racji twojej nie dowiodą.

Podstarości jadł, nie reagując i nie patrząc na rozmówcę. Nagle zatrzymał łyżkę w pół drogi, jakby się wahał, i rzekł z nagła:

– Macie rację, mój cześniku. Innym to trzeba dokonać sposobem. Pora mi wracać, panie podstoli, wybaczycie, że z gościny tak rychło umykam?

– Zawszem wam rad i zatrzymywał nie będę.

– Mnie również pora w drogę. W Złotym Moście pewnie się już niepokoją – korzystając z okazji, szybko powiedziała Zofia.

– Do Grodu Orłowego razem nam jechać wypadnie – słusznie zauważył Hadziewicz. – Dam waćpani asystę.

– Z serca dziękuję – powiedziała trwożnie.

Obawiała się tej asysty bardziej niż samotnej podróży przez puszczę winnicką.

X

Ruszyli przed południem. Miecznikowej towarzyszyli hajducy cześnika, Hadziewicz miał kilku swoich ludzi. Gdy sanie mknęły w kierunku Winnicy, Zofia drżała z zimna i lęku. Ten szalony człowiek był tak nieprzewidywalny, że w każdej chwili groził z jego strony jakiś kłopot. Jednak w kilka pacierzy znaleźli się nieopodal Grodu Orłowego. Sądząc, że tu przyjdzie im się rozstać, Zofia odetchnęła z ulgą. Podstarości zsiadł z konia, uchylił drzwiczki sanek i powiedział:

– Mało u pani ludzi, wolę mieć pewność, że nic złego cię po drodze nie spotka. Pojadę z moimi do Złotego Mostu, bez obaw, nie przekroczę bramy, nie będziesz mnie musiała podejmować.

Zdołała zaledwie skinąć głową, a sanki znów pomknęły. Zdziwiona, że Hadziewicz chce ruszać w tak daleką drogę, mając pod bokiem własny dwór, Zofia zmartwiła się, bo do Złotego Mostu zajadą na wieczerzę. Chcąc nie chcąc, trzeba będzie dać poczęstunek i nocleg podstarościemu oraz jego ludziom. Jest co prawda w Złotym Moście karczma, może Hadziewicz dotrzyma słowa? Nie wypadało jej i nie chciała go przyjmować, narażając się na oskarżenie z powodu przechowywania infamisa. Powinien to uszanować, wszak nikt go o przysługę nie prosił.

Długo jechali spokojnie, czasem tylko mijając jakieś żydowskie sanki. Zofia rozmyślała o dzieciach. Cieszyła się, że będzie je mogła znów przytulić i nie martwić się, czy są zdrowe. Kiedy znajdowali się już niedaleko dworu, z nieodległego zagajnika wypadła grupa jeźdźców i hurmem ruszyła wprost na nich. Woźnica zaciął konie i krzycząc: „Otwierać bramę!", ruszył z kopyta. Konni zwarli szyki, aby stawić czoła napastnikom, osłaniając plecami uciekające sanie. Zofia nie zdążyła zorientować się w sytuacji. Kim byli owi ludzie, czego chcieli, dlaczego czyhali akurat tu, tak blisko jej dworu? Ledwie zamknęły się za nią wrota, wbiegła na bramę. Chciała zobaczyć, co się dzieje, ale niczego poza kłębowiskiem walczących nie zdołała ujrzeć. Krzyki, szczęk szabel i wystrzały dochodziły aż tutaj. Walka trwała dość krótko, po czym odgłosy jakby się oddaliły, a wreszcie zapadła cisza. Wtedy dopiero, wciąż zdumiona i przestraszona, zeszła z bramy, aby przywitać dzieci. Przelęknione, skulone, pod opieką ochmistrzyni siedziały w najdalszym alkierzu.

– Już dobrze! Uciekli źli ludzie. – Przytuliła jasne główki, czując, że niepokój jeszcze nie mija. Dzieci objęły ją rączkami i nawet Ignaś, tak zawsze odważny, nic nie mówił, drżąc z obawy. – Zdrowiście? – Spojrzała na nie badawczo.

– Zdrowi! Czekali co dnia na ciebie, pani. Każdziuteńki pacierz zmawiali w intencji szczęśliwego powrotu.

– Moje kochania! – Matka ucałowała raz jeszcze główki i przytuliła dzieci. – A teraz już biegnijcie do łóżek!

W tej samej chwili wpadł do alkierza wrotny.

– Wasza miłość, pod bramą jacyś konni krzyczą, że mają rannych.

– Kto taki? – przeraziła się Zofia.
– Hadziewiczowi.
– Wpuścić! – powiedziała niechętnie.

Z głową opadniętą na pierś podstarości wisiał, trzymany pod ramiona przez sługi. Rękaw jego kubraka cały przesiąknięty był krwią. Zofia rozkazała zanieść rannego do izby. Z relacji hajduka wynikało, że napadli nań Szuksztowie, a zasadzili się pod jej dworem nieprzypadkowo.

– Dlaczego tu? Kto im podał wieść, że Hadziewicz będzie dziś podążał do Złotego Mostu? Przecież on sam tego nie planował! – zachodziła w głowę.

Jednak nie było czasu na dywagacje. Rana podstarościego wymagała szybkiego opatrzenia, inaczej mogło być z nim źle, albowiem zachodziła obawa, czy przeżyje po tak dużym ubytku krwi. Ułożyli go na posłaniu, ochmistrzyni przyniosła chleb z pajęczyną, ucisnęła ranę i obwiązała rękę chustą. Został przy nim chłopak, który miał czuwać przez całą noc. Tymczasem Zofia wzięła na spytki jednego z hajduków ojca.

– Powiedzcie, coście widzieli?!

– Pani, ruszyli na nas kupą z zagajnika. Było ich kilkunastu.

– Dlaczego tu?

– Pewnie szli za nami od samego Grodu Orłowego, szukali sposobności, ale widno było. Musieli przelecieć skrótem, żeby nas zaskoczyć i po ciemku wyrżnąć.

– Opatrzcie rannych i rozlokujcie się. Zaraz wam podadzą wieczerzę.

Długo w noc klęczała pod obrazem, z którego Najświętsza Panienka, popatrując dobrotliwie, wlewała w jej serce otuchę. Chwile spędzone przed domowym ołtarzykiem zawsze dodawały Zofii sił, zwłaszcza po śmierci męża. Skończywszy modlitwę, mimo obolałych kolan podnosiła się wzmocniona wiarą i przekonaniem, że na wszystkie kłopoty znajdzie się rada. Teraz jednak tak się nie stało. Przerażenie budziła myśl o leżącym kilka komnat dalej obcym, porywczym, zdolnym do wszystkiego, nieliczącym się z żadnymi świętościami człowieku, na którego jak na zwierza polowali inni ludzie. Człowieku, którego słudzy niby stali na bramie, broniąc dworu, ale w każdej chwili mogli się obrócić przeciwko jej ludziom. Nie potrzebowali wszak wdzierać się do środka, skoro sama ich wpuściła! Bez przeszkody mogli zagrozić zdrowiu i życiu jej dzieci, dokonać rabunku, a nawet morderstwa!

„Jak się tego ustrzec?" – myślała z trwogą, patrząc błagalnie ku Matce Boskiej.

I choć zazwyczaj oczy Maryi napełniały ją spokojem, zaręczając, że tu, pod złotomojskim dachem nic jej się nie stanie, utwierdzały w przekonaniu, że słusznie postąpiła, zawierzając i oddając się w opiekę Pannie Przeczystej, mimo kolejnej modlitwy spokój do Zofii nie wracał. Usiadła na brzegu łóżka i mocno zaciskając dłonie, jeszcze raz zmówiła modlitwę. To była w tej chwili jej jedyna broń. Sięgnęła po lichtarzyk i ostrożnie, aby nie zabrudzić nocnej sukni, zdmuchnęła płomień świecy, a potem leżąc z otwartymi oczyma, długo nasłuchiwała odgłosów nocy.

Rankiem baczniej przyjrzała się ludziom Hadziewicza. Ich rany nie były groźne. Najgorzej wyglądał sam podstarości. Majaczył, nie wiedząc, gdzie się znajduje, wydawał rozporządzenia sługom. Nie szło z nim porozmawiać, rozeznać się w jego intencjach. U stóp pana, nie dając się przegonić ani zluzować, siedział bez chwili przerwy młody pachołek, Witek. Zofia kazała mu rzucić na podłogę wiązkę słomy.

Mimo obaw dzień minął spokojnie, jeden ze złotomojskich hajduków puścił się co koń wyskoczy do Głębokiego Kąta, aby powiadomić Żelskich i sprowadzić z Winnicy Żyda, co umiał zszywać rany. Z pozostałych, kto tylko potrafił unieść broń, trzymał wartę na bramie. Jeśli Szuksztowie dowiedzą się, że Hadziewicz przebywa w Złotym Moście, będą chcieli go najechać, a może i spalić? Zofia, prawdopodobnie wyolbrzymiając zagrożenie, czuła się jak w pułapce. Straszliwy niepokój o dzieci i majątek, brak kogoś, kto mógłby ją zastąpić w podejmowaniu decyzji, konieczność szybkiego działania wobec wroga i wydawania dyspozycji dotyczących obrony – to wszystko spadło na nią znienacka. Miała żal do podstarościego. Gdyby nie narzucił jej swego towarzystwa, potyczka z Szukszami rozegrałaby się pewnie gdzie indziej, teraz i ona została niechcący wciągnięta w tę wojnę. Natychmiast jednak karciła się za bezduszność, wszak podstarości zaledwie uczynił jej przysługę, nie mógł przewidzieć, że ściąga za sobą niebezpieczeństwo, zły to człowiek, ale cóż by mu przyszło z tego, że ona cierpi za jego winy?

XI

Florian Żelski przyjechał dwa dni później. Na chłopskich saniach, ubrany w kożuch ukrywający jego prawdziwy stan, z jednym tylko woźnicą, przedzierał się lasami od Lichosielec, gdzie zostawił pełną trwogi żonę. Jego hajducy pomknęli traktem, aby zmylić ewentualnego przeciwnika. Ale Szuksztowie lizali zapewne rany w swym zaścianku, Rubieżewiczach, bo nikt cześnika po drodze nie niepokoił. We dworze sytuacja wyglądała na opanowaną. Straż przy bramie zachowała czujność, słudzy podstarościego nie okazywali wrogości wobec ludzi Zofii, sam Hadziewicz, zszyty szydłem i dratwą przez winnickiego Żyda, który się parał rzemiosłem cyrulicznym, poczuł się nieco lepiej i choć wciąż gorączkował, spierzchniętymi ustami zrelacjonował Żelskiemu przebieg wypadków. Na koniec opowieści cześnik zapytał go srogo, jakby ganił własnego syna:

– Nie dość wam krwi rozlewu pod Grodem Orłowym? Po coście aż tu zawlekli swoje swary i poczciwych ludzi w zgryzotę wpędzacie?!

– Anim pomyślał… – szeptem wycharczał ranny.

– A tak kłopot mamy. Córka moja wdowa spokojna, z nikim w zwadzie nie pozostając, bezpieczna była. Pan na nią kłopoty ściągasz, kawalerów zniechęcasz...

– Jam też kawaler. – Hadziewicz skrzywił się w ironicznym uśmiechu.

– Wyobraźnia u waszmości, jak widzę, szwanku nie doznała! – niecierpliwie zgasił go Żelski. – Córki za wichrzyciela nie dam! Nie próbuj mi tu żadnych swatów! Lada dzień zabiorę cię stąd, abyś jej w kabałę większą nie wplątał.

– Zdolnym ja do kabały... – fuknął podstarości.

– A zdolnyś, zdolny! I o to się martwię, żeś nadto zdolny! Wywieziemy cię do Grodu Orłowego i tam gości przyjmuj. Swój dwór, nie cudzy, na nieprzyjacielskie ataki wystawiaj! A córki mojej do swych porachunków nie mieszaj, bo będziesz miał ze mną sprawę! – oznajmił butnie, na co Kacper Hadziewicz tylko krzywo się uśmiechnął.

Teraz nie ustałby na nogach, a kiedy wróci do zdrowia, to przecież na starca ręki nie podniesie. Taka przestroga mogła wzbudzić ledwo pusty śmiech, to i nie dolewał oliwy do ognia. Zamilkł. Zamknął powieki w udawanym śnie, a cześnik wycofał się z komnaty, zabierając lichtarz. Jednak nie zasnął podstarości, czekał na swego sługę, który też w mgnieniu oka wsunąwszy się bezszelestnie, zajął miejsce u wezgłowia pańskiego.

– A co tam, Wituś? Trzymają straże? – zapytał konspiracyjnym szeptem.

– Trzymają, jaśnie panie.

– Dadzą radę dwór przed zajazdem obronić?

– Jeśli podstępu nie będzie.

– Słuszna uwaga. Ilu ludzi we dworze?

– Zbrojnych dwunastu.

– Mało. Żelski nie przywiódł?

– Czterech tylko.

– Chce nas wywozić do dom.

– To i dobrze.

– Ot, głupiś!

Zofia Niezgodzka każdego ranka sprawdzała stan chorego, wdzięczna ojcu, że chce, by Hadziewicz szybko wrócił do siebie. Z tej przyczyny życzyła podstarościemu zdrowia. Postanowili, że gdy już zdoła utrzymać się na nogach, w chłopskim przebraniu, okrężną drogą przez Lichosielce, przewiozą go do domu. Tymczasem jednak przybył posłaniec, pilnie wzywający Floriana Żelskiego do Turowa. Nie było rady, cześnik musiał odjechać, zostawiając córkę jej własnej przemyślności i opiece niestojącego jeszcze pewnie na nogach podstarościego. Dni jednak mijały, a Szuksztowie się u bram dworu nie zjawiali. Prawda i to, że zima ścisnęła okrutnie, śniegi spadły obfite, wilki się po lasach winnickich srożyły. Nic więc dziwnego, że nie chcieli w taki czas swoich praw dochodzić. Co się odwlecze, to nie uciecze. Nie zginie im podstarości, siedząc na Grodzie Orłowym, chyba żeby pozbył się ojcowizny i czmychnął gdzieś na Ukrainę albo i dalej. Ale i tam dadzą radę go odnaleźć i swojego dojść. Szuksztów wielu, Hadziewicz jeden, nie ma komu się za nim ująć, bo wszystkich przeciw sobie obrócił…

– Śnieg całkiem już drogi zasypał… – cicho powiedziała Zofia, widząc podstarościego wyglądającego przez okno.

– Siedzimy tu jak w więzieniu – jakoś poważnie odrzekł Hadziewicz.

– Proszę, czym chata bogata… – Nie reagując i nie odpowiadając, że sam sobie winien, wskazała mu miejsce przy stole.

Śniadanie podano skromne, tę samą co zawsze piwną polewkę i chleb, a dla gościa specjalnie jeszcze najlepszą kiełbasę ze złotomojskiej spiżarni. Sucha była jak szczapa, ale osłabionemu po chorobie przywracała siły. Choć łyżkę trzymał w lewej dłoni, podstarości jadł chciwie, niesklonny do rozmów. Gospodyni również nie kwapiła się, aby zabawiać gościa. Milczeli, czując się niezręcznie, ale i nie mając tematów, które byłyby im wspólne. Po dłuższej chwili Zofia postanowiła przemówić:

– Jakże pańska ręka?

– Goi się, Bogu dzięki. Ale kiepski byłby ze mnie teraz pani obrońca.

– Nikt się tego po nim nie spodziewa.

– Za dzień, dwa, będę się z ludźmi szykować do drogi.

– Nie ma pośpiechu... – powiedziała Zofia wbrew sobie, nie patrząc mu w oczy, by nie odgadł fałszu.

– Gość nie w porę gorszy od Tatarzyna! – parsknął Hadziewicz. – Cześnik na odjezdnym przykazanie mi zostawił, abym pani bez potrzeby nie narażał, a i ja sam nie chcę. Miło tu. – Rozejrzał się po sali. – Tak domowo.

– Dlaczego się podstarości żadnej pannie nie oświadczył? – zapytała, wciąż unikając jego wzroku.

– Bo nie w smak mi czarna polewka! – rzucił beztrosko i dopiero teraz ich spojrzenia się spotkały.

– Żadna się waćpanu nie podobała?

– Była taka jedna... – rzekł, twardo patrząc na nią, ale Zofia nic zrozumiała.

– Ząchodzę w głowę, cóż to za panna? – Nagle pozwoliła sobie na poufałość. – Ze dworu kasztelanowej? Znajoma może?

– Bez wątpienia, dlatego pozwól, pani, że jej imię pozostawię w tajemnicy.

– Nie nalegam, ale przecież w powiecie winnickim wiele urodziwych panien.

– I kawalerów, jak mniemam? – zapytał, a ona się zaczerwieniła, zrozumiawszy przytyk. Podstarości, udając, że tego nie zauważył, ciągnął niewzruszony. – Może będzie mi wreszcie czas swaty do której posłać, bo z portretów przodkowie wyleźć gotowi. Jam ostatni z rodu.

Powiedział to ironicznie, jakby nie czując wagi słów, uśmiechnął się nawet kpiąco. Ale Zofia mimowolnie uczuła smutek i ból samotnego człowieka, który niczym zaszczuty pies walczy ze wszystkimi dookoła.

XII

Jakie wieści przywozisz z Warszawy? Posła francuskiego widziałeś? – Wychodząc zza stołu, Tadeusz Jandźwiłł wyciągnął ramiona na powitanie syna.

Jan klęknął na jedno kolano, z uszanowaniem skłonił głowę i podał ojcu pokaźny, ciężki od złota mieszek.

– Oto jest prośba Francji o wspieranie wyboru króla Stanisława.

Kasztelan wziął mieszek, zważył go w dłoni i pokiwał głową.

– Żadnych instrukcji ani zobowiązań nie podpisywałeś?

– Nic poza słowem honoru, że pieniądze na sprawę Leszczyńskiego obrócimy.

Tadeusz Jandźwiłł zebrał w świetlicy swych najbardziej zaufanych i oddanych ludzi. Siedzieli poważni, oczekujący. Srogie miny, dumna postawa, nie z powodu byle błahostki się tu znaleźli. Po prawicy kasztelana, sztywno wyprostowany, spoglądając na resztę z wyższością, siedział zięć Jandźwiłła. Niektórym wydało się to wielkim, przesadnym wręcz wyróżnieniem. U końca stołu, zgodnie z obyczajem, zasiadali młodzi Jandźwiłłowie, synowie kasztelana: Stanisław Piotr i Jan Bonifacy, obok nich ten, który miał tu wiele do powiedzenia, lecz nigdy niemal go nie słyszano, albowiem nie wysuwał się na pierwszy plan – Wacław Strasz.

– Bracia! – przemówił wreszcie kasztelan, uciszywszy zgromadzonych podniesioną dłonią. – Z serca dziękuję, że stawiliście się tak tłumnie i tak szybko! Dopiero w tych murach świętowaliśmy ślub i wesele mojej córki z tym oto szlachetnym Nepomucenem Marią Langem i wiem, że w domowych okolicznościach wolelibyście teraz odpoczywać. Czas jednak najwyższy, abyśmy przed sejmikiem, który nas lada niedziela czeka, nad instrukcjami dla naszych posłów pomyśleli. Za którym kandydatem wypadnie nam się opowiedzieć? Czy trwamy w postanowieniu, że przyszedł czas na Piasta? – Rzucił spojrzenie zięciowi, ale ten siedział nieporuszony i nawet nie podniósł wzroku. – A może poprzemy innego kandydata? Ma król nieboszczyk syna, znanego nam Fryderyka Augusta. Radźcie, jakie wasze zdanie?

– Piast, tylko Piast! – popłynęło ponad głowami zgodnym chórem.

– Kraj utrudzony jest saską polityką! – wykrzyknął ktoś, kryjąc się za plecami innych.

– Piast naszym językiem będzie gadał, nasze obyczaje poważał, naszą wiarę katolicką chronił, nasze familie i ich zasługi dla ojczyzny uznawał, obcych ministrów nam nie narzuci! – coraz szybciej wyliczał koniuszy Skirgiełło, tu jednak chrząknął, zrozumiawszy swą niezręczność, a po chwili ciągnął: – Niczym król Jan III, świeć Panie nad jego duszą, Piast dla ojczyzny miłej życie chętnie poświęci, a szlacheckie wolności ujmy odeń cierpieć nie będą! – Aby zaakcentować ważność wypowiedzianych właśnie słów, uderzył pięścią w stół, a zgromadzeni kiwali głowami, przyjmując argumentację.

– Tymczasem zgoda na elekcję syna najjaśniejszego pana może mieć rozmaite groźne następstwa, jak chociażby wprowadzenie dziedziczności tronu, a co za tym idzie, odebranie szlachcie wolności w wyborze króla! – perorował cześnik Żelski.

– Wara od wolnej elekcji! – podniosły się głosy oburzonych.

Spośród zebranych nikt już chyba nie pamiętał, jak z końcem panowania Sobieskiego, dość mając bałaganu w kraju i kiepskich rządów panoszącej się królowej Marysieńki, szlachta na niektórych sejmikach domagała się wręcz wprowadzenia zakazu kandydowania do tronu obywatelom Rzeczypospolitej. Z powodu nieudolnej polityki Augusta II te rachuby też nie wydawały się skuteczne. Wojna między Saksonią a Szwecją zniszczyła kraj, a niskie ceny zboża i przeciągające przez Polskę zarazy zrujnowały gospodarkę. Wielu ludziom głód zajrzał w oczy i dopiero ostatnio powoli nadrabiano straty po folwarkach.

– Którego konkretnego kandydata powiat nasz powinien wesprzeć? – dopytywał się Jandźwiłł.

Zapadła cisza. Najwyraźniej szlachta nie miała w tej kwestii sprecyzowanego zdania.

– A czemuż by nie kasztelan dobrodziej?! – wyrwał się w końcu cześnik Żelski. – Wszyscy oddamy za waszmości nasze kreski!

Przez świetlicę przeszedł pomruk zadowolenia, bracia szlachta kiwali głowami, aprobując pomysł. Kasztelan znów uniósł dłoń. Tym razem trzymał w niej świeżo dostarczoną z Warszawy gazetkę pisaną.

– Bóg zapłać, cześniku, za twe poważanie, ale jak mi piszą w gazecie, kandydatem na króla jest ojciec królowej francuskiej, Stanisław Leszczyński. To Piast, któregośmy sobie życzyli, na dodatek popierany przez Francję.

– A czemuż nie książę Michał Serwacy Wiśniowiecki? Nie jest on równie wielkich cnót rycerzem i rodziny zacnej synem? – odezwał się ktoś z końca stołu.

Zebrani spojrzeli na kasztelana pytająco, a ten z uszanowaniem i spokojem odpowiedział:

– Kanclerza wielkiego szanuję i poważam. Widziałbym go rad królem, pierwszy pośpieszywszy na elekcję. – Zawiesił głos i potoczył wzrokiem po swych gościach. – Czy jednak zdołamy narzucić go Czartoryskim albo Potockim, którzy za królem Stanisławem tak usilnie się opowiadają? Bóg to jeden raczy wiedzieć... – Westchnął ciężko i nieszczerze. W głębi ducha nie lubił Wiśniowieckiego, który na Litwie za bardzo się rozpanoszył, budząc niechęć i zawiść. Wiśniowiecki na króla? Wolne żarty! Leszczyński lepszy, choćby dlatego, że już opłacony. A kto opłaci wybór Wiśniowieckiego? Kasztelan westchnął raz jeszcze i oparł głowę na dłoni. Mocno trąc pobrużdżone czoło, dawał do zrozumienia, że Wiśniowieckiego sobie na tronie nie życzy. Najlepszym sposobem ucięcia dyskusji było wzniesienie kielicha. – Za najjaśniejszą Rzeczpospolitą! – rzekł z emfazą i upił łyk węgrzyna.

Zebrani, dotąd zesztywniali w oczekiwaniu, się poruszyli. Najwidoczniej zadowoleni z obrotu sprawy odwracali się ku swym sąsiadom, unosząc puchary i spełniając toast. Na ten znak drzwi do świetlicy się otworzyły i słudzy zaczęli wnosić półmiski pełne wszelakiego mięsiwa. Czegóż tam nie było: całe wieprzki, udźce sarnie, żubrze szynki, zające, co komu w smak! Goście kasztelana nadziewali wielkie kawały pieczeni na wyciągnięte zza cholew widelce i jedli ze smakiem. Znak to oczywisty, że powiat jednomyślnie zaakceptował kandydata na króla.

Jan i Stanisław Jandźwiłłowie patrzyli na ojca z wyczekiwaniem. Nie było w zwyczaju kasztelaniców dzielić się swymi opiniami, jeśli ich nie pytano, jednak kasztelan wyczuwał z ich postawy, że chcieliby mu coś jeszcze powiedzieć.

– Słucham was, panowie. Nie wydajecie się zadowoleni z decyzji.

– Panie ojcze – z pokorą zaczął Jan. – W królu Piaście nadzieja Polaków, ale szlachta chce tylko zachowania swych praw, jednakowoż prawa te czynią nas dziwowiskiem Europy. Świat twierdzi, żeśmy głupi i słabi, że obce nami rządzą mocarstwa.

– Kto tak uważa?! – krzyknął zezłoszczony kasztelan.

– Wszyscy – wyszeptał Stanisław. – I mają rację. Bośmy nierządni i niezdolni do obrony kraju. Biedny kraj bez wojska, gdzie panoszy się, kto chce. Naszego króla narzucą nam albo Francja, albo Rosja, bośmy nienawykli do samodzielnego myślenia i zbyt słabi, aby narzuconego siłą odeprzeć.

Nepomucen Maria nie zabierał głosu, ale poruszył się na krześle. Wacław Strasz dyplomatycznie milczał.

– Co pan na to, Lange? – Kasztelan spojrzał na zięcia, udzielając mu głosu.

– Król Piast reformy zaprowadzi!

– Pięknie i po szlachecku gadasz, jakbyś się na Litwie, nie w Prusach rodził! – Zadowolony Tadeusz Jandźwiłł uderzył się w kolano.

– Najpierw trzeba by dobrowolnie zrezygnować z *liberum veto* – Jan, wciąż ponury, poparł Stanisława. – Który szlachcic temu przyklaśnie? Który zapłaci podatek na wojsko, jak płacą inne narody, jęcząc pod jarzmem despotyzmu?

– Dobry król, co nie rządzi, tylko rozdaje urzędy. Dobry sejm, który zerwać można. Dobre wojsko, gdzie służyć nie trzeba. Taką Rzeczpospolitą zostawił król August II. Taka się wszystkim, a najbardziej naszym wrogom, podoba! – podsumował Stanisław i gdyby go nie rozsierdził, byłby pewnie ucieszył ojca swoją polityczną mądrością.

– Sejm się zwoła, sejm zatwierdzi! – Chcąc koniecznie wesprzeć teścia, Nepomucen Maria upajał się nierealną wizją. – Leszczyński na króla! On uratuje Rzeczpospolitą!

Kasztelan spojrzał nań jakby nieco zdziwiony, ale kiwnął głową, bo sam pewnie takich słów zamierzał użyć. Wstał, oparł obie dłonie o stół, podniósł głowę i zdecydowanie spojrzał na oczekujących jego zdania mężczyzn:

– I będziemy go w tym wspomagać, póki tchu w piersi! Strasz, proszę ze mną!

XIII

Cecylia, siedząc w swej panieńskiej sypialni, która chwilowo służyła obojgu małżonkom, rozmyślała o kuligu. Luty powoli dobiegał końca, zapusty wciąż trwały, mimo gorączkowych przygotowań do sejmików przedelekcyjnych to tu, to tam organizowano uczty. Nie na zamku turowskim jednak, bo kasztelanowa coraz więcej czasu spędzała na dyskusjach z cyrulikiem Dietrichem, a kasztelan, jego synowie oraz zięć, gnani politycznym interesem, często opuszczali dom, aby mediować po okolicy. Choć ciekawa tych rozgrywek, Cecylia nie towarzyszyła im, albowiem obecności kobiet nie tolerowano podczas suto zakrapianych męskich przyjęć, do których sprowadzało się kaptowanie stronników. W zasadzie Litwa wysuwała jednego kandydata, był nim Stanisław Leszczyński, ale zgoda co do wyboru, kiedy przyjdzie czas próby, nie musi być już tak niewzruszona.

– Powiedz mi, proszę – spytała Jana – czy to możliwe, aby coś przeszkodziło elekcji Leszczyńskiego?

– Nie sądzę. Jest wielkie pragnienie, aby to on właśnie został królem. Boję się jednak, że Rosja się temu sprzeciwi. Podobno już buduje partię saską.

– Na kimże ją oprze?

– Na tych, którzy dadzą się przekupić lub zastraszyć. Na Radziwiłłach chociażby.

Cecylia westchnęła. Polityka była jej drugą namiętnością, zawsze jednak ustępowała przed ogromnym apetytem na miłość, a tej ostatnio czuła niedostatek. Wyjrzała przez okno, jakby zamierzała szykować się do podróży, co w rzeczy samej od kilku dni planowała.

– Oczekujesz gości, siostro? – zapytał Jan, opacznie zrozumiawszy ten ruch.

– Och, kto wie! – westchnęła. – Wszak zapusty wciąż trwają! Przede wszystkim jednak oczekuję męża. Miał wrócić wczoraj, polityka wciąż mi go kradnie.

Jan nie dopytywał się o Nepomucena Marię. Nie lubił nowego szwagra. Uważał go za mało lotnego, nudnego w tej swojej twardej polszczyźnie, nadętego. Ciekawiło go tylko, jak Langemu udało się wejść w łaski poprzedniego króla. Planował, że kiedyś przy okazji powróci do tego tematu.

Natomiast Cecylia, nawet wspominając męża, ani na chwilę nie przestawała myśleć o podstarościm Kacprze Hadziewiczu, który dodawał jej życiu niezbędną dawkę ekscytacji. Nie kochała go bynajmniej. Pożądała jedynie przygody, której jej dostarczał. Złakniona odmiany, ryzyka, szukała okazji, aby się z nim spotkać, by oddać mu się w pośpiesznym, byle jak odbytym akcie, w podniecającym poczuciu tajemnicy, grzechu, niebezpieczeństwa. Kiedy to na nią spadało, potrafiła dosiąść konia i gnać na złamanie karku. Nieraz zdyszana, mijając bramę, zeskakiwała z siodła, rzucała lejce wrotnym i nie pytając o pana, biegła do jego komnaty. Nie upłynął pacierz, a już wracała. Zaróżowiona, z triumfalnym uśmiechem na pięknej twarzy, pędziła z powrotem do Turowa. Gdy z jakiegoś powodu przez dłuższy czas nie zaspokoiła żądzy i szukała metody, aby dopiąć celu, nieoczekiwanie miękła, pokorniała, stawała się przymilna i uległa. Czytając jej listy do kochanka, można by o ich autorce wysnuć mylne wyobrażenie. Ta odmiana nigdy jednak nie trwała długo. Zaspokojona, Cecylia stawała się na powrót sobą.

– Kiedy wreszcie przyjdzie wiosna?! – fuknęła niezadowolona. – Wszystkim tylko elekcja w głowie, a mnie nudno! Żeby choć kulig...

– A słyszałaś, że naszego Kacperka Szukszty porąbały? – lekko, jak najzabawniejszy żart, powiedział kasztelanic.

Cecylia przestała na chwilę oddychać.

– Na śmierć?

– Porąbały, nie zarąbały, siostro droga. Kuruje się w Złotym Moście.

– Cóż on robi w Złotym Moście?! Chyba nie posyłał swatów do tej mniszki miecznikowej?! – rzuciła niezadowolona.

Jan zmarszczył czoło, jakby nie kojarząc, po czym roześmiał się sztucznie.

– Kto wie? Może?

– Odwiedźmy ją, proszę! Strasznie się nudzę! Pani matka wciąż zajęta z Dietrichem, każe mi jakieś ornaty wyszywać. Całe palce mam już pokłute.

– A jeśli tam zastaniemy Hadziewicza?

– To i cóż?! Przecież nas nie zje, skoro leży porąbany! – Zaklaskała w dłonie, przywołując służącą. – Siodłać mi sanki, a najlepsze, wybieram się do Złotego Mostu! Chyba nie odmówisz mi swej opieki?

Choć Jan Jandźwiłł nie był przygotowany na taką eskapadę, propozycję przyjął z radosnym biciem serca. Od kilku dni zastanawiał się, jakiego użyć pretekstu, aby uwiarygodnić konieczność odwiedzenia miecznikowej. Teraz okazja sama pchała mu się w ręce! Nie chciał jednak przyznać się przed siostrą do swych uczuć. W tej kwestii z pewnością by go nie poparła. Przekonana, że wart jest lepszej partii, pobiegłaby natychmiast do ojca i ujawniła sekret dla jego własnego dobra.

– Zatem? – zapytała zniecierpliwiona.

– Chyba nie powinienem... – Ociągał się, chcąc ukryć swe prawdziwe intencje. – Ojciec może mnie potrzebować.

– To pośle za nami umyślnego. Zresztą pewnie wkrótce będziemy z Nepomucenem Marią wyjeżdżać do Warszawy, chcę pożegnać przyjaciółkę. Mam do tego prawo!

Siedzieli w sankach eskortowanych przez dwunastu konnych z gwardii kasztelana. Z mniejszym orszakiem nie wypadało się w powiecie pokazywać. Za nimi sunęły sanie, a w nich służące Cecylii oraz drugie z pacholikami Jana. Pędzili przez puszczę, a wiatr huczał ponad borem.

– Idzie odwilż... – stwierdził młody Jandźwiłł.

– Nie daj Boże! Jeśli śnieg się stopi, droga do Warszawy będzie utrapieniem! – zatrwożyła się Cecylia.

– Tak ci spieszno do stolicy?

– Znasz mnie, lubię, gdy dookoła coś się dzieje.

– W Warszawie rozrywek ci nie zabraknie. Życie dworskie, przyjmowanie i oddawanie wizyt, msze w coraz to innym kościele, przejażdżki po mieście, odwiedzanie składów z najprzedniejszymi towarami, obrady sejmu. Dzień w stolicy mija szybciej niż w Turowie.

– Zastanawiam się, czemu ciągle tu tkwimy! – rzekła nadąsana. – Dokąd mój mąż z naszym ojcem tak pielgrzymuje? Czyżby nie wszyscy się jeszcze przekonali do króla Stanisława?

– Szlachty w powiecie więcej, niż zdolny jest pomieścić zamek turowski. Dłoń jaśniepańską każdy rad ucałować i o swym oddaniu zapewnić. Gościć kasztelana w swych progach toż to zaszczyt niebywały!

– A dla jegomości utrudzenie.

– Z siedzenia na zamku żadne profity nie płyną. Trzeba ze szlachtą być za pan brat: poufalić się, biesiadować, pić i słuchać gawęd. Tylko w ten sposób można się dowiedzieć, co myślą w którym dworze czy zaścianku.

– I uprzedzić niespodziewane... – Cecylia pokiwała głową, rozumiejąc wreszcie, czemu musi powściągnąć swe pragnienie szybkiego wyjazdu do stolicy. Im więcej Nepomucen Maria będzie wiedział o panujących na Litwie stosunkach, tym bardziej będzie przydatny na dworze.

XIV

Zbliżając się do Złotego Mostu, Cecylia zastanawiała się już tylko nad tym, czy Kacper Hadziewicz wciąż leczy rany w majątku miecznikowej Niezgodzkiej, czy też będą się z Janem musieli nudzić w jej towarzystwie? Cóż za powód wizyty podać? Chyba tylko utrudzenie podróżą? Bo w kulig o jednym zaprzęgu nawet ona nie uwierzy.

Wrotni zadziwiająco długo zwlekali z otwarciem bramy, wreszcie sanki wjechały na dziedziniec skromnego dworu. Służący natychmiast zajęli się końmi i ludźmi, a do Cecylii i Jana wyszła stropiona gospodyni. Kłaniając się, zaprosiła ich do środka drżącym z zimna czy zdenerwowania głosem.

– A cóż to pani miecznikowa tak opieszale gości w swoje progi wpuszcza? – z uśmiechem, ale i nie bez wyrzutu zapytała Cecylia Lange, mierząc skromne domostwo spojrzeniem pełnym pogardy. Nie było tu tak modnych obecnie mebli z mahoniu. Stare, ciężkie dębowe lub cisowe stoły, ławy i krzesła wyglądały, jakby je zrobiono za króla Zygmunta. Portret tego władcy w chwili oddawania mu hołdu przez wielkiego mistrza krzyżackiego wisiał na ścianie obok obrazu przedstawiającego króla Jana Sobieskiego podczas wiktorii wiedeńskiej.

– Wybaczcie, pani, dzieci spać kładłam... – gładko skłamała Zofia, a Cecylia poczuła ukłucie zawodu, pomyślawszy, że Hadziewicza w Złotym Moście nie zastali. – Ale witam całym sercem! Zapraszam, wejdźcie, proszę.

Zofia nie podniosła spojrzenia na młodego Jandźwiłła, przekonana, że wyraz jej oczu natychmiast zdradzi ukrytą głęboko w sercu tajemnicę. Wprowadziła gości do świetlicy. Tu zdjęli odzienie i usiedli blisko kominka, w którym wesoło huczał ogień, gospodyni zaś wyszła, aby wydać dyspozycje. Najważniejsza brzmiała, aby Hadziewicz podczas wizyty Jandźwiłłów nie wychodził ze swego alkierza. Zofii nie tyle chodziło o jego bezpieczeństwo, bo kasztelanic, zważywszy, że był w towarzystwie siostry, raczej po infamisa nie przyjechał, nie chciała jednak pokazać się Janowi jako ktoś zdolny do łamania prawa. Wróciwszy, próbowała zabawiać gości, ale nie potrafiła ukryć skrępowania i natychmiast została zdemaskowana.

– Pani jakaś nieswoja. Czyżbyśmy przyjechali nie w porę? – zapytała Cecylia.

– Wszak zapusty, każdy ma prawo zajechać kuligiem z wizytą... – łamiącym się głosem odpowiedziała Zofia i kazała podać wódki z piernikiem toruńskim.

Wyratowali ją słudzy, wnosząc posiłek. Pośród nich Cecylia zauważyła Witka, chłopaka Hadziewiczowego. Więc jest tu podstarości, tylko się ukrywa! Widać nie chce miecznikowej uczynić kłopotu. Knując intrygę, uśmiechnęła się sama do siebie.

– Smaczna pieczeń, wyśmienita, czyż nie, bracie?

Jan przeżuł kawałek mięsa i skwapliwie potwierdził. Cecylia nie zauważyła zmiany w jego zachowaniu. Pewnie dlatego, że uparcie wpatrywała się w Zofię Niezgodzką, szukając sposobu, aby ta wywiodła swego gościa z alkierza.

– Pani Zofia jakaś małomówna, chyba nierada naszej wizycie...

– Ale co też mówicie! Radość to dla mnie i honor wielki, nie wiem tylko, czy sprostam. Dom mój zwyczajny, frykasów w nim nie uświadczysz.

– Czyżby? – Cecylia patrzyła na nią badawczo. – A mnie się wydaje, że jakiś frykas tu się przed nami ukrywa...

– Dajże spokój, Cecylko. Przecież już nie jesteśmy głodni... – Jan próbował ratować niezręczną sytuację.

– Pani nie wierzy w naszą życzliwość? – napierała Cecylia.

– Ja? – Zofia się zapłoniła. Jeszcze chwila, a nie da rady powstrzymać łez. – Ależ tak, kasztelaństwo dla mnie zawsze...

– To czemu nakazałaś, pani, podstarościemu winnickiemu jak jakiej dziewce ukryć się w komorze? Czy godzi się szlachcicowi umykać w kąt ciemny? Wszak jesteśmy jego przyjaciółmi, nieprawdaż, Janie?

Młody Jandźwiłł chrząknął. Obecność Hadziewicza do niczego nie była mu potrzebna. Nie chciał kłopotać Zofii, jednak siostrze nie potrafił się sprzeciwić.

– Chcielibyśmy zapytać o zdrowie podstarościego. Czy żyje, bo podobno został okrutnie poraniony?

Zofia przełknęła ślinę i kiwnęła głową. Nie wiedziała, co powiedzieć. Wydawało jej się dość dziwne, aby Jandźwiłłowie byli rzeczywiście przyjaciółmi podstarościego. Może na dany znak wpadną tu ludzie kasztelańscy, pochwycą infamisa i go uprowadzą, a ją oskarżą o jego przechowywanie? Ale przecież Jan tak na nią patrzył... Czy w tych oczach mogła się czaić zdrada?

Nim zdążyła odpowiedzieć, drzwi do świetlicy otworzyły się nagle i stanął w nich Kacper Hadziewicz. Gdyby nie chusta podtrzymująca jego prawą rękę, wyglądałby na całkiem zdrowego. Struchlała Zofia bez słowa opadła na ławę.

– A kogóż nam tu dobre bogi zsyłają? Czołem, panie bracie! – rzekł i bez zaproszenia rozsiadł się obok Cecylii. – Jejmościance gratuluję mariażu! – Ucałował jej dłoń. – Już po nocy poślubnej?

Wszyscy się zmieszali na tę zuchwałość, choć Cecylia najmniej.

– Ty, Kacper, mojego męża nie tykaj!

– Ale zazdrościć mu takiego skarbu jejmościanka pozwalasz? – Uparcie tytułował ją tak, jakby nie wyszła jeszcze za mąż.

– To ci zawsze wolno.

– Jakiż był powód zwady z Szuksztami? – rzeczowo zapytał Jandźwiłł.

– Ten co zawsze. Rzezimieszki to są zawołane. Lubią rąbać ludzi.

– Nie wszystkich.

– Ich wielu, ja jeden. U nich mało ziemi, u mnie dosyć. Ot, i powód gotów. Kiedyś im się uda. Nie tędy, to owędy, dopadną i zasieką. – Westchnął niby to ze smutkiem.

– Co też mówicie! – oburzyła się Zofia. – To się nie godzi!

– Czy miecznikowa uroni choć łzę po infamisie? – Pochylił się ku niej.

– Wszystkie będziemy płakać, cały powiat! – ironicznie zapewniała go Cecylia, zła, że nie ją pierwszą zapytał.

– Kasztelanka w stolicy to się nawet o mojej śmierci nie dowie... – Wciąż patrząc na Zofię, Hadziewicz udawał zmartwionego.

Wiedział, co Cecylię najbardziej rozwścieczy. Ale im dłużej się z nią drażnił, tym większą miała ochotę uciec z nim do jakiejś komory, rozedrzeć koszulę na jego piersi, podciągnąć suknię, usiąść mu na kolanach i dać się obłapić niczym prosta dziewka. Ta surowość, nieliczenie się z konwenansami, brak względów dla pochodzenia najbardziej ją pociągały w mężczyznach. Taką naturę dziką, brutalną, bez zahamowań miał Kacper Hadziewicz. Tęgi rębajło i zabijaka, ostry w słowie i pochopny w czynie, znany z wielu podbojów, choć wciąż kawaler. Cecylię złościło, że będąc w gościnie u miecznikowej, musi zachowywać pozory. Każde słowo Kacpra paliło niczym rozgrzane do białości żelazo, a najbardziej wyprowadzało ją z równowagi to, że nie mogła go nawet dotknąć. Kręciła się, szukając sposobu, aby wyjść z nim choćby na dziedziniec lub wysłać gdzieś na moment niewygodnych świadków.

O tym samym, ale w niepomiernie bardziej stonowanej formie, myśleli Jan i Zofia. Dla poetycznie rozamorowanych już jedno spojrzenie, dotknięcie dłoni, wspólne westchnienie, jakieś mimowolne napomknięcie o minionych dniach pełnych tęsknoty byłoby wielkim szczęściem. Siedząc sztywno, uciekali ze wzrokiem, speszeni wzajemną obecnością, a jeszcze bardziej obcesowym zachowaniem tamtych dwojga.

– Jeśli usiekliby cię w Warszawie, to może i na mszę bym poszła... – zażartowała Cecylia, nawiązując do swego listu i jawnie wyznaczając Kacprowi schadzkę.

– Gdzie mnie tam do Warszawy, tu muszę moim wrogom stawić czoła!

– Musiałbyś najpierw wyleźć spod spódnicy miecznikowej! – syknęła zezłoszczona.

– Cecylko! – skarcił ją Jan.

– Już wiem! – Klasnęła, nie zwracając uwagi na brata. – Zabierzemy cię do Grodu Orłowego, boś tu gościem nieproszonym i niechcianym. Nikt się na nasz orszak podnieść ręki nie poważy. Ha! – Klasnęła raz jeszcze zadowolona z pomysłu. – Co pani na to?

– Ja…

– Wszak nie wypada gospodyni gościa wypraszać! – Jandźwiłł tłumaczył zmieszanie Zofii.

– Nie wypraszać, tylko od swej opieki uwolnić! – Cecylia pieklila się coraz bardziej. Czuła, że jeśli nie uda jej się zostać z Kacprem sam na sam, pożar, który ją trawi, spopieli wszystko dookoła.

Nieświadomej niczego Zofii łzy się w oczach zakręciły. Słowa kasztelanki zabolały. Któż tu kogo trzyma? Czy ona więzi w swym dworze podstarościego, nie pozwalając mu wracać do domu? Owszem, minęła jej dawna niechęć do gościa, ale z każdym dniem czekała, że Hadziewicz pożegna się wreszcie i odjedzie. Czy dawała mu dach nad głową wbrew jego woli?

– Pójdę do dzieci – wyszeptała, chcąc otrzeć nos w samotności.

Młody Jandźwiłł tylko na to czekał.

– A ja sprawdzę, czy konie oporządzone i ludzie się do snu pokładli! – rzucił szybko i wybiegł za Zofią.

Stała w sieni, płacząc. Musiał działać, lada moment ktoś mógł im przeszkodzić.

– Po cóż te łzy? Nie warto… – Pogłaskał ją po włosach, doznając cudownego uczucia słodyczy.

Odwróciła się, a on suchymi ustami skradł jej pośpieszny pocałunek, po czym krzyknął szybko:

– Hej, jest tam który?!

Natychmiast przybiegło dwóch służących. Kasztelanic, narzuciwszy przyniesiony przez jednego z nich półkożuszek, wyszedł na dziedziniec, a Zofia została w sieni, ukrywając uśmiech pod zasłaniającą usta dłonią.

XV

Hadziewicz nie miał wielkiej ochoty na bezczeszczenie domu, w którym otoczono go troskliwą opieką i mimo podłej reputacji traktowano jak najzacniejszego gościa. Powodu do niewdzięczności także nie miał żadnego. Dlatego kiedy tuż po opuszczeniu świetlicy przez miecznikową i kasztelanica Cecylia rzuciła się nań i niepomna jego wciąż bolącej ręki zaczęła mu grzebać w spodniach, pociągnął dziewkę ku drzwiom, aby uniemożliwić gospodyni wejście i nie narazić jej na przykry widok.

Zaparła się mocno i całując go ze zwierzęcą łapczywością, oddała mu się na stojąco. Gdy w nią wszedł, jęknęła. Spragniona i namiętna drżała przy każdym ruchu. Bał się, że nie zdąży. Na szczęście Zofię Niezgodzką zatrzymało coś w czeladnej. Może wyszła z kasztelanicem na dziedziniec? Może zajrzała do dzieci lub próbowała ochłonąć po nieuprzejmym zachowaniu Cecylii? Dość, że nie narażając na szwank honoru domu, Kacper wykonał, czego się odeń domagano.

Ledwie zmęczeni i zdyszani opadli z Cecylią na ławę, do świetlicy weszła gospodyni, a tuż za nią Jan Jandźwiłł. Jakże inaczej wyglądali! Hadziewicz przyjrzał się im uważnie i zdumiało go to, co zobaczył. Zofia uśmiechała się rozpromieniona, a zdenerwowany wcześniej kasztelanic wrócił zadowolony, z roześmianymi oczyma, jakby dostał cenny prezent! Speszeni, nie potrafiąc ukryć radości, wyglądali na zakochanych! Tych dwoje też nie próżnowało tam, na dziedzińcu! Och, zapewne nie byli aż tak wyuzdani jak oni tutaj, w świetlicy. Ale coś między nimi niewątpliwie zaszło! Tylko co?! Cecylia nie zwracała na nich uwagi, zaspokajając pragnienie winem.

– Waszmościom nasze towarzystwo do niczego niepotrzebne?! – zapytał rozdrażniony Kacper.

– Potrzebne i dlatego wróciliśmy! – Kasztelanic uśmiechnął się szeroko, niczym ktoś dumny z dokonanego właśnie podboju.

Hadziewicz zagryzł wąsa. Co ci dwoje sobie powiedzieli lub co zrobili? Niespodziewany a ostry ból przeszył go na wskroś. Nie był to ból zranionej ręki, tylko zazdrość i żal, że jutro będzie musiał pożegnać panią na Złotym Moście, a niczego przez ten cały czas nie zdołał osiągnąć! Na dodatek zdążył się już przyzwyczaić do codziennej obecności Zofii. Jej słodycz łagodziła jego porywczość, on sam z wolna miękł. Każdy dzień spędzony w towarzystwie miecznikowej utwierdzał go w przekonaniu, że niewiasty piękniejszej, lepszej i bardziej zasługującej na miłość nie znajdzie w całej Litwie. Co ranka zabierał się, aby jej to wyznać, był już całkiem blisko, nawet dziś…

Wydawało mu się, że Zofia też chyba go nieco polubiła. Choć trochę rozmawiali, nie wspominała o żadnym uczuciu, a tymczasem ni stąd, ni zowąd zjawia się ten fircyk, ta laleczka francuska i wchodzi mu w paradę! Z rozpędu sięgnął po kielich. Niestety, pusty. Jeszcze przed chwilą wydarłby się, żądając od gospodyni szacunku, teraz krzyk uwiązł mu w gardle.

„Spokojnie, spokojnie! On nie dla niej ani ona dla niego. Między tymi dwojgiem nic zajść nie może. Ojciec dla niego innej szuka, sięga znacznie wyżej..." – perswadował sobie, jakby zapominając, co mu na pożegnanie powiedział stary Żelski. I tak oto snute na wyrost plany życie boleśnie zweryfikowało.

– Jaka pogoda? – zapytał z pozorną lekkością. – Idzie odwilż, będziemy mogli jutro ruszyć?

– Do rana śnieg powinien się utrzymać. Już nie wieje.

Kacper odetchnął z ulgą. Kasztelanic musiał wyjść sam, mając przy sobie Zofię, nie zwracałby uwagi na nic dookoła. Ale jednak coś tam się stało! Gospodyni nie bała się już podnosić wzroku i owszem, popatrywała na Jandźwiłła z mieszaniną pewności i oczekiwania, jakby prowokując to, co ma jeszcze nastąpić.

„Cóż oni za spisek tam uknuli? Co sobie zaplanowali? Wszak kasztelanic niczego nie jest w stanie jej obiecać! Jak może zwodzić nieszczęsną? Miecznikowa się w nim kocha, to pewne! A on? Czyżby też? Nie, to śmiechu warte!".

– A pani zamilkła – Zofia zwróciła się do Cecylii, która powiodła po świetlicy mętnym wzrokiem.

– Czuję się zmęczona... – westchnęła kasztelanka.

– Każę przygotować komorę! Łoże wygodne, szerokie, może nie tak zdobne jak na zamku, ale będzie się w nim dobrze spało. – Poderwała się i wybiegła wydać polecenia.

„Ona nic nie widzi, niczego się nie domyśla. Dwoje dzieci urodziła, ale chyba niewiele wie o amorach" – z satysfakcją pomyślał Kacper, odprowadzając Zofię spojrzeniem.

Wzruszenie ścisnęło go za gardło. Zofia przy Cecylii wydała mu się czysta, godna szacunku, a nawet poświęcenia. Nagle poczuł coś, do czego nie chciałby się nawet sam przed sobą przyznać: mógłby tu zostać, gospodarować, jak inni żyć spokojnie, płodzić synów. Gdyby powiedziała tylko jedno słowo, gdyby dała mu choć cień nadziei, odsiedziałby ten wyrok, narażając się na pośmiewisko, skapcaniał, siał grykę, zajął się folwarkiem. Cóż stąd, skoro ona tego poświęcenia od niego nie oczekiwała?

– Panowie wybaczą! – powiedziała sennie Cecylia i na sztywnych nogach, nieco chwiejnym krokiem skierowała się do wyjścia.

Zostali sami. Zamyślony Jandźwiłł z zastygłym na twarzy rozmarzeniem patrzył gdzieś przed siebie, a stukający rytmicznie butem w podłogę Kacper próbował odnaleźć się w nowej sytuacji.

– Na dobosza się przyuczasz?

Hadziewicz zignorował pytanie.

– Kasztelanic to nie powinien raczej w stolicy siedzieć, a nie biednej miecznikowej mącić w głowie? – zasugerował.

– Cóż to było, drobiazg taki... Nikomu się żadna krzywda nie stała! – Jandźwiłł wzruszył ramionami.

– Nie chodzi o krzywdę, ale o nadzieję, jaką jej pan dajesz.

– A coś ty się zrobił nagle takim obrońcą wdów? Dotychczas to raczej im nie przepuszczałeś! – zakpił kasztelanic.

Kacper zmierzył go wzrokiem. Czyżby Jan wiedział, co go łączy z Cecylią? Nie, to niemożliwe! Nawet mu przez myśl nie przeszło! Siostra jest dla niego świętością. Gdyby opowiedział, co się tu przed chwilą wydarzyło, nie uszedłby z życiem. Wystarczyłoby dźgnąć w niezagojoną jeszcze ranę, a potem dobić. Sam wielokrotnie tak postępował ze swymi wrogami.

– Jeśli same prosiły…

– Cóż one w tobie widzą? – Kasztelanic pokręcił głową i nagle, niemal trwożliwie, zapytał: – Chyba ty z nią… tu… nie…

Podstarości zamarł na moment, zrozumiawszy jednak, że chodzi o miecznikową, wzruszył ramionami, doskonale ukrywając swe prawdziwe intencje i z satysfakcją notując wyraz ulgi na twarzy Jana.

– Nie ciągnie mnie do takich…

Miał nad rywalem przewagę cenniejszą od zdrowego ramienia.

XVI

Poczuł suchość w ustach. Uchylił powieki. Przy dogasającym kaganku ledwie dojrzał stojący tuż obok kubek. Nie podnosząc leżącej na stole głowy, przysunął go, ale zorientował się, że jest pusty. Ciekawe, czy choć trochę miodu zostało na dnie gąsiorka? Nie zdołał jednak zebrać sił, aby wstać, zamknął więc na powrót oczy.

– Mistrzu! Mistrzu! – Chłopak szarpał kata za rękaw. – Pora się do snu ułożyć!

– Jeszczem rachunków nie skończył. Dajże świecy! Cośmy to robili wczoraj? – zacharczał przez zaschnięte gardło.

– Pilim.

– A onegdaj?

– Też pilim – odpowiedział sługa.

– A we środę?

– Spalim.

– Nie było roboty żadnej?

– Ze Skrzeczewic przysyłali, że mistrz potrzebny.

– To czemu nie pojechałem?

– A skąd mnie to wiedzieć?

– Co im rzekłem?

– Żeby poszli do diabła.

Kat cmoknął niezadowolony.

– Pan pisarz winnicki też przysyłał, że rachunki niezdane.

– Poszedłem zdać?

– Nie.

– Daj miodu!

– Nie ma.

– To piwa.

– Też nie ma.

– To wody, bisurmanie! Wszystkoś wypił?!

– Ja nie piłem.

– Gadaj zdrów! Ciemno tu jak w grobie! Zapal świecę!

Kat oparł czoło na dłoniach. Jak złożyć sprawozdanie wójtowi, skoro niczego nie pamiętał? Przed oczyma wciąż miał twarz tej czarownicy, która wolała śmierć niż wygodne życie u jego boku. Coraz bardziej zły uderzał się w czoło z nadzieją wybicia sobie z głowy hańby, jaka go spotkała. Taki był szczęśliwy, zanim rozpoczął badanie tej dziewki! Zaiste, musiała być wiedźmą, skoro wciąż go dręczy!

Póki jej nie poznał, cieszył się swym ustatkowanym życiem, nie potrzebował ludzkiego szacunku. Osiadając w Winnicy po wielu latach włóczenia się gościńcami, poczuł się prawie mieszczaninem. Kupił nawet szkatułę na kosztowności i choć nadal stała pusta, klucz do niej, jako widomy znak sukcesu, zawsze nosił przy sobie. Pieniędzy nie potrzebował zbyt wiele, zresztą i te, które zarobił, przeciekały mu między palcami, topione w miodzie i wydawane na skrzeczewickie gamratki, bo kat lubił się zabawić z wesołymi dziewuchami. A z racji swego zawodu bywać w domu uciech musiał często.

Chłopak przyniósł łojówkę, skrzesał ogień, postawił kubek wody i czekał. Mężczyzna wypił chciwie. Odsuwając zydel, stanął, przytrzymując się stołu. Zrobił trzy chwiejne kroki, po czym runął na łóżko, nie zdjąwszy nawet butów.

– Mistrzu? – cicho, jakby chciał mu zawierzyć jakąś tajemnicę, wyszeptał chłopak.

– Mmm? – zamruczał kat.

– Wierzycie w tę klątwę?

Odpowiedź nie padła. Franek usłyszał już tylko krótkie, głośne chrapnięcie, a potem spokojny świst oddechu. Mistrz zasnął.

Z samego rana w okno domu kata zastukał woźny sądowy. Zaspany chłopak otworzył mu drzwi i wpuścił do środka. Przybyły się skrzywił, poczuwszy smród.

– Pochwalony! – powiedział, osłaniając nos dłonią. – Otwórzcież no szerzej drzwi, wszak nie idzie tchu złapać! Kat jest?

– A gdzie ma być?! – butnie odpowiedział chłopak.

– W ratuszu, jeśli chce dostać zapłatę.

Młody tylko wzruszył ramionami. Niewielka to będzie zapłata.

– Ja mogę zdać sprawę, niewieleśmy ostatnio robili. A krzyżyk postawić też umiem, nikt nie odróżni.

Woźny popatrzył nań uważnie.

– Nie zanadtoś bystry?!

– Jak pan woźny rozkażą.

– Sam pisarz zdecyduje, czy przyjąć od ciebie sprawę. Rzeknij mu najprzód, że kat ciężko zachorzał, a nuż się uda? Tylko nie zwlekaj, leć co tchu w piersi, bo nie będą na ciebie czekać!

Chłopak kiwnął głową i dał nura do chałupy. Przeczesał palcami włosy, włożył najlepsze ubranie, owinął stopy onucami, wdział niedzielne buty, złapał z gwoździa półkożuszek i już gotów był do urzędowych czynności. Po drodze przypomniał sobie, co robił podczas ostatnich dni. Skrzywił się na myśl, że wypłata może nie wystarczyć na życie, bo za zatłuczenie jednego bezpańskiego psa to się i miejskiej kasy nie będzie chciało sądowi otwierać.

Przechodząc przez rynek, zobaczył pędzącego na koniu podstarościego winnickiego. Podobno był ranny, widać już wyzdrowiał. Ten ci jest wielkie ladaco, ale i pan, co się zowie! Choć infamis, z sądu kpi i w Winnicy rządy starościńskie zaprowadza, bo kasztelan już dawniej jego pieczy miasto poruczył. Nikt go tu nie tknie, wiedząc, że w Turowie cieszy się specjalnymi prawami. Takim być! Choć raz takiego konia dosiąść! Tak pędzić na złamanie karku przez rynek, na nikogo nie zważać, we własnym dworze siedzieć i siec nieprzyjaciół po łbach podgolonych!

Podstarości gnał już gościńcem ku Skrzeczewicom, znikając z pola widzenia, a Franek, westchnąwszy głęboko, ulepił ze śniegu kulę i rzucił nią w plecy baby, która aż podskoczyła ze strachu. Odwróciła się, szukając winowajcy, i posłała za nim soczystą wiązankę, pomocnik kata zaś, udając niewiniątko, wyprostował się i gwiżdżąc pod nosem, śmiało ruszył na spotkanie z pisarzem miejskim.

XVII

Zofia Niezgodzka notowała w księdze domowe wydatki. Pożyczywszy ojcu tysiąc talarów na spłatę długu u kasztelana, który stanowczo nie chciał czekać do żniw, czarno na białym widziała swą trudną sytuację finansową. Tu i ówdzie zaprowadziła ograniczenia, ale przecież zwierzęta muszą jeść, podobnie ludzie. Do świętego Wojciecha zostawało sześć niedziel. Trzeba je jakoś przetrwać. Zjadą się kupcy na jarmark do Winnicy, a przyjeżdżali z daleka, z Gdańska, Wrocławia, Torunia, nawet z Rosji i Turcji, zapłacą za wjazd do miasta i możliwość handlowania i skończą się kłopoty. Świętej pamięci Atanazy Niezgodzki lat temu piętnaście kupił od kasztelana przywilej na jarmark winnicki, za co go teraz błogosławiła, bo bez żadnego niemal trudu otrzymywała znaczną kwotę, pozwalającą przetrwać trudny czas przednówka i doczekać do żniw bez troski o urodzaj.

Odłożyła pióro i zapatrzyła się w przestrzeń. Po wyjeździe Jandźwiłłów i Hadziewicza we dworze złotomojskim nastała jakaś dziwna cisza. Nigdy wcześniej Zofia tak bardzo nie żałowała odjazdu nieproszonych gości. Na pożegnanie kasztelanic uścisnął jej dłoń i westchnął głęboko. W jego oczach spostrzegła tyle żaru, że nie potrzebowała żadnych zapewnień. Pozostawało czekanie. Ojcu nie ważyła się zdradzić swej tajemnicy, zatem jej jedyne wieści o kasztelanicu mogły pochodzić od Hadziewicza. Właśnie dlatego, walcząc z wieloma obawami, napisała doń krótki list. Pytała, jak się czuje i czy rana już się całkiem zagoiła, oraz prosiła o nowiny. Podstarości potraktował list jako zaproszenie i co koń wyskoczy pognał do Złotego Mostu.

Nie był tak szybko oczekiwany, ale ucieszyła się na jego widok.

– Czemu wyrusza pan ze dworu bez eskorty?! Nie daj Boże, jeszcze znowu się coś zdarzy – łajała go delikatnie.

– Miałem tylko konia przejechać. Tak się jakoś rozpędziłem... A jak się pani dobrodziejka miewa? Dzieci zdrowe?

– Dziękuję, zdrowe. Co słychać u kasztelanki? Już w stolicy?

– Czeka na męża, który wraz z kasztelanem do księcia pana, do Lewartowa, się wyprawił, a potem pewnie i do Białej zajadą, wszak muszą odebrać instrukcje.

– To i kasztelanic pewnie nadal w Turowie?

– Jeśli się nie mylę, wraz z bratem chyba gdzieś po województwie krąży, mnie się nie opowiadali.

Zawstydził ją, jakby już odkrył tajemnicę. Nie powinna go była pytać o Jana, należało poczekać, aż sam coś napomknie.

– A do dobrodziejki nikt swatów nie przysyłał? – zażartował Kacper. – Też radbym się nowin dowiedzieć!

– Bogu dzięki, nie...

– Toż w zapusty dobry czas na swaty!

– Poniechajcie tego tematu, proszę! Zresztą już post się zaczął.

– Nieboszczyk był człowiek prawy i dobrego serca... – westchnął podstarości. – Drugiego takiego ze świecą szukać, ale wszak żyć trzeba.

– Ależ żyję, żyję! Jeszczem nie umarła! – Zofia roześmiała się trochę pod przymusem.

– Kasztelanka mówi, że jej się ckni za rozrywkami. Balu w zapusty na zamku nie było...

– Będzie ich miała w stolicy dostatek – powiedziała Zofia, starannie ukrywając poruszenie. – Jam w żałobie, nie o balach mnie myśleć.

Zauważyła, że rozmawiał z nią bez ironii, bez tej nieznośnej hardości, jakby wypadek z Szuksztami całkiem go odmienił.

– A waćpan nie zamierzasz swych spraw uporządkować? – zapytała z nadzieją.

– Niby po co?

– Aby życie zachować.

– Na co komu moje życie? – Wzruszył ramionami, a ona jakoś nie potrafiła go przekonać, że się myli.

– Wszak ta panna z fraucymeru kasztelanowej... – zasugerowała nieśmiało.

– Ona mi przychylną nie będzie. Żyć po to, żeby cierpieć, piękna mi nagroda! – odezwał się w nim dawny Kacper.

– To po chrześcijańsku! – broniła swego i znów spojrzała nań baczniej. Zaczynała rozumieć te wybuchy ironii, emanacje żalu, udręki serca. Nie każdy w cierpieniu potrafi zachować się dwornie. „Szuka śmierci, aby ukrócić męki duszy – pomyślała. – Chciałabym jakoś pomóc... Gdybym tylko mogła...".

– Zapomnijmy o udrękach! Napijmy się wina!

– Rzekłabym za wami słowo... – nie odpuszczała, nagle w roli swatki widząc i dla siebie szansę.

Kacper nie wiedział: zaprzestać udawania czy dalej grać komedię, utrzymując jej zainteresowanie. Podobała mu się taka ujęta jego cierpieniem, troskliwa, gotowa do pomocy. Nie był naiwny, podejrzewał, co się za tym kryje, ale już sama myśl, że zajmuje ją ten jego wydumany afekt, sprawiała mu przyjemność.

– Z wdzięcznością przyjmuję – położył dłoń na sercu – i gdy przyjdzie czas, o posłowanie poproszę.

– Żeby tylko panna mu za mąż nie uciekła! – Zofia się roześmiała, a on razem z nią.

Nie ujawnił, że nie o pannę, ale o wdowę chodzi.

XVIII

Kasztelan, kłaniając się uniżenie, tyłem minął drzwi gabinetu księcia. Dopiero w korytarzu odetchnął głębiej, wyprostował się, odwrócił i pokiwał głową czekającym nań w niepewności Langemu i Straszowi.

Ubrawszy się w futra podane przez sztywnego lokaja, wyszli na dziedziniec pałacu Sanguszków. Wkrótce podjechały ich sanie oraz liczący kilkunastu konnych orszak. Mężczyźni wsiedli i szybko opuścili Lewartów.

– Tak jak myślałem. Nie wszystko stracone – rzucił z triumfem Jandźwiłł. – Ja mam oczywiście związane ręce: szlachta mi zaufała, bez dwóch zdań, gęba nie cholewa. Ale waszmość pan... – Spojrzał pytająco na Nepomucena Marię. – Nikomuś nie przysięgał.

– Co macie na myśli? – Nepomucen Maria nie rozumiał.

– Książę szuka sojuszników? – domyślił się Strasz.

– Oczywiście w pełnej dyskrecji! – tłumaczył kasztelan. – Partia saska musi być na razie bardzo ostrożna i czujna, bo nasza szlachta na punkcie swego honoru zajadła straszliwie, gotowa porąbać, jeśli kto przeciw niej stanie. Tak sobie tym Piastem głowy nabiła! Ale co robić, trzeba płynąć z prądem. Inaczej to utrudzenie i marnotrawstwo.

– To czemuście na zamku ogłosili, że Piasta będziecie popierać?

– Bo tak było trzeba, kochany Lange, tak było trzeba! Zresztą o dobro mej córki tu idzie. To znaczy o wasze. Jeśli elektor saski zasiądzie na tronie, możecie być pewnym kariery.

– Nastanie Leszczyński, własny dwór przywiedzie i co wtedy? – Strasz dawał wsparcie swemu panu.

– Nowy król, nowe porządki, nowi szambelanowie, pewno sami Francuzi. Trzeba wam pilno wracać do Warszawy i po cichu się do partii saskiej przyłączyć.

– Gotów jestem służyć i do Warszawy ruszać, kiedy tylko sprawę posagu załatwimy.

– Sami widzicie, że w tak skomplikowanych okolicznościach... Na razie trzeba mi grosz do grosza składać, żołnierza sposobić, bo jak amen w pacierzu nowa wojna gotowa nam wybuchnąć.

– Nie tak się umawialiśmy!

– A czy ja śmierć króla pana mogłem był przewidzieć?! Polityczny zamęt i niepokoje? Wesele godne wyprawiłem, a czasy ciężkie...

– Czasy są ciężkie dla wszystkich!

– No patrzcie, jak to się na dworze wyuczył! – nie bez pewnego podziwu komentował kasztelan. – Jam teść wasz, rodzina, mnie możecie poniechać!

– Umowę podpisywaliście! – podnosząc głos, wykrzyknął Nepomucen Maria.

Zezłościł tym teścia ponad miarę.

– Krzywda wam się żadna, mój Lange, nie dzieje! Dostaliście piękną żonę, przykładną i bogobojną, dobra przy niej rozległe, po poprzednim mężu zapis dostała. Z głodu wam nie umrzeć. Jak się czasy uspokoją, swoje odbierzecie. Bo chyba nie chcecie posagu żony na zatracenie wydać?! Na razie mus do stolicy ruszyć i sprawy saskiej przypilnować!

Lange odwrócił wzrok i przygryzł wargi. Odmowa szybkiej wypłaty posagu była okolicznością zdecydowanie niepomyślną, a zlecenie mu misji w Warszawie stawiało go w trudnej sytuacji. Korzystając z zawieruchy politycznej, planował pomieszkać z Cecylią na zamku turowskim i dopilnować sprawy posagu. Tymczasem teść miał w stosunku do niego inne zamiary.

Noc już zapadła, kiedy dojechali do jakiejś karczmy. Zmęczeni, głodni i spragnieni zbudzili ze snu karczmarza, żądając jadła i napoju. Widząc możnych gości i licząc na dobry zysk, z braku miejsc Żyd odstąpił im własną izbę, zabierając rodzinę na strych, gdzie już i tak było tłoczno. Noc spędzona w żydowskim łóżku, choć niby powleczonym czystą pościelą, którą ze sobą przywieźli, wydała się Langemu boleśnie długa. Smród i wyłażące zewsząd robactwo nie dały mu usnąć, a kiedy nad ranem nieco się zdrzemnął, obudziły go jakieś krzyki. Nie zważając na śpiących, karczmarz zaczął przygotowywać posiłek dla opuszczających gospodę gości.

Zjedli i po bezlitosnych targach, płacąc arendarzowi tylko połowę zażądanej kwoty za nocleg i nic zgoła za wieczerzę, a dodając jeszcze parę kuksańców, ruszyli w drogę do Białej. Zastali tu duże zgromadzenie szlachty. Kasztelan starał się naradzić z księżną panią na osobności, jednak była ona zajęta przyjmowaniem raportów z licznych manufaktur radziwiłłowskich, którymi zarządzała. Jandźwiłł odłożył zatem rozmowę do następnego dnia.

Rankiem przybył do Białej umyślny z niepokojącymi wieściami z Turowa: małżonka kasztelana poważnie zaniemogła i prosi męża o rychły powrót. Posłuchanie u księżny nie doszło do skutku, przed kasztelanem była co najmniej dwudniowa podróż, nie mieli chwili do stracenia.

XIX

Wzburzona Cecylia pędziła konno przez las. Co za policzek! Co za cios! Żeby ją tak upokorzyć! Co mu się stało?! Nagle się zrobił taki bogobojny?! Jeszcze u miecznikowej mu to nie przeszkadzało. Wziął ją, jak przystało na infamisa: szybko i bez ceregieli. Zawsze gotów, nigdy nie musiała czekać, nigdy nie trzeba go było dwa razy prosić. Wystarczyło, że uniosła suknię, że go dotknęła, spojrzała. Już zapalały mu się w oczach te iskry, uśmiechał się lekko pod wąsem, jakby komuś robił na złość, jakby się mścił. Brał ją zaciekle, czasem ugryzł, co uwielbiała, chciała nawet, aby uderzył, żeby ją zniewolił... Czekała kilka dni, aby całkiem wydobrzał, i dziś jechała ku Gniazdu Orłowemu z wielkimi oczekiwaniami. Ale on zmiękł nagle, miły się zrobił, zaczął jej tłumaczyć, co dobre, co złe. On! Infamis! Śmiał ją pouczać, o moralności prawić, rad udzielać! Jej, kasztelance!

Wybiegła, zrozumiawszy, że to koniec. Już jej noga w tym dworze nigdy nie postanie, chyba żeby go zajeżdżali, wtedy tak! Chętnie popatrzy, jak płonie do cna Gród Orłowy, a on gania wokół, krzycząc i cierpiąc męki, rwie włosy z głowy. Albo jakby go kat ścinał... Nie odmówiłaby sobie tej przyjemności. Zostałaby do samego końca! Póki ostatnia kropla krwi by z niego nie wypłynęła. A wtedy jeszcze rozdeptałaby rdzawy ślad, z błotem mieszając.

Taki policzek! Taki wstyd! Gdyby była mężczyzną, już by nie żył! Pędziła na koniu, a zimny wiatr nie łagodził pożądania, które w niej płonęło niezaspokojone. Wreszcie znużona zsiadła, oparła się o pień drzewa, zadarła spódnicę i trąc dłonią owo miejsce płonące, wyobrażała sobie, jak ją Kacper niewoli, twardy i wyniosły. Marzyła, aby ją chłostał, związał, rzucając przekleństwami, śmierdząc alkoholem, by nie zważał na jej pochodzenie, by brał ją jak chłopkę.

Niesiona tym wyobrażeniem, podpłynęła wreszcie ku szczytowi. Oddychała teraz głęboko, rozglądając się dookoła. Nie znała tego miejsca. Czy odnajdzie drogę powrotną? Na szczęście słyszała słaby szum wody, znak, że gdzieś niedaleko płynie Winnica. Trzymając się brzegu, odnajdzie trakt na Turów. Tylko czy ma iść w górę, czy w dół rzeki?

Nagle usłyszała jakieś pokrzykiwania i tętent koni. Wstrzymała oddech. Wyraźnie zbliżali się ku niej. Tu? W środku lasu, z dala od traktu? Czyżby zbójcy? Poczuła, jak skóra na plecach cierpnie w radosnym oczekiwaniu.

– Patrzcież no, a cóż my tu mamy za gościa? – odezwał się potężny, brodaty jeździec. Ubrany w barani kożuch, czapkę z lisią kitą i czerwone buty, dosiadał rosłego siwka. Zeskoczył z konia i podszedł do niej.

– Co wam to, pani? Zbłądziliście?

– Nie twoja rzecz! – odezwała się grubiańsko.

Poczuła podniecenie. Znów myślała tylko o ostrym zaroście, zapachu tabaki, mocnych ramionach i męskiej sile, która za chwilę pozbawi ją tchu. On, zbójca, wszak musi niewolić niewiasty... Z tyłu ktoś zarechotał.

– Cicho tam! – krzyknął Rabiński, nie odwracając się. – Proszę się nie lękać... – znów zwrócił się do niej. – My nie tacy straszni.

– Znam ja was, rozboje na drodze czynicie! Za ludźmi strzelacie, pobieracie myto, wyrzutki! – krzyczała, chcąc koniecznie zasłużyć na karę herszta.

– Zważaj na słowa! – Już poniosło któregoś, już za szablę chwycił. – Panie pułkowniku, nie godzi się... – Spojrzał na Bartka, prosząc o pozwolenie.

– Spokojnie, Kuba. A panienka to jak tu trafiła? Sama? Na koniu w lesie? Czyście aby nie kasztelanka? – pytał łagodnie.

– Ładny mi zbójca! Jeszcze mnie w lektyce do zamku ponieście!

– Lektyki u nas nie masz, ale odprowadzić, żeby jej się co nie stało, i owszem, możemy. I wdzięczni będziem, jeśli słówko do kasztelana za nami przemówi.

– Co niby mam powiedzieć?

– Żeśmy jego wierni słudzy.

– Tyś chyba rozum postradał, zbójco?! – sierdziła się. – Jacy słudzy?! Przeciwko wam kasztelan chorągiew zamierza posłać, byście podróżnym gwałtów na trakcie nie czynili, a wy śmiecie twierdzić, żeście jego sługami? Toż to obelga, za którą zawisnąć powinieneś! – krzyczała.

– Jaka harda! – Rabiński roześmiał się, popatrzywszy na swych ludzi. Nie mógł pannie zrobić krzywdy, choć zasłużyła, a ręce go świerzbiły. Nawet klapnąć po zadku dla pamięci. Ale nie, musiał się powstrzymać, boby już spokoju w tym lesie nie zaznał, nawet i samemu księciu Radziwiłłowi się poddawszy. – No, panienko, wsiadajże na koń i w drogę. Podprowadzę was pod zamek, a wy ruszajcie! – krzyknął do swoich. – Spotkamy się o zmierzchaniu na rozstajach.

Cecylia spięła konia, Bartek poszedł w jej ślady. Skierowali się na lewo, przeciwnie niż zbójcy. Kasztelanka trochę markotna, ale zadowolona choćby i z tego, że ojcu sprawę zda, ilu ich i jak uzbrojeni. Bartek, łakomie na nią spoglądając, mrużył zachwycone ślepia. Ale tknąć jej nie śmiał. Więc liczył przynajmniej na to, że łask się jakichś u kasztelana dochrapie, skoro panienki nie skrzywdził.

– Wy tu tak zawsze na tej polanie, panie Bartoszu? – zapytała pojednawczo.

– Wiecie, jak mnie zwą? – zdziwił się.

– Sławniście na cały powiat!

– Czasem tu, czasem gdzie indziej. Puszcza niezmierna, w wielu my miejscach mamy swe kryjówki.

– I samym tylko zbójnictwem się trudzicie?

– Co robić, skoro Pan Bóg majątku poskąpił?

– I tak żyjecie całkiem bez rodziny?

– Moja rodzina w każdej karczmie! – zarechotał.

– Toście już pewnie białogłów zbałamucili… Taki rosły, silny mąż…

– Co też panienka, mnie to nie w głowie… – bronił się, podejrzewając podstęp. Ale spojrzał na nią i zrozumiał. Potem pomyślał, że wzrok i słuch go omylił. Bo jak to, żeby kasztelanka, żeby chciała z nim, ze zbójcą, gdzie mu do tych kasztelańskich sług, gdzie do szlachciców gładkich w mowie i obejściu? Popatrzył na nią raz jeszcze. Tak pięknej niewiasty nie widział, jak żyje. Może ta Klementyna, co to ją zimą w Winnicy spalili, może tylko ona, ale tamta już u czarta na piekielnej uczcie harce wyczynia. Nawet grobu nie ma, gdzie by można przystanąć i jaką modlitwę zmówić. A gdyby i miała, to on by pewnie nie poszedł. Mus mu się w lesie kryć. Ta tu: jasnolica, czarnobrewa, czarnowłosa, krew w niej gorąca, usta krasne. Z taką się zadać… Westchnął z żalem, że zaraz wyjadą na gościniec, a on rad by z nią przynajmniej w myślach poswawolić. – Waćpanna się mnie nie boją?

– A czemuż bym miała się bać?

– Bom zbójca.

– Czyście kogo ukrzywdzili?

– Jak nie?! Każdego, kto gościńcem przez most się przeprawia!

– Toście nie gorsi od mojego męża, co dla króla robi pobór grosza. A komu to oddajecie?

– Mnie mówić nie lza.

– Czyli wyższa nad wami władza... Kasztelańska może? Bo chyba nie książęca?! – Popatrzyła na niego badawczo.

– Ja sam ze siebie! Przyniewolić, trzos opróżnić i do karczmy! – bronił się.

– A tam w karczmie dziewki?

– Ba! Niejedna!

– I miód pijesz?

– A piję!

– I obłapiasz panny?

– Co mam nie obłapiać.

– Ciekawość, jak też to robi taki zbójca? – prowokowała.

Bartkowi wydawało się, że ona kpi. Chciał jej hardo spojrzeć w oczy i dalej puścić samą, choćby i drogę miała zgubić, naraziwszy go na gniew kasztelański. Zawrócił konia i napotkał jej wzrok. Zobaczył coś, co go zdumiało, coś, co go przeraziło, i poczuł, jak rośnie w nim chęć pokazania, co potrafi zbójca z lasu winnickiego.

Zeskoczył z konia i wyciągnął do niej rękę. Kasztelanka zeskoczyła również. Wciąż wpatrzona twardym spojrzeniem, taksowała go, jakby był ogierem na sprzedaż. Przyciągnął ją do siebie, zadarł suknię i poczuł zapraszającą, pulsującą wilgoć. Schylił się, aby posmakować słodyczy jej ust. Sądził, że odwróci głowę, ale ona wciągnęła jego język i ssała zachłannie, choć śmierdział tabaką. Czuł jej unoszące się w szybkim oddechu piersi, a chwilę potem dostąpił tego, czego nigdy nie śmiałby spróbować, a co tak niespodziewanie mu się objawiło.

– Toście taki…! – Westchnąwszy, nie dokończyła. – To tak niewolicie panny!

Rabiński milczał.

– Do karczmy nie przyjdę, bo mnie poznają. Ale czasem… Jeśli w lesie będę potrzebowała opieki? Silnego ramienia, kogoś, kto pomógłby mi zsiąść z konia. Jak tu kogo takiego spotkać?

Zamroczony Bartek nie słuchał. Odwrócił ją, oparł o pień dębu i raz jeszcze wszedł, aby zasmakować kasztelańskiego miodu. A ona, wbijając paznokcie w korę, jęczała, drżała i ściskała go w sobie, jakby jej było mało, wciąż mało i mało.

XX

Kasztelanowa Regina Jandźwiłł od dawna ukrywała zły stan swojego zdrowia. Przyjmując jakieś zioła i w Bogu pokładając nadzieję na wyzdrowienie, starała się nikomu głowy nie zaprzątać. Tymczasem choroba postępowała, boleści pojawiały się coraz częściej. Kasztelanowa znosiła je z godnym podziwu heroizmem. Wybierając odosobnienie i modlitwę, nikomu się nie skarżyła. Wreszcie bóle stały się tak nieznośne, że nie potrafiła już ich ukryć. Po ślubie córki coraz częściej zamykała się w swojej komnacie, a od kilku dni nie zdołała już nawet wstać z łóżka.

Leczył ją zamkowy medyk, Dietrich, ale nic nie wskórał. Po wyjeździe męża Regina Jandźwiłł poczuła się znacznie gorzej. Dietrich dawał jej jakąś uśmierzającą ból miksturę, ale pomagała na krótko. Momenty przytomności kasztelanowej stawały się coraz krótsze, zapadała się w jakąś straszliwą otchłań i tylko ogromnym wysiłkiem wracała, aby spierzchniętymi wargami rzec jakieś niezrozumiałe, chrapliwe zdanie. Trudno jej się było nawet wyspowiadać. Cecylia zwlekała z wezwaniem księdza, nie chcąc przyjąć do wiadomości, że choroba jest śmiertelna.

Po spowiedzi Regina Jandźwiłł poczuła się jakby lepiej, rozmawiała z córką, wspominając minione czasy, jednak wydarzenia jej się myliły, kazała sobie przypominać to czy tamto, raczej słuchając i tylko potakując głową. Raz po raz powtarzała: „Niech jegomość się ożeni", co Cecylię drażniło nie mniej niż: „Musisz urodzić dzieci".

Ostatniej nocy bardzo cierpiała. Odprawiła córkę, nie chcąc, aby była świadkiem męki. Wytrzymała jednak ból, doczekawszy powrotu synów. Nad ranem zdążyła ich pobłogosławić. Męża swego, kasztelana, już nie ujrzała. Gdy powrócił, witany na zamku ze współczuciem i lamentami, nim jeszcze dotarł do komnat chorej, wiedział, że się spóźnił.

Wielki smutek i płacz po śmierci kasztelanowej nastał w całym powiecie winnickim. Była na Turowie dobrą panią, wielu zawdzięczało jej wstawiennictwu różne przywileje, załatwienie trudnych spraw i łaski u kasztelana. Dziwiono się, że niemal do końca ukrywała swój stan, nie chcąc z tego powodu nikomu przysparzać zgryzot. Był w tym jednak pewien specyficzny rys jej charakteru, dumnej i twardej pani, która nie znała miary, kiedy chodziło o wymagania stawiane samej sobie.

I znów, jak sześć niedziel wcześniej, jechali ku zamkowi z Głębokiego Kąta, Lichosielec, Rubieżewicz, Złotego Mostu i innych odleglejszych zakątków powiatu, wspominając niedawne wesele kasztelanki i złą wróżbę, jaką jej oraz całemu rodowi przyniosła śmierć króla. Zastanawiano się, czy odejście kasztelanowej to aby nie ciąg dalszy jakiegoś przekleństwa, które zawisło nad zamkiem, gotowi przypisywać je czarownicy spalonej niedawno na rynku winnickim. Znaleźli się nawet tacy, co twierdzili, że dziewczyna odgrażała się w sądzie, że rzuci klątwę na cały ród Jandźwiłła, a to tylko przypieczętowało jej straszny los. Jechali więc na pogrzeb dobrej pani, aby złożyć ostatni pokłon, ale też chcąc na własne oczy zobaczyć tych, na których głowę spadł ów zły czar. Komuś tam się przypomniało, że służąca w Turowie dziewka była widywana z młodszym synem Jandźwiłła, Stanisławem, ktoś inny przebąkiwał, że odwrotnie, to sam kasztelan jakoś specjalnie ją sobie upatrzył. Nie dociec, gdzie prawda, dość, że grzęznąc w koleinach rozmiękłych po ostatniej odwilży, znów podążał ku Turowu nieprzebrany tłum szlachty.

Podstarości winnicki postanowił z samego rana udać się do Rabińskiego, aby z nim załatwić sprawę mostowego myta. Przedzierając się wzdłuż zarośniętego brzegu Winnicy, dotarł wreszcie do umówionej polanki. Na znane obu hasło wyjechał z gęstwiny sam Bartek.

– Czego?! – burknął.

– Z poleceniem od kasztelana – skłamał gładko Kacper.

– Jakim znowu?! – Nie wiedzieć czemu, zbójca wydawał się zdziwiony.

– Żebyś dzisiaj gościom odpuścił.

– A to mi dziwna nowina! Co inszego powiadali.

– Kto?

– Przyjechał tu ktoś. Hasło znał i drogę.

– Co ci rzekł?

– Że przy weselu żem się nie popisał, to teraz mam rabować ile wlezie.

– Tak chcesz uczcić dobrą panią?! – krzyknął Hadziewicz, jednocześnie dumając nad przyczyną niełaski u kasztelana, w jaką popadł bez wiadomego sobie powodu, i zastanawiając się, komuż pan jego mógł powierzyć tak poufne zadanie?

– A ciebie, podstarości, kto tak nagle odmienił? – zapytał zbójca, słusznie miarkując, że coś tu musi być na rzeczy.

– Nikt! – burknął Kacper. – Jeno dobra to pani była i nie godzi się dziś na jej poddanych napadać!

– Jam u niej nie służył, mam przykazane z podróżnymi się nie certolić, wycisnąć z nich, co się da, bo po lodzie nikt się nie przeprawi, mostu będą używać, a ciężko im będzie, to i wolno jadąc, daleko nie odbieżą.

– Tylko w konie nie strzelaj, bo jeszcze ludzi zranisz! – krzyknął mu na odjezdnym Hadziewicz i niezadowolony ruszył w powrotną drogę.

Nie miał tu już nic do roboty. Nie przekona Rabińskiego, skoro mu co innego rozkazano. Czyżby kasztelan stracił zaufanie, jakie dotychczas pokładał w podstarościm? Nie przeszkadzało mu jakoś, że infamis w Winnicy rządy sprawuje. Jeśli teraz kogo innego do Bartka posłał, mogło to oznaczać kłopoty. Trzeba będzie sprawę wyjaśnić. Dojechawszy do traktu, skręcił jednak nie w kierunku Turowa, gdzie wciąż nie pozwalano mu się jawnie pokazywać, tylko na wschód. Minąwszy most, pędził galopem, wyglądając powozu Zofii Niezgodzkiej. Żywił nadzieję, że jeszcze nie przejechała mostu. Pod pretekstem pomocy chciał ją choć przez krótką chwilę zobaczyć. Zatrzymał się przy karczmie. Jakoż w niespełna trzy pacierze zauważył powóz wdowy i drugi, zapewne cześnikostwa Żelskich, oraz kilku towarzyszących im konnych.

Miecznikowa siedziała wraz z dziećmi w dość zużytej kolasie. Gdy podstarości zatrzymał pojazd, wyjrzała przez okno. Początkowo pochmurna, rozjaśniła spojrzenie na jego widok.

– Chciałbym waćpaństwu do mostu potowarzyszyć – powiedział z uśmiechem. – Tam zbójcy bywają.

– A skądżeś się wziął, panie obrońco?! – dość obcesowo zapytał cześnik.

– Od siebie jadę, ku Turowu.

– Tam waści nie wpuszczą!

– To się i nie pcham. Ale prośbę miałbym do miecznikowej.

– Jakąż to?

Hadziewicz wyjął z zanadrza niewielki mieszek.

– We środku jest mały krzyżyk, com go pacholęciem w służbie kasztelanowej wystrugał. Oddajcie go, proszę, do wot kościelnych.

– Poświęcony on?! – surowo indagował Żelski.

– Ja oddam! – powiedziała Zofia, wysuwając dłoń przez okno, nagle wzruszona tą niecodzienną prośbą.

– Pozwolisz, pani, pojechać w orszaku, póki Polany Zbójców nie miniemy?

– Rada wam będę... – rzekła z lekką trwogą w głosie.

– Podstarości, lepiej wy ruszajcie w swoją drogę! – krzyknął niezadowolony cześnik.

– Nie obawiajcie się, Szukszty przed zbójcami respekt czują. Zresztą, gdyby dziś na kogo rękę podniosły, tego by im kasztelan płazem nie puścił. Mam też i dla onych zbójców mieszek w pogotowiu, schowajcież swoje.

To wreszcie przekonało cześnika. Tajemnicą dlań pozostawało tylko, czemu Hadziewicz tak się uparł, aby im dać ochronę przed zbójcami, ale nie zamierzał mu tego bronić.

– Czy on czego do naszej Zosi nie czuje? – nieśmiało zasugerowała cześnikowa, gdy znowu ruszyli.

– Nie ośmieliłby się! – warknął cześnik, który dawno już uważał sprawę za zamkniętą, a pani Salomea spojrzała w okno, aby ukryć uśmiech.

*

Na Polanie Zbójców, tuż za mostem, zgodnie z zapowiedzią Hadziewicz wyjął mieszek i rzucił wprost w gęste błoto. Woźnice zacięli konie i pognali ku zamkowi. Pół mili dalej podstarości zatrzymał orszak i pożegnał się, po czym wpadł w las, jakby znał wszystkie jego ścieżki. Oni zaś ruszyli dalej.

Jakże inaczej wyglądał zamek turowski przyjmujący gości na pogrzeb! Wszyscy zasmuceni, z opuszczonymi głowami, milczeli lub odzywali się półgębkiem; wystraszeni czarami popatrywali po kątach, czy z nich jaki bies nie wychynie. Pan domu nie witał nikogo jowialnym uśmiechem i szeroko rozwartymi ramionami. W niespotykanej tu ciszy, trzymając za ręce dzieci, Zofia przekroczyła próg wielkiej sieni, a za nią do wielkiej sali weszli Żelscy. Na okazałym katafalku, otoczona mnóstwem świec ustawionych w wysokich lichtarzach, stała otwarta trumna. Ludzie klęczeli, siedzieli na krzesłach i ławach, stali w modlitewnym skupieniu, porażeni nagłością niespodziewanego odejścia kasztelanowej. Obok trumny, w czarnej sukni i czarnym welonie, z opuszczoną głową, siedziała na krześle Cecylia Lange, a obok jej mąż, Nepomucen Maria.

Zofia uklękła wraz z dziećmi, aby odmówić pacierz. Przypominała sobie zmęczenie Reginy Jandźwiłł, kiedy rozmawiały po raz ostatni. Choć nie dawała tego po sobie poznać, kasztelanowa już wtedy musiała być chora. Zofia podniosła się i rozglądając się po sali w nadziei ujrzenia Jana, ukłoniła się kilku znajomym paniom. Kasztelaniców ani kasztelana jednak nigdzie nie zauważyła. Ponieważ tłum przybyłych napierał, znowu wyszli na korytarz. Niedługo potem zaczęły się przygotowania do eksportacji zwłok. Na dworze było zimno i mokro, w zamkowej kaplicy niewiele cieplej. Usiedli w ławkach, czekając uroczystego pochodu z trumną.

Dorotka i Ignaś, przybywszy po raz pierwszy na zamek, patrzyli dookoła szeroko otwartymi oczyma. Wreszcie wniesiono trumnę, tłum zajął każdy najmniejszy nawet skrawek świątyni i zaczęło się nabożeństwo. Znów Zofia nie mogła nie przypominać sobie tego, jak inaczej wyglądała niedawna msza ślubna Cecylii. Ona sama pewnie też o tym myślała, siedząc między mężem a ojcem, łkając raz po raz i głośno wycierając nos w chusteczkę. Bracia Jan i Stanisław siedzieli z tyłu. Zofia widziała tylko ich plecy, ale i tak obecność Jana była dla niej czymś niezwykłym.

Po nabożeństwie goście przeszli do zamku na stypę. Posiłek był krótki i bez toastów. Nim ruszyli w drogę powrotną, Zofia odnalazła księdza z kaplicy zamkowej i oddała mu krzyżyk – wotum od kogoś, kto, jak rzekła, kochał kasztelanową, a nie mógł dziś się jej ostatni raz pokłonić.

XXI

Kasztelan Jandźwiłł przeliczył raz jeszcze pieniądze przysłane przez Kacpra i zatarł z zadowoleniem dłonie. Nikt się nie skarżył na zbójców, a myta zebrali parę tysiączków! Pod tym względem niespodziewanie pogrzeb okazał się znacznie bardziej intratny od wesela! Westchnął smutno, wspomniawszy żonę. Żałował, że nie pożegnał jej na tę ostatnią drogę, spieszył się przecież, kazał zacinać konie, pędzili z Nepomucenem Marią co tchu, a jednak nie zdążyli...

„Widać Pan tak chciał... Przeciwko jego wyrokom cóż my, ludzie, możemy? Nic, tylko głowę schylić i przyjąć je z pokorą, bośmy na tej ziemi zaledwie jętkami, a wszystko, co istotne, w niebie na nas czeka".

Zapisał wpływ do księgi i umieścił sakwę w skarbcu. Zadowolony z Bartka i Kacpra, który dostarczył pieniądze, kazał im dać po trzy czerwone złote w dowód uznania. Nie wiedział, bo sprawdzić nie było jak, że oni już dawno pobrali należny procent. Mógł tylko liczyć na swą nad nimi władzę i ich lęk przed jego potęgą. Ale ów już dawno obłaskawili w swych sercach: jeden infamis, a drugi zbójca. Czego mieli się bać, skoro pan tak samo był od nich zależny jak oni od pana? Bartka tylko zdziwiła niebywała bezczelność jednego z gości. Na razie o tym nie mówił, bo chciał sprawdzić, kto się wykazał takim brakiem szacunku i z kasztelana zadrwił, rzucając zbójcom woreczek pełen kamyków. Wszak z wysokiego drzewa nie widać, co kto w mieszku rzuca. Trzeba pozwolić podróżnym odjechać i nim jacy drudzy się pokażą, zleźć na ziemię i woreczek opróżnić. Może jako zbójcy powinni z bronią do karet podchodzić? Ale z tego by tylko mogła jaka niepotrzebna bitka rozgorzeć. Lepiej już sprawy zostawić po staremu.

Zresztą Bartek, oczadziały amorami, za dużo w tym czasie nie myślał. Wiedział, że mu kasztelanka lada dzień do stolicy czmychnie, i już się z tego powodu zastanawiał, czyby ze swoją bandą ku Warszawie nie ruszyć. Ale komu miałby tam posługiwać? Do czyjej służby się zaciągnąć? Najpierw trza by jakoweś rozpoznanie zrobić... Diabli nadali tę kasztelankę! Źle mu to było z wioskowymi dziewuchami? Raz ta, raz owa pod rękę wpadła, nie zastanawiał się nad nimi specjalnie. Aż nagle, łaski dostąpiwszy, zgłupiał do cna. Amory go otumaniły, chodził po lesie, czekał na nią, czasem aż pod zamek nocą podjeżdżał, dumki pod nosem zaczął nucić!

Śmierć matki przekreśliła zamiar Jana Jandźwiłła, by prosić ją o wsparcie u kasztelana i jego zgodę na wysłanie swatów do Zofii Niezgodzkiej. Niczego z miecznikową jeszcze nie ustalał, liczył jednak na to, że się zgodzi. Kochał ją i ona jego kochała, nie miał co do tego żadnych wątpliwości. Bał się jedynie reakcji ojca, który innej mu partii upatrywał, matka na pewno byłaby przychylna. Jan wiedział, że jeżdżąc po książęcych dworach, poza rozmowami politycznymi kasztelan prowadzi też poszukiwania żon. I jemu, i Stanisławowi nieraz powtarzał, że czas już im się ustatkować. Teraz, po śmierci matki, zabraknie pani na Turowie, któraś z synowych powinna ją zastąpić.

Tymczasem jednak kwestia ożenku została oddalona, a wszystkie umysły rozpalała sprawa niedalekiego już sejmu konwokacyjnego. Litwa osiągnęła jednomyślność, jeśli chodzi o kandydata na króla, jednak carowa Anna w tym samym czasie nazwała Stanisława Leszczyńskiego wrogiem Rzeczypospolitej i jasno dała do zrozumienia, że do jego wyboru nie dopuści.

– To oznacza wojnę... – Kasztelan westchnął, raz jeszcze pochylając się nad listami, jakie właśnie otrzymał. – A Francja nas od Moskwy obronić nie zdoła.

– Więc będziemy walczyć!

– Może tak wypadnie... – Tadeusz Jandźwiłł zawiesił głos, nie pozwalając sobie wobec syna na całkowitą szczerość.

W obliczu zagrażającej wojny Jan Jandźwiłł nie troszczył się już tak bardzo o pozory. Wsiadł na konia i tylko z jednym, najbardziej zaufanym, sługą pocwałował do Złotego Mostu. Chciał wymóc na Zofii obietnicę, że będzie nań czekała.

– Wojna? Mój Boże! Jakże to? I pan na wojnę pójdziesz? – zapytała łamiącym się głosem, a Jan, w poczuciu przyszłego zwycięstwa, wyprostował się i rzekł:

– Nie może być inaczej. Wszyscy pójdziem za królem!

– A nam co czynić wypada? Gdzież ta wojna, tu, w Litwie? – Przestraszona, wpatrywała się weń uparcie. Czekała, że da jej jakieś wyjaśnienia czy wskazówki, jednak on sam niczego nie wiedział. Zagrożenia się nie lękał, serce w nim było gorące i mężne. Liczył, że kiedy wróci z wojny zwycięski, ojciec niczego nie zdoła mu odmówić i wszystko wybaczy, nawet planowany mezalians.

XXII

Podniecona, jakby zdążała na schadzkę z kochankiem, Cecylia Lange wyglądała przez okno powozu. Wszędzie wiosna, zielone liście i trawa nadają mijanym wsiom radosny, odświętny wygląd. Kwitną drzewa owocowe w sadach, wszystko budzi się do życia. Powóz dotarł do Okuniewa, już wkrótce zjadą do Warszawy! Stangret zatrzymał się przed karczmą. A oto Nepomucen Maria! Wyjechał na spotkanie i radośnie ją wita! Wsiada do karety żony, ujmuje jej dłoń, całuje gorąco.

– Jaką miałaś podróż, najdroższa?

– Zupełnie dobrą, co tam zdziałałeś?

– Pałac godny królowej czeka na ciebie, służba w gotowości, poseł rosyjski rad by cię poznać. Czeka nas dziś z kolacją.

– Rosyjski? – zdziwiła się. – Myślałam, że francuski…

Francuski to gbur jakich mało, źle jeść daje, tylko by gadał o Leszczyńskim, za to ten von Loewenwolde, cóż to za czarujący człowiek! A jaki przy tym uprzejmy, jaki hojny! – zachwycał się Nepomucen Maria, a Cecylia patrzyła nań badawczo.

Nim zjechała do Warszawy, jej mąż zdążył się już skontaktować z posłem rosyjskim i złożyć mu listy, które podczas pobytu w Lewartowie Tadeusz Jandźwiłł otrzymał od księcia Sanguszki. Zapewniwszy sobie tak wysoką protekcję, Lange został godnie przyjęty, a jego dworskie zasługi otworzyły mu drzwi do domu posła Friedricha Casimira von Loewenwoldego, ten zaś, poszukując sprzymierzeńców sprawy saskiej, z miejsca zaczął nazywać go swym przyjacielem. Pieniądze saskie i moskiewskie latały po Warszawie, szukając tylko odpowiednich ludzi. Za takiego człowieka, godnego zaufania, z koneksjami i dyplomatycznym doświadczeniem wyniesionym z dworu Augusta II, uznano Nepomucena Marię, powierzając mu misję poszerzania koła stronników elektora saskiego.

Mijali już Pragę, z trudem przeciskając się przez wielki targ przy Wołowej, do którego nie równać się było winnickiemu. Setki zwierząt porykiwały, rżały, kwiczały, ludzie siedzący wierzchem, na furach, tłoczący się wzdłuż ulicy, nawoływali się wzajem z karet. Tu i tam wozy naładowane sianem tak wysoko, że cudem tylko jakimś nie przewracały się przy lada skręcie. Dzieciarnia, psy, przekupki sprzedające żywność. Ledwie przejechali przez to kłębowisko. Wreszcie stanęli nad brzegiem Wisły!

Zanim jeszcze wjechali na most, Cecylia kazała zatrzymać konie. Stała zachwycona, chłonąc widok. Nie mogła oderwać wzroku od wysokiego brzegu i zabudowań miasta. Jak okiem sięgnąć, wystrzelały w górę wieże kościołów, pałace cisnęły się jeden przy drugim! Na wyłaniających się pośrodku rzeki łachach stały jakieś zabudowania, obok nich ktoś na płyciźnie pławił konie. Rzeka pełna była większych i mniejszych łodzi. Szkuty, dubasy, komięgi i galary płynęły wszerz i wzdłuż nurtu. Dzioby, rufy i szczyty masztów przyozdobiono różnokolorowymi, łopoczącymi i furkoczącymi na wietrze chorągiewkami z herbami właścicieli i wyobrażeniami świętych, a zwłaszcza świętego Mikołaja, patrona żeglarzy. Większe łodzie miały rozpięte na masztach ogromne płachty żagli, mniejsze poruszane były siłą ludzi, którzy na komendę odpychali wiosła. Dokąd zdążały? Może do samego Krakowa? Albo i do Gdańska, gdzie jej ojciec również wysyłał co roku kilka potężnych transportów.

– Tam, po lewo, masz Zamek Ujazdowski, trochę bliżej to Pałac Kazimierzowski, te dwie wieże to kościół Świętego Krzyża, ów stromy dach to kolegiata Świętego Jana, a owe ogromne mury ku samej rzece schodzące to Zamek Królewski, przed nami jest Stare, a tam nieco na prawo Nowe Miasto.

Patrzyła na te cuda z uśmiechem, a serce jej biło uradowane! Nepomucen Maria z pogodnym obliczem zerkał to na nią, to na miasto, jakby nie wiedział, czym ma się cieszyć bardziej.

– Kolację zjemy u posła rosyjskiego, nie wypada odmówić, zapraszał cię, pani, kiedy tylko dowiedział się, że przyjeżdżasz. Sława twej urody narobiła w mieście wiele szumu! – prawił komplementy i widział, że sprawia jej przyjemność.

– Skoro tak… Cóż… Niech będzie… – odpowiedziała niby to obojętnie, jednak na to się właśnie szykowała: podbije to miasto, rzuci je sobie do stóp. Będzie tu królową!

Most zbudowany na łodziach chybotał się nieco. Cecylia odczuwała lekki niepokój, niczego jednak nie dała po sobie poznać. Na drugim brzegu, kierując się ulicą Mostową i Bramą Nowomiejską, wjechali do Starego Miasta.

– Ominiemy Rynek, bo tam tłok straszliwy – tłumaczył Lange.

Jednak i inne ulice były niczym rwące rzeki. Mijały ich poszóstne karety z woźnicą na przodzie i lokajami w pysznej liberii, stojącymi na półeczce z tyłu pojazdu, kolasy zaprzężone w dwa konie lub jednego, kocze i bryki, służący niosący lektyki oraz jeźdźcy pojedynczo i grupami. Szlachcice ubrani byli w kontusze, kupcy w żupany. Chłopi przyodziani w sukmany siedzieli na wozach ciągniętych przez woły. Każdy pojazd wzniecał tumany kurzu, aż Cecylia musiała do ust przyłożyć chusteczkę.

„Ten ruch, tłum i wrzawa są niepojęte! Czy gdzieś jest równie ludne miasto?" – zastanawiała się, popatrując przez okno powozu.

Dojechali do Bramy Krakowskiej. Wyglądała bardziej jak ogromny dom aniżeli brama. Tędy wjeżdżano z szerokiego Krakowskiego Przedmieścia i tędy wyjeżdżano ze Starego Miasta. Pod kolumną Zygmunta siedziały przekupki, wokół których gromadzili się klienci. Podążali dalej, kierując się w szerokie Krakowskie Przedmieście. Mijali powozy, ale też wielu pieszych: młodzież w cudzoziemskich strojach, które tak chętnie przywdziewali też Jan i Stanisław, wojskowych w trójgraniastych kapeluszach, zakonników w habitach rozmaitych zgromadzeń, Żydów w chałatach, odzianych na biało laufrów*, biegnących gdzieś ze zleceniami swych państwa. Wykrzykujące w głos przekupki zachwalały wyłożony na ziemi towar, bosa dzieciarnia uganiała się wokół, a tu i ówdzie jakiś żebrak w obszarpanym odzieniu domagał się wsparcia, wyciągając rękę do przechodniów. Skąd ci wszyscy ludzie idą i dokąd im tak śpieszno? Nepomucen Maria zauważył zdumienie Cecylii:

---

* Laufer inaczej goniec.

– Tak żyje Warszawa! To miasto wciąż za czymś goni, pędzi, jakby się ścigało z czasem, chcąc go wyprzedzić.

Zatrzymali się przed okazałym budynkiem niemal naprzeciwko figury Matki Boskiej Passawskiej. Uwagę Cecylii przykuła dziwna scena. Zebrał się tu tłumek gapiów przypatrujący się linoskoczkom. Małpa w czerwonym kubraku dosiadała dużego psa niczym konia. Inny pies chodził na dwóch łapach. W zębach trzymał czapkę, do której raz po raz ktoś wrzucił grosz czy dwa. Jakiś mężczyzna przygrywał na dudach, a drugi, stojąc na rękach, wymachiwał nogami. Inny znów podrzucał kilka jabłek, które nie upadały, tylko frunęły w górę, by za chwilę wpaść jak zaczarowane prosto w jego dłonie. Zachwyceni ludzie bili brawo, nie zauważywszy, że pośród nich kręci się złodziejaszek, zręcznym ruchem pozbawiając ich sakiewek.

– To tu! – Lange wskazał dłonią drzwi.

Dom był zadbany, murowany, dwupiętrowy. Na dole znajdował się skład wina, co niezbyt się Cecylii spodobało, ale apartament na górze wynagrodził jej to z nawiązką. Gdy tylko Nepomucen Maria zakończył przedstawianie służby, Cecylia obeszła swoje nowe mieszkanie. Rozkosznie urządzone, ośmiopokojowe, pełne pięknych, delikatnie złoconych mebli, obrazów i luster, ze ścianami wybitymi jedwabiem, mogło przyprawić o zawrót głowy. Radośnie podniecona przebiegała pokoje, szukając buduaru, najmilszego jej sercu. Znalazła go wreszcie, jakby na nią czekał!

Cudowny różowy pokoik z szezlongiem i mahoniowym biureczkiem, na którym znajdowały się przybory do pisania: przygotowany do korespondencji papier listowy, zatemperowane pióra i kilka sztabek czerwonego laku oraz elegancki kałamarz. Ten widok wzbudził w niej natychmiastową ochotę do korespondencji. Obiecała sobie, że codziennie będzie pisać do ojca o tym, jak się sprawy mają w stolicy, zastępując suto przezeń opłacanego korespondenta. Tuż obok biurka znajdowała się toaletka z wielkim lustrem i wieloma damskimi drobiazgami, o których znajomość Cecylia nigdy nie podejrzewałaby żadnego mężczyzny! A jednak Nepomucen Maria przygotował to wszystko dla niej! Dlatego pewnie, aby sprawić jej niespodziankę, chciał przyjechać tu wcześniej!

Podeszła do okna. Mój Boże, cóż za perspektywa! Na wprost figura Matki Boskiej, jeśli się tylko trochę wychylić i spojrzeć w lewo, widać jak na dłoni wszystko aż do samej Bramy Krakowskiej! Można przesiedzieć w tym oknie cały dzień, a pewnie i tak by się nie znudziło! Kiedy spojrzeć w prawo, w ciasnym przesmyku między domami widać fragment wąskiego Krakowskiego Przedmieścia, a ponad dachami wznoszą się majestatycznie wieże kościoła Świętego Krzyża.

Przechodnie sunęli szeroką ławą ku Staremu Miastu. Czasami ten i ów skłonił się jej, uchyliwszy kapelusza, lub pomachał dłonią. Odpowiadała uśmiechem godnym królowej i lekkim skinieniem głowy. Ależ ten Lange jest popularny! Wszyscy go tu znają!

Tymczasem wniesiono kufry, a służąca naszykowała kąpiel. Pokojówka pomogła swej pani zdjąć szaty i wejść do wanny, po czym rozpoczęła delikatne obmywanie jej ciała czymś cudownie miękkim i puszystym, co nazwała gąbką. Poddając się wspaniałemu uczuciu, Cecylia zamknęła oczy. Wypoczywała i cieszyła się swym nowym życiem, tak odmiennym od wiejskiej nudy, której doznawała dotychczas. Z każdą chwilą coraz bardziej doceniała męża, którego ojciec dla niej wybrał.

Siadłszy do obiadu, patrzyła na Nepomucena Marię z szacunkiem, ale też nieco figlarnie, dawno nie spełniała wobec niego swej małżeńskiej powinności, a jakże inaczej mogła mu podziękować za poczynione przygotowania? Uśmiechała się więc, planując niespodziankę, jaką mu zaraz zrobi.

– Przywiozłaś pieniądze? – niespodziewanie zapytał Lange.

– Niewiele.

– Kasztelan mi tyle zleceń zostawił, że wszystko wydaję na pozyskanie stronników! Nie mam nawet tysiąca złotych, aby ci sprawić nową suknię, a tak chciałbym, abyś strojnie wystąpiła u posła! Będzie tam cała Warszawa! Do składu mód u Clermonta przy placu Saskim onegdaj dotarły stroje z samego Paryża!

Cecylii znów zaświeciły się oczy.

– Napiszę do ojca z ponagleniem.

– Potrzebny też będzie drugi powóz lub lektyka dla ciebie, pani. Po tym mieście żadna szanująca się białogłowa nie chodzi pieszo, za dużo tu błota, kurzu i śmieci. Mogłabyś zniszczyć suknię czy pantofle.

Wdzięczna za troskę przyznała mu słuszność.

– Jeszcze dziś napiszę do Turowa. Jeśli mamy coś zdziałać, nie możemy tu żyć jak żebracy!

Popatrzyła na męża. Już nie wydawał jej się tak szpetny jak podczas ślubu. I choć pewnie nie umiałaby tego uczucia nazwać, poczuła doń coś przypominającego wdzięczność. Wstała od stołu, podeszła do Nepomucena Marii, ujęła jego dłoń, spojrzała zalotnie w oczy i lekko pociągnęła w kierunku sypialni.

Poseł rosyjski wynajmował obszerny pałac przy ulicy Wójtowskiej. Patrząc na rozległe korytarze i ogromne sale, Cecylia pomyślała, że dom Langego jest stanowczo zbyt skromny. „Jak cię widzą, tak cię piszą! Przecież skoro zaczniemy bywać, będziemy musieli również przyjmować gości" – myślała, rozglądając się dyskretnie. Postanowiła zapamiętać, na jakiej zastawie podaje się u posła i w innych eleganckich domach, jakich obrusów używa, jakie potrawy przygotowuje. Będzie na to potrzeba sporo pieniędzy, ale przecież kariera jej męża oraz dwóch braci warta jest trochę grosza, kasztelan musi to zrozumieć!

XXIII

Na to święto Zofia szykowała się od dawna. Dzień Świętego Wojciecha rokrocznie obchodzono w Winnicy bardzo uroczyście. Grzesznicy czekali na mszę, chcąc się pozbyć ciężaru swych win, zakonnicy przygotowywali kościół na przyjęcie dużej grupy wiernych. Ale pod pozorem pobożności kryły się bardziej przyziemne sprawy: chyba nikt nie miał wątpliwości, że dla winnickich to jarmark był najważniejszy. Już w przededniu na rynku i w okolicznych uliczkach rozkładały się pełne wszelakich cudowności kupieckie i rzemieślnicze kramy. Rwało się do nich serce i dłonie, by jeśli nawet nie kupić, to choć tylko przez chwilę potrzymać. Białogłowy i dzierlatki ustawiały się do tandetnych pierścionków, trzewików, do tkanin, nici, igieł, korali, brosz, zapasek, chustek, do garnców, do obrazków świętych. A było tam wszystko, o czym mogłeś zamarzyć, i więcej jeszcze! Poniektóra, nie mając grosza, przynosiła swą najlepszą nioskę albo sztukę lnu zimą utkaną, żeby zamienić ją na to, co tak cieszyło oko i czyniło taki zamęt w duszy.

Dziewki wesołe ze Skrzeczewic przyjeżdżały i żadna się na brak roboty i zabawy nie uskarżała. Mężczyźni najpierw obchodzili rynek i przystawali przed straganami kupców, później w bocznych uliczkach odwiedzali rozłożone na ziemi wyroby miejscowego rzemiosła: garncarzy, kołodziejów, powroźników, kowali, potem szli na koński targ, który się ulokował pod miastem, przy trakcie do Turowa. Oglądali tam ogiery i wałachy, wreszcie szli do bydła i nierogacizny. Tu przychodziły i baby kupić kurkę czy gąskę, parkę prosiątek czy tuzin piskląt. Tu ptasznicy trzymali w klatkach śpiewające ptaszki, do których zbiegała się dzieciarnia. Po oględzinach i zakupach przychodził czas na posiłek w karczmie i zabawy.

A co było śmiechu i wesela, kiedy się na odpuście wędrowny teatrzyk kukiełkowy pojawił! Przystawali starzy i młodzi, by popatrzeć w magiczne pudełko na jednej nodze, w którym pokazywały się drewniane figurki, i posłuchać rzewnych historii o krwawych królach i dobrych rycerzach, o cnocie i zdradzie, o miłości, co wszystko zwycięży. Kuglarz tylko kręcił korbką, a figurki poruszały się jak żywe, co za cuda!

Wraz ze zbliżaniem się tego dnia lista sprawunków Zofii rosła, bo duże zakupy robiło się w Winnicy raz do roku. Niemal każdy w Złotym Moście otrzymywał na świętego Wojciecha jakiś drobny upominek, dlatego czekali: ochmistrzyni, kucharka, służące, stajenni i hajducy, a najbardziej dzieci. W przeddzień już nie mogły usiedzieć na miejscu, kręciły się w łóżkach, zamęczały matkę i służące pytaniami o odpust, szukając potwierdzenia i zapewnienia, że świętego Wojciecha to już jutro i że zaraz po śniadaniu, jeśli tylko będzie pogoda, na pewno wyruszą.

Kat z chłopakiem wyszli na rynek, żeby przed mszą przejść się po jarmarku, na budy pogapić i – kto wie –

może jeszcze jakiego złodziejaszka wypatrzyć, choć to nie była ich, tylko podstarościego powinność.

– Coś mi się widzi, że kupców jakoś w tym roku mało.

– Toż nie wiecie? Dopiero co był jarmark w Skrzeczewicach! – pośpieszył z wyjaśnieniem chłopak.

– Na jakiego świętego? – zdumiał się kat.

– A bo kupcom święty koniecznie potrzebny, żeby towar sprzedawać? I bez świętego się obejdą, kiedy ich wojsko z gościńca grzecznie zaprasza, a płacić placowego nie muszą.

Kat pokręcił głową.

– Kasztelańscy by kiedy kogo grzecznie zapraszali! Więc kupcy już do Winnicy nie zjadą? – Zmarszczył brwi. – Beczkę chciałem kupić i nowe buty…

– I sznur do wieszania się kończy! – podsunął chłopak.

– Widzisz, na śmierć zapomniałem! Niedobrze, wygodniej było wszystko na miejscu załatwić. A i Winnicy świetność przez to umniejszona. Tylko patrzeć i nas tam starosta przeniesie.

– Nie chcę! W Skrzeczewicach same kpy siedzą! – wykrzyknął z rozpaczą chłopak.

Ty mi, Franek, słów obelżywych nie powtarzaj!

– Kiedy kat też tak mówią!

– Kpy nie kpy, ale jarmark mieli, a dla nas stąd szkoda. Tylko popatrz: karczmarz zafrasowany stoi przed zajazdem, Żydki brody tarmoszą, a i dla nas roboty mniej…

– Kacie…?

– No, co tam?

– Oni wszyscy byli na rynku, jakeśmy tę czarownicę palili…

– I co z tego?! – fuknął kat niezadowolony, że chłopak wraca do sprawy, o której on wciąż bezskutecznie starał się zapomnieć. – O, zobacz, miecznikowa na rynek zajeżdża! To jest niewiasta, co się zowie! – Westchnął. – Ale będzie miała kłopot...

Zofia Niezgodzka własnym oczom nie chciała wierzyć! Tu, gdzie zwykle tłum kupców rokrocznie zjeżdżających na jarmark ledwo się mieścił, dziś stało zaledwie kilka nędznych bud! Wysiadła wraz z dziećmi z powozu i tylko obecność Ignasia i Dorotki spowodowała, że uśmiechała się nadal, jak przed wyjazdem, kiedy to opowiadała, co też dziś im kupi.

„Co tu się dzieje? Co się stało?! Czyżby to strach przed wojną powstrzymał kupców przed przyjazdem do Winnicy?" – próbowała zrozumieć.

W głowie jej się mąciło, a łzy cisnęły się do oczu, bo wiedziała już, że z tak nędznego jarmarku dochód będzie żałosny. Podniecone dzieci ciągnęły ją jednak ku straganom, każde coś chciało, świeciły im się oczy, ona sama też ułożyła w głowie listę potrzebnych rzeczy, ale nie mogła sobie teraz pozwolić na zbędne wydatki. Do żniw daleko, bardzo daleko...

W południe była msza i odpust w kościele karmelitów. Zjechała się cała okoliczna szlachta, a Zofia, siedząc w ławce z opuszczoną głową, miała wrażenie, jakby to z jej winy tak mało kupców pojawiło się na jarmarku. Wyprowadzały ją z równowagi głośne pytania dzieci, najchętniej wyszłaby stąd, uciekła do domu, a tam wypłakała całą swoją niedolę, cały smutek i żal, całą samotność i ciężar niesionego w pojedynkę życia.

Nie rozglądała się, swoim zwyczajem trzymając wzrok wbity w ziemię, toteż nie widziała, że w pierwszej ławce siedział kasztelan z synami. Tym bardziej nie zauważyła, iż tuż przy wejściu w niedbałej pozie stanął Kacper Hadziewicz. Dopiero wychodząc ze świątyni, spojrzała mu w oczy, skłonili się sobie bez słowa, ale gdy Zofia mijała podstarościego, bardziej poczuła, niż zobaczyła, że podążył za nią. Przystanęli przed kramem. Dzieci przebierały w drewnianych zabawkach, a Hadziewicz, niby to coś oglądając, powiedział szeptem za jej plecami:

– To sprawka kasztelana.

Zofia, nie bacząc na ludzi, odwróciła się i spojrzała ku podstarościemu.

– Jakże to?

– Wyrobił sobie przywilej. Kupców jadących do Winnicy wojsko siłą zapędzało ku Skrzeczewicom.

– Ale to jest... – Zofia szukała słowa, nie umiała jednak znaleźć dość dosadnego. – Co teraz będzie?

Kątem oka Hadziewicz zauważył Jandźwiłłów wychodzących z kościoła, odwrócił się więc czym prędzej i zagadał do kogoś, aby nie pokazać, że rozmawia z Zofią. Jednak ani kasztelan, ani jego synowie, nie zauważywszy go chyba, szybko wsiedli na konie i odjechali. Miecznikowa odprowadzała ich wzrokiem, póki nie zniknęli, skręcając na trakt turowski. Wtedy wyjęła pieniądze, zapłaciła za zabawki, które Dorotka i Ignaś kurczowo ściskali w dłoniach, po czym wziąwszy ich za ręce, pociągnęła w stronę powozu. Zagryzając wargi, bez słowa zniosła dziecięce narzekania i kazała woźnicy ruszać. Kiedy powóz wyjechał z miasta, pomyślała z rozpaczą: „Jestem zrujnowana!" i ukryła twarz w dłoniach.

XXIV

Kasztelan Jandźwiłł był już poirytowany tłumaczeniem swych decyzji! Najpierw własny syn śmiał go upomnieć! Jakby pieniądze zarobione na jarmarku skrzecewickim nie miały kiedyś w przyszłości trafić właśnie do niego! Potem do prawienia morałów zabrał się ten dzikus Hadziewicz. Też mi persona godna respektu!

– To dopiero paradne! Ty, infamis, ważysz się mnie, kasztelana, pouczać?! Jeszcze kiedym u ciebie w gościnie?! – wykrzyknął wzburzony.

– Widać czasem mus taki. A u infamisa więcej serca i uczciwości może się znaleźć niż u kasztelana. Dlaczego umowy w sprawie jarmarku kasztelan nie przestrzega?

– Bom ją z miecznikiem podpisywał!

– Ale wdowy nie uprzedziliście!

– Gdyby była rozumna, toby się spodziewała. Powinna do mnie przyjechać i w sprawie jarmarku decyzję moją poznać. Gdyby wykupiła nowy przywilej, zachowałaby swoje prawa.

– Ale to król, nie wy, przywileju udzielacie!

– Tom się o przywilej na jarmark w Skrzeczewicach jeszcze jesienią u króla wystarał, a wdowa niech sobie w Winnicy dalej swój organizuje.

– Okrutniście dla słabszych od siebie! – syknął Hadziewicz.

– Wdowie cześnik męża zaraz znajdzie, na co jej jarmark?! Zresztą to nie twój kłopot, Kacper!

Podstarości uśmiechnął się kwaśno. Gdyby nie miłował Zofii, uczyniłby kasztelanowi figiel i do jej małżeństwa z Janem ręki przyłożył. Ale w tym akurat był mu sprzymierzeńcem, gotów na wszystko, byle tylko kasztelanica od miecznikowej oddalić.

– Stronników króla mus opłacać, z Warszawy ślą mi ponaglenia! – wyjaśniał kasztelan i poniekąd nawet zgodnie z prawdą, Cecylia o pieniądze z posagu pisała w każdym liście.

– To chwalebne bardzo, żeście tacy przyszłemu królowi oddani! – Hadziewicz pokiwał głową. Znając jednak Jandźwiłła, nie dałby grosza za jego zapewnienia. Prędzej się on udławi dodatkowym kęsem, niźli go odda głodnemu.

– Mostowe od Rabińskiego zabrałeś? – zapytał.

Kacper podał kasztelanowi przygotowany woreczek. Jandźwiłł zmarszczył brwi.

– Co tak mało?!

– Bartka zapytajcie. Gadają, że dla jakiejś nowej dziewki głowę stracił.

– Pojedziesz do niego i powiesz, żeby się pomiarkował. Uświadom mu, że z każdej idzie czarownicę zrobić. A z czarownicami u nas nie ma żartów... – powiedział niby to ze smutkiem, po czym schował mieszek, poklepał Hadziewicza po ramieniu i skierował się do wyjścia.

Podstarości w milczeniu odprowadził swego pana na podwórzec i stał tam, póki za orszakiem kasztelana nie zamknęły się wierzeje. Chwilę potem wezwał sługę i kazał mu co tchu siodłać konia.

*

Po wizycie Hadziewicza Florian Żelski nie mógł usiedzieć w miejscu. Gdyby się nie zbierało na burzę, byłby od razu wsiadł do bryczki i ruszył do Turowa. Za tyle starań, za tyle poświęcenia, za nieprzespane noce, za to wszystko kasztelan odpłaca, chcąc mu córkę do ruiny doprowadzić?! Żelscy wyjątkowo nie wybrali się na jarmark winnicki, bo cześnik nie czuł się najlepiej. Od dawna leczył podagrę, niezbyt skutecznie, skoro bóle powracały.

Nie mógł zrozumieć, dlaczego Zofia sama nie przyjechała się poskarżyć, prosić o radę? Dlaczego wysłała infamisa, aby w jej sprawie posłował? Ale po chwili refleksji dotarło doń, że to z troski o jego stosunki z panem na Turowie córka nie ośmieliła się go niepokoić. A Hadziewicz zapewniał, że Zofia nic nie wie o jego posłannictwie. I kiedy podstarości wyjechał, Żelski miał twardy orzech do zgryzienia.

Do tej pory unikał konfrontacji z kasztelanem, sądząc, że przyszłe zyski zrekompensują mu chwilowe trudy. Tym razem jednak, do żywego dotknięty krzywdą własnego dziecka, nie zważając na zły stan zdrowia, zdecydował się stanąć przed kasztelanem i wyrzucić z siebie wszystkie żale. Powiedzieć, co tak bardzo i od tak dawna leżało mu na sercu. Wreszcie już na to przyszedł czas. Machnął ręką na zaszczyty i dostojeństwa wobec niesprawiedliwości, jaka spotkała Zofię, przestało mu na nich zależeć. Od dawna zresztą czuł się pozbawiony uwagi kasztelana. Jandźwiłł z taką łatwością rozstawał się ze starymi druhami! Szukał młodych, silnych, ambitnych, walecznych, podobnych do tego tu Hadziewicza, choćby i infamisami byli. Z takimi wolał trzymać, bo z nich jeszcze mógł wyssać krew. A ze starego jaka korzyść? Że do rady sposobniejszy? Od kiedy to kasztelan czyjej rady potrzebował? Dla niego liczyło się tylko sprawne ramię i bystre oko. Nawet jeśli pytał, to wyłącznie w tym celu, aby innych lepiej do siebie usposobić.

Cześnik usiadł na ławie i wspierając ręce na kolanach, opuścił głowę. Nie, nie płakał. Cóż by z niego był za mąż, jeśliby każde rozczarowanie zraszał łzami? Nie przystoi to szlachcicowi. Ale pociągnął nosem raz i drugi, wciąż patrząc w ziemię. Zagryzł wargi. Żałował nawet, że nie może od razu ruszyć w drogę. Bał się, że przez noc złość mu minie, a dawna zażyłość z kasztelanem weźmie górę, że zacznie szukać dlań usprawiedliwienia, choćby i niesłusznego.

– Coś taki markotny? – zapytała z troską cześnikowa. – O czym żeście tak tu z Hadziewiczem rozprawiali? Chyba nie o ślubie? – próbowała żartu.

– Moja pani, będziesz znowu pomstować i tym razem słowem się nie odezwę, boś zawsze rację w tej kwestii miała, tylkom, durny, słuchać nie chciał!

– Gadajże jaśniej!

– Córce naszej jedynej krzywda się stała… – Cześnik westchnął, a cześnikowa, przykrywszy usta dłonią, usiadła na krześle naprzeciw niego.

– Podstarości…? – wykrztusiła wreszcie.

– On niczemu nie winien. Trzeba mi będzie do Turowa jutro ruszyć. Złu już nie zapobiegnę, ale wypowiedzieć moje służby kasztelanowi raz na zawsze muszę.

– Mówże! – ponaglała go, pełna trwogi. – Co się stało?!

Cześnik odetchnął ciężko. Nie wiedział, od czego zacząć.

– Przyjdzie nam chyba, moja jejmości, u kogo innego dzierżawy poszukać…

– Już dawno mówiłam! Ale cóż to ma wspólnego z Zosią?

Kiedy jej cześnik wytłumaczył, pani Salomea długo nie mogła złapać tchu.

– A to łobuz, okrutnik, krzywdziciel niewinnych! Gorze mu! Że też pomsty na takiego nie ma! – wyrzuciła, gdy wreszcie doszła do siebie.

– Mylisz się, moja pani! Puścić tego płazem nie zamierzam!

– Bo głupiś! Wiele ty możesz, mości Żelski, przeciwko takiemu kasztelanowi! Czy on cię za bramę choć wpuści? A nawet gdyby i wpuścił, cóż ty, mój mężu, zamierzasz zrobić?

– Powiem mu wszystko, od samego początku!

– A on cię każe psami poszczuć…

– Nie ośmieli się!

– Na mój rozum, przełknij tę obrazę i córkę jedź ratować. Ona tam sama się gryzie! Pieniędzy nam pożyczyła, wszystkie jej oszczędności poszły na spłacenie tego… – zawiesiła głos, a cześnik, który nigdy nieobyczajnych słów z ust swej jejmości nie słyszał, wstrzymał oddech. – Niedoczekanie! Żebym przez niego miała się grzechu nieobyczajności dopuścić! – fuknęła. – Niech go czarci! Dostanie on jeszcze za swoje, wspomnisz moje słowa!

Cześnik popatrzył na żonę z wdzięcznością. Marna to jednak była pociecha i czekać na wypowiedzenie swych służb u kasztelana nie zamierzał. Myśląc o najlepszym sposobie, przez całą noc nie zmrużył oka. Trząsł się z niecierpliwości, by kamień ciężki, który mu leżał na sercu, jak najszybciej zrzucić. A choćby i na poniewierkę gdzie na Ukrainę wyjechać, byle jak najdalej stąd! I wreszcie nad ranem doznał ukojenia. Zasnął mocno, choć na krótko. Pani Salomea, wstając, trąciła go delikatnie, mówiąc że i na niego już czas.

Zwlókł się więc cześnik zmęczony, obolały na ciele i duszy, ukląkł do pacierza, spojrzał na święty obraz wiszący nad łóżkiem, przeżegnał się i westchnął głęboko. Czuł się niezdrów, ale nie mógł przecież w takim dniu zostać w łożu. Sprawę trzeba było załatwić, od tego zawisł honor Żelskich. Śniadali w milczeniu, za to też żywił wdzięczność dla jejmości. W takich sytuacjach zwykła nie szczędzić mu swych pouczeń, dziś, zdając sobie sprawę z ważności mężowskiego postanowienia i konsekwencji, jakie może ono im i Zofii przynieść, siedziała zadumana, milcząca. Niewiele jedząc, popatrywała nań ze smutkiem.

Na pożegnanie objęli się czule. Niczego już nie mówiła, nie radziła, nie przypominała. Widząc zmartwione oblicze, na którym tylko ból i żałość pozostały, nie chciała mnożyć zbędnych trosk. Zrobiła za nim znak krzyża, a kiedy opuścił bramę dworu, raz jeszcze poszła pod święty obraz i długo klęcząc, modliła się o szczęśliwy powrót męża.

Pierwszą myślą cześnika było: zawrócić konie! Lęk przed zagrażającym czymś złym i nieznanym ścisnął go w środku, aż się Żelski musiał zaprzeć, aby nie krzyknąć. Odetchnął głębiej, raz i drugi. Cóż, nic takiego mu przecież nie grozi, nie zabije go kasztelan, zbyt błaha to dla niego sprawa. Zresztą on tu krzywdzicielem, nie ukrzywdzonym. Może przegoni dawnego druha, może za próg nie wpuści, pewnie będzie trochę wstydu, dumę pańską trzeba schować do kieszeni, ale honoru mus bronić! Nie wolno, ogon podkurczywszy pod siebie, udawać, że nic się nie stało. Jakaż by stąd nauka płynęła dla rodziny, dla służby, dla wnuków?! Żelscy się nigdy przed żadnym niebezpieczeństwem nie cofali, jemu też nie wolno.

Bryczka mknęła przez rozszumiane pola. Pięknie było dookoła. Pąki strzelały młodą zielenią. Zboża wzeszły bujnie. Żniwa zapowiadały się bogate, pewnie będzie z czego oddać córce ów pożyczony tysiąc.

„Wracając z Turowa, pojadę do Złotego Mostu, rozmówię się z Zosią. Trzeba jej bezapelacyjnie męża znaleźć. Szkoda, że ten Hadziewicz taki filut, chyba bardzo on jest za nią..." – rozmyślał, popatrując dookoła.

Gdy dotarł do lasu, kazał zaciąć konie. Mijając most, nawet się nie oglądał, czy kto mu bronią nie grozi. Zresztą miał przy sobie pistolety i nie zamierzał poddawać się bezprawiu. Coś tam huknęło z tyłu, może ktoś krzyknął, ale zaprzęg przejechał bezpiecznie.

Na zamek straże wpuściły cześnika jak gościa najbardziej oczekiwanego. Wszedł do wielkiej sieni i tu już musiał pozostać. Kasztelan był zajęty. Rzekomo przyjmował wysłanników księcia Radziwiłła. Żelski na różne sposoby wyobrażał sobie rozmowę z Jandźwiłłem: jako kłótnię, jako spokojną pogawędkę, zastanawiał się, czy po tym spotkaniu jego stosunki z kasztelanem pogorszą się, całkiem ustaną, a może się poprawią? Jednego nie brał pod uwagę: że na tę rozmowę tak długo będzie musiał czekać!

Wskazówki na zegarze szły to w górę, to w dół, nikt od kasztelana nie wychodził, nie dało się słyszeć żadnych rozmów ani narad. Żelski to siedział, to wstawał, chodził tam i sam, zagryzał zęby coraz bardziej rozsierdzony, że gospodarz jeszcze w ten sposób chce go upokorzyć. Serce waliło jak oszalałe, w piersi piekło, gniotło, drętwiały mu ręce, brakowało tchu. Wreszcie, kiedy już słońce miało się ku zachodowi, drzwi kancelarii się otwarły. Z radosnym uśmiechem i szeroko rozpostartymi ramionami wyszedł ku niemu Tadeusz Jandźwiłł.

Florian Żelski poderwał się z ławy, na której usiadł, szukając wytchnienia, wzniósł dłoń, otworzył usta i runął na podłogę bez życia.

XXV

Lange nie zobaczył jeszcze ani grosza z pieniędzy, które na ręce córki raz po raz przysyłał kasztelan turowski. Cecylia tak zasmakowała w rozrywkach stolicy, w jej składach z cudownymi wschodnimi i indyjskimi towarami, że niemal co dnia kazała się wieźć na Rynek Starego Miasta i tam u któregoś z gęsto rozsiadłych Ormian zostawiała od razu wartość jednej czy dwóch wiosek. Częstym gościem była u Malherbe'a i Pellisona, ale kupowała też tkaniny na nowe suknie u Dulfusa. Kiedy zaś odkryła Marywil z jego jubilerami i księgarnią Nikolaia, żadna przejażdżka po mieście nie mogła ominąć tego cudownego miejsca!

Kto by przypuszczał, że tak nagle zdoła obudzić w sobie miłość do ksiąg, których nigdy nie była specjalnie ciekawa? A jeździła do Marywilu niczym na pielgrzymki. Nepomucen Maria nie skojarzył tej nagle rozkwitłej ciekawości literaturą ze stacjonującymi tam i na wielkim dziedzińcu marywilskim odbywającymi musztrę grandmuszkieterami królewskimi, elitarną jednostką zmarłego króla Augusta II.

*

Dwudziestego siódmego kwietnia rozpoczął się sejm konwokacyjny. Znów szlachta głośno krzyczała za Piastem, to jest za Leszczyńskim, odrzucając wszelkie inne kandydatury, i tylko Sapieha, wojewoda podlaski, poważył się wyrazić sprzeciw. Wszyscy inni spokojnie czekali sierpnia, kiedy miała się rozpocząć elekcja. Postanowiono, że szlachta stawi się na niej *viritim* pod chorągwiami województw, ziem i powiatów, a więc każdy szlachcic ma prawo, a nawet obowiązek wziąć udział w elekcji. Ta decyzja sejmu oznaczała bezapelacyjne zwycięstwo Stanisława Leszczyńskiego.

Widząc fiasko swych działań i ruinę nadziei, Lange prawie nie opuszczał ambasady rosyjskiej. Wychodził wcześnie, wracał późno, czasem nad ranem, kiedy Cecylia już spała. Ale ona nie protestowała przeciwko nieobecności męża, zadowalając się byle tłumaczeniem. Prowadziła zbyt aktywne, zbyt absorbujące życie, aby czuć się zaniedbaną. Zażądano akurat od grandmuszkieterów dopełnienia przysięgi na wierność Polsce, co było początkiem końca tej jednostki. Ci, którzy nie chcieli przysięgać, zostali zwolnieni, w tym jeden porucznik, pełniący służbę również przy Cecylii Lange. Kilka dni po odebraniu zaległego żołdu, pod koniec czerwca, spakował się i bez pożegnania wyjechał do rodzinnego majątku w Kurlandii.

Pozbawiona nagle asysty Cecylia poczuła się osamotniona. Na szczęście wiele się działo w mieście. Dziesiątego sierpnia odbyła się uroczysta eksportacja szczątków króla Jana III, królowej Marii Sobieskiej i ostatniego króla, Augusta II. Po wielkich uroczystościach, na które tłumnie stawiło się duchowieństwo, cechy, szlachta, mieszczanie i pospólstwo, procesja z trzema trumnami przeszła przez Krakowskie Przedmieście. Cecylia widziała każdy szczegół: ośmiokonny zaprzęg, wóz przykryty aksamitem, najpierw ten wiozący doczesne szczątki królowej, potem króla Jana, na końcu ostatniego króla, Augusta II. Za każdym wozem szedł pieszy z insygniami królewskimi umieszczonymi na aksamitnej poduszce. Byli to najwyżsi dostojnicy państwowi, wojewoda bełzki, referendarz koronny, kasztelanowie lubelski i czerski. W poczuciu wyjątkowości chwili szli pieszo z kornie zwieszonymi głowami. Za nimi maszerowali grandmuszkieterowie, dalej gwardia, wreszcie pospólstwo w długim pochodzie, śpiewając *Te Deum* przy huku strzelających z zamku armat i dźwięku wszystkich kościelnych dzwonów w mieście.

Poruszona obejrzaną dopiero procesją Cecylia usiadła samotnie do podwieczorku. Zamierzała tylko wypić filiżankę kawy ze śmietanką, a potem, póki jeszcze wszystko pamiętała, opisać ojcu i braciom każdy szczegół uroczystości. Nim na dobre zabrała się do pisania, usłyszała jakąś wrzawę w korytarzu. Wyszła, aby udzielić służącej reprymendy. Jakież było jej zdziwienie, kiedy zobaczyła zupełnie obcą, nieco starszą od siebie, wytwornie ubraną kobietę, a za nią tragarzy, którzy wnosili jakieś kufry i skrzynie! Stała z otwartymi ustami, przyglądając się temu z niedowierzaniem. Tamta zapłaciła ostatniemu tragarzowi i dopiero teraz zatrzymała wzrok na Cecylii:

– Kim pani jest? – zapytała obcesowo.

– Ja?! – Cecylia omal nie udławiła się tym pytaniem. – Kim pani jest?! Ja tu mieszkam!

Tamta uśmiechnęła się krzywo.

– Czyżby?

– Kasiu! Marysiu! – Cecylia obejrzała się na służące, które stały za jej plecami. Chciała, aby podczas nieobecności Nepomucena Marii potwierdziły jej prawa do domu. Dziewczęta jednak wyrwały się niespodziewanie i zaczęły całować dłonie przybyłej. – Co tu się dzieje? Kim pani jest?! – powtórzyła zdziwiona.

– Chyba to mnie przysługuje prawo do zadawania pytań, skoro zastaję panią w moim domu?!

– Pani się myli, to dom mojego męża, Nepomucena Marii Langego, urzędnika kamery królewskiej, chwilowo go nie ma, jest bardzo zajęty przygotowaniem elekcji przyszłego króla, ale powinien niedługo wrócić od ambasadora... – mówiła szybko, jednak widząc minę przybyłej, speszona zamilkła.

– Męża? Jesteś jego żoną? Zaiste, długo mnie tu nie było!

– Będzie prawie rok! – powiedziała jedna ze służących i dygnęła.

– Co to ma znaczyć, czy pani jest...? – przestraszyła się Cecylia.

– Żoną? Nie, jeszcze by tego brakowało! Za dobrze znam tego drania! – Roześmiała się perliście, jakby usłyszała przedni żart.

– Jak pani się wyraża o moim mężu?!

– Tak jak na to zasługuje. Żeby mi tu żonę sprowadzić, tegom się nie spodziewała! Pozwoliłam mu mieszkać, póki nie wrócę, ale rozgościł się doprawdy ponad miarę!

Cecylia się zachwiała.

– Czy mogę usiąść? – zapytała.

– Ależ proszę! – Zdejmując uperfumowaną rękawiczkę, kobieta machnęła dłonią. – Może kieliszek wina?

Weszły do salonu. Całkowicie speszona sytuacją Cecylia nie śmiała podnieść wzroku. Tamta lustrowała mieszkanie, wyjrzała przez otwarte wciąż okno salonu, pomachała komuś na ulicy, posłała mu pocałunek dłonią i krzyknęła: „Wróciłam!". Zachichotawszy, spojrzała na Cecylię.

– Jak cię zwą?

– Cecylia Jandźwiłł. Lange – poprawiła się natychmiast.

– Jandźwiłł, mówisz?

– Mój ojciec jest kasztelanem – resztką sił Cecylia próbowała bronić swego honoru.

– Tadeusz, prawda? Masz dwóch braci: Jana i Stanisława.

– Pani ich zna?

– O tak! Znam ich bardzo dobrze! – Kobieta uśmiechnęła się znacząco.

Cecylia spojrzała na nią i omal nie zemdlała.

– Nie! To nieprawda! Pani kłamie! – krzyknęła, jednak zaraz sobie przypomniała dziwnie krótką wizytę Jana, jego speszenie, które usiłował pokrywać pośpiechem. Ale jeśli domyślał się prawdy, dlaczego nic nie powiedział? Dlaczego jej nie ostrzegł?

– Tak dać się podejść... – Kobieta kręciła głową. – Czy twój ojciec rozum postradał, żeby cię wydawać za Langego? Nie było w Litwie spokojnych, grzecznych, majętnych kawalerów? A choćby i wdowców? I gdzież on teraz jest, ten twój pan mąż?

– Nie wiem...

– I tu się różnimy, bo ja chyba wiem. Jeśli nie zmienił przez ten rok swoich obyczajów, jest bardzo blisko...

Cecylia pobladła.

– Konie zaprzęgać! – krzyknęła do służby przybyła. – Wybacz, moja droga, nie jest mi wcale miło pierwszego dnia po powrocie od razu popadać w taką aferę, ale im prędzej się to stanie, tym lepiej. Jak mu się udało zbałamucić takiego szczwanego lisa? Przecież twój ojciec to chytra sztuka, a jednak na Langem się nie poznał! Ktoś musiał mu go protegować! Tylko kto w tym maczał palce?

Cecylia siedziała z opuszczoną głową. Milczała. Gdyby nie wieczór, kazałaby zaprzęgać i ruszać z powrotem do

Turowa. Przecież nie może zostać w Warszawie ani jednego dnia dłużej! Jutro wieść się rozniesie i wszyscy się będą z niej śmiać. Co gorsza, będą śmiać się z ojca, z Jana, ze Stanisława. Taki wstyd!

Służąca weszła z informacją, że konie są gotowe do drogi. Panie wsiadły do landa. Ciepły wieczór był jakby wymarzony na miłą przejażdżkę, choćby do Ogrodu Saskiego. I owszem, pojazd skręcił w Trębacką, a potem zajechał przed główne wejście do Marywilu. Kobieta wysiadła, jej śladem poszła Cecylia. Weszły na dziedziniec. Wrzało tu jak w ulu. Nawoływali się woźnice, pijani żołnierze z garnizonu grandmuszkieterów siedzieli w oknach swych stancji i nagabywali je nieprzystojnymi słowami. Jacyś czeladnicy bili się na pięści, stojący wokół pokrzykiwali, dodając im wigoru.

W jednym z pomieszczeń na piętrze, spowici kłębami dymu tytoniowego, siedzieli mężczyźni. Przy nikłym świetle świec stołowych, pochylając się nad kilkoma stolikami, grali w karty. Wokół nich zgromadzili się gapie. Komentowali, gdy gracze przebijali jeden drugiego, obstawiali i rzucali karty na stół. Kobieta szła od stolika do stolika, za nią niby cień posuwała się Cecylia. Wreszcie zatrzymały się przy jednym z nich. Postały dłuższą chwilę. Nepomucen Maria Lange nie widział niczego poza kartami.

– Dałbym wam popalić, gdybym się nie był z tuzami pożegnał! – krzyknął i czekał nowego rozdania. Jednak grzebiąc w kieszeni, niczego już tam nie znalazł.

Bliska płaczu Cecylia wymierzyła mu policzek. Lange poderwał się jak oparzony, ale natychmiast stracił kontenans, widząc stojącą u jej boku swą dawną kochankę.

– Magdalena? Co ty...? Co pani tu robi...?

– Szukam ciebie, złotko. Wróciłam.

XXVI

Gdy sługa uniósł lichtarz, Cecylia omiotła surowym wzrokiem otwarty przez niego pokój. Znajdowały się tu dwa łóżka, stół, dwa krzesła, szafa, a także toaletka z dzbankiem i miską, kilka kubków oraz wiadro na nieczystości. Nie było żadnych ozdób, lustra, kobierca ani nawet najmniejszego obrazka na ścianie! Przez uchylone okno, wychodzące na dziedziniec Marywilu, dobiegały z dołu odgłosy jakiejś sprzeczki. Tak podłej kwatery nie widziała w całym swoim życiu!

– Gdzieś ty mnie przyprowadził?! To ma być nasze lokum?! – jęknęła, przejęta grozą.

– Nie bioro? To nie... – Posługacz wzruszył ramionami i sięgnął ku klamce, chcąc zamknąć pokój.

– Zaraz! Zaraz! – uspokajał go Lange. – Tylko na dzisiaj – tłumaczył żonie. – Jutro coś znajdę, jakiś elegancki apartament godny mojej królowej!

Cecylia pociągnęła nosem. Ten smród! Poczuła, że musi usiąść. Lange dał słudze parę groszy i zamknął drzwi.

– Wkrótce przyjedzie mój ojciec, jeśli nas tu zastanie, waści życie może się znaleźć w niebezpieczeństwie! – powiedziała jakimś dziwnym, nieswoim tonem.

– Kasztelan musi zrozumieć. Za kilka dni, za kilka tygodni, kiedy gorączka sejmowa się skończy, a szlachta opuści miasto, znajdę jakiś dom, a nawet pałac, ale teraz to niemożliwe!

– Chcę mieć jutro nowe mieszkanie! Godne kasztel... – przerwała, wstrzymując oddech. – Niedobrze mi, będę womitować! Miskę, żywo! – rzuciła do Langego.

Nepomucen Maria podał naczynie i odwrócił się, aby nie patrzeć. Jednak od obrzydliwego dźwięku uciec nie było sposobu.

– Czymś mnie struli u tej Magdaleny! – wyrzęziła.

Znów musiała się pochylić.

– A może to... Możeś ty, najmilsza... Byłby najwyższy czas... – radośnie zasugerował Lange.

– Co ja?... – Otarła usta chusteczką i spojrzała nań niechętnie.

– Kasztelan wielce by się uradował. Sposobi się na wnuka. Już obiecał zapis. Dalibyśmy mu Tadeuszek, po dziadku. A gdyby się urodziła dziewczynka, to Regina po nieboszczce kasztelanowej.

Cecylia nie chciała kłócić się o coś tak niedorzecznego! Niemożliwe, żeby była brzemienna! Umiała o to zadbać. Zaopatrzyła się w zapas rybich pęcherzy, woskowych krążków ugniecionych z kwiatem akacji, specjalnych kropli. Stale nosiła amulet z zasuszonym wronim sercem. Odruchowo dotknęła piersi. Jest, nie zginął! Nie chce, nie potrzebuje dziecka! Zwłaszcza teraz, kiedy trzeba szukać nowego mieszkania, kiedy zbiera się sejm, kiedy tyle się będzie działo! Przyjeżdża ojciec z braćmi, potem będzie koronacja. Nie miała czasu na ciążę!

– Pić! – wyrzęziła z trudem.

Nepomucen Maria nalał żonie trochę wody z dzbanka i starając się omijać wzrokiem miskę, podał jej kubek.

Przez otwarte okno płynęło z podwórza duszne, śmierdzące rozkładającymi się resztkami i końskim nawozem sierpniowe powietrze. Mimo nocy w arkadach Marywilu pokrzykiwania nie cichły.

„A jeśli to prawda...? – resztką sił starała się myśleć Cecylia. – Jeśli jakieś trefne krople sprzedała mi ta baba? Za dużo mięty i piołunu, za mało ruty? A tak zapewniała, że od brzemienia uchroni! Od razu mi się wydała podejrzana. Czemu żem z Litwy nie zabrała więcej flaszek? Tak mi się widziało, że oni tu w stolicy zawsze mają wszystko lepsze! I co teraz?".

Znów musiała pochylić się nad miską. Zajęta wymiotami przez chwilę nie myślała o tym, czego się dziś dowiedziała. Jeśli jest w ciąży, ma jeszcze jedno, znacznie większe zmartwienie. Nigdy nie marzyła o dzieciach. Bała się utraty swych wdzięków, czuła się młoda i piękna, chciała żyć, kochać, mieć przygody. Tak długo wszystko szło po jej myśli, wiodła beztroskie życie, na kiedy indziej zostawiając trudy i znoje macierzyństwa. Inne niewiasty, choćby ta miecznikowa, po kilkoro już dzieci urodziły i wychowały, a ona wciąż widziała się panną. Tymczasem nie wiadomo, co było większym problemem: ciąża czy brak mieszkania?

„Co powiem ojcu, kiedy nas tu zobaczy? Co powiem braciom, jeżeli przyjdą mnie odwiedzić? Przecież nie mogę tak mieszkać! Trzeba coś zrobić, trzeba działać! A jeśli Langemu niczego nie uda się znaleźć i będziemy musieli zostać w jednej klitce przez sześć niedziel? To dopiero zgryzota!".

Pochylając się nad miską, przypomniała sobie młodego Wilhelma Kettlera. Mówił, że jest bliskim kuzynem tego władającego Kurlandią rodu. Śmiała mu się w twarz. Nieważne koligacje. Czyżby on był ojcem? A może jednak

Lange? Boże miłosierny, spraw, żeby jej przypadłości okazały się tylko zatruciem!

Lange intensywnie rozważał zaistniałą sytuację. Jeśli szybko czegoś nie wymyśli, Jandźwiłłowie gotowi go rozsiekać. Nie powinien wprowadzać Cecylii do domu Magdaleny! Tylko skąd miał wziąć pomieszkanie na czas sejmu? Tego i księciu dokonać niepodobna! Jak było nie skorzystać z gościny? Magdalena zamierzała wrócić dopiero na święta. Mogła przynajmniej uprzedzić, napisać! Swoją drogą powinien postępować ostrożniej, przewidzieć, wszak elekcja to dla niej jak żniwa. Co teraz począć?

– Nepomucenie Mario! – zadziwiająco poważnym tonem powiedziała Cecylia. – Jeśli kasztelan się dowie, że wybrał dla mnie takiego męża, serce mu pęknie!

– Najsłodsza, czym ja winien, że w stolicy nie ma gdzie stanąć kwaterą?

– Nie zapewniałeś pan kasztelana, że dom własny w stolicy posiadasz?!

– Toż buduję, skarbie szczerozłoty, buduję! Jeno robotników braknie, bo nagle wszyscy chcą mieć nowe pałace w Warszawie! Całe dnie tych murarzów, cieślów i innych pilnuję, żeby pośpieszali, gonię!

– Dom budujesz?! Wszak nic mi waćpan nie wspominałeś! Mówiłeś, że za elekcją biegasz, polityka cię całymi dniami miała zaprzątać!

– Bom niespodziankę szykował! Za kilka miesięcy, po koronacji, chciałem waćpanią do jej własnego pałacu wprowadzić!

– A gdzie ów pałac? – zapytała oszołomiona.

– Na Długiej, prawie naprzeciwko kościoła pijarów. Jutro pojedziemy i wszystko obaczysz. Teraz najmę tragarzy i poślę po nasze kufry.

– I zabierzesz mnie pan z tego miejsca?
– Duchem, moja księżniczko! Duchem!
Spojrzała nań z wdzięcznością.
– Kasztelan nie może się o niczym dowiedzieć. Dość ma zryzot po śmierci matki mojej, świeć Panie nad jej duszą.
– Święte słowa! – zgodził się radośnie Nepomucen Maria i pokonując obrzydzenie, pocałował żonę w policzek.

Kiedy kilka pacierzy później przywiózł kufry i pokojówkę Cecylii, ona sama, wpółleżąc na łóżku, drzemała. Wciąż ubrana, nie miał jej przecież kto pomóc w toalecie, otworzyła oczy i uśmiechnęła się blado. Dziewczyna zdjęła z niej suknię, rozsznurowała gorset, pościeliła łóżko, piernaty dla siebie kładąc na podłodze. Kiedy obie zasnęły, Lange cicho wysunął się z kwatery.

XXVII

Po raz pierwszy od pogrzebu cześnika Zofia Niezgodzka znalazła czas, aby w spokoju usiąść. Tak dawno niczego nie wpisywała do rodzinnej sylwy*! Tyle wydarzeń domagało się uwiecznienia! Najbardziej oczywiście pogrzeb ojca. Zofia nie chciała zapomnieć sąsiadów, którzy nie tylko przyjechali na uroczystości, ale też pomogli jej swą radą i wciąż okazywanym zainteresowaniem. Najbardziej aktywny był oczywiście podstarości winnicki. Wciąż krążył między Grodem Orłowym a Lichosielcami oraz Złotym Mostem i albo osobiście, albo przez kogoś ze służby przekazywał wieści, przywoził pieniądze lub doglądał zbiorów. Zaangażował się nawet w sprzedaż sprzątniętego żyta, jakby chodziło o jego własny interes!

Ale wielu, wielu ludzi z powiatu pokazało w tych trudnych chwilach głębokie przywiązanie do cześnika i do niej. Wenanty Żaba pojawiał się regularnie, krajczyna Koziełłowa była dwukrotnie, nawet jeden z braci Szuksztów, nie pamiętała już Jędrzej czy Szymon, przyjeżdżał do Li-

---

* Sylwa, *silva rerum* (łac.) – domowa księga pamiątkowa.

chosielec dojrzeć koni cześnika, kiedy zapadły na jakąś dziwną chorobę. Opuszczając Złoty Most, powiedział pani Salomei, która po śmierci męża przeniosła się do córki, że zawsze może na niego liczyć.

Zofia zapisała właśnie jego nazwisko w księdze rodzinnej, aby przyszłe pokolenia oddały sąsiadom to, co im w tych dniach miały do zawdzięczenia. Kartkowała teraz sylwę od początku, kiedy to jeszcze cześnikowa, jej matka, wpisywała tam zgrabne wierszyki męża, układane na rozmaite rodzinne uroczystości. Łza się Zofii zakręciła w oku, ale szybko ją otarła i uśmiechnęła się do swych wspomnień. Cześnik był wspaniałym, walecznym człowiekiem, kochającym mężem i życzliwym sąsiadem. Nikomu nigdy nie zaszkodził, rodzinę miłował nad życie, swymi chłopami opiekował się prawdziwie po ojcowsku, dawał wszystkim dobry przykład.

Teraz trzeba będzie lichosieleckie zbiory przewieźć do Złotego Mostu, sprzedać, co się da, i wymówić dzierżawę. Zofia zachowywała spokój. Zbyt wiele już dni i nocy przepłakała. I czy to z braku łez, z bezsilności czy dlatego że buntować się nie miała przeciwko komu, była może cichsza, smutniejsza, ale też bardziej opanowana. Wraz ze śmiercią ojca na progu kancelarii kasztelana straciła ostatnią nadzieję na związanie swego życia z Janem Jandźwiłłem. Kasztelanic przyjechał do niej kilka razy, najpierw tuż po tragicznym zajściu, a potem trzykrotnie w ciągu miesiąca, ale nie zdołała mu spojrzeć w oczy. Kazała powiedzieć służbie, że jest nieobecna. Aż wreszcie przysłał sługę z listem, w którym prosił o rozmowę, tej nie mogła mu odmówić. Gdy oznaczonego dnia zjawił się w Złotym Moście, jego oblicze tchnęło smutkiem.

– Pani, dziękuję, że raczyłaś mnie przyjąć! – Skłonił się dwornie.

– Mości kasztelanicu, powinieneś zrozumieć, że przy takim obrocie spraw wizyta pańska nie jest mi miła. Wiem, jak długo kasztelan kazał cześnikowi, ojcu memu, czekać na posłuchanie. Ujma na honorze, której ojciec mój doznał, przyczyniła się do jego śmierci.

– Nie przeczę, że cześnik Żelski zmarł przed widzeniem z ojcem moim, nie wiem, co spowodowało śmierć, ale na pewno nie lekceważenie ze strony kasztelana, to niemożliwe!

– A ów jarmark w Skrzeczewicach czyż nie był przykładem jawnej pogardy wobec podpisanych zobowiązań?! Podeptaniem świętej pamięci miecznika Niezgodzkiego? Jak pan możesz udawać, że o niczym nie wiesz?! Jak możesz domagać się wizyty, rujnując mój spokój i zasiewając udrękę w duszy?!

– Tak, to wszystko prawda, tylko czemu, pani, mnie obwiniasz? Dlaczego nie chcesz mnie widzieć, nie dajesz sobie wytłumaczyć...

– Gdybym była mężczyzną, pewnie szukałabym pomsty, ale jestem tylko kobietą. Winnam memu ojcu dobrą pamięć i dlatego proszę – opuśćcie mój dom, nie zakłócajcie spokoju żałoby.

– W czym ją zakłóciłem? Pragnąłem tylko zobaczyć was, pani, o zdrowie zapytać, bo lękałem się, nie mając tak długo żadnych wiadomości. Chciałbym pomóc, ulżyć, w czym zdołam. Tęsknota za twym widokiem mnie również nie dawała spokoju.

– Waszmość pan ulżysz mi najbardziej, nie przyjeżdżając tu więcej! – powiedziała, z trudem opanowując drżenie głosu.

– Ależ miecznikowo, Zofio, czemu, pani, tak mówisz?!

– Czy myślał pan kiedy o przyszłości? Jak ją sobie wyobrażałeś? Jeszcze póki żył mój ojciec, to było prawie niemożliwe. Teraz stało się całkowicie nieziszczalne. Aż dziw, że muszę to wam tłumaczyć ja, białogłowa.

– Gotów byłem i jestem na wszystko!

– Nie takie plany ma wobec was kasztelan. Czyście gotowi mu się sprzeciwić? Bo ja, mieszkając tuż pod jego bokiem, nie mam odwagi wystawić się na jego gniew. Dwukrotnie go doświadczyłam i, Bóg mi świadkiem, chciałabym wreszcie zaznać spokoju. To się nie uda, jeśli będziemy dalej snuli te dziecinne plany. Gdyby żyła matka pańska i mój ojciec, może udałoby się jakoś skruszyć kasztelana, teraz nie ma już dla nas nadziei.

– Pani, nie upadaj na duchu! Z pomocą bożą jakoś przekonam ojca!

Żarliwość Jana zburzyła całkiem chwiejną równowagę Zofii. Nie śmiała odbierać mu nadziei, którą sama już dawno straciła. Dziwiła się tylko, że on nie rozumie, jak bardzo sprawy się skomplikowały. Odjechał zatroskany, zapewniając jednakże o swoim powrocie.

W popołudniowej ciszy przez otwarte okno niósł się od lasu tętent koni. Zofia nadstawiła ucha. Zwalniają, słychać jakieś krzyki pod bramą. Odłożyła pióro i wyszła przed dom.

– Podstarości winnicki! Z serca witam! – Uśmiechnęła się smutno. – Głodniście? A może spragnieni? Czym chata bogata…

– Kubek wody wystarczy. Gorąc potworny, duchota, pewnie na burzę się zbiera. Witek, konie napój! – krzyknął do chłopaka Hadziewicz.

– Wejdźcie, proszę! Co was sprowadza?

– Miecznikowej pierwszej chciałbym to powiedzieć i o radę prosić…

Coś w nim było innego, niecodziennego. Od kiedy zobaczyła go po ślubie kasztelanki, bardzo się zmienił. Zadrżała, usłyszawszy jego słowa. Domyślała się, co by to mogła być za rada, podejrzewała, o co będzie prosił.

– Mówcie... – wyszeptała przez ściśnięte gardło.

– Miecznikowa blada...

– Nic mi nie jest, możem trochę zmęczona. Spać nocami nie mogę. Za dużo zmartwień.

– Świętej pamięci cześnik, kiedyśmy u imć pana Żaby ucztowali, namawiał mnie do ukorzenia się, do zgody z Szuksztami, do zadośćuczynienia im wszystkich krzywd, o które mnie pomawiają. I choć dalej nie przyznaję im racji, do wieży gotów jestem pójść, aby wojnę z nimi skończyć.

– Do wieży? – powtórzyła strwożona.

To była lepsza wiadomość niż prośba o pośrednictwo w miłosnej korespondencji, której by mu też przecież nie zdołała odmówić, jednak cóż ona teraz bez niego pocznie?

– Miecznikowa nie obrzydzi mnie sobie całkiem, jeśli trochę więźniem winnickim pobędę? – zażartował Kacper.

– Panie podstarości, wszak mówią o wojnie... – zaryzykowała nieśmiało.

– Wojna? Nie słyszałem, ale skoro tak, to może trza mi zaczekać i najpierw się do jakiego wojska zaciągnąć?

Zofia westchnęła po raz trzeci.

– A z kim ta wojna? – dopytywał się.

– Pono z Moskwą? – Uniosła wzrok i zobaczyła w jego oczach błysk radości. – Wam z tego powodu wesoło? – rzekła z wyrzutem.

– Wybaczcie, ale ukrywać się w Grodzie Orłowym nie zamierzam. Żony nie mam ani dzieci, życie za ojczyznę oddać mogę.

– Panie podstarości... – Chciała coś powiedzieć, ale przelękła się własnej odwagi.

– Słucham cię, pani.

– Pragnę wam podziękować za wszystko, co dla mnie i mojej matki robicie. Jesteście nam prawdziwym przyjacielem. Będę się za was modliła.

– Pani Zofio... – Teraz on się zatrzymał w pół zdania.

– Tak?...

– Wiecie, żem sierota – powiedział już innym, żwawym, pewnym siebie tonem.

– Wiem.

– Jeślibym miał zginąć w tej wojnie, jak się mojemu ojcu, świeć Panie nad jego duszą, przytrafiło, obiecajcie mi jedno.

– Co takiego?

– Że zapis mój przyjmiecie.

– Jaki zapis?! Nie, nie chcę waszej śmierci i żadnego zapisu nie przyjmę! – niemal krzyknęła. Szybko się jednak zreflektowała, dodając łagodniej: – A wojny może i nie będzie.

– Wybaczcie – rzekł podstarości.

Z jej miny zrozumiał, że nie powinien był poruszać tematu śmierci. Miecznikowa zbyt dużo w ostatnim czasie przeszła. A zapis tak czy siak na wypadek swej śmierci zrobi. Niedoczekanie, żeby wszystko miało Szuksztom przypaść!

Zostawiał ją smutną, zamyśloną. Gdyby nie przekonanie, że wciąż darzy afektem kasztelanica Jana, przypuściłby, że miecznikowej nie jest przykry jego widok. Dlatego musiał jak najszybciej oczyścić się z win, a wtedy pojedzie do Turowa i upomni się o swoją szkatułę po matce. Dotychczas na nic mu była, żył, jak żył, nie dbając o wykwint, o jakieś pamiątki, choćby i drogocenne, stała sobie w piwnicy zamkowej, dobrze strzeżona razem ze skarbami kasztelańskimi. Teraz jednak spotkał kogoś, komu chciałby ją ofiarować. Nawet gdyby Zofia podała mu czarną polewkę. Niecierpliwił się, pragnął jej wyznać, że stała mu się bardzo bliska, ale wiedział, że musi poczekać. Może dzięki męstwu dozna łaski królewskiej, a wtedy i ona życzliwie nań spojrzy?

Gdy wjechali w las, odezwał się milczący dotąd Witek.

– Powiadają, że Rabiński zniknął.

– Ubili go?

– Gdzie zaś! Kto by zdołał?

– A jaka to sztuka za spust pociągnąć? Choćby i przypadkiem. Do karczmy trzeba zajechać, wywiedzieć się co i jak.

XXVIII

A cóżeś mi tu przyniósł, mospanie?! – zapytał kasztelan, przebiegając wzrokiem dostarczone pismo.

– Zawezwanie z sądu ktoś do bramy przybił – tłumaczył sługa.

– To tak porządku pilnujecie, psubraty?! – pieklił się Jandźwiłł cholerą tknięty.

– Z łuku wystrzelonej strzały nie szło zatrzymać...

Ale kasztelan nie słuchał, policzki krwią mu napłynęły, szczęki zacisnął i sapał ze złości. Wreszcie rzucił pismo na stół.

– Co?! Mnie, Jandźwiłła, do sądu pozywać?! I o cóż? O te kilka marnych beczek małmazji?! Wszak chciałem zapłacić, jeno targu nie dobiliśmy. Za dużo sobie ten chytry Ormianin liczył! Nie pozwolę na gościńcu ludzi ze skóry łupić, toż to rozbój w biały dzień! Miał sprawdzić, po ile małmazja w Brześciu stoi, i co, sprawdził?

– Przysłał pismo, ale wielmożny pan kazał umyślnemu zjeść papier i jeszcze do popicia tej małmazji dostał.

– Tom i dobrze uczynił! Sądu nie godzi się zaprzątać takimi drobiazgami, a tym bardziej kasztelana. Wesele córki urządzałem, zaszczyt to dla kupca, że parę półkufków* jego małmazji goście skosztowali. Kontent być powinien, bo wino chwalono. A bramnym za nieuwagę wlepić po trzydzieści batów!

Gdy z podwórca dobiegały okrzyki bólu nieuważnych strażników, Jandźwiłł zasiadł w fotelu, skrupulatnie licząc razy, jakby osobiście wymierzał je onym kupcom, z którymi na trakcie się targował. A że stała za nim wówczas gromada zbrojnych, Ormianie musieli się zadowolić połową żądanej ceny.

– Teraz chcą się mścić! – mruczał. – Do sądów wzywają! Niedoczekanie! Już my sobie takiego promotora wynajdziemy, co będzie umiał sprawiedliwość na naszą stronę obrócić! Nalej mi wina! – krzyknął do sługi, aby zawczasu posmakować zwycięstwa. Z uśmiechem patrzył, jak bursztynowy płyn wypełnia szklanicę, i wyciągnąwszy rękę, chwycił, upił i mrużąc oczy, powiedział:

– Przednie! Małmazyja, co się zowie!

Nim dopił kielich, wszedł respektowy, zapowiadając synów kasztelańskich, którzy z głębi Litwy wrócili. Obaj zdyszani, w stroju podróżnym, natychmiast do nóg ojcowskich upadli i w rękę ojca ucałowawszy, czekali na pozwolenie, by powstać.

– Jakie wieści przywozicie? – Dał im znak, a gdy się podnieśli, pochwycił obu za ramiona i patrzył w ich zmęczone twarze.

– Moskwa już w granicach Litwy! – wyrzucił zdyszany Jan. – Na razie szkód nie czyni, ale idzie ku nam, a wojsko jeść musi.

– I konie napaść! – uzupełnił Stanisław.

– Nikt przeciwko nie staje? – dziwił się kasztelan.

---

* Kufa – rodzaj dużej drewnianej beczki o pojemności od kilku do kilkudziesięciu hektolitrów.

– Kto ma stawać, kiedy cała szlachta z regimentarzem do Warszawy poszła?

– Nam też już czas będzie ruszać, wszak sejm za niespełna dwie niedziele!

Jan zrobił gest, jakby chciał coś jeszcze powiedzieć, jednak ojciec go uprzedził:

– Trzeba mi się z podstarościm spotkać, na czas naszej nieobecności zalecenia zostawić.

– Nie godzi się infamisa trzymać przy urzędzie! – wyrwało się Janowi.

Tadeusz Jandźwiłł zmierzył go surowym wzrokiem, ale nie udzielił synowi reprymendy.

– Spełnia jeno moje rozkazy i to te tylko, którymi was obarczać nie chcę. Ludzie nie wiedzą, co moja władza, co jego samowola. I jeszcze zawsze z wyroku sądu zawisnąć może.

Trudno było odmówić kasztelanowi mądrości. Umiał on rządzić ludźmi, sprawował swą funkcję od dawna i do żadnych innych urzędów się nie śpieszył. Ani Jan, ani Stanisław tego nie rozumieli, oni najchętniej nie wyjeżdżaliby z Warszawy. Tam był dwór, wielki świat, najważniejsi ludzie w państwie, piękne i wesołe damy. Powiat z jego duszną atmosferą, prostą szlachtą, dla której kalendarze stanowiły jedyną lekturę i ostatnią wyrocznię, gdzie pijaństwo i popisy szermiercze to ulubione rozrywki, a zabobon zastępuje wiarę, nie był już ich domem. Z tego kraju ojczystego chcieli się jak najszybciej wyrwać. Zasmakowawszy wielkiego świata, wykwintu, nowych mód, galanterii w stosunku do niewiast, z trudem się tu odnajdywali. Mieli wrażenie, że tylko wyjazd z Litwy pozwoli im zaczerpnąć powietrza i szeroko rozpostrzeć skrzydła. Aby dopiąć celu, potrzebowali polecenia ojca i jego talarów.

– Zjedzcie coś i odpocznijcie. Jutro ruszamy na elekcję! – rzekł kasztelan i kazał zaprzęgać.

Tadeusz Jandźwiłł nie lubił okazywać wdzięczności. Nigdy się tego nie nauczył. Przekonany, że tak wiele robi dla innych, niezmiennie oczekiwał czołobitności i podziękowań. Miał co do ludzi swoje plany, chciał, aby stale byli pod ręką, a do konfidencji dopuszczał jedynie tych, którzy na to zasłużyli. Jednak nie wszystkich, jak dowodnie świadczył przypadek cześnika Żelskiego. Takich jak on kasztelan ledwie zauważał. Poklepał od czasu do czasu po plecach, rzucił dla zachęty jakąś mglistą obietnicę, ale w swych planach nigdy nie uwzględniał. Albowiem psy wierne nie potrzebują żadnej zachęty. Lisy, wilki trzeba nagrodzić, komplementować, znaleźć dla nich intratny urząd, a i tak zabieganie o ich wierność nie kończy się nigdy. Dziwną jakąś rzeczy koleją to z owymi niepewnymi kasztelan przebywał najchętniej i najwięcej się do nich umizgiwał. Byli też tacy, którzy służyli ze strachu, i choć nikt im nigdy niczego nie obiecał, sami z siebie okazywali uniżoność, radzi, że się w promieniach kasztelańskiego słońca raz po raz ogrzeją.

– Kasztelana ucieszy pewnie, co powiem – poważnie zaczął Kacper Hadziewicz, popatrując na Jandźwiłła ciekawie rozglądającego się po komnacie.

– Mówcie, podstarości! Niewiele jest rzeczy zdolnych mnie ucieszyć, tym bardziej słucham z uwagą. Co tu tak czysto? I meble jakby nowe?

– Ustatkować się zamierzam.

Reakcja była odmienna od oczekiwanej. Kasztelan zmarszczył brwi i spojrzał na podstarościego surowo.

– Chcesz się w czas wojenny do wieży schować?! A, to pięknie i politycznie bardzo! Cała Winnica będzie ci wdzięczna!

– Wojny nikt nam nie wypowiedział.

– Bo weszli, psubraty, bez pardonu! Wiśniowiecki znaku do stawania rotom swym nie dał i Moskwa idzie przez Litwę prosto ku Warszawie, gdzie zaraz króla obierać będziem! Jak to się skończy, mój Boże?! Wojną, tylko wojną, jakżeby inaczej?! – Jandźwiłł odpowiedział sam sobie, po czym westchnął teatralnie, wzniósł dłonie ku górze i z ukosa zerknął na podstarościego, który zamyślony wbił wzrok w dno kielicha. – Ale zrobisz, co zechcesz, twoja wola. Ja cię w mych służbach na siłę trzymał nie będę.

– Wszakżem infamis! – Hadziewicz spojrzał na kasztelana. – Wam pierwszemu powinno zależeć, bym urząd godnie sprawował!

– Szukszty to mąciciele. Ludzie ich tu znają. Takiś sam infamis jak i ja! – fuknął kasztelan.

– Ale do zamku wjazdu mi nie dozwalacie!

– Boś go ciekaw?

– Nie to, żem ciekaw, bo on mi znajomy jak dom drugi. Ale infamisowi nie wypada w zamku się zjawić, choćby i po matki rodzonej sepet z kosztownościami. Pomyślałby kto jeszcze, żem go skraść przybył.

– A na co ci on akurat teraz?! – zdziwił się kasztelan.

– Bom w swaty zamyślił posłać.

– Żenić się chcesz? Czyś rozum postradał?! Człekiem żeś szczęśliwym, w wolnym stanie żyjesz, od nikogoś nie zawisł, nikomuś nic nie winien, jak te ptaki na niebie. Nie, tyś z pewnością oczadział! Nigdyś żony nie miał, to i nie wiesz, że jarzmo małżeńskie cięższe aniżeli katowskie kajdany.

– Nie wiem i bardzom ciekaw, co wy wszyscy, mężowie, w onym jarzmie widzicie, skoroście je na grzbiet z taką ochotą wzięli?

– Wszakżem ja wdowiec!

– Wybaczcie.

– A gdzie ty w małżeństwie ochotę znajdujesz? Ochota to jest z dziewką w sianie pobarłożyć. Co ja mówię! W imię Ojca i Syna!... – Jandźwiłł spojrzał do góry i przeżegnał się pośpiesznie. – Z ochoty nikt mądry się nie żeni, panie podstarości. I tobie też nie radzę.

– To możem ja niemądry, może sparzyć się muszę, bym wasz rozum posiadł?

– Mówisz jak rozmiłowany... – rzekł kasztelan, nie wierząc we własne słowa, a tym bardziej w szaleństwo podstarościego. Hadziewicz milczał, unikając jego wzroku. To wystarczyło za wszelką odpowiedź. – Więc nie wiesz, bezrozumny głupcze, że połączenie się osób wprzódy zakochanych na zawsze grzebie miłość małżeńską w grobie?!

– Kasztelan tak mówi, aby sumienie własne uciszyć, bo córkę powtórnie wydał za mąż bez jej skłonności. Zresztą ona mnie nie miłuje, to i wróżba dobra.

– W takim razie bywaj zdrów! – Jandźwiłł machnął ręką, widząc, że nic więcej nie wskóra. – A cóż to za panna, jeśli wolno spytać?

– Miecznikowa Niezgodzka.

– Ona?! Bój się Boga! Chcesz spłacać długi po cześniku?!

– Cześnik nie żyje. Długi umarły razem z nim.

– Ale wdowa została i chyba teraz z córką mieszka? Do kogo wierzyciele ze skryptami pójdą, jeśli nie do niej?

Kacper Hadziewicz przygryzł wargi, a Tadeusz Jandźwiłł z jego zafrasowanej miny wyczytał wahanie. To mu na razie musiało wystarczyć. Nie chcąc okazać zainteresowania sprawą, bo podstarości swój upór miał i naciskany gotów był postąpić na przekór, dodał jeszcze, zmieniając temat:

– I czym prędzej Rabińskiego mi odnajdź! Gdzie on się podziewa, ten zbójca?!

XXIX

Żyd Mosze, arendarz należącej do kasztelana karczmy w Złotym Moście, stał za szynkwasem i zamyślony kręcił pejs na palcu. Rabińscy siedzieli wokół stołu. Głowy pospuszczane, milczący, czekali nie wiadomo na co. Podstarości zamówił dla wszystkich piwo, ale żaden nawet głowy nie podniósł.

– Sami tak pijecie? – zapytał. – A gdzie Bartek?

– Do Winnicy pojechał – mruknął któryś spode łba.

– Kiedy?

– Będzie ze dwie niedziele.

– I jeszcze nie wrócił?! A mówił co?

– Żebyśmy ze siebie wodza wybrali i zbójowali jak dawniej.

– To czemu w karczmie siedzicie?

– Bo nie wiemy, kogo wybrać.

– Kasztelan się burzy, że mostu nikt nie pilnuje, chyba nie chcecie, żeby wojsko wysłał do lasu? A co to za dziewka? – zapytał znienacka.

– Jaka?

– Co u niej już dwie niedziele siedzi.

– A skąd nam to wiedzieć? – Wzruszyli ramionami, pilnując języków, bo Bartek pod groźbą zakazał im choć słowo o kasztelance pisnąć. Nie wierzył podstarości w oną tajemnicę, ale miał inne sposoby, ażeby w Winnicy języka zasięgnąć.

Zmierzchało już prawie, kiedy dotarł do miasteczka. Skierował się wprost do domu kata. Coś mu się kiedyś obiło o uszy, że Rabińskiego z katem po karczmach widywali.

– A był! Pytał o różne miasta, gdzie w mariasza grywają. Tom mu powiedział, że wszędzie: i w Brześciu, i w Białej, i w Lublinie.

– Po co mu w karty grać, skoro na zbójectwie lepszy dochód? – zapytał Witek, kiedy opuściwszy obejście katowskie, przez pustawy rynek winnicki kierowali się ku Grodowi Orłowemu.

– Także samo w głowę zachodzę, czemu on las i ludzi swoich tak nagle opuścił... – Kacper się zasępił. – Miał tu wszystko, czego takiemu zbójcy potrzeba: intratne zajęcie, wiernych ludzi, dziewek pod dostatkiem. Z jakiej przyczyny to wszystko zostawił?

– Na powrót jurystą zostać zapragnął? – podsunął Witek.

– Różnicy tu wielkiej nie masz: jeden łupi na gościńcu, a drugi w trybunale. Może i Bartkowi las już obrzydł do cna? Może chciał miejskiego życia zasmakować? Ale po cóż by u kata zasięgał informacji o tym, gdzie wygrać najlepiej?

– Pieniędzy, znaczy, potrzebuje.

– A na co zbójowi pieniądze z gry, skoro na trakcie ich pod dostatkiem?

– Dla jakiej panny. Ony zawsze nienasycone.

– Zatem wróci do niej, nie ma co po świecie za nim gonić. Musimy się tylko dowiedzieć która to.

Gdy balwierz przysunął zwierciadło, Rabiński omal nie krzyknął. Bez brody własna twarz wydała mu się naga niczym nowo narodzone niemowlę. Golibroda przyciął też fryzurę i skrócił wąsy, co spowodowało, że Bartek, który swoje odbicie widywał jedynie w jakiej wodzie stojącej albo w małym oknie karczmy, przypatrywał się sobie w skupieniu.

– To mi dopiero kawaler! – Golibroda pokiwał głową. – Teraz żadna dziewka od waszmości oka nie oderwie! Warto by się tylko zacniej przyodziać – dodał, patrząc na jego zbójeckie łachmany.

– A znacie tu jakiego Żyda?

– Co bym miał nie znać? Abram z Piekarskiej to najlepszy krawiec w mieście.

– Na najlepszego mnie nie stać! – twardo stwierdził Bartek.

– Najlepszy z tych, na którego stać takiego szlachcica jak wy.

Zniecierpliwiony Bartek Rabiński stał z podniesionymi rękoma, a Żyd poprawiał na nim ostatnie szczegóły stroju.

– Teraz to już jaśnie pan na samego wojewodę wygląda! Co za cymes! I żupan, i kontusz, i buty, i czapka! A wszystko w najlepszym gatunku! Abram jest taki krawiec, że sam król nie potrzebuje lepszy! Jeszcze pas – prawdziwy, turecki! Może trochę wyblakły, ale jeszcze złoto gdzieniegdzie prześwituje! I dodam zegarek…

– A to na co?! – zdziwił się zbójca.

– Dla czasu poznania! Wszyscy teraz noszą.

Rabiński rozbujał zegarek na wysokości oczu.

– Ładny.

– Pozłacany! Z bardzo zacnej rodziny. Jejmości się francuskich sukni zachciało. U nas, w Brześciu, wszystko dostać idzie. Wystarczy trochę złota. A że tak zapytam w zaufaniu: sam pan się w tę drogę puszczasz?

– Sam.

– Aj, waj! To nie uchodzi! Bez pachołków ze trzech i hajduków z pięciu zostaniesz jaśnie pan poczytany za biedaka. Mus po prostu jaką służbę nająć.

– Mnie służba niepotrzebna.

– To się rozumie, ale pacholika choć jednego jaśnie panie najmij! Despekt już samowtór podróżować, a w pojedynkę to nawet niebezpiecznie. Kto koni dopilnuje, kto po co poleci? Kto na kwaterze usłuży?

Bartek się zasępił. Żyd miał rację. W lesie inne obyczaje, w mieście inne. Trzeba było wziąć którego z bandy. Chociaż nie, dzikie to, durne, co by w mieście zwojowali? A pachołek oznacza nowe wydatki: konia mu trzeba i strój nie lada jaki, tylko się za sakwę trzymaj i patrz, czy co tam jeszcze zostało na dnie. Dobrze, że mu w oberży szła karta, kilka razy trafiło się swatowe, pamfil go nie omijał, nabił Bartkowi kabzę nie gorzej od kasztelanowych gości.

– A macie, Żydzie, kogo do służby sposobnego?

– Jakżebym miał nie mieć? Dla jaśnie pana znajdzie się i trzech!

– Nie, jednego tylko najmijcie. I żeby mi był szlachcic! Wezmę go na służbę.

Następnego dnia w gospodzie z polecenia Żyda zjawiło się trzech bosych, umorusanych, obdartych, ze słomą we włosach. Wszyscy utrzymywali, że są szlacheckimi dziećmi, tymczasem tylko w niedolę popadłymi. Jeden się nawet pochwalił, jakoby jurystą zostać zamierzał, i owym kłamstwem tak ujął Rabińskiego, że ten wziął go na pajuka. Żyd ustroił chłopaka w długi żupan, przepasał taśmą z klamrą, na wierzch dał lekko zdarty kontusz i wysoką czapkę. Wykąpany nie przypominał już złodziejaszka z brzeskiego rynku, jakim pewno był w rzeczywistości. W siodle trzymał się niezgorzej, a butny do tego, honorny, a gadatliwy!

– A bywałeś ty kiedy w Winnicy? – zapytał go wreszcie Bartek, bo chłopak kogoś mu przypominał.

– Nigdy, jaśnie panie! pacholik łgał jak z nut. – Gdzie to ta Winnica?

– Jak na Mińsk trakt wiedzie. Za Turowem jeszcze.

– Tam lasy pono wielkie... I zbójcy w onych lasach. Widział jaśnie pan zbójców?

– Jakbym ich widział, tobym już nie żył! – ze złością uciął Bartek.

– Ciekawość, jak to też jest być takim zbójcą? – powiedział chłopak rozmarzonym tonem, aż Rabiński westchnął głęboko.

– Przystań do nich, to obaczysz! – fuknął niby to groźnie. – Jutro ze świtem ruszamy.

– A dokąd pan rozkażą?

– Do Warszawy, do samej stolicy!

XXX

Kasztelankę znalazłeś? – zapytał Rabiński, patrząc w sufit.

– Nie, jaśnie panie. Nikt tu o takiej nie słyszał.

– Być nie może! Wszak do Warszawy się za mężem udawała! – Wstał i zaczął chodzić po izbie.

– A temu mężowi jak?

– Żebym ja wiedział! – jęknął zasępiony Bartek.

– To szukaj wiatru w polu! – mruknęło wstrętne chłopaczysko.

– Nie leń się, masz tu czerwony złoty i co tchu szukaj kasztelanki! Po magazynach z perszczyzną pochodź, po składach z winem, tam gdzie suknie białogłowskie sprzedają, do apteki zajrzyj. Musiała u kupców jakie towary nabywać!

Frankowi nie trzeba było dwa razy powtarzać, w te pędy dał nura do sieni. Mając tyle pieniędzy, mógł się dobrze najeść, napić i naoglądać warszawskich cudów. Rabiński tymczasem poprawił słomę w luźnym sienniku i znów się położył, aby odespać noc spędzoną na grze w mariasza i przygotować się do następnej.

*

Zaprzątnięty bez reszty elekcją, a jeszcze bardziej uradowany nowinami o mającym się narodzić wnuku, czego Lange nie omieszkał na początku wizyty oznajmić, Tadeusz Jandźwiłł zadziwiająco spokojnie przyjął więcej niż skromne mieszkanie córki i zięcia. Chwilowo stanęli w bocznym skrzydle Pałacu Saskiego, w którym, czekając na rozkazy, pozostała jedynie garstka gwardzistów poprzedniego króla. Tu Nepomucen Maria miał swoje znajomości i wiedział, że byle kąt zawsze się dlań znajdzie.

Sam kasztelan, z braku odpowiedniego lokum, bo w Warszawie podczas sejmów powtarzał się ten sam problem, stanął obozem na Pradze, gdzie dawało się jeszcze znaleźć jakiś wolny plac. Podróżując latem, lubił czasami, jak za młodu, przenocować w namiocie. Na polu i konie się mogły pomieścić, i służba, a koszty nie psuły mu humoru. Byle przeprawić się przez rzekę, promem lub po moście, i już się było w stolicy.

Miasta nie znosił. Przytłaczało go, brakowało mu tu powietrza, przestrzeni, widziane z drugiego brzegu nie wydawało się już tak groźne. Stając nad Wisłą, lubił popatrzeć na czerwone mury i wysokie dachy kościołów, na ich odbicie w drżącym nurcie rzeki. Ale sama stolica nie zachwycała go jak innych. Kiedykolwiek tu trafił, starał się załatwiać sprawy jak najszybciej. Dopiero przekroczywszy Bug, czuł się znowu sobą. Tam już go znali, szanowali, w Warszawie doskwierał mu brak poważania, miał wrażenie, że gubi się w tłumie posłów, na Litwie był personą.

Tadeusz Jandźwiłł z satysfakcją obejrzał będący już niemal na ukończeniu monumentalny pałac przy ulicy Długiej. Wraz z córką, synami i zięciem przeszedł pachnącymi świeżym tynkiem pustymi korytarzami. Cecylia, starając się opanować zły humor spowodowany ciążą, planowała w myślach wystrój komnat. te obije błękitnym adamaszkiem, owe złotogłowiem, tamte wystroi jedwabnymi kobiercami. Popatrywała przez okna, czy dają ładną perspektywę, a kasztelan myślał, że na przyszły sejm już wynajmować pola na Pradze nie będzie. Poklepał Langego po ramieniu, gratulując mu dobrego gustu i mającego się narodzić potomka. Zapytał jeszcze o stajnie i budynki gospodarcze, wreszcie, zadowolony, że ani zięć, ani córka tym razem nie nagabują go o pieniądze, zajął się sprawami kraju.

– Dlaczego nie zapytałeś kasztelana o posag?! Wszak żyjemy tu niczym żebracy! – sarkała Cecylia, kiedy już ojciec wraz z braćmi odjechali na Pragę, a oni zasiedli do skromnego posiłku w swej tymczasowej rezydencji.

– Myślałem, że to ty, droga żono, użyjesz swego wpływu. Z racji ciąży kasztelan niczego by ci nie odmówił. Tyś jednak pokpiła sprawę. A widzisz, jak bardzo budowa się wlecze. Brakuje gotówki.

– To sprzedaj coś, jakąś wieś albo dwie. Wszak nie chcesz chyba, aby twój syn urodził się w tym ponurym pokoiku?! Nigdy bym ci tego nie wybaczyła!

Od pierwszych wymiotów, które mogły okazać się zatruciem, ale niefortunnym zbiegiem okoliczności prawdopodobnie zapowiadały niepożądaną ciążę, Cecylia żyła w stanie ciągłego napięcia. Imając się różnych metod, próbowała spędzić płód. Jak miała rozmawiać z ojcem na temat ciąży i snuć jakiekolwiek plany, skoro brała gorące kąpiele, skakała ze stołka, do babki posłała po odpowiednie ziele, które kazała sobie codziennie parzyć? Każdego ranka niecierpliwie czekała na krew miesięczną, widomy znak uwolnienia. Ale na próżno.

Co gorsza, apetyt kasztelanki na przygody nie zmalał ani odrobinę, spotęgował się nawet. Tymczasem Nepomucen Maria zaraz po śniadaniu zabierał powóz i wyjeżdżał, aby dopilnować budowy, tym samym uniemożliwiając żonie wyjście do miasta! Drugi powóz, eleganckie lando, które miało być tylko dla niej, sprzedał, twierdząc, że w tej chwili nie dysponują ani wozownią, ani stajnią i utrzymanie landa z woźnicą to zbędny wydatek! Naturalnie dodawał pośpiesznie, że kupno drugiego powozu to kwestia kilku tygodni, prosił, aby uzbroiła się w cierpliwość, twierdził, że muszą doczekać końca elekcji, a wtedy zaczną się złote czasy. Cecylia nie umiała czekać, Lange jednak nie pozostawiał jej wyboru. Kiedy już zaczynała sarkać i wykrzykiwać, łając go za swe zmarnowane życie, czasem zabierał żonę na przejażdżkę, bo to jej zawsze poprawiało nastrój. Ale nadchodził kolejny dzień i kasztelanka znów czuła się więźniem we własnym mieszkaniu!

Ileż to razy przypominała sobie ślub z Langem i złudne nadzieje, jakie z nim łączyła! Snuła wielkie plany, chciała podbijać Warszawę, brylować na salonach! Tymczasem nawet nie ma jak przejechać się po Krakowskim Przedmieściu! Zasłaniając się trwającą budową, mąż wydziela jej marne grosze na prowadzenie domu. Teraz wiedziała już, że jego stosunki nie są tak szerokie, jak to wcześniej przedstawiał, chcąc zabłysnąć przed towarzystwem w Turowie, jego majątek nie tak wielki, skoro nie starcza go na głupie lando dla żony! I cóż stąd, że by zmokło? Kupiłoby się nowe! Pojęła, że wyszła za mąż za dusigrosza! W chwilach, gdy to sobie uświadamiała, chodziła od ściany do ściany niczym dziki zwierz i wygłaszała skierowane do Langego długie tyrady, wyrzucając mu wszystko, w czym ją zawiódł. Pisała w myśli nigdy niewysłane listy do ojca. Planowała rozwód. Ale mąż swoim spokojem zawsze potrafił ugasić płonący w niej pożar. I to ją być może najbardziej złościło. Bo Nepomucen Maria nigdy nie podawał w wątpliwość jej słów. Przytakiwał, korzył się, przepraszał, uspokajał. Zapewniał, że całe zamieszanie potrwa najwyżej do jesieni.

A potem zostawiał ją samą w domu, jakby miała odbyć jakąś karę. Bezwolna popatrywała przez okno na urodziwych gwardzistów kręcących się po dziedzińcu pałacowym i znów czuła ów rodzaj świądu, który pchał ją w objęcia ciągle nowych mężczyzn. Tu było ich pod dostatkiem, jednak nie miała powozu, jaki mógłby skryć karesy lub wywieźć ją wraz z kochankiem za miasto. Zamyślała nawet pożyczyć strój od służącej, by pieszo przejść się ulicami. Z nudów postanowiła choćby ubrać się tak, jakby zaraz miała wyjść. Długo siedziała w swej skromniutkiej gotowalni, każąc się czesać służącej, która nie potrafiła ufryzować włosów według nowej mody, potem włożyła jedną z ulubionych sukien. W końcu zapragnęła ozdobić strój naszyjnikiem ze szmaragdami.

Gdy jednak otwarła wykładaną aksamitem skrzyneczkę, aż krzyknęła zdumiona: naszyjnika nie było! Trzęsąc się z desperacji i tajonej złości, chodząc po domu, czekała na Langego. Gdy wrócił po kilku godzinach, które jej wydawały się wiecznością, pokazała mu puste wnętrze skrzynki:

– Jak pan śmiałeś?!

– Cóżem takiego uczynił? – zapytał, nie rozumiejąc.

– Gdzie się podział mój naszyjnik?!

– Zapytaj waćpani służącej.

Był tak pewny siebie i tak bez zawstydzenia patrzył jej w twarz, że Cecylia mimo wielu zapewnień służącej, że nie miała w ręku owego naszyjnika, zwolniła dziewczynę.

– Nie wiem, czym dobrze uczyniła – zwierzała się następnego dnia Janowi. Nie wspomniała ani słowem, że mąż praktycznie więzi ją w domu, wychodząc na całe dnie i nie dając jej używać powozu.

– Czyś jest pewna jej winy?

– Nie, ale cóż było robić? Nie mogę znieść już samej myśli, że mam w domu kogoś takiego! Służba jest dzisiaj taka pazerna! Gdyby to stało się na zamku, kasztelan obatożyłby złodzieja i wtrącił do lochu. A cóż ja mogę zrobić?

– Pilnujże lepiej swoich kosztowności! Nie otwieraj puzdra przy służbie – to moja rada.

– Och, tak mało mam radości! Posiadamy tylko jeden powóz, tkwię tu całymi dniami, umierając z nudów! Cóż mi pozostało, jak od czasu do czasu wystroić się, choćby i tylko po to, aby wyjrzeć przez okno?

– Moja biedulka! – Jan ucałował dłoń siostry. – Niedługo wszystko się ułoży. Króla obierzemy, Lange wróci na dwór, skończy budowę pałacu, zaczniesz przyjmować, jak na kasztelankę przystało, rozerwiesz się, bywając na dworze.

– Oby jak najszybciej! – westchnęła. – Bo zwariować przyjdzie!

– A tymczasem mogłabyś się do ojca za mną wstawić?

– W jakiej sprawie? – zapytała zdziwiona.

– Swaty chcę do miecznikowej posłać.

– Tyś chyba rozum postradał?! Chcesz nas wszystkich ośmieszyć?! Nie ma mowy, abym ci w tym pomogła! A że ojciec się nie zgodzi, to rzecz pewna. Nie taką on karierę dla ciebie zaplanował. Zresztą spójrz na mnie: jestem posłuszną córką i dobrze na tym wychodzę. Tobie radzę to samo!

XXXI

Bartek już prawie stracił nadzieję na odnalezienie kasztelanki. Zaczął podejrzewać, że wyjechała gdzieś do majątku męża, przemyśliwał o powrocie na Litwę. Nagle jednak zaświtał mu pomysł, który mógł go do niej doprowadzić! Elekcja! Każdy szlachcic, zatem i on sam, mógł w niej wziąć udział. Jeśli pokręci się po polu elekcyjnym, może odnajdzie chorągiew powiatu winnickiego? Przy odrobinie szczęścia spotka tam kasztelana lub któregoś z jego synów, a ci doprowadzą go do Cecylii. Miał niemal pewność, że nikt nie pozna w nim dawnego zbójcy, skoro on sam siebie nie poznawał, jeśli czasem przyszło mu gdzieś zerknąć w zwierciadło.

Na elekcję, rozpoczynającą się dwudziestego piątego sierpnia, szlachta z Litwy i innych stron przeprawiała się wygodnie i tłumnie po moście zbudowanym na łodziach. W Warszawie panowało wielkie ożywienie oraz niewypowiedziana radość. Niewielu posłów zaprzątało sobie głowę powtarzającymi się raz po raz pogłoskami o pochodzie wojsk rosyjskich od Inflant ku Litwie i Warszawie. Powodowani entuzjazmem, panowie szlachta w kontuszach, z przypasanymi karabelami, pod chorągwiami swych województw, ziem i powiatów podążali na Wolę.

Bartek, który wmieszał się w tłum, jechał również, ale pochód niemal jednakowych wąsatych, podgolonych mężczyzn w narodowych strojach był tak gęsty, że z trudem mógł wypatrzyć szlachtę winnicką. Obawiał się zresztą trochę, że mimo odmiany ktoś go jednak pozna i cały plan runie. Piątego dnia zrozumiał wreszcie, że szuka igły w stogu siana.

Był dziesiąty września i Rabiński dopiero później dowiedział się, że rankiem tego dnia poseł francuski Monti sekretnym przejściem wyprowadził z ukrycia przybyłego do Warszawy *incognito* elekta i w kościele Świętego Krzyża pokazał zgromadzonym tu zwolennikom Leszczyńskiego. Na widok przyszłego króla wybuchł entuzjazm i z kościoła na ulicę wypłynęły głośne okrzyki: „Wiwat król Stanisław!". Pogłoski o wydarzeniu dotarły aż na Wolę, gdzie radość z obecności przyszłego władcy podgrzała gorączkę elekcyjną. Następnego dnia, jedenastego września 1733 roku, po odśpiewaniu przez prymasa Teodora Potockiego *Veni Creator*, rozpoczęło się na polu elekcyjnym zbieranie wotów. Poszczególne województwa głosowały, upewniając się przy tym, że król Stanisław będzie rządził w pokoju, nie przysparzając krajowi ani szlachcie wojny i niespokojności, na co dostawały solenne zapewnienie prymasa.

Bartek krążył niedaleko deputacji z województwa brzeskiego, jednak powodowany lękiem przed rozpoznaniem nie zbliżał się zanadto do posłów winnickich. W sztywnym ordynku szlachta na koniach, skupiając się wokół swoich chorągwi, okrążyła otoczony wałem ziemnym wolny plac, gdzie urządzono siedzenia dla senatorów. Pośrodku placu znajdował się fotel prowadzącego elekcję księcia prymasa. Z tyłu stał drewniany budynek zwany szopą. Rabiński na wszystko popatrywał z ciekawością, niemal zapominając, po co się tu znalazł. Krążył za plecami stojących karnie chorągwi, szukając panów z Litwy.

Dwunastego września około czwartej po południu, nieco pośpiesznie, choć niemal jednomyślnie, trzynaście tysięcy posłów wybrało Stanisława Leszczyńskiego. Mimo że w tym samym czasie kolejne cztery tysiące szlachty niecierpliwie wyczekiwały na Pradze przyjścia wojsk rosyjskich, by w przepisowym terminie sześciu tygodni wybrać na króla polskiego elektora saskiego, Fryderyka Augusta; na Woli słyszało się niemal same wiwaty. Zwycięstwo wydawało się pewne. Radość podkreślano strzałami z pistoletów, ktoś zginął nawet od zbłąkanej kuli, innego zaś postrzelili. Wreszcie szlachta ruszyła z pola elekcyjnego do kolegiaty Świętego Jana na Starym Mieście, aby ciesząc się zwycięstwem swego kandydata, odśpiewać *Te Deum laudamus*. I właśnie w drodze powrotnej Bartek nieomal otarł się o rękaw kontusza kasztelana! Rozpromieniony Tadeusz Jandźwiłł w towarzystwie synów wracał konno z Woli, jego wzrok prześlizgnął się po twarzy Rabińskiego, ale się na niej nie zatrzymał. Bartkowi na chwilę stanęło serce, jednak przytomnie spiął konia i aby nie stracić z oczu żadnego z Jandźwiłłów, podążył za nimi.

Nie mógł uwierzyć w swe szczęście, kiedy przed kolegiatą zupełnie niespodziewanie zobaczył tę, dla której porzucił wygodną egzystencję zbójcy! Cecylia wysiadała właśnie z powozu. Byłby ją przeoczył w tym tłoku, na szczęście Jan Jandźwiłł podawał siostrze rękę. Za Cecylią wyszedł łysiejący jegomość, czyżby jej mąż? Rabiński znał go z widzenia. Kasztelanka wyglądała jakoś inaczej, nie była tak piękna, jak ją zapamiętał. W pierwszej chwili Bartek poczuł nawet zawód, wszedł jednak do kościoła, cieszył się razem z innymi, głośno śpiewał *Te Deum,* a po nabożeństwie starał się trzymać jak najbliżej. Kiedy Cecylia wsiadła do karety, nie wrócił po konia, tylko szedł pośpiesznie za nią do Pałacu Saskiego. Na szczęście w ścisku powozy poruszały się wolniej niż piesi. Pokręcił się chwilę, ale nie było u kogo zasięgnąć języka, toteż zostawiając resztę obrotności Franka, ruszył ku Marywilowi. Miał tu już swoje karciane towarzystwo, należał do niego między innymi ów mężczyzna, nazywali go Lange, o którym Bartek nigdy by nie przypuścił, że to mąż kasztelanki!

Nepomucen Maria tego wieczoru przyszedł do Marywilu później niż zwykle. Bartek na jego widok stropił się nieco. Celowo przegrał jedno czy dwa rozdania, co tak rozochociło Langego, że podniósł mocno stawkę i w rezultacie wysoko wygrał. Zdarzyło mu się to po raz pierwszy, od kiedy Rabiński przystał do tego towarzystwa, na ogół Lange przegrywał. Rabiński dziwił się owej skłonności do tracenia pieniędzy na grę. Gdyby karta mu nie szła, omijałby to miejsce z daleka. Tymczasem Lange, wiedziony jakąś nierozumną nadzieją, wracał tu codziennie. Zresztą gdyby nie on i jemu podobni, Bartek nie miałby czego szukać w Warszawie.

„Musi być bardzo bogaty albo straszny z niego desperat" – pomyślał i znów dał wygrać rywalowi.

Lange, nieprzyzwyczajony do łatwych zwycięstw, spojrzał nań podejrzliwie.

– Takem się rozczulił, żeśmy króla wybrali, ażem pamfila przeoczył! – westchnął Bartek. – No, ale chyba dziś już pora na spoczynek. A jutro w drogę! Trza się do dom zbierać! Obowiązek swój człek spełnił, a w tej stolicy pokus co niemiara.

– Co też wygadujecie! Tak wam śpieszno na wieś? Tu w stolicy jednego dnia użyjecie więcej zabaw i wesela niż u siebie w rok cały! – przekonywał Lange, zachęcony wygraną i licząc na więcej. – A ja wam takie białogłowy przedstawić mogę, że lepszych i w paryskich lupanarach nie znajdziesz! Wiem, co mówię, bom bywały.

– Toście mnie przekonali! Parę dni jeszcze mogę zabawić, Bóg raczy wiedzieć, kiedy, człeku, przyjdzie następna okazja do stolicy podróżować!

Umówili się następnego dnia, Lange zaprowadził Bartka do domu sławnej Magdy, w której okno przy szerokim Krakowskim Przedmieściu spoglądał niejeden przechodzień. Ten pamiętał uroki jej ciała, ów rad by je wreszcie odkryć. Musiał ich zasmakować, chcąc nie chcąc, i Bartek. Lange był mu przewodnikiem.

– Werbowniki po mieście się kręcą, do koronnego wojska biorą – mimochodem rzucił Franek.

– A ty byś chciał do wojska? – zaciekawił się Rabiński. – Źle ci to u mnie?

– Co ma być mi źle, tak tylko mówię, jakie bajdy ludzie na ulicy plotą. Może waszmość by chciał?

– Ja do wojska?! – Bartek się roześmiał. – Toś dopiero wykoncypował! I co jeszcze słyszałeś?

– Że Warszawa to całkiem bezbronna, a między regimentarzami Potockim i Poniatowskim walka o hetmaństwo idzie i to się na dobre nie obróci. Bo Poniatowski żołnierz dobry i mir mający, ale u nas takie już obyczaje panują, że kto dobry, to go w końcu wykurzą.

– Przekupki na ulicach takie wieści mają?!

– E, to akurat w karczmie żem posłyszał. A prawda li, że w regimencie gwardii królewskiej same Niemce i protestanty służą?

– Skąd mnie wiedzieć, jam ich nie werbował.

– Bo mówią, że króla taka gwardia bronić nie zechce, bo oni za Sasem będą.

– Mamy wszak pospolite ruszenie. Sto tysięcy za królem stanie, skoro tak go na gwałt chcieli – rzekł Bartek i zapatrzył się w okno.

Jednak, rzecz dziwna, z obawy przed wojną szlachta, w większości głosująca na Leszczyńskiego, w pośpiechu opuszczała miasto, wracając do swych majątków. Toż samo, tylko wcześniej, uczynili i ci, którzy pragnęli oddać swe kreski na Sasa, jednak z powodu wykluczenia obcokrajowców oraz innowierców na sejmie konwokacyjnym nie mieli takiej szansy. Magnaci z regimentarzem litewskim, księciem Wiśniowieckim* na czele odjechali ku Okunicwowi i Dębemu, do podążających w ich stronę wojsk rosyjskich. Mimo że król został prawnie wybrany, opo-zycja rosła w siłę. Nepomucen Maria zacierał ręce:

– Wreszcie sytuacja obraca się na naszą korzyść! – mówił do Cecylii podekscytowany. – Teraz się wszystko odmieni!

– Jakże to?

– Powiada mi ambasador rosyjski, żebyśmy się na Pragę co prędzej przeprawili dla własnego bezpieczeństwa i aby elekcję obejrzeć.

– Elekcja się odbyła! – fuknęła oburzona. – Króla naród już wybrał!

– Koronacji jeszcze nie było.

– To tylko kwestią czasu.

– Masz rację, pani. Kwestią czasu jest, który z dwóch elektów będzie królem!

– A jeśli król Stanisław wojsko przeciw wam wyśle i rozpędzi całe towarzystwo na cztery wiatry? Nigdzie się stąd nie ruszam!

---

* Michał Serwacy Korybut-Wiśniowiecki (1680–1744).

Lange wiedział, że żona postawi na swoim. Pomyślał przez chwilę, czy rzeczywiście nie grozi mu na Pradze jakieś niebezpieczeństwo, pod protektoratem ambasadora rosyjskiego czuł się jednak bezpieczny. Próbował jeszcze wciągnąć do kompanii Rabińskiego, ale Bartek zwęszył wreszcie sposobność spotkania się z kasztelanką i odmówił stanowczo, twierdząc, że zdecydował się na powrót do domu. Ruszył więc Nepomucen Maria na Pragę sam, aby pilnować po cichu spraw kasztelana, a jeszcze bardziej swoich własnych, i nie przypuszczając, jaką niespodziankę szykuje mu nowy kompan.

– Panie! Panie! Obudźcie się! Wstawajcie! – Franek szarpał Rabińskiego za rękę.

– Co? Co takiego? – mamrotał wyrwany ze snu Bartek.

– Most! Most się pali!

Rabiński skoczył na równe nogi, potrząsnął głową i wdział buty. Wybiegli przed chałupę, w której stanęli na czas sejmu. Tu, z Powiśla, doskonale widać było słupy ognia i wznoszący się ku górze czarny dym nad płonącym mostem. Przy brzegu tłum gapiów przypatrywał się niecodziennemu widokowi.

– Odrąbali i podpalili! – krzyknął ktoś z tyłu.

– Kto?

– Regimentarscy, żeby Warszawę przed Moskwą chronić. Ledwieśmy dwie niedziele temu króla obrali, a tu już się wojna szykuje!

– A może nie chce regimentarz zwolenników Sasa do pola elekcyjnego dopuścić?

– Jeśli taka ich wola, to łodziami też się przeprawić zdołają! – ktoś zauważył trzeźwo.

– Nie tak prędko, bo wszystkie statki, promy i łodzie regimentarz kazał potopić.

– Doloż moja, dolo! – płakała jakaś niewiasta. – Z czego teraz chleba kupim? Z czego dziatki wyżywim?!

– Cichajcie, babo! Dobrze Potocki zarządził!

– Racja! Racja!

– Jak zechcą, to i wpław przejdą, woda latoś niska. Do brzucha końskiego raptem, co to za przeszkoda dla wojska?

– Armaty na Marymoncie stoją i pod koszarami, będą w wojsko walić!

– Tu ich nie dopuścim! Króla bronić będziem! Prawnie wybrany! Piast! Nasz ci on! Wojsko stoi w gotowości, dwanaście stukonnych chorągwi, nie dozwoli Moskwie wejść! – podrywały się gdzieniegdzie gorączkowe wołania.

Bartek przyglądał się pożarowi oszołomiony. Czyżby i on miał brać udział w tej wojnie? Pod jaką chorągwią? Pod czyim dowództwem? Nowego regimentarza, Józefa Potockiego? Drapał się po głowie, nic nie rozumiejąc. Natychmiast wysłał Franka pod Pałac Saski. Chłopak kręcił się przez kilka godzin, ale kasztelanki nie spotkał. Wydawało się nawet, że Cecylia opuściła dotychczasowe mieszkanie. Dopiero kiedy wszedł w bliższą znajomość z wychodzącą z bocznego skrzydła dziewką, która okazała się nową służącą państwa Lange, dowiedział się wielu ciekawych rzeczy.

Do miasta zaczęły docierać pogłoski o elekcji przygotowanej na Pradze. Bartek, pod pozorem poszukiwania Langego, udał się z wizytą do jego żony. Nudząca się w domu, osamotniona kasztelanka przyjęła gościa chętnie, choć go nie poznała. Była smutna, przygnębiona, poszarzała na twarzy. Blask jej oczu przygasł, rumieńce wyblakły.

– Niestety, mój mąż jest nieobecny, czym mogę panu służyć, panie Kaliński? – zapytała ze zniechęceniem.

– Dziś wyjeżdżam – powiedział. – Chciałem się tylko pożegnać... – zawiesił głos.

Kasztelanka drgnęła, ale nie uniosła wzroku.

– Ze mną?

– Z tobą, pani.

Cecylia spojrzała nań z wahaniem. Ten głos... Wydawało jej się, że już go kiedyś słyszała, ale nie, to przypuszczenie było niedorzeczne. Niemożliwe wręcz.

– Skąd pan pochodzisz?

– Z Litwy.

– Znasz mego ojca?

– Znam całą rodzinę Jandźwiłłów. I ciebie, pani, miałem honor poznać.

– Wybacz mi, proszę, że sobie nie przypominam... – zaczęła, ale w tej właśnie chwili w gładkim obliczu gościa dojrzała tego, którego nie byłaby się nigdy spodziewała. – Czy zgadnę wasze imię?

– Zgadniesz, pani.

Pierś kasztelanki poruszała się szybko, jakby nagle brakło jej tchu.

– Tyś to?

– Jam jest.

XXXII

Ta jesień wydawała się Zofii spokojna jak żadna inna. Z Warszawy wieści docierały z opóźnieniem. Pozbawione aktualności, a zatem przebrzmiałe, nie wzbudzały lęku. Gdyby nie ciągłe deszcze i chłody utrudniające prace polowe, nie byłoby się na co skarżyć. Podstarości winnicki odbywał sześciotygodniową karę wieży, czekając na sąd, który by go uwolnił od piętna infamisa. Choć pozostawał na wyszynku karczmarza, Zofia przy sposobności dowoziła mu domowe wiktuały. Ale Kacper Hadziewicz i tak sobie nie krzywdował. Grał w kości z Witkiem, z katem w mariasza, gazety zaczął czytywać i dzieła filozofów. Dziwił się sam sobie, bo szczególnie zagustował w *Listach moralnych* Seneki. Znajdował tu jednakowoż swoje własne przemyślenia, cudzymi słowami zgrabnie ujęte. Żałując, że nie miał kiedyś cierpliwości do nauki, bo machanie szablą bardziej cenił niż studiowanie ksiąg, teraz nadrabiał stracony czas. Chciał się też oczywiście przypodobać miecznikowej, która, jak każda białogłowa, znajomość ksiąg ceniła i poważała, jeśli się co na ich temat umiało powiedzieć.

I nagle w połowie terminu wszystko się zawaliło, bo w niedzielę trzynastego września na rynek winnicki wkroczyło rosyjskie wojsko, manifest drukowany rozdając, który głosił, że oto panowie polscy i litewscy prowadzą je wprost ku Warszawie, aby prawnie króla obrać! Lekceważąc odbywaną dobrowolnie karę, Hadziewicz wyrwał się, by samemu wszystko zobaczyć. Niewielki oddział, trzydziestu może ludzi liczący, szkody nikomu nie czyniąc, popasał, poił konie i posilał się w żydowskiej karczmie. Nikt ich też nie zaczepiał. Naród z kościoła wyległ i przed deszczem umykając do swych chałup oraz zostawionych w bocznych uliczkach wozów, w zadziwieniu wielkim popatrywał na to niecodzienne zjawisko.

Jak przyszli, tak i wyszli, zostawiając na drzwiach karczmy przybity manifest, który niewielu umiało przeczytać, a kiedy już im go Chaim przesylabizował, poczuli winniccy posmak gorzki, bo nie godziło się tak obcego wojska w progi swoje wpuszczać, a wypuszczać tym bardziej. Kacper Hadziewicz, przemoknięty do suchej nitki, wrócił na wieżę, ale już mu nie szło czytanie ani gra w kości. Chodził po izbie w tę i nazad, żałując własnej niemocy i raz po raz odczytując słowa manifestu, który uznał za kłamliwy. Wszak panowie litewscy żywo opowiadali się za Piastem, za Leszczyńskim, a skoro ów winien ich kreski otrzymać, to łże wojsko moskiewskie w swym piśmie, sprowadzając naród na manowce, bo pomocy obcej Piast nie potrzebował! I nie miał się nawet kto temu pismu sprzeciwić, skoro panowie szlachta bawili na sejmie elekcyjnym. Nie miał kto moskiewskiemu wojsku pola dotrzymać, bo nie było komu w powiecie sprawować komendy. Choć wal łbem w ścianę, zagryzaj wąsy, a płacz z wściekłości!

– A cóż to pan Kacper dziś melancholijny taki? – zapytała Zofia, która doń zajechała z pieczenią świeżą, ciastem i butelką domowej nalewki.

– Byłbym wesół i szczęśliwy, widząc panią, moją dobrodziejkę, aleśmy tu mieli nieproszonych gości i wstydušmy się najedli. Czytaj, pani, i uwierz, jeśli zdołasz!

Zofia wzięła pismo i lekko poruszając wargami, czytała.

– To być nie może! – wyszeptała. – To jawna potwarz! Chyba że... – zawahała się.

– Myślisz pani tak samo jak ja! – Kacper pokiwał głową. – Chyba że to prawda. Ale wszak nam tego nie dociec, póki szlachta, choćby kasztelan, z elekcji nie powróci. Bo kto miałby im kłam zadać? Zresztą już poszli, traktem na Brześć się kierując, nie popędzim za nimi, wojska nijakiego nie mając.

Zofia milczała, patrząc w bok. Wreszcie uniosła smutne oczy i wyszeptała:

– Gdzie ono? Gdzie nasze wojsko? Kto ma nas bronić? Czyliśmy jak ten plac targowy, na który każdemu wejść dozwolone? Wszak komu z taką łatwością przyszło wejść, łatwo stąd nie wyjdzie... – Zasłoniła twarz dłońmi.

– Ciężkie czasy idą – przyznał Hadziewicz. – Za słabiśmy, by wroga od naszych granic odeprzeć. Rzeczpospolita żyje już tylko wspomnieniem dawnej chwały. No, chyba że od Warszawy pospolite ruszenie szturmem wroga odeprze. Tam przyszły król, tam regimentarze. Tam szlachta, tam wojsko. Może tylko nam patrzeć, jak Moskwę pogonią poza granice?

– Dałby Bóg! – Zofia westchnęła i przeżegnała się pośpiesznie.

Nagle jej się wydało, że ów oddział nie na Turów i Brześć poszedł, tylko skręcił i choć go nie mijała, już w Złotym Moście stoi. Tknięta lękiem o dzieci, kazała zaciąć konie i gnać na złamanie karku, co skończyło się urwaniem koła, poszukiwaniem pomocy i powrotem późniejszym niż obiecywany.

Chłodna, mokra noc już zapadła, gdy dotarła do domu. Na szczęście w Złotym Moście panował spokój. Nikt tu nie widział Rosjan, nikt o nich nie słyszał. Gdy opowiadała matce, co się stało w mieście, sama już nie mogła w to uwierzyć.

– My tu z boczku, z dala od traktów, po cichutku siedzim, może wojna nas ominie? – zastanawiała się pani Salomea. – Bo jeśli nie, to kto nas obroni? Sameśmy na świecie, zdane na łaskę i niełaskę kogo silniejszego.

Była tylko jedna rada na owe troski: dziecięca modlitwa. Kiedy rankiem Dorotka i Ignaś się obudzili, jeszcze w koszulinach będąc, na prośbę matki odmówili trzykrotnie *Zdrowaś Mario* w intencji ojczyzny.

Koło południa jednak Zofia miała już zgoła inny powód do zmartwienia: oto bowiem Żyd Szmul, podążając ku Skrzeczewicom, zajechał do Złotego Mostu, aby się podzielić najświeższymi nowinami.

– Pani dobrodziejka, cośmy to mieli nocą w Winnicy!

– A co, panie Szmul?

– Toć wieża prawie doszczętnie spłonęła!

Zofia zbladła, złapawszy się za serce, i nie zdołała nawet wyszeptać pytania. W sukurs przyszła jej matka.

– A z więźniem co? Uszedł z życiem podstarości?

– Nikt tego nie wie. I jak się zapaliła, też nie wiadomo, może w karty grali, może popiwszy, zasnęli? Dość, że w środku nocy cała Winnica wieżę gasiła, a i tak parę domów w rynku nie uszło pożogi. Chwalić Boga, że nie całe miasto, ale deszcz spadł i ratującym pomógł.

– Kto to mógł zrobić? – zastanawiała się Zofia.

– Gadają różnie: jedni, że sam podstarości mógł ogień podłożyć, bo już się we wieży karą zmęczył i za wolnością zatęsknił.

– Łżą wierutnie! Podstarości karę chciał odbyć do końca! Dobrowolnie się jej poddał, aby honor oczyścić! – Zofia broniła nieobecnego Hadziewicza.

– Ale w rynku go widzieli koło południa, jak się przechadzał.

– Bo Moskwicinów chciał na własne oczy obaczyć, co manifest rozdawali! A potem do wieży wrócił, byłam tam i wiem, że to prawda, o ucieczce mi nie rzekł ani słowa! – gorączkowała się Zofia.

– Pani dobrodziejka wybaczy, ale któren więzień na prawo i lewo o chęci ucieczki będzie rozpowiadał?

– Co prawda, to prawda.

– Mógł to być niefortunny przypadek.

– Albo zemsta – poddała pani Salomea. – Szukszty na niego polują od dawna, zadawnioną złość mając. Tu, pod tym domem zarąbać go chcieli, ledwo z życiem uszedł. Zresztą podstarości wielu miał przeciwko sobie.

– Ostatnimi czasy trochę złagodniał. Słyszałam, że z Szukształami pojednanie nastąpiło.

– Tak czy owak – westchnął Żyd – ciała nie znaleziono, ślady ludzie zadeptali i szukaj wiatru w polu.

– A był kto w Grodzie Orłowym? – zapytała Zofia.

– Nie wiem tego, dobrodziejko złota, bo mnie do Skrzeczewic pilno w interesach. Mówię, com widział i słyszał. A dziś kupce od Wilna przyjechali i mówią, że Moskwa z wielką potęgą idzie trasą na Merecz, Butrymańce, Druskienniki, Przewałkę, Świąck. Mosty buduje na rzekach, po dworach konie i bydło zabiera, a prowianty nakazuje szykować.

– Matko Boska! – Pani Salomea złapała się za głowę.

– To ja się już będę zbierał. A nie potrzebują wasze miłości czego ze Skrzeczewic? – zapytał jeszcze Szmul i kłaniając się nisko, dwór złotomojski opuścił.

Zofia usiadła na ławie i trąc dłonią czoło, zastanawiała się, co jej teraz wypada czynić. Dokąd się udać, aby uzyskać wieści o podstarościm? Czy to możliwe, że zdołał uratować się z płonącej wieży? A jeśli tam wcale nie przebywał? Któż był aż tak zajadły, szalony i niepomny na mieszkańców, żeby chcieć wyrównywać rachunki, powodując pożar zagrażający całemu miastu? I wreszcie – jak uchronić dobytek przed zachłannością nieprzyjacielskiej armii, gdyby do Złotego Mostu wkroczyła?

XXXIII

To kto teraz naszym królem będzie?

– A tobie to nie za jedno, Franek?

– Juści, że nie! Ja bym na dworze u Sasa służyć nie chciał!

– Ktoś cię tam prosił? – parsknął Bartek.

– Nawet gdyby błagał, tobym i tak nie poszedł! – fuknął Franek i podparł się pod boki.

Myśląc o kasztelance, Bartek już go nie słuchał. Zaraz miał się ubierać i pędzić na spotkanie. Rozmarzony wspominał jeszcze jej okrąglejsze niż wcześniej wdzięki, jej nienasycenie, prośby, które powtarzała raz po raz, by dziś znów ją odwiedził, nie bacząc na nic. Chciała, aby wynajął powóz i zabrał ją na przejażdżkę za miasto. Pragnęła odetchnąć wiejskim powietrzem, którego tak dotkliwie jej brakowało. Ale powozu nająć nie zdołał. Bał się trochę jej dąsów, jednak wieści, jakie wiózł, były dlań usprawiedliwieniem.

– Czy to prawda, że król opuścił miasto? – zapytała zamiast powitania.

– Tak mówią i jeszcze, że wszyscy znaczniejsi panowie, królewscy zwolennicy, również za nim pośpieszyli. Mają w Gdańsku oczekiwać na pomoc z Francji. A referendarz koronny wojsko skupił na Marymoncie – tłumaczył Rabiński.

Czuł się nieco dziwnie. Dotychczas nigdy tyle z kasztelanką nie rozmawiał. Od kiedy ją odnalazł, wciąż musiał tłumaczyć, co się dzieje w mieście.

– A my tu pewnie mamy czekać na nowego króla?

– Jak nowego? Wszak król już wybrany?!

– Kto się będzie liczył z takim królem? Wojska u nas nie masz, najwięksi panowie na stronę Sasa przeszli. Dlaczego Moskwie w Litwie drogi nie zagrodzili? Dlaczego nie stoczyli tam bitwy, tylko czekali, ażeby do samej Pragi doszła?

Bartek słuchał, zdumiewając się mądrością kasztelanki i tracąc swój męski wigor. Ona jednak nie zamierzała dłużej o polityce deliberować. Posłała służącą z Frankiem po zakupy na Krakowskie Przedmieście, by w spokoju rozniecić na nowo zetlałą potencję zbójcy.

Służąca wróciła z pustym koszykiem. Ani na Starym, ani na Nowym Mieście, ani u przekupek na Krakowskim Przedmieściu nie szło nic dostać.

– Wojsko wszystko rekwiruje, towaru nikt nie wystawia. O Matko Boska, co też to będzie?! – lamentowała wniebogłosy dziewczyna.

Rabiński poczuł, że musi temu zaradzić. Zabrał chłopaka i ruszył w miasto. Sklepy i kramy rzeczywiście stały z pozamykanymi okiennicami. Przekupki jakby ktoś z ulic przegnał. Żeby cokolwiek dostać, trzeba było minąć rogatki, a i tam szukanie nie na wiele się zdało. Rozpasane wojsko koronne, nieznające ni kary, ni miary, rekwirowało wszystko na swoje potrzeby. Bez pardonu napadając na dwory, zabierając konie i woły do ciągnięcia taborów, barany na pieczyste, siano i owies na karmę. Domy stały pozawierane niczym w czas wojenny, choć jeszcze żadna wojna się nie rozpoczęła.

Bartek sam ledwie z życiem uszedł, ratując własnego konia przed rekwizycją. Wrócili niemal z pustymi rękami. Następnego dnia wypuścili się dużo dalej i przez kilka dni udało im się co nieco kupić i drugie tyle ukraść.

– Waść to jak prawdziwy zbójca z tymi chłopami gadał! – żartował Franek, a Rabiński spojrzał nań z ukosa.

– Bo widzisz, czego się nie da po dobroci i za pieniądze, to trzeba siłą wydrzeć. Inaczej samiśmy gotowi z głodu paść.

Co prawda, to prawda. Niechby już ta Moskwa weszła, może by porządek zaprowadziła, skoro regimentarz dobrodziej nie potrafią?

– Wyplujże te słowa! – skarcił go Bartek.

Dumny, że kasztelance wiktuałów nawiezie, Rabiński zdążał prosto ku Pałacowi Saskiemu. W mieście panowało jakieś poruszenie. Dowiedzieli się w Marywilu, że Moskwa z całym swym wojskiem już na Pradze stoi.

– Jużem od zmysłów odchodziła, gdzie się to waszmość podziewasz! – Cecylia Lange przywitała go nad podziw miło i zaraz kazała służącej przygotować posiłek.

Siedzieli przy jajkach i świeżym chlebie, aż tu jak coś nie huknie! Bartek przyskoczył ku oknu. Wychylił się lekko i zza firanki ujrzał przedziwny widok. Kilka armat polskiej gwardii koronnej kierowało ogień w stronę pałacu! Żołnierze sascy oblężeni w budynku nie pozostawali dłużni. Raz po raz któryś z gwardzistów padał raniony lub martwy.

– Na ziemię wszyscy! – krzyknął Rabiński.

Pożałował teraz, że nie ma więcej broni, ale na cóż by się to zdało? Gdyby strzelił z okien mieszkania, ściągnąłby tylko uwagę atakujących, którzy skupiali się na celowaniu w stronę, skąd szedł ogień. Kanonada trwała klika godzin. Przerażone kasztelanka i służąca skryły się w pokoju. Drżąc ze strachu, płakały i modliły się, przycupnięte za łóżkiem, które i tak nie dałoby żadnej ochrony, gdyby kula trafiła w okno. Bartek z Frankiem zastanawiali się nad sposobem ucieczki, liczyli jednak, że pałac zostanie lada moment zdobyty i będą mogli wyjść, nie narażając życia swego i kasztelanki. Wszak znaleźli się tu przypadkiem.

– A to nam sprawili łaźnię na świętego Michała! – rzucił wściekły Bartek.

– Jegomość myślą, że to już ta wojna z Moskwą się rozpoczęła? – pytał przestraszony Franek.

– Jak z Moskwą, skoro polskie wojsko do nas strzela?

– A jakby się tak poddać, białą flagę wywiesiwszy?

– Może trzeba będzie tak zrobić? – powiedział Rabiński i podczołgał się do kasztelanki, która skulona, zakrywając uszy dłońmi, z oczami pełnymi lęku patrzyła nań jak na wybawiciela.

– Panienko, co robimy? Poddać chybaby się trzeba i wyjść?

– Jakże to, chcecie mnie opuścić?! – wyszeptała zbielałymi ustami.

– Nie, nie! Tylko że to polskie wojsko do Sasów strzela, a my nie Sasi. Czy zatem trzeba nam się poddać? Pokazać, żeśmy Polacy?

– Mój mąż na służbie saskiej pozostawał i pozostaje. Nie wiem, jak mnie potraktują.

– Sascy nie strzymają oblężenia, prędzej czy później i tak poproszą o rozejm.

– Wtedy i my wyjdziemy. Jeśli nam się uda przeżyć... – powiedziała i zrobiła znak krzyża.

Bartek wrócił do pokoju frontowego. Tu siedział skulony, popłakujący ze strachu, usmarkany Franek.

– To wszystko przez nią! Przez nią!

– Przez kogo?

– Dopadła mnie, chociem uciekł tyli świat! Tu mnie dosięgła!

– Kto?

– Czarownica winnicka! – wyszeptał, a w oczach miał szaleństwo.

– Co ty gadasz?! – Bartek przekrzykiwał raban, jaki czyniła strzelanina.

– Myślałem, żem jest bezpieczny tak daleko, ale jej klątwa i tu mnie dosięgła!

– Opamiętaj się, jaka klątwa?

– Przeklęła wszystkich, którzy tam byli. „Przeklinam was, byście się smażyli w piekle wszyscy!" – słyszałem, bom stał niedaleko.

– Toś ty z Winnicy?! – zdziwił się Bartek.

– Byłem chłopakiem u kata! Mnie też przeklęła, bom jej nie uratował.

– Jak ją mogłeś uratować, skoro się przyznała?

– Do tej pory pamiętam ten smród, trzy dni rzygałem. Nic jeść nie mogłem, Matko Boska Kodeńska, miej mnie w swojej opiece! – Przeżegnał się trwożnie.

W tej chwili, schylając się, podeszła do nich służąca.

– Moja pani... – powiedziała i nim skończyła, upadła. Z niewielkiej rany w głowie zaczęła się sączyć strużka krwi.

Bartek podskoczył do dziewczyny, dotknął ręką jej szyi, ale nie wyczuł pulsu. Już nie żyła. Pociągnął chłopca do pokoju, gdzie siedziała kasztelanka. Cecylia Lange, struchlała ze strachu, popatrzyła na nich wielkimi oczyma.

– Musieli zauważyć jakiś ruch w oknie... Nie cierpiała.

Cecylia próbowała wstać, ale Bartek ją przytrzymał.

– Chcecie też zginąć? Po co się pchać pod kule?

Ogień trwał jeszcze długo. Sascy żołnierze, choć w pałacu została ich tylko garstka, zabili wielu z oblegających. Trupy z roztrzaskanymi czaszkami, pourywanymi nogami i rękami lub co gorsza żywi jeszcze, krzyczący z bólu ludzie, zalegali podwórzec. Kałuże krwi zbroczyły kamienny podjazd. Sasi się jednak nie poddawali, co przeciwko nim się obróciło, bo choć kapitulacja była honorowa, zdobyty pałac splądrowano, a żołnierzy, nie szczędząc im kuksańców, zaprowadzono wprost do więzienia.

Rabiński stracił konie, kasztelanka wyszła w tym, w czym stała, niemal niczego dla siebie nie zachowując. Trzęsąc się i płacząc, patrzyła na rzeź, jaka tu się rozegrała. Łamiącym się głosem wydukała, że jest służącą u nieobecnych państwa Lange, i puszczono ją wolno. Bartek z chłopakiem też podali się za służących. Przygnębieni, skuleni, jakby ich tu jeszcze mogła dosięgnąć kula, szli w kierunku Krakowskiego Przedmieścia. Cecylia, oglądając się za siebie, płakała. Widziała swoje meble i suknie oraz cenne przedmioty wyrzucane przez okno i rabowane rękoma hołoty, której nie umiała nazwać polskim wojskiem. Upokorzona, pozbawiona wszystkiego, zdana na łaskę i niełaskę zbójcy nie wiedziała, gdzie przyjdzie jej złożyć głowę do snu.

– Gdzie się zatrzymałeś? – spytała cichym głosem.

– Na Powiślu, jaśnie pani, ale tam twoja noga postać nie powinna. Nędzna to buda, dla mnie i chłopaka w sam raz, ale nie dla kasztelanki.

Cecylia Lange drobiła małe kroki w kurzu ulicy.

– Mamy pałac przy Długiej. Dawno tam nie byłam. Jest w budowie, może dałby nam jakie schronienie, póki mój mąż nie wróci?

– Traficie tam, pani?

Kasztelanka rozejrzała się po ulicy.

– Trzeba nam dojść do Miodowej, a potem skręcić w Długą.

– Powozu nie mamy... – mitygował się Rabiński. – Nie darowałbym sobie, gdyby wam się miało co przytrafić!

– Znam krótszą drogę! – pochwalił się Franek.

– Idźmy! – rzekła Cecylia, nie potrafiąc okazać wdzięczności.

Szli opustoszałymi ulicami. Poza wojskiem nie widzieli przechodniów, niemal żaden pojazd nie przemierzał ruchliwych zazwyczaj ulic. Słysząc kanonadę, ludzie pochowali się w domach, kupcy zamknęli sklepy i składy. Bartek rozglądał się dookoła, węsząc niebezpieczeństwo, gotów walczyć z każdym, kto zbliżyłby się do kasztelanki. Nikt ich jednak nie próbował zatrzymać. Minęli Marywil i Senatorską, wreszcie dotarli do Długiej. Na widok niemal ukończonego pałacu kasztelance zalśniły oczy.

– To tu! Och, dlaczego mój mąż mnie tu wcześniej nie przeniósł! Wszak widać, że już mieszkanie gotowe!

Gruba kuta brama była zamknięta, ale po podwórcu kręcili się pachołkowie. Bartek uderzył kołatką w furtkę.

– Do kogo?! – krzyknął odźwierny.

– A czyj to taki piękny pałac, dobry człowieku? – zapytał Rabiński.

– Jaśnie pana wojewody, a czyj miałby być? – burknął tamten, wzruszając ramionami.

XXXIV

Kasztelanka zachwiała się na nogach.

– Jak to? Jakże to możliwe? Przecież z mężem tu przyjeżdżałam, oglądałam ten pałac, kiedy go budowano, ojca mego i braci oprowadzał. Pokazywał, gdzie co będzie, gdzie co stanie. Kiedyż go mógł sprzedać?

– Wybaczcie śmiałość, pani – rzekł Bartek. – Ale po mojemu wasz mąż nigdy tego pałacu nie posiadał. To piękny budynek i sporo kosztował, a mąż kasztelanki bez grosza się wydaje.

– Jak to: bez grosza?

– Skrechowany do cna. W karty wszystko przegrał.

Cecylia chwyciła się ogrodzenia i z trudem łapiąc oddech, patrzyła na niego zdumiona.

– W karty?

– W mariasza przeważnie. Jedyne, co wygrał, to ode mnie, bom chciał do was przystęp znaleźć.

Choć wszystko się w niej buntowało, musiała mu uwierzyć. Przecież miała już wcześniej dowody! Wszak przy kartach odnalazła go ta Magda! Wtedy Cecylii się wydawało, że to pojedynczy wybryk, rozrywka bez konsekwencji. Teraz zaczęła kojarzyć fakty. Ciągły brak gotówki, domaganie się wypłaty posagu, brak własnego mieszkania, sprzedaż powozu. Zaginięcie naszyjnika to pewnie też sprawka Nepomucena Marii...

– Co teraz będzie? Nie mam pieniędzy, nie mam strojów, nie mam powozu. Stoję tu jak żebraczka pod cudzym pałacem, co mam ze sobą począć? – łkała. – Mój mąż na Pradze, gdybym z nim pojechała, może chociaż miałabym dach nad głową?

Bartek liczył na więcej wdzięczności.

– Na Pragę nikt się nie przedostanie, bo most spalony i łodzie potopione. Tu czekać nam wypadnie.

– Na co? Na kogo? Gdzie? – Cecylia patrzyła nań pomieszana.

– Co rozkażecie? Ja wszystko wykonam. Każecie Wisłę wpław przepłynąć, przepłynę i męża waszego powiadomię. Każecie stancję znaleźć? Stanę na głowie, a stancję wam wynajdę! Każecie zaprzęgać i ku Litwie ruszyć? Powóz najmę i skoro świt ruszym.

– Paszportu nie mamy, a jak u regimentarza w takim stroju mam się o paszport starać?

– Ja kasztelankę bez paszportu na drugi brzeg przewiozę. Powiedzcie tylko słowo, co rozkazujecie?

– Nie wiem, sama nie wiem. W głowie mi się mąci.

– W Marywilu stancję najmę. Odpocząć wam trzeba. Dacie radę dojść?

– Spróbuję.

Ruszyli. Cecylia ledwie powłóczyła nogami. Podtrzymywana przez Franka doszła jakoś do celu. Tu nikt nikogo o nic nie pytał. Rabiński wynajął pokój dla kasztelanki, zostawił jej chłopaka do posługi, a sam ruszył na Powiśle, zachodząc w głowę, jak konia odzyskać albo komu go skraść. Na razie poszedł rozejrzeć się po mieście i wysłuchać nowin. Policzył dni, sejm elekcyjny może trwać sześć niedziel. Zwolennikom Sasa zostało sześć dni. Wydawało się niemożliwe zdążyć z wyborem króla w tak krótki czas.

Kasztelanka, umęczona wydarzeniami dnia, ledwie usiadła na łóżku, nie bacząc na jego stan, zasnęła. Spała do następnego dnia, do południa. Wstała wypoczęta i zaczęła zastanawiać się nad swoją sytuacją. Ma zostać czy odjechać? Czekać tu w tym stanie i narażać się na kolejne kłamstwa Nepomucena Marii czy wrócić pod opiekę ojca? Jak on przyjmie taką nowinę? Da jej schronienie czy każe wracać do męża? Odpowiedź nie była wcale prosta. Decyzje kasztelana czasem ją zdumiewały. Nie potrafiła przewidzieć, jak postąpi, czyją weźmie stronę, co mu się w owej sytuacji wyda najstosowniejsze.

Bartek zdołał przynieść trochę chleba, sera i wina, dzięki czemu mogła zaspokoić głód. Nie pytała, skąd miał na to wszystko pieniądze, nie zapewniała, że odda mu dług po powrocie męża. Traktowała go jak jednego z poddanych ojca, a on nie wzdragał się przed taką służbą.

Piątego października na miejscu pierwszej wolnej elekcji, pod wsią Kamień, stronnicy elektora saskiego wybrali na króla Fryderyka Augusta. Wieść lotem błyskawicy dotarła do Warszawy. Ludzie powtarzali ją sobie na ulicach, pozostali po elekcji nieliczni stronnicy Leszczyńskiego dowiadywali się, oszołomieni tą bezczelnością. I choć można było oczekiwać takiego obrotu sprawy, wściekłość w narodzie rosła. Nieliczni pozostali dotąd w Warszawie szlachcice lamentowali, że prymas nieprawdę powiedział, pokój obiecując, gdy tymczasem już się wojna szykuje, za którą oni pewnie gardła dawać będą i majątki tracić. Czując się w obowiązku wobec króla, ruszali do Gdańska, aby tam ramię przy ramieniu oczekiwać starcia z wojskiem rosyjskim. Inni, a była ich większość, uważając swój obowiązek za spełniony, odprawiali się ku Litwie czy Ukrainie do rodzinnych majątków, aby tam, pilnując dobytku, przeczekać kilka niespokojnych tygodni, które zapewne nadchodziły.

Dziesiątego października Rosjanie stanęli w Warszawie. Tegoż wieczoru Nepomucen Maria, niespokojny o los żony, poszukiwał jej śladów w zrujnowanym Pałacu Saskim. Nikt nie był w stanie powiedzieć mu czegokolwiek o losie, jaki spotkał Cecylię.

XXXV

Zofia z niepokojem czekała na wieści o podstarościm. Kiedy zajechała do Winnicy, zauważyła, że w mieście trwa odbudowa wieży. Kat z najętymi ludźmi kręcili się wokół pogorzeliska, doglądając porządkowania terenu. Osmalone bale czyszczono, zdrapując z nich czarną sadzę i sprawdzając, czy się do czego jeszcze nadadzą. Rozgrzebywano też popielisko dookoła. Wszystkich nurtowało to samo pytanie: co też mogło się stać z Kacprem Hadziewiczem, który przepadł jak kamień w wodę.

– Gdyby spłonął, mielibyśmy choć kupkę popiołu – powiedział kat. – A tu nic! Gdyby umknął z pożaru, powinien wrócić, by podejrzenie się nie zrodziło, że przed sprawiedliwością ucieka – tłumaczył, pilnując jednocześnie rozbiórki resztek budynku. – Chyba że zmienił zdanie i pragnie dalej infamisem pozostać…

Zofia nie uwierzyła w te insynuacje. Kazała się wieźć do Grodu Orłowego, tam jednak poza służbą rzekomo nikogo nie było. Spróbowała jeszcze szczęścia w Głębokim Kącie, u podstolego Żaby, lecz z miernym rezultatem. Jegomość zdążył wrócić z sejmu elekcyjnego, akurat przyjmował gości i gorąco zachęcał Zofię do kompanii, ona jednak nie miała ochoty zasiąść za stołem na kilka dni, choćby i po to, aby fetować wybór króla Piasta. Straciła cały dzień, nie znajdując żadnego śladu podstarościego. Wreszcie późną nocą wróciła do domu.

Kacper Hadziewicz nie porzucił myśli, by stać się uczciwym człowiekiem, ratował tylko życie. Na szczęście nie popijał tego wieczoru, kiedy ktoś podpalił wieżę. Udało mu się wyskoczyć i choć potłukł się dotkliwie, nad ranem dotarł do Grodu Orłowego. Najpierw polecił opuchnięte nogi związać w brzozowe łubki i obłożyć lodem, a potem rozkazał zawrzeć wrota i nikomu nie otwierać, póki się nie zorientuje, kto przyjaciel, kto wróg. Tym bardziej do miecznikowej żadnej wiadomości nie wysyłał, nie chcąc jej narażać na niebezpieczeństwo.

– Chyba mi przyjdzie do lasu na zbójowanie się udać! – odezwał się żartem do Witka.

– Co też jegomość powiadają! – ofuknął go służący.

– A bo widzisz, to nie przypadek, że wieża spłonęła.

– Tylko co?

– Czyjeś pobożne życzenie. Za parę tygodni wyszedłbym oczyszczony, o urzędy mógłbym się ubiegać i z prawą kobietą ożenić. Komuś się to nie widziało.

– Komu?

– Temu, co ze służb infamisa korzystał.

– Więc to nie Szukszty wieżę podpaliły?

– Może oni, ale im nic by z mojej śmierci nie przyszło. Chcieli mnie pognębić, do wieży zaciągnąć, tom poszedł. Wygrali, są kontenci. A przed elekcją kasztelanowi o kuferku matki nieboszczki wspomniałem, że go będę chciał od niego odebrać, bo żenić się zamierzam. Najpierw mi kasztelan miecznikową na wszystko odradzał, a potem Rabińskiego na gwałt kazał szukać.

– Rabiński by waści nie podpalił.

– Tego kasztelan nie musi wiedzieć. Nigdy go nie widział i nie zna. Pojedziesz do karczmy przy Złotym Moście i jego zbójców mi tu co do jednego przywiedziesz.

– Jakże tak? Ja sam? Bez jegomości?

– Nic ci się nie stanie. Oni czekają znaku.

– Jakiego?

– Takiego, jaki im dasz. Powiesz, że mam dla nich nowego herszta, póki się Bartek nie objawi.

– Jegomość chcą zostać hersztem zbójców?! Za to stryczek grozi!

– Kto raz umarł, temu ponowna śmierć niestraszna. Dlatego urządzisz mi pogrzeb.

– No jakże to?! – jęknął zrozpaczony Witek. – Ciała nie ma, ksiądz się nie zgodzą!

– To chociaż daj w Winnicy na mszę za moją duszę!

– Chyba żeby waszmości do opamiętania przywiodło!

Orszak kasztelana Jandźwiłła, minąwszy Brześć, zatrzymał się za miastem. Tu już, zgodnie z tradycją, na czele najzaufańszego z zaufanych, Wacława Strasza, czekali na swego pana słudzy turowscy, by tym okazalszym jego wjazd na zamek uczynić i aby wieści wszystkie przez drogę przekazać. Strasz zeskoczył z konia, z wielkim uszanowaniem wsiadł do karety, w której siedział kasztelan z synami, ucałował swego pana w rękę i zajął wskazane miejsce. Powóz ruszył.

– Jakże tam? Spokój w domu? – zapytał Tadeusz Jandźwiłł.

– Wieża w Winnicy spłonęła.

Młodzi Jandźwiłłowie wydawali się poruszeni tą wieścią, kasztelan tylko rzucił krótko:

– Ktoś ucierpiał?

Strasz się zawahał.

– Nie wiem, panie. Szczątków żadnych nie znaleziono.

„Czyli znów się wywinął! Co za partactwo!" – pomyślał kasztelan ze złością, a na głos dodał:

– To i dobrze.

– Jednak podstarości znaku życia nie daje.

– Tym bym się nie przejmował. Janie – zwrócił się do syna – pojedziesz do Grodu Orłowego, zobaczysz co i jak. Jeśli nie znajdziesz tam, szukaj podstarościego u miecznikowej w Złotym Moście.

– Jam już to wszystko sprawdził, panie – wtrącił się Strasz.

– Aleś go nie znalazł!

– Nie było rozkazu.

– A jeżeli podstarości się nie odnajdzie? – zapytał Stanisław Jandźwiłł.

– To mu wyprawimy piękny pogrzeb. Ty, Stanisławie, zostaniesz podstarościm winnickim, Gród Orłowy do dóbr turowskich przyłączymy. Nie powinno być z tym kłopotu – wycedził przez zęby kasztelan.

XXXVI

Kałamaszka* toczyła się powoli, rzeźbiąc ślady w tłustym błocie. Rzęsiste strugi deszczu czyniły zimno jeszcze bardziej przenikliwym. Na koźle, przykryty ledwie jakąś kapotą, siedział Bartek Rabiński. Z tyłu kasztelanka bez żadnego bagażu, niczym najbiedniejsza chłopka, otulona, czym popadło. Zmarznięci, przemoczeni, milczący zdążali ku Litwie. Podróżowali tak już trzy dni, a drogi nie ubywało. Jechali od karczmy do karczmy, zjadali coś ciepłego, przesypiali noc w jakimś kącie i ruszali dalej. Kasztelanka czasami zamamrotała coś pod nosem, może to była modlitwa, może przekleństwo, Bartek nie śmiał pytać, bo we wzroku nie miała chęci rozmowy, jeno rozpacz, niemy krzyk i złorzeczenia. Może myślała, że drogę do domu odbędzie, jak kasztelance przystało, ale czekać nie chciała, a Warszawa to nie trakt w lesie, niełatwo tu podróżnego ograbić. Straż marszałkowska węszy, a osobliwie w czas sejmowy.

---

* Lekki, jednokonny pojazd czterokołowy o prostej budowie, bez budy ani resorów.

Komu by co z tego przyszło, jeśliby Rabiński dał gardło za jaką karocę? Co by z tego miała sama kasztelanka? Prawda, że w kałamaszce zimno i niewygodnie, nikt wszakże Cecylii z Marywilu nie wyganiał. Mogła tam czekać na męża utracjusza. Pewnie już Moskwa w Warszawie stoi, a Lange szuka jej po mieście. Bez wątpienia jakąś rekompensatę za swe służby od Sasa dostał i znów gra do upadłego. A ona? Kiedy się uparła, musi, zęby zagryzłszy, znieść niewygody. Za dzień, dwa wreszcie dojadą.

„Szkoda tylko chłopaka... – myślał Bartek. – Żal, że chciał zostać w Warszawie. Zmyślny był dzieciak, do zbójnictwa by się nadał. Wykierowałoby się go na herszta. Ale cóż, skoro ze służby zrezygnował? Twierdził, że gdy zobaczył Warszawę, do żadnego Brześcia, a tym bardziej do Winnicy, go nie ciągnie. Że się klątwy boi, która go w Winnicy pewnie nie ominie. Furda tam! Kata się on winnickiego bał, boby ten go pewnie zdybał i za opuszczenie miejsca pracy jaką szkodę wyrządził. A co się chłopak nabłagał, w ręce nacałował! Tom go i puścił. Wszak jam nie kat i serce u mnie nie z kamienia. Od początku wydał mi się znajomy. A jak gładko kłamał, że w Winnicy nigdy nie był! I to wszystko ze strachu przed klątwą? Musiał wiedzieć, żem zbójca, bo inaczej czemu by o lasy winnickie pytał? Ale honor swój miał i ani razu się nie zająknął, że wie, ktom jest! Szkoda go, szkoda...".

Cecylia, niemal nie unosząc powiek, patrzyła na smagane strugami deszczu przydrożne zarośla przesuwające się przed oczami. Szkapina stara ledwie człapała, wyciągając kopyta z grząskiego błota. Gdzie jej do kasztelańskich meklemburskich wałachów! Gdzie tej furce do wyłożonej aksamitem gdańskiej karocy ze szklanymi taflami w oknach, z latarniami po bokach i złotymi gałkami? Jak czymś takim na podwórzec zamkowy wjechać? Toć wstyd i hańba będzie po wsze czasy. I jeszcze ten bękart, nie wiadomo czyj, co po brzuchu hasa! Kręci się, jakby gonionego tańcował!

Wczuwając się w ruchy dziecka, Cecylia zastanawiała się, jak ją przyjmie ojciec, jak bracia? Co powiedzą? Ulitują się? Zrozumieją, przez co musiała przejść i że nie chciała zostać przy mężu na dalszą poniewierkę? A może każą wracać? Wszak matki już nie ma, co za słabszym zawsze brała stronę. Zimno! Wszystko mokre. Onuce przesiąkły. Z nosa coś kapie, nie wiadomo łzy to czy deszcz? Czuła, że twarz się jej rozpala, a ciałem wstrząsają dreszcze.

– Hej, panienko? – Rabiński odwrócił się ku niej. – Tam dalej chata, może przy ogniu posiedzieć dozwolą?

Cecylia z trudem uniosła głowę. Zbliżali się do jakiejś wsi. Gdyby podróżowali paradną karetą, jaką ku Warszawie jechała, kazałaby się wieźć do dziedzica. W obecnym stanie mogła liczyć tylko na litość prostego ludu, bo ze dworu psami by ich pewnie poszczuto, panu głowy nie zawracając. Umrzeć tu na tych rozstajach i wstydu nie doczekać, kiedy się w takiej kałamaszce do domu rodzinnego wraca.

Bartek zeskoczył z wozu i wszedł do chałupy. Chwilę później pojawił się znowu. Pomógł kasztelance zsiąść i podtrzymując ją, aby nie upadła, wprowadził do środka. Była to zwykła chata, ale sucha i ciepła. Wieśniaczka spojrzała na Cecylię i od razu zrozumiała, że ma do czynienia z kimś ważnym w chwilowe tylko kłopoty popadłym. Dała im trochę kaszy z kociołka i po pajdzie chleba. Siedli na pieńku, czując ciepło od ognia. Baba znalazła jakieś onuce i koszulę, a potem wskazała kasztelance swoje miejsce na piecu. Cecylia siedziała skulona i drżąca, nie próbując jeść. Baba dotknęła jej czoła dłonią.

– Matko Boska! Toć wy w gorączce! Wam kwiatu lipowego trzeba!

Bartek spojrzał na wstrząsaną dreszczami kobietę. Jeśli coś jej się stanie, to jego obwinią! Przyglądał się gospodyni, jak gotuje wodę w kociołku, sypie garść ususzonego kwiatu lipowego, miesza, odcedza, a potem leje do glinianego kufla. Owinięta jakimiś piernatami kasztelanka przez cały czas nie podniosła nawet głowy.

– Naści, pijcie, póki gorące!

Cecylia wzięła z jej rąk naczynie i grzejąc dłonie, przytknęła do ust. Małymi łykami popijała napar.

Tymczasem Bartek, bacznie przyglądając się chorej, rozmawiał z wieśniaczką. Jej mąż przebywał w lesie, miał wrócić lada dzień. Kobieta często zostawała sama. Nie bała się. Nie ma nic cennego, ludzie ją tu znają. Nikomu nic złego nie zrobiła, wierzyła, że i jej nikt krzywdy nie wyrządzi. Żołnierzy moskiewskich widziała, przechodzili traktem, nie zatrzymali się obok jej domu, widać było im śpieszno. Nie interesowało jej, że król już wybrany ani kto nim został. W jej życiu liczyły się tylko mąż, dziedzic i pańszczyzna.

– Król to dla panów stworzony. On dziedzic nad dziedzicami, bo go słuchać muszą! – tłumaczyła według swego rozumu, a Bartek słuchał coraz bardziej senny.

Poszedł jeszcze oporządzić konia, a potem siedział przy palenisku, póki ogień całkiem nie wygasł. Co chwila coś go wyrywało z drzemki, a to pies gdzieś zaszczekał, a to sowa huknęła albo wiatr zawył w kominie. Cecylia raz po raz się budziła, majacząc przez sen. Tylko stara spała, nieświadomie zawierzywszy swoje życie zbójcy.

Do rana choroba Cecylii nie minęła. Musieli zostać. Trzeciego dnia kasztelanka czuła się jeszcze gorzej i Bartek zrozumiał, że nie ma na co czekać. Do Turowa zostało dwa dni drogi, musiał ruszyć po pomoc.

Przed odjazdem dał zdumionej wieśniaczce czerwony złoty z obietnicą, że dostanie drugi taki po jego powrocie. Patrzyła na monetę z nabożną czcią, pewnie nigdy nie widziała podobnego majątku. Z wdzięczności przyniosła mu trochę chleba i obiecała, że będzie strzegła chorej niczym źrenicy oka. Przed odjazdem Rabiński pożegnał się z kasztelanką, tłumacząc, że jedzie po pomoc.

– Dasz im to! – zerwała z szyi łańcuszek z krzyżykiem. – To ich przekona, żeś moim posłem.

Zacisnął dłoń na łańcuszku kasztelanki, zdziwiony obrotem fortuny, jaki ją spotkał. Gdy na nią patrzył, serce ściskało mu się ze współczucia. Brudna, potargana, chora, w niczym nie przypominała owej dumnej, nienasyconej pani, która dała mu zakosztować kasztelańskiego miodu, dla której stracił głowę, porzucił swój fach i ruszył do Warszawy. A teraz stał się jej jedynym opiekunem. Gdyby coś mu się w drodze stało, jaki los ją tu czeka?

– Wytrwajcie! Przywiozę pomoc! – rzekł stanowczo.

Kasztelanka nie odpowiedziała, nie wiedział nawet, czy usłyszała jego słowa.

Drugiego dnia przed zmierzchem stanął u stóp zamku. Krzyknął do straży, żeby uchyliły bramę. Wyszedł doń wrotny, z którym Bartek nie chciał gadać, twierdząc, że ma zlecenie do samego kasztelana. Wrotny przyprowadził dowódcę straży zamkowej. Ten również nie chciał wpuścić Bartka do środka.

– Coście za jedni?

– Jam jest Dobrogost Kaliński, szlachcic spod Brześcia.

– Czego chcecie?

– Przyjechałem z wiadomością dla jego wysokości.

– Dajcie, to mu oddam.

– Nie mam listu. O dwa dni drogi stąd, w wiejskiej chacie, leży chora kasztelanka Cecylia. Nie wiem, czy jeszcze żyje. Trzeba jej pomocy.

– Cóż to za baśnie? Kasztelanka przy mężu w Warszawie rezyduje!

– Żeby was przekonać, dała mi swój łańcuszek z krzyżykiem.

Przekonawszy się, że przybyły jest bez broni, dowódca straży zaprowadził Rabińskiego do ochmistrza, a ten wkrótce zaanonsował go Straszowi.

Ku świtowi jedna z karet opuściła zamek. Nie wtajemniczając kasztelana, Wacław Strasz postanowił sprawdzić informacje uzyskane od Rabińskiego. Na czele liczącego sześciu ludzi oddziału co tchu ruszył w drogę. Odnalazł kasztelankę, wciąż bardzo chorą, na piecu podłej wiejskiej chałupy. Z trudem ją poznał. W brudnych łachmanach, potargana, przelękniona, w niczym nie przypominała Cecylii Jandźwiłłówny, pani Nepomucenowej Lange. Przy pomocy wieśniaczki wdziała przywiezioną przez Strasza suknię. Mimo okrycia podbitą futrem salopą ciągle drżała. Nie żegnając się ani nie dziękując swej opiekunce, wyszła z chałupy. Tu zmrużyła oczy i powiodła po ludziach wzrokiem. Zatrzymała go na Bartku. Wskazując mężczyznę palcem, rzekła z mocą:

– Ten człowiek mnie porwał. Aresztujcie go!

XXXVII

Rzucony niczym wór jaki niepotrzebny upadł boleśnie na twarde klepisko. Rozcierając obolałe kości, słyszał gdzieś z głębi czyjś świstliwy, chorobliwy oddech. Po kątach popiskiwały szczury. Śmierdziało moczem i łajnem. Gdy wzrok przywykł nieco do ciemności, nad głową Rabiński zauważył szarzejący, zakratowany otwór. Dlaczego nie przewidział, jak zostanie potraktowany na zamku, przecież znał Jandźwiłłów nie od dziś! Kasztelanka, miast podziękować, wtrąciła go do lochu! Oto wdzięczność pańska! Roił nawet o jakiejś zapłacie, nagrodzie za wszystkie trudy, za służbę, którą przy niej sprawował przez ostatnie dni. A tymczasem oskarżyli go o porwanie! Taka to łaska!

Pociągnął nosem i potarł obolały łokieć. Zimno tu. Ciemno choć oko wykol. Nie ma się gdzie do snu przytulić. Nawet wiązki słomy najmarniejszej nie rzucili. Co z nim zrobią? Przecież nikogo nie porwał! Gdyby uprowadził kasztelankę, nie wiódłby Strasza na miejsce przestępstwa! Wcześniej zażądałby okupu. Spojrzał raz jeszcze do góry. Niełatwo się będzie wydostać z kasztelańskiego więzienia.

– Hej, ty! – szepnął w kierunku kąta. – Coś za jeden?

– Jam trup! – wyrzęził więzień. – I ciebie to samo czeka.

Cecylia Lange klęczała przed ojcem. W paroksyzmach gorączki, z błędnym wzrokiem, w pozie pełnej pokory słuchała oskarżeń.

– Waćpani kpiny sobie ze świętej instytucji małżeństwa urządzasz! Kto to widział, żeby męża porzuciwszy, z jakimś się zbójcą na przygody puszczać! Byłem cierpliwy, oczy przymykałem, czekałem, kiedy się pani ustatkujesz, ale widzę wszystko na próżno! Taki wstyd! Gdyby matka twoja jeszcze żyła, toby ją niechybnie zabiło! Jaka porządna panna zechce teraz wejść do naszej rodziny?! Twoi bracia obaj bezżenni, co za los ich czeka?! Co mam rzec twemu mężowi, kiedy tu zjedzie? Jak mam go przebłagać, aby ci wybaczył, żeś niepomna na dziecko, które nosisz w łonie, na dobre imię rodziny, na świętą przysięgę małżeńską porzuciła swe obowiązki, kiedy on ojczyźnie z narażeniem życia służył? Idź precz z mych oczu! I módl się, aby Nepomucen Maria ci wybaczył, bo jeśli zerwie kontrakt i zażąda rozwodu, to jak mi Bóg miły, znajdę ci miejsce w klasztorze! – wyrzucił jednym tchem Tadeusz Jandźwiłł i zaczerpnął powietrza, aby kontynuować tyradę. Odwrócił wzrok od okna i spojrzał na córkę, która zemdlona leżała na kobiercu. – Hej, jest tam który?! – zawołał.

Wbiegło dwóch służących.

– Pomóżcie pani dojść do komnaty i wezwijcie tu Strasza.

Słudzy z uszanowaniem dla jej pozycji oraz stanu zdrowia ujęli Cecylię Lange pod ręce i pomogli wstać. Nic nie mówiąc, nie patrząc na ojca i ledwie trzymając się na nogach, wyszła z komnaty. Chwilę później wszedł Wacław

Strasz. Zastawszy kasztelana odwróconego ku oknu, nie śmiał przerywać mu zadumy.

– Córka moja ze zbójcą wycieczki sobie urządza... – Jandźwiłł westchnął, głęboko zasmucony. Tego chłodnego tonu, pozornie spokojnego i obojętnego, Wacław Strasz bał się u swego pana najbardziej.

– Wszak porwaną była! W lochu trzymam sprawcę.

– I dobrze, że trzymasz! Ale ona nie z tych, co by się pozwoliły w kałamaszce porwać. Ten zbójca jakiś niemrawy. Bez pomyślunku to wszystko.

– Nic nie chciała mówić?

– Co by i rzekła, toć prawdy w tym za grosz nie będzie. Nam samym dojść trzeba. Wezwij tego zbójcę!

Gdy Bartek wszedł do kancelarii, służący wnieśli stół posiłek. Jandźwiłł zasiadł w końcu stołu i zaczął jeść. Strażnicy wepchnęli Rabińskiego do komnaty, aż się zatoczył kilka kroków, zanim zdołał stanąć prosto.

– Jak was zwą? – zapytał kasztelan, odgryzając kawał pieczeni.

– Bartek Rabiński.

– Mówili, że Kaliński.

– Wybaczcie, panie, alem nie mógł prawdziwego nazwiska podać, kiedym po pomoc dla kasztelanki przyjechał.

– A to czemu?

– Bobyście mnie zamkli, a ona by tam ducha wyzionęła.

– Tak by się pewnie stało... Co zaszło, zanim tu po pomoc przybyłeś?

– Do stolicy pojechałem na elekcję... – zaczął Bartek, zastanawiając się pośpiesznie, co powiedzieć, by życzliwość kasztelana ku sobie obudzić.

– Porzucając swoje w lesie obowiązki! – Jandźwiłł wszedł mu w słowo.

– Wybaczcie, panie, *electio viritim* była, a jam przecie szlachcic... – Bartek łypnął zgłodniałym wzrokiem na kość ogryzaną przez gospodarza, ten jednak nie zwracając uwagi na pożądliwe spojrzenia, spokojnie jadł dalej. – W Marywilu żem stanął – przełknąwszy ślinę, kontynuował Bartek – a tam, grając w mariasza, poznałem tego... męża kasztelanki.

Tadeusz Jandźwiłł przestał gryźć.

– Wygrywał?

Rabiński tylko pokręcił głową.

– A jak poszedł na elekcję na Pragę, ona została sama.

– I tyś z tego skorzystał! – niemal krzyknął kasztelan.

– Panie, gdyby nie ja... Pałac Saski wojsko zdobyło i my cudem życie ocalilim! Kasztelanka na Długą pieszo poszła, gdzie mąż niby pałacyk budował, ale kłamał, a ona została bez niczego. Ledwie co furę ukradłem, żeby ją do dom przywieźć, bo nie miała się gdzie przytulić.

– Sama sobie winna, że z mężem na elekcję nie pojechała! – warknął Jandźwiłł.

– On oszust i ladaco.

– On jej mąż, a tyś zbójca! – Kasztelan wytarł dłonie w serwetę i zaklaskał. Do stojących w drzwiach służących zrobił gest nakazujący wyprowadzić więźnia.

Bartek się nie opierał. Jego los nie został chyba jeszcze postanowiony. Miał nadzieję, że kasztelan doceni poświęcenie i opiekę, jaką otoczył Cecylię Lange. I rzeczywiście: po jakimś czasie wrzucono mu do lochu kawałek chleba, widomy znak, że jeszcze z nim nie skończyli.

XXXVIII

Stanisław Jandźwiłł na czele dwudziestu zbrojnych z samego rana ruszył ku Grodowi Orłowemu. W ostatniej chwili ubłagał ojca o to odpowiedzialne zadanie, ponieważ jak zwykle kasztelan wyznaczył doń starszego syna, Jana. Nikt jednak nie przewidywał większych trudności – jeśli Hadziewicz jest we dworze, przyjmie kasztelanica z honorami, jeśli nie, służba powinna go wpuścić, ugościć i zdać relację z minionych wydarzeń. Upłynęły dwie niedziele od spalenia się wieży i jeżeli podstarości przez ten czas nie dał znaku życia, mimo braku oczywistych dowodów należałoby go chyba uznać za zmarłego.

Młody Jandźwiłł nie zachował ostrożności, nie kazał się ludziom skryć po krzakach i podjechał pod bramę całym swym orszakiem. Czego zresztą miał się obawiać? Ale bramy nie otworzono. Wrotni odkrzyknęli, że podczas nieobecności podstarościego mają rozkaz nikogo do środka nie wpuszczać. Tak im nakazał ich pan przed wyjazdem do Winnicy i tego się trzymają. Pokręciwszy się na koniu, młodszy syn kasztelana jak niepyszny ruszył z powrotem do Turowa. Przewidywał łatwe zwycięstwo, tymczasem doznał upokorzenia. I to od kogo? Od jakichś kmiotków!

Teraz będzie jeszcze musiał przełknąć gorzką reprymendę od własnego ojca, bo kasztelan łatwo mu nie popuści. Każde niepowodzenie synów wprawia go bowiem we wściekłość, której obawiają się wszyscy, nie tylko winowajcy, ale również służba. Od kilku dni lękają się podejść do swego pana, surowo karani za najmniejsze uchybienie, nawet urojone. Wraz z pojawieniem się kasztelanki na zamku zapanowała ciężka atmosfera i mimo że Cecylia nie opuszczała prawie swej komnaty, wszyscy sądzili, że to jej wina.

Młody kasztelanic siedział na koniu ze zwieszoną głową. Nie odzywał się do towarzyszy, przeżuwając doznaną zniewagę. Im bliżej byli Turowa, tym większy lęk wstępował w jego serce. Czuł, jak powoli pożera mu wnętrzności i podchodzi aż do gardła. Gorzko żałował, że nie pojechał do miecznikowej. Wywiedzieć się u niej o Hadziewicza to proste zadanie, nie można się tu popisać, ale i zepsuć go nie sposób. Znów mu ojciec będzie stawiał za wzór starszego brata, któremu się wszystko udaje. Kiedyż wreszcie będzie sposobność zabłyśnięcia, zdobycia uznania w oczach kasztelana? Obyż jak najprędzej wybuchła ta wojna!

– Złe sny miałam – powiedziała przy śniadaniu cześnikowa Żelska.

– Sen mara, Bóg wiara, mamo! – łagodnie perswadowała jej Zofia.

– Przyjedzie ktoś z wiadomością, ktoś ważny, nie będziesz mu rada.

– A wiadomość jaka?

– Tegom nie spamiętała...

Kiedy od bramy krzyknęli, że zbliżają się jeźdźcy, Zofia, pomna porannej przestrogi, najpierw się przeżegnała. Z bijącym sercem stanęła przy drzwiach, gotowa wpuścić gościa. Wbrew zapowiedzi sądziła, że sen matki niczego złego nie wróżył. Czekała na Hadziewicza, jednak usłyszała nie to nazwisko, którego się spodziewała. Stosując się do zasad dobrego obyczaju, nakazała rozewrzeć wrota dla kasztelanica oraz jego przybocznych i wyszła na próg. Jej twarz nie wyrażała jednak tej radości, którą Jan Jandźwiłł spodziewał się ujrzeć. Dźwięk jego nazwiska budził w niej bowiem przykre sentymenty i chociaż kasztelanic nie miał ze śmiercią cześnika nic wspólnego, Zofia nie potrafiła już rozpalić w sobie uczuć, jakie dla niego żywiła jeszcze pół roku temu.

– Pochwalony! – rzucił kasztelanic.

– Na wieki wieków! – odrzekła i cofnęła się, zapraszając gościa do środka. – Co sprowadza w moje niskie progi? – Nie wypowiedziała jego tytułu, co odczuł boleśnie.

– Po sąsiedzku zaglądam, z wieściami ze stolicy i pytaniem, jak sobie radzicie, pani?

– Dziękuję. Zdrowiśmy wszyscy, a to najważniejsze.

Jan uczuł kolejny przytyk.

– Zachodziły tu różne obroty spraw niezbyt fortunne... – zaczął, sądząc, iż miecznikowa podejmie temat i go wyręczy, zdradzając wszystko, co wie.

– Ano zachodziły, nas jednak nic nie dotknęło – powiedziała z naciskiem.

Wciąż nie zaprosiła, aby usiadł, nie zaproponowała wina ani nawet wody. Sama dziwiąc się swej twardości, czekała, aż kasztelanic się pożegna.

– Podstarości winnicki był z wami ostatnio w wielkiej przyjaźni.

– Jako jeden z wielu okazał nam swą pomoc i troskę, za com mu winna wdzięczność.

– Kasztelan niepokoi się o podstarościego, który jako sierota pozostawał pod jego opieką.

– Wszyscyśmy zaniepokojeni jego losem, cóż nam jednak pozostało, poza ufnością w mądrość bożą?

Jan Jandźwiłł zrozumiał, że nie jest tu mile widziany. Poczuł się urażony w swej dumie, sądził bowiem, że miecznikowa nadal darzy go afektem i bez względu na wszystko powie, co jest jej wiadomym w sprawie zaginięcia Hadziewicza. Ale zrobiła się oschła i nieuprzejma. Patrzył na nią, nie poznając tej, którą jeszcze niedawno podziwiał, którą z błogosławieństwem ojca gotów był poślubić! Zofia nie uśmiechała się, w jej oczach nie pałały złote ogniki, które go uwodziły. Stała z zaciśniętymi ustami, pocierając dłonie i czekając, kiedy wreszcie przyjdzie się pożegnać. Co ją tak zmieniło?

– Miecznikowa nie rada mojej wizycie?

– Rada bym była, gdyby dyktowały ją ciekawość szczera i chęć dopomożenia, ale mniemam, że tu o zgoła inną rzecz idzie. Wy nie o mnie zaniepokojeni, tylko o podstarościego. To wam z serca rzeknę, że nawet gdybym wiedziała, niczego by się ode mnie poseł kasztelana nie dowiedział!

– A to z jakiej przyczyny?

– Bo pan na Turowie niepoczciwie sobie z ludźmi poczyna!

– Co też pani?! To się nie godzi! To potwarz!

– Wiem, że ojca rodzonego bronić musicie, ale błagam was na wszystkie świętości, nie idźcie jego śladem!

– Pani, niegdyś byłaś mi bliska…

– Tak, panie, darzyłam was gorącym afektem, a teraz patrzę, jak to wszystko, co w was ceniłam, zmienia się, niszczeje. Cóż, widać taki los kasztelańskiego syna…

Na odwieczerz Jan i Stanisław wrócili do zamku.

– Jak to: nie wpuścili?! – pieklił się Tadeusz Jandźwiłł. – Jak to: nie wię?! Łże miecznikowa w żywe oczy! Tę kanalię, wrotnego, trzeba było zastrzelić, a dwór zdobyć siłą! Po coście tam pojechali, żeby cudzych bajań wysłuchiwać?! Toż to jawny spisek! – krzyczał, chodząc po kancelarii i wymachując rękoma. – O, ktoś tu sobie z mojej władzy kasztelańskiej drwi w żywe oczy! Ktoś kpi z powagi urzędu! Jeśli się wszystkie dwory nagle zaczną przed władzą kasztelańską uchylać, to się dopiero w Litwie źle będzie działo! Samowola i warcholstwo już ludu prostego sięga, tak być nie może! Nie zamierzam tego tolerować ani dnia dłużej! Podstarościego zbrakło i od razu służba łby zaczęła podnosić! Jutro zajazd na Gród Orłowy uczynicie. Służbę wyciąć lub do lochu przywieść. We dworze kasztelańską załogę ustanowić. A gdyby wrócił podstarości, w co szczerze powątpiewam, bezzwłocznie, ale unikając rozgłosu, aresztować! I nie mazgaić się tak jak dziś, bo sam wam pokażę, jak się takie sprawy rozwiązuje. *Ferrum ignique**, jedynie *ferrum ignique*!

Jan i Stanisław, otrzymawszy od ojca gorzką lekcję, wyszli zawstydzeni. Żaden nie wypełnił swego zadania. Teraz mieli współdziałać, a do pomocy dostali Wacława Strasza, z którym przez pół nocy naradzali się, jakiego fortelu należy użyć, by podejść załogę Grodu Orłowego i zająć dwór jak najmniejszym kosztem. Żaden nie przespał nocy. Po raz pierwszy mieli dowodzić regularnym wojskiem, wziąć jeńców, rozlać krew. Nareszcie pokażą, co są warci! Tu już nie tylko o dyplomację chodzi, ukłony i piękne słowa, ale o siłę, spryt, odwagę! Wreszcie kasztelan zrozumie, że są zdolni nie tylko wozić z jego rozkazu listy, ale też na własną rękę dokonać rzeczy wielkich!

Stanisław, podniecony perspektywą otrzymania pierwszego samodzielnego urzędu, nie położył się ani na chwi-

---

* Ogniem i mieczem (łac.).

lę. Jan zdrzemnął się co prawda, ale spał snem krótkim, przerywanym, pełnym zgiełku, szczęku oręża, krzyków i zawołań bojowych. A wśród bitewnej zawieruchy raz po raz ukazywała mu się twarz Zofii Niezgodzkiej, która patrzyła nań twardo, mówiąc: „Wszystko, co w was ceniłam, zmienia się, niszczeje!".

Mimo to przed świtem kasztelanice jako pierwsi zjawili się na zbiórce. Setka ludzi, cała chorągiew, stanęła do ich dyspozycji. Patrzyli na nich z dumą zwycięzców, największą jednak nadzieję pokładali w śmiercionośnej machinie. Ciągnięta na kółkach, miała żelazne rurki, w których tkwiły kulki na proch nasadzone. Podpaliwszy przędzę, powodowało się wystrzał kul, co czyniło spustoszenie w szeregach wroga.

Ruszyli drogą przez las, dość szybko się jednak rozdzielili. Większa grupa pod dowództwem Jana szła prosto na Gród Orłowy i jeśli załoga znów odmówiłaby otwarcia wrót, miała uderzyć na bramę dworu. Stanisław ze Straszem w tej samej chwili zamierzali zdobyć niebronione umocnienia od tyłu.

Plan był prosty i skuteczny. Nie mógł zawieść. Drużyna Stanisława doszła do dworu pierwsza. Ukryta w lesie czekała pierwszych wystrzałów. Kiedy od frontu zaczęła się wymiana ognia, grupa Stanisława ruszyła do zdobywania zaplecza. Jednak wbrew oczekiwaniom zgotowano jej tu gorące przyjęcie. Z murów strzelano rzadko, ale celnie. Raz po raz padał ktoś z atakujących, machina się zacięła z niewiadomych przyczyn i nie sypnęła w obrońców gradem kul. Wreszcie, ku rozpaczy Stanisława, Strasz nakazał odwrót do lasu. Pod bramą trwała jeszcze strzelanina, aż i tam wszystko ucichło.

– Rozstawili się ze wszystkich stron! To niemożliwe, żeby bez podstarościego zarządzono tak skuteczną obronę! – Wacław Strasz pokręcił głową. – Jakie mamy straty? – pytał dowódców.

– Piętnastu zabitych, dwudziestu rannych.

– Pójdę się rozmówić z tymi z dworu, bo nas do nogi wystrzelają! – zdecydował.

– Nie odstępujmy! Wreszcie zbraknie im amunicji! – wołał rozgorączkowany Stanisław.

– Nie wiemy, ile jej mają.

Wziąwszy białą chustkę, Strasz podszedł pod dwór od strony bramy.

– Poddajcie się! To rozkaz kasztelana! Jeśli to uczynicie teraz, włos wam z głowy nie spadnie. Jeśli nadal będziecie się sprzeciwiać, samowolnie dwór trzymając, będziem tu stać do sądnego dnia i żaden żyw stamtąd nie wyjdzie!

Zza bramy dobiegały jakieś głosy, ni to narady, ni kłótni. Najwyraźniej część załogi opowiadała się za poddaniem dworu, ktoś ich tam jednak widać podburzał i namawiał do nieposłuszeństwa.

– Chcemy mieć papier z kasztelańską pieczęcią, że nas nie wygubicie! – krzyknęli zza bramy. Przywieźcie go jutro do dnia, to się poddamy i dwór co do jednego opuścimy.

Wacław Strasz przewidywał poważne konsekwencje dla siebie i synów kasztelańskich, gotów był jednak je ponieść, aby nie tracić już więcej ludzi i zabudowania w Grodzie Orłowym ocalić. Kasztelanowi nic by z ich spalenia nie przyszło. Strasz nakazał ludziom rozbić w lesie obóz, a sam z kilkoma asysty i rannymi ruszył do Turowa, by rzecz całą przedstawić i prosić o pismo.

Jan i Stanisław, niezadowoleni z przebiegu pierwszego szturmu i niepomni na zawieszenie broni, postanowili raz jeszcze nocą zaatakować dwór, aby odniesione zwycięstwo sobie tylko móc zawdzięczać. Nie rozdzielali już sił, odbyli pośpieszną naradę i po krótkim odpoczynku ruszyli na wrota.

Na strzały odpowiedziano strzałami, były jednak coraz mniej liczne, traciły na sile i celności, aż wreszcie całkiem ustały. To obudziło w atakujących nową nadzieję. Przystąpili do szturmu. Po kilku pacierzach bramę udało się wyważyć. Gdy wbiegli na podwórzec, nie zastali tam nikogo, widać obrońcy pochowali się po kątach. Jan i Stanisław rozkazali ludziom wyprowadzić wszystkich, którzy się ukryli. Sprawdzono dwór, spichlerze, lamus, stodoły, szopy, oficyny, stajnię, wozownię. Nigdzie nie było żywej duszy.

XXXIX

Kasztelan Tadeusz Jandźwiłł przerzucał jedną po drugiej kartki księgi podymnego, czytając nazwiska właścicieli i przynależne do nich wsie wraz z liczbą kominów, od których należy zapłacić podatek. Tu i ówdzie zdziwił się zaprzysiężonemu i zapisanemu w księdze majątkowi swych sąsiadów, których przecież dobrze i od dawna znał. Z zapisu wynikało, że składali oni fałszywe świadectwo, zaniżając liczbę dymów, a stąd i kwotę należnego podatku. Kasztelan zatarł zziębnięte dłonie i zatopił się w myślach, z których wyrwał go pisarz, wnosząc do kancelarii księgę oprawioną identycznie jak ta, którą Tadeusz Jandźwiłł przed chwilą zamknął.

– Sługa jego wielmożności!

– Ile czasu zajmie ci przepisanie tego?

– Jutro do południa się uwinę, jaśnie panie!

– Liczby dymów nie spisuj, tę ja ci podyktuję! – powiedział kasztelan i spojrzał na drzwi, w których tuż za sługą niecierpliwił się Wacław Strasz, co oznaczało kłopoty. – Odnaleźliście go? – zwrócił się do wchodzącego.

– Nie, panie, we dworze stawiają opór, chcą otrzymać kasztelański glejt, że krzywda ich nie spotka, jeśli się poddadzą.

– Hardo gadają, wietrzę w tym podstarościego!

– I ja tak mniemam. Obrona jest zorganizowana, załoga liczniejsza, niż przypuszczaliśmy. Mają broń i amunicję. Straciliśmy kilku ludzi, mamy też rannych.

– Spodziewali się zajazdu?!

– Podstarości miał wielu wrogów, to i zbrojownię musiał mieć niemałą.

– A ci ludzie skąd? Wszak ostatnie tygodnie spędził w wieży! Podyktuj brzmienie pisma i mi ich tu przyprowadź! Prosto do lochu! Znajdzie tam Rabiński godnych kompanów.

Nie tracąc głowy, Jan i Stanisław Jandźwiłłowie puścili się w pogoń za uciekinierami. Jednak bezkresny las rozciągający się na północ od Grodu Orłowego, trudny do przebycia nawet w dzień, nocą stawał się całkiem nieprzejezdny. Łatwo się było potknąć na korzeniu, wywrócić w wykrocie, zabłądzić w gąszczu, trafić na mokradła. Za dworem od wschodu stało kilka chałup. Kasztelańscy chodzili od jednej do drugiej i sprawdzali, czy ktoś się tam nie ukrywa. Ale jak mieli odróżnić sługi ze dworu od wieśniaków, skoro ich nie znali? Jak mieli nocą przebyć wszystkie zakamarki? Każąc ludziom nadal przeszukiwać teren, kasztelanice wrócili do dworu. Najchętniej by go spalili, nie pozostawiając kamienia na kamieniu, a belki na belce, taka w nich złość na podstarościego rozgorzała. Ale póki nie było polecenia, nie odważyli się budynku niszczyć. Skruszeni niczym małe dzieci czekali na Strasza, obawiając się jego reakcji, a wrócić do zamku zupełnie nie mieli odwagi.

Kiedy koło południa Wacław Strasz wjechał na dziedziniec, jego oblicze rozjaśniała duma z wychowanków. Dwór zdobyty, straże rozstawione, spisali się, zuchy! Radośnie wszedł do świetlicy. Na stołach walały się opróżnione gąsiory po winie, leżały kielichy i puchary. Podłogę zasłano słomą. Mimo późnej pory żołnierze, a wśród nich również kasztelanice, wciąż spali! Nakazał zatrąbić na pobudkę. Poderwali się natychmiast, z mgłą w oczach próbując przypomnieć sobie, gdzie się znajdują.

Strasz zarządził zbiórkę na dziedzińcu. Wybiegli, zapinając guzy w kubrakach, wyciągając z włosów słomę, plując w bok gorzką śliną i rozcierając zziębnięte ręce.

– Co tu się dzieje?! Co to za wojsko, które śpi do południa?! Gdzie więźniowie?

Nikt nie kwapił się z odpowiedzią. Jandźwiłłowie stali skruszeni, ze wzrokiem wbitym w ziemię.

– Uciekli... – wybąkał wreszcie Stanisław.

– Dokąd?

– Nie wiemy.

– Uciekli, a wy śpicie?! Libacje sobie urządzacie?! Z czegoście się cieszyli, na Boga?! Coście świętowali?! Z jakim teraz czołem staniecie przed kasztelanem?! Co mu zamierzacie powiedzieć?! Przywożę glejt dla obrońców dworu, ale dla was mam tylko słowa litości. Strzeżcie się, bo sroga kara was nie minie!

Wieść o zajeździe uczynionym na dwór w Grodzie Orłowym obiegła wsie, przysiółki, dwory i miasteczka powiatu. Ludzie trochę gadali, bo odczekawszy kilka tygodni i pochowawszy choćby pustą trumnę, kasztelan mógł przejąć dwór po cichu, nie robiąc zamieszania i nie ściągając sobie na głowę powszechnego potępienia. Nikt mu oczywiście tego w twarz nie powie, takiego śmiałka ze świecą szukać.

Taki był może sam Hadziewicz, ale już go ludzie wykreślili spośród żywych, już opowiadali historie o tym, jaka podstarościemu śmierć przypadła, a jedną bardziej fantastyczną od drugiej. Nikt inny się nie ośmieli podnieść czoła i wyrzucić kasztelanowi jego samowoli.

W niedzielę, czwartego dnia października, na świętego Franciszka z Asyżu, w kościele karmelickim zgromadził się tłum wiernych. Poza oczywistym celem modlitwy chciano też wymienić wieści, jakie kto miał, a zwłaszcza upewnić się, czy rzeczywiście po krótkiej przerwie na trakcie do Turowa przy moście winnickim znów pojawili się zbójcy. Wielu bowiem tamtędy musiało przejeżdżać do zamku i dalej do Brześcia: Żydzi, kupcy, chłopi i szlachta. Nikt nie był pewien, czy przed zbójcami uda mu się ujść z życiem, czy zdoła ocalić sakiewkę. Pogadywali przed mszą, szepcząc sobie do uszu dziwne nowiny, ale dopiero podczas odczytywania intencji w kościele zaległa grobowa cisza.

– Msza święta w intencji odnalezienia zaginionego podstarościego Kacpra Hadziewicza! – odczytał kapłan, a wierni zaczęli kręcić w prawo i w lewo głowami, jakby chcieli sprawdzić, kto się odważył zakupić mszę za podstarościego. Wszak nikt z jego zaginionych podczas zajazdu ludzi. Nie on sam. Z pewnością nie kasztelan. Kto zatem? Komu zależy na tym, by panu na Turowie przypominać o pośpiechu w zagarnianiu cudzego dobra? Wszystkie spojrzenia zostały wycelowane w siedzącego w ławach kolatorskich Tadeusza Jandźwiłła.

Kasztelan uczestniczył we mszy nieporuszony, udając, że nie dostrzega, co się dzieje za jego plecami. Tylko siedzący obok synowie widzieli, że w złości zacisnął zęby, twarz zaszła mu krwią, a oddech stał się szybszy i płytki. Najwyraźniej uderzenie było celne. Mimo panującej w kościele atmosfery Tadeusz Jandźwiłł przystąpił do komunii. Zwłaszcza teraz należało nie pokazywać po sobie niczego. Nie można się ulęknąć motłochu, na pierwszy objaw strachu zadepczą cię, zgniotą. Ludziom trzeba patrzeć prosto w oczy i nawet jeśli się kłamie, kłamać bez zająknięcia. Ten Hadziewicz, co też się z nim stało? Ducha nie sposób pokonać. Bogać tam, jakiego ducha?! Kasztelan pokręcił głową, jakby chciał się otrząsnąć z niechcianych myśli. Żyje on! Żyje i dlatego tyle z tym kłopotu! Z wieży uszedł, to rzecz pewna! Ośmieszył kasztelaniców, pozwalając im zdobyć pusty dwór. Kto wie, czy to nie on stoi za tymi zbójcami, co się mimo zamknięcia Rabińskiego w lochu znów na trakcie pokazali?

„Tak! Że też od razu o tym nie pomyślałem". Kasztelan złapał głęboki haust powietrza i zaczął nagle śpiewać głośniej, a potem rzucił na tacę nie kilka tynfów, ale cały czerwony złoty w podzięce Bogu za objawienie! Rabiński! Oto klucz do tajemnicy! Trzeba go z lochu dyskretnie uwolnić i jak psa gończego w las wypuścić. Jeśli on nie znajdzie Hadziewicza, to już chyba nikt. A księdza mus za język pociągnąć, po nitce do kłębka...

Kiedy Zofia wychodziła z kościoła, kierując się do swego powozu, poczuła szarpnięcie. Złapał ją jakiś obdarty żebrak. Wyciągając proszalnie dłoń, drugą ścisnął, zmuszając do spojrzenia sobie w oczy. Zła na natręta wyrwała rękę, ale rękawiczka została w jego dłoni.

– Dziękuję! – powiedział, choć nie zdążyła dać mu ani grosza, i oddał jej rękawiczkę.

W brudnym, zarośniętym, owiniętym starymi szarpiami kalece dojrzała tego, którego nie spodziewała się tu dziś spotkać.

– Jezus Maria! – wyszeptała, a łzy same potoczyły się jej po policzkach.

By go nie zdradzić, gestem pełnym obrzydzenia wyrwała mu podaną rękawiczkę i drżąc z emocji, skierowała się do powozu. A więc żył! To był on. Nie miała cienia wątpliwości.

XL

Kasztelan kątem oka zobaczył inwalidę, wobec którego miecznikowa Niezgodzka zachowała się tak nieuprzejmie. Chciał na oczach wszystkich okazać swą szlachetność i dać mu trochę grosza, ale obstąpili go inni żebracy. Ciągnąc za poły kontusza każdy w swoją stronę i wykrzykując słowa prośby, zaklinali na wszystko, błagając o wsparcie. Byli brudni, bezzębni, obszarpani, ich ciała pokryte skrofułami budziły obrzydzenie. W innej sytuacji zachowałby się podobnie jak miecznikowa, odganiając natrętów. Nie miał jednak wyjścia, dziś musiał się wobec ludzi zdobyć na szczodrość. Przywołał Strasza i ten zaczął wkładać drobne monety w wyciągnięte błagalnie dłonie. Kasztelan zaś z synami, chcąc zatrzeć złe wrażenie, jakie wywołała mszalna intencja, kłaniali się nisko wszystkim znaczniejszym obywatelom z okolicy, którzy ich mijali. Przy okazji Tadeusz Jandźwiłł notował w pamięci tych, którzy odkłaniając się nie dość nisko lub nie dość czołobitnie, mogli w przyszłości zgotować mu przykrą niespodziankę.

Wsiadłszy do pierwszej z dwóch karet, którymi przyjechali na mszę, rozkazał synom podróżować drugą, a do swojego pojazdu zaprosił tylko Strasza.

– Kto dał na mszę? – zapytał.

– Ponoć miecznikowa.

– Czego ona się jeszcze spodziewa?

– Kto zrozumie białogłowę?

– Przynajmniej wiadomo, że się u niej nie ukrywa. Wypuścisz Rabińskiego – powiedział, zmieniając temat.

– Nie za dużo i bez tego mamy kłopotów?

– Czasem zastanawiam się, czy kto jakiej klątwy na mój dom nie rzucił? Ta czarownica...

– Wiecie, panie, że nie była czarownicą.

– Przyznała się przed mistrzem sprawiedliwości.

– Kasztelan też by się przyznał. Kat winnicki umie zadawać cierpienie.

– To jak wytłumaczysz te wszystkie nieszczęścia? Od jej spalenia nic nie idzie po naszej myśli!

– Może błędem było pozbawiać dziewczynę życia? Radziłem kasztelanowi odprawić ją niewielkim kosztem, by gdzieś daleko wyszła za mąż.

– Bękarta mojego nosiła! Kto wie, czy którego dnia nie wróciłaby upomnieć się o swoje?

– Żadna nie wróciła.

– Ta była sprytna, mała łajdaczka. Na domiar złego Stanisław świata poza nią nie widział. Jeszcze jakie głupstwo by zrobił...

– Pełen mieszek załatwiłby sprawę.

– Takiś teraz mądry?!

– Nie była czarownicą, na czarach się nie znała, klątwy rzucić nie mogła – tłumaczył spokojnie Strasz.

– Moja żona umarła, synowie żon nie znaleźli, córka wyszła za mąż za hultaja i karciarza, Hadziewicz mnie prześladuje zza grobu, zbójcy grasują po puszczy winnickiej, z czego grosza nie mam, króla wybraliśmy nie tego, co trzeba, tobie to wszystko mało?!

– Nie, panie, dosyć, jednakowoż to nie ma nic wspólnego z tą dziewką.

– Jak śmiesz tak mówić o czarownicy, od którejśmy powiat nasz ocalili?

Strasz zesztywniał. Wiedział, że nie przekona kasztelana. Nie dziś. Próżno wysuwać jakiekolwiek argumenty.

– Zatem aby odwrócić zły czar, może kasztelan jaki kościół ufunduje? Albo sto mszy zamówi? Niech się modlą mnisi winniccy. W końcu to ich powołanie.

– Sto? Czyś oszalał?! A kto za to zapłaci? Może ty?! Ale tak zrobię! Zamówisz mszę u karmelitów, a potem wypuścisz Rabińskiego.

– Pod jakim warunkiem?

– Chcę, żeby zabił Hadziewicza.

– A kto zabije Rabińskiego?

– Ty.

Po kolacji Jan poprosił ojca o posłuchanie. Kasztelan spojrzał nań ze zdziwieniem, ale przystał na krótką rozmowę w swej kancelarii. Za nimi od stołu ruszył Wacław Strasz. Kiedy wszedł do komnaty, przez twarz Jana Jandźwiłła przemknął cień niezadowolenia. Sługa prowadzący ich przez korytarze postawił na stole lichtarz, skłonił się i wyszedł.

– Czy moglibyśmy zostać sami? – zapytał cicho młody Jandźwiłł.

– Nie mam przed Straszem tajemnic. Cóż to za pilna sprawa?

– Ojcze, masz prawo być nierad z mojego zachowania.

– Dobrze, żeś to sam zauważył!

– Powiem jednak, że zajazd na Gród Orłowy był błędem.

– Tośmy już sobie chyba jasno powiedzieli?! – zirytował się kasztelan. – Zachowaliście się jak dzieci, nie mężowie.

– Chcę powiedzieć, że rozkaz zdobycia dworu w Grodzie Orłowym był niepotrzebny – mówił Jan, nie patrząc ojcu w oczy.

– Chyba waszmość oczadział?! Miałem pozwolić szarogęsić się we dworze sługom po śmierci prawego właściciela? Jam jest dziedzicem Grodu Orłowego według sądowego zapisu dawno temu uczynionego przez jego matkę!

– Ojcze, nie ma takiego zapisu.

Tadeusz Jandźwiłł poczerwieniał.

– Co?! Kłam mi waść zadajesz?! Ty? Mój syn rodzony?! A dla kogo to wszystko? Nie dla was? Nie dla moich dzieci? – wyrzucał z siebie słowa, napierając na syna, który wkrótce, zagoniony pod ścianę, stał niczym trusia. – Ile mi życia zostało na tym świecie? – Kasztelan załkał, licząc na efekt.

– Żyjcie jak najdłużej, panie... – wymamrotał Jan.

– Jak mam się zdrowiem cieszyć, kiedy syn pierworodny decyzje moje śmie w wątpliwość podawać?! Oto wdzięczność! Oto miłość synowska!

– Jam nieskończenie wdzięczny za wszystko, co dla mnie robicie, ojcze.

– Ładna mi wdzięczność, co każe ojcowskie słowa podważać! Karę powinniście otrzymać za ten nieudany zajazd, jakbyście nie dziećmi moimi, ale sługami byli! Kilkanaście plag na podwórcu w przytomności załogi! A ja, głupi, broniłem was przed Straszem! Błagałem, aby was nie karał... Widzisz, Strasz? Takem sobie dzieci wychował! Szalbierstwo własnemu ojcu zarzucają!

– Niepochowany jeszcze podstarości, czemuśmy dwór jego zdobywali? – bronił się Jan. – A jeśli się nagle pokaże? Co zrobicie, ojcze, ze Stanisławem i jego drużyną?

– To już mnie pozostaw i rozumowi mojemu!

– Ludzie mówią, żeś jest człek niesprawiedliwy.

– Kto śmie kasztelana oczerniać?! Fałsz mu zadam! Do sądów zawlokę! Zadośćuczynić każę! Z majątku wyzuję!

– Ojcze, zamieniasz przyjaciół we wrogów. Powiat drży przed kasztelanem, ale bez respektu, bez miłości.

– Nie dbam o to, byle drżeli. Do kochania nikt nikogo nie zmusi. A że twardą mam rękę, to prawda, za to porządek jest w powiecie.

– Bezprawny porządek.

Kasztelan zagryzł policzki.

– Strasz, wypłacisz kasztelanicowi dziesięć talarów ze szkatuły zamkowej.

– Rozkaz, panie!

– Dziesięć i ani jednego mniej.

– Za co ta nagroda? – Młody Jandźwiłł uśmiechnął się, czując ulgę.

– Za szczerość. Otworzyłeś przede mną swoje serce, więc ze szczerego serca daję ci tę nagrodę. Weź ją, osiodłaj konia i ruszaj, gdzie oczy poniosą, bo w domu moim już miejsca dla ciebie nie ma!

XLI

Szedł wolno na uginających się nogach. Czuł słabość w całym ciele, ale zimne, październikowe powietrze budziło go do życia po dniach pełnych złych myśli o śmierci, która go pewnie nie ominie. Pomylił się jednak, wypuścili go z lochu, dali wreszcie trochę ciepłej strawy i czysty przyodziewek. Idąc w kierunku mostu na Winnicy, Bartek patrzył na las. Znał go, rozpoznawał każde drzewo, każdy krzak. Wiedział, gdzie się znajduje jaki wykrot i dół, w którym przykrywszy się gałęziami, można się w razie niebezpieczeństwa ukryć. Potrafił czytać ślady, tropić zwierzynę, po chmurach rozpoznawać pogodę. Rzemiosło zbójeckie miał we krwi, teraz jednak wszystko się skomplikowało.

Godziny w lochu wlokły się w nieskończoność i choć najczęściej wyobrażał sobie misy pełne kaszy, mięsiwa i bigosu, kielichy z pieniącym się piwem i ciepłe mleko prosto od krowy, przypominał też sobie dni spędzone w Warszawie, splendor tego miasta, ważnych ludzi, którzy gdzieś tam spieszyli do pilnych spraw, posłów rozprawiających nad problemami Rzeczypospolitej. I po raz pierwszy pomyślał Bartek o swym życiu, które porzucił kiedyś, zniechęcony pierwszymi niepowodzeniami. Ile to lat nie widział już matki? Czyby go jeszcze poznała? A ojciec? Czy cofnąłby swoją klątwę, gdyby syn marnotrawny stanął skruszony w progu domu? Czy jeszcze żyją? Czy wspominają go kiedy?

Zmęczony pobytem w lochu, bez broni, bez konia, idzie, aby dopaść i pokonać przeciwnika, który odebrał mu bandę. Który to? Jasiek? Kuba? Czy słusznie mniema ten zaufany kasztelana, że to sam Hadziewicz? Co on miałby za interes w zbójowaniu? Włości u niego piękne, dwór jak marzenie, samego mleka ptasiego może tylko braknie.

Bartek skręcił w las i ruszył ku południowi, tam gdzie się zawsze ze swymi ludźmi układał na zimowe leże, do skalnej groty zasłoniętej od wiatru i deszczu, do której prowadził wąski przesmyk między skałami, prawie niewidoczny dla niewprawnego oka. Wciągnął głęboko powietrze, poczuł słaby zapach dymu, widać kompani nie zmienili miejsca pobytu. Oblizał się na myśl o pieczonym zającu albo kuropatwie. Ale im bliżej był kryjówki zbójców, tym większe go opadały wątpliwości. Poza nożem nie ma broni, nie ma konia, a odzienie na nim pańskie. Jak się z tego wytłumaczyć?

– Stój, kto idzie? – usłyszał po chwili. Siedzący wysoko na drzewie Jasiek trzymał wartę.

– To ja, Bartek.

– Rabiński?

– A który?!

Zaległa cisza, najwyraźniej Jasiek nie potrafił podjąć decyzji, jak się zachować wobec dawnego herszta.

– A skądeś to?

– Z zamku uciekłem.

Jasiek wciąż nie mógł się zdecydować, co należy czynić.

– No złaźże! – przynaglał go Bartek. – Wypada się chyba przywitać?!

– Broń masz?

– I bez broni dam ci radę! – krzyknął Rabiński i to wreszcie przekonało Jaśka do zejścia z drzewa.

Patrzył na dawnego kompana z ciekawością dla jego paradnego stroju i twarzy z niewielkim zarostem, nijak nieprzypominającej tamtego Bartka.

– Co oni z tobą zrobili? – powiedział zdziwiony.

W jaskini było ciepło i przyjemnie. Niewiele się tu zmieniło od jego odejścia. Na rozłożonych po kątach wiązkach słomy przygotowano kilka nowych legowisk. Przy ogniu siedział Kuba i piekł zająca. Nikogo więcej nie było. Bartkowi ślina pociekła do gorącej pieczeni.

– Gdzie reszta? – rzucił, jakby wciąż był tu najważniejszy.

Dopiero teraz Kuba go poznał.

– Rabiński? – zapytał z niedowierzaniem. – Przystałeś do służby zamkowej?

– Ja?! – trochę sztucznie zarechotał Bartek. W jego śmiechu dawało się wyczuć nerwowość. – Głodnym i zmarznięty. Nie masz chleba?

Kuba odkroił niewielki kawałek pieczeni i podał Rabińskiemu na nożu.

– Nie sądziliśmy, że kasztelan daruje ci życie – powiedział jakby z wyrzutem.

– Pewnie wolałbyś widzieć mnie u kata na szubienicy? – Bartek roześmiał się pod przymusem.

– Kiedyś wszyscy tam trafimy – rzucił z tyłu Jasiek.

– Co się tu u was działo przez ten czas? – spytał Rabiński.

– Raczej ty powiedz, jakeś króla w Warszawie obierał?

– A jest co opowiadać! Niech no tylko reszta wróci, bo nie będę języka strzępił po próżnicy. Kogo na dowódcę wybraliście? – zapytał, starając się nadać głosowi obojętne brzmienie.

– To nic nie wiesz? – zdziwił się Kuba, odbierając od Rabińskiego nóż. – Podstarości nas zawezwał w twoim imieniu do swego dworu i tam nas szkolić zaczął.

– Po co?! Czyście nie szkoleni?

– Ale teraz robim bronią lepiej niż kiedykolwiek.

– My nie od robienia bronią byli, tylko od straszenia ludzi na gościńcu! – rozsierdził się Bartek. – Nikogo zabijać nie będziem!

– Wojna ponoć idzie.

– Nasze lasy ominie.

– W wojnie zasłużyć się ojczyźnie można i łupy zdobyć nie gorsze jak na gościńcu – tłumaczyli mu na przemian Jasiek i Kuba.

– Do wojska chcecie się zaciągnąć? Na co wam to?

– Może się na ludzi wykierujem? – rozbrajająco szczerze odpowiedział Kuba.

Właściwie o tym samym myślał Rabiński, idąc tu od zamku.

– A gdzie on teraz? – zapytał.

– Na trakcie do Skrzeczewic z jakimś Żydem ma sprawę.

– Przyodziewek kupuje – wyjaśnił Jasiek. – Tera wszyscy będziem jak jaśnie panowie!

Rabiński pomyślał, że jeśli rzeczywiście wojna wybuchnie, to wiele spraw rozwiąże się samych. Najedzony po raz pierwszy od powrotu z Warszawy, zagrzebany w słomie, leżąc blisko ognia, czuł błogie ciepło. Piwo, którym go poczęstowali, zamgliło mu trochę myśli, aż wreszcie usnął.

Obudziły go podniesione głosy, śmiechy, rżenie koni. Otworzył oczy, uniósł głowę i tuż przed nosem zobaczył czyjeś nogi w żółtych butach. Pośród jego ludzi nikt nie miał takich, mogły należeć tylko do Kacpra Hadziewicza.

Podstarości lekko trącił Bartka nogą.

– Cóż za gość niespodziewany! Czołem, panie bracie!

Rabiński poderwał się na równe nogi.

– Czołem waszmości!

Przez chwilę milczeli, mierząc się wzrokiem. Hadziewicz – ze świeżą raną na twarzy i ręką na temblaku – nie był trudnym przeciwnikiem. Bartkowi to trochę poprawiło humor.

– Jak widzę, role się odwróciły. Na służbę w zamku przystałeś? Czyżby kasztelan cię po pieniądze przysłał? – zapytał podstarości, uśmiechając się krzywo.

Wśród zebranych przeszedł niechętny pomruk.

– Ja?! Gdzieżby tam! Zbiegłem z Turowa! – zapewniał Bartek.

– Pięknie cię Jandźwiłł na ucieczkę wywianował! Mógłbyś w tym stroju za rękodajnego* służyć!

– Kasztelance życie uratowałem! – bronił się Bartek.

– Za kasztelanką się uwijał, nas zostawiwszy! – burknął ktoś z tyłu.

– Las mu obrzydł, splendorów się zachciało! – dodał inny.

– Rozamorował się i odszedł, czy to się godzi?! – mruknął kolejny.

Bartek w panice zastanawiał się, jak ich ku sobie przekonać. Jeśli go teraz odepchną, nie ma dokąd pójść. Nie wypełni kasztelańskiego zlecenia, popadnie w kłopoty, nic, tylko się na jakiej gałęzi obwiesić albo katem gdzie zostać... Stał zdezorientowany, szukając słów, które zmięk-

* Dworzanin, który mógł podawać rękę panu lub pani przy wsiadaniu na konia lub wysiadaniu z powozu.

czyłyby twarde serca dawnych towarzyszy. A oni patrzyli nań krzywo, jakby mu chcieli wypomnieć wszystko, co im leżało na sercu.

– A czemuś kasztelanowi nie chciał służyć? – rzucił niby to obojętnie Hadziewicz. – Wszak takich jak ty zbójców na zamku potrzebują. Nadałbyś się, choćby jako preceptor dla kasztelaniców.

Zarechotali.

– Widzę, żem tu zbędny! Bywajcie! – obruszył się Rabiński. Otrzepał portki z resztek słomy i skierował się ku wyjściu.

– Stójże! Coś taki hardy? Dokąd po nocy chcesz wędrować? – zatrzymał go podstarości. – Nie dziw się ludziom, że mają zadrę w sercu, boś ich bez uprzedzenia i zastępcy zostawił.

– Zastępcę łacno znaleźli!

– Nie tak było. To jam ich zawołał w potrzebie. I teraz my nie zbójcy, jeno drużyna do wojny z Moskwą się sposobiąca. Jeśli godzisz się na takie warunki i porzucasz służbę kasztelańską, możesz zostać.

Bartka zaświerzbiły ręce. Jak on, ten szlachetka, śmie się tu rządzić?! Zagarnął ludzi, przekabacił na swoją stronę, korzystając z chwilowej nieobecności tego, który ich nauczył, na czym polega zbójeckie rzemiosło, który stał z nimi ramię przy ramieniu w dobrych i złych chwilach, który sprawiedliwie dzielił łupy, sobie większej części nie zabierając! Zazgrzytawszy zębami, dla niepoznaki Rabiński kiwnął jednak głową.

Właściwie o nic innego nie chodziło. Służąc przy Hadziewiczu, prędzej czy później znajdzie okazję, by zrobić to, do czego się przed Straszem zobowiązał. Tylko tyle, a potem z pieniędzmi, które mu za głowę podstarościego tamten obiecał, będzie mógł wrócić do uczciwego życia gdzieś w Lublinie albo Piotrkowie. Odrzuci przybrane nazwisko, znów się nazwie Kalińskim, u jakiego patrona trochę się podszkoli i na jurystę raz-dwa wykieruje.

– Nalejcie piwa! A nie cienkusz to żaden, obaczysz, Rabiński, tylko szczere brzeskie! Do głowy idzie, języka nie plącząc, skosztuj! – krzyknął podstarości i podał mu kubek.

Bartek chciwie pił piwo aż do dna. Kiedy ostatnio czuł ów przyjemny szum w głowie? W Warszawie chyba. Bo wszystko, co się potem działo, najchętniej by wymazał z pamięci. Na razie chciał się raczyć piwem, chichotać, słuchając opowieści o sprośnych dziewkach, wreszcie lec między druhami i spity do nieprzytomności, śnić chutliwe, lepkie sny.

XLII

Od dnia mszy winnickiej za podstarościego Zofia odzyskała spokój duszy. Wiedziała już, że żyje, to było tak wiele! Modliła się teraz za niego co dnia. Pod modlitwą ukrywała myśli, do których nie chciała się sama przed sobą przyznać. Marzyła, aby przyjechał do Złotego Mostu, choćby i po kryjomu, najlepiej nocą. Aby zakradł się do jej alkowy, legł u jej boku i szeptał nieskromne słowa, a potem, by zagarnął jak swoją własność, nie bacząc na dobre obyczaje, by ją zniewolił. Im bardziej odganiała te nieprzystojne rojenia, tym było ich więcej, nawiedzały ją już nawet za dnia, podczas posiłków i szarej godziny spędzanej z matką i dziećmi w świetlicy, kiedy wydawała polecenia służbie. Zofię oblewał wtedy rumieniec, jakby bliscy czytali w jej myślach, wychodziła, aby napić się wody, gasząc pożar, który trawił jej wnętrze. Bezgłośnie szeptała imię Kacpra, obejmowała się rękoma, wyobrażając sobie, że to jego ręce. Zamykała oczy, przywołując scenę sprzed kościoła, i uśmiechała się, wspominając wzruszenie, jakiego wtedy doznała. To gorąco, podniecenie, strach i radość, wszystko zmieszane, splątane, nie do rozwikłania. Nie wiedziała, jakie są jego plany, gdzie się ukrywa i jak zamierza dochodzić swoich racji wobec bezprawnego zajazdu. Ale wierzyła, że słuszność jest po jego stronie.

– Niemożliwe! – zdumiała się Zofia. Nie umiała uwierzyć w to, co jej powiedział Szmul, a klął się na wszystkie świętości! – Podstarości zbójcą? Matko Przenajświętsza! Nie mówcie, że to prawda!

– Pani miecznikowo szanowna, niech nie doczekam przyjścia Mesjasza, konie u mnie zamówił!

– To nic nie znaczy! Stracił wszystko podczas zajazdu, odbudować się musi. Co to za szlachcic bez konia? Zresztą ponoć wojna nam od Moskwy grozi.

– Jeśli będziem cicho siedzieć, to nie grozi. Ale po mojemu wielu nie zdzierży tych rekwizycji, które wojsko moskiewskie czyni. A wcale oni nie tacy mocni. Małe oddziały, źle zaopatrzone, nieznające okolicy. Ponoć już się szlachta do Pociejowego, regimentarskiego, wojska zaciąga.

– Może i podstarościemu taki zamiar świta? Nie, nie uwierzę, że został zwykłym rabusiem. Prawy to człowiek, choć trochę gorączka, bo bez matki chowany, więc nie miał go kto manier nauczyć, mimo że na zamku turowskim służył. Wiem, bom też tam wtedy była.

– O, pani miecznikowa coś jest bardzo za naszym podstarościm! – Żyd cmoknął z lubością. – Z tego to może i jakie wesele wyniknąć...

– Co też mówicie, jam wdowa! – wykrzyknęła obruszona.

– Każde wdowieństwo się przecie kiedyś kończy, a podstarości to mąż jak malowanie. Co prawda musiałby wcześniej kasztelanowi majątek wydrzeć i klejnoty po matce nieboszczce, a to nie będzie proste, o nie... Nasz kasztelan, co komu odebrał, tak łatwo nie popuści. Nie zdziwiłbym się, gdyby to on rozkazał spalić wieżę w Winnicy.

– Nie, to bajdy jakieś! – Zofia wstrząsnęła się na myśl o straszliwej zbrodni, jaką Szmul właśnie zarzucił kasztelanowi. – Uważajcie na słowa, bo człowieka łatwo skrzywdzić.

– A pani to jest święta niewiasta. Po tym, coście przeszli, coście od naszego kasztelana ucierpieli... Pani jeszcze go broni? Wszystko wybaczyć, zadośćuczynienia nie żądać, to nie jest na mój rozum! – Żyd pokręcił głową. – No, ale z gołymi rękami ma pani pójść na zamek i o swoje się upominać? Toż to czyste szaleństwo. Wybaczcie, na mnie już czas! Chciałbym przed nocą do Winnicy wrócić, a dzień teraz krótki.

Gdy się pożegnał, Zofia chodziła z kąta w kąt, rozmyślając nad tym, co usłyszała. Więc nie tylko ona sama i jej matka czują się skrzywdzone przez Jandźwiłłów, ale też ludzie to widzą! Nie tylko widzą, również gadają. Na tym jednak się skończy, bo nikt się nie upomni za ich krzywdą. Chyba jedynie podstarości... Jeśli jednak Hadziewicz rzeczywiście zaczął się trudnić rzemiosłem zbójeckim, obrócą się wniwecz wszelkie plany i nadzieje. Taka widać jego krew gorąca, że bez łamania prawa żyć nie może. Ale ona nigdy nie pozwoli, by ktoś taki został ojcem, choćby przybranym, Ignasia i Dorotki! A wszystko już szło ku dobremu! Byłby podstarości karę wieży odsiedział, skończyłaby się żałoba po cześniku i mogliby się pobrać... Prawda, wszak on jej o rękę nie prosił! Właściwie nawet nigdy nie mówił, że jakikolwiek afekt ku niej czuje! To ona się rozmiłowała, nie wiedzieć czemu! Nie, nie powinna o nim myśleć! Ktoś taki nigdy nie będzie spokojnym gospodarzem! Jemu tylko wojaczka i burdy w głowie! Co to za mąż, który się nigdy nie ustatkuje? Tylko by się musiała wciąż martwić, czy go gdzie nie usiekli! Matko Boska, za cóż ta męka?!

Przez dłuższą chwilę zastanawiała się nawet, gdzie w okolicy zamieszkuje jaki stateczny kawaler lub wdowiec, któremu nie bałaby się oddać w opiekę wraz z dziećmi i który zadbałby o Złoty Most, ale żadnego odpowiedniego nie znajdowała. Jeden był stary, drugi szpetny, trzeci utracjusz, kolejny pijanica, ów skąpy, tamten ponurak, ten znów nie umiał się podpisać ani trzech słów składnie sklecić. Zofia zdawała sobie sprawę, że to wszystko były wykręty. Tłumaczyła się przed sobą, nie chcąc nikogo innego poza podstarościm do swej łożnicy dopuścić. Miała zresztą jeszcze sześć miesięcy, ponieważ dopiero upłynęła połowa żałoby po cześniku. Jednak czas był niespokojny, raz po raz dochodziły ją wieści o ruchach wojsk nieprzyjacielskich i mężczyzna, który potrafiłby zadbać o bezpieczeństwo dworu i ludzi, bardzo by się przydał. W takiej roli Hadziewicz sprawdziłby się doskonale, zwłaszcza teraz, kiedy pod lada pretekstem kasztelan go dworu pozbawił. Ta sytuacja miała też złą stronę – rezydując w Złotym Moście, podstarości musiałby z niego uczynić gniazdo antykasztelańskiego oporu. Bo że nie spocznie, póki Jandźwiłłom swego Grodu Orłowego nie wydrze, Zofia nie wątpiła. Zatem i jej dwór mógłby być przez kasztelańskich oblegany, a może nawet spalony!

Nie zmrużyła oka do samego świtu, a kiedy chciała się choć na chwilę położyć, usłyszała potworny rumor. Wyjrzała przez okno. Po podwórzu biegali zdezorientowani wrotni, ubierając się w pośpiechu i dążąc na bramę. Chwilę później do jej alkowy zapukała służąca, a za nią wszedł jeden ze strażników.

– Wasza miłość, mamy nieproszonych gości.

Pod bramą stało pięciu konnych, krzyczeli po rosyjsku, żeby ich natychmiast wpuścić. Zofia, drżąc z zimna i przestrachu, wyszła do nich.

– A kto wy?! – krzyknęła.

– Wołają, że z Kondyriewa pułkownika dywizji tu mają kwaterę naznaczoną – pośpieszył z tłumaczeniem starszy wrotny.

– Jakiego pułkownika? Jakiej dywizji? Cośmy bez wojny pod moskiewską niewolę popadli?! – złościła się Zofia.

– Matko Boska, gdzie my ich ułożymy?! I konie... – szeptała stojąca za nią pani Salomea. – Co robić?

Tymczasem najstarszy rangą Rosjanin podał wrotnemu jakieś pismo. Na nic się to zdało, bo w Złotym Moście nikt po rosyjsku nie umiał czytać. A nawet gdyby i umiał, cóż by to pomogło? Rosjanie powoli zaczynali tracić cierpliwość, krzyki się nasilały, zaczynali strzelać dla postrachu.

„I na cóż mi ta brama, skoro i tak każdego muszę wpuścić do środka!" – Zofia westchnęła z rezygnacją.

– Mówią, że jeśli nie otworzymy, wezwą sotnię, która we wsi stoi.

– Sotnię? Sotnia we wsi stanęła?! Toż oni pochłoną całe chłopskie zapasy na zimę!

Sprawa zrobiła się jeszcze poważniejsza. Skazana na siebie i swój własny rozum Zofia poleciła otworzyć. Wjechali, zsiedli z koni i ciekawie rozejrzeli się dookoła. Oficer, ordynans i trzech podoficerów. Najstarszy mógł mieć około czterdziestki. Ten, który trzymał w dłoni pismo, Arsenij Iwanowicz Lichodiejew, był wysoki, z lekko szpakowatymi włosami, orlim nosem i wąskimi ustami. Od razu zaczął tłumaczyć coś po rosyjsku, jednak spostrzegłszy, że Zofia nie rozumie, przeszedł na francuski. Choć nie miała ostatnio zbyt wielu okazji, aby ćwiczyć się w tym języku, poczuła się znacznie pewniej. Nareszcie nie musiała liczyć na tłumacza. Oficer wyjaśnił jej, że kilka sotni jego dywizji ulokowało się w okolicy. Poza Złotym Mostem także w Lichosielcach, Rubieżewiczach, Grodzie Orłowym i Głębokim Kącie. Część stanęła w miastach: Winnicy i Skrzeczewicach, część podobno ruszyła na zamek w Turowie, a pozostała część dywizji, wraz ze swym dowódcą, poszła ku Brześciowi.

Choć Rosjanie, szarmanccy i delikatni, nie wyglądali, jakby chcieli kogokolwiek mordować, Zofia starała się mieć na baczności. Podczas śniadania, które dla nich przygotowano, pchnęła chłopaka do złotomojskiego karczmarza niby to po wódkę, w rzeczywistości szepnęła mu, aby karczmarz dał znać podstarościemu, jeśli ten się u niego pokaże. Tymczasem usiadła do posiłku z obcymi ludźmi, którzy twierdzili, że teraz będą mieszkać w jej dworze!

„Jakim prawem?! Kto ich zaprosił?! Czy Polska jest już tak słaba, że każdy, kto chce, może wchodzić do domów jej obywateli jak do swoich własnych? Bez żadnej bitwy, ot tak, wystarczy uderzyć pięścią w bramę? Gdzie ich ulokować? Czym nakarmić? Ile będą tu stali? Czy jesteśmy bezpieczni w ich towarzystwie?".

Przerażająca gonitwa pytań bez odpowiedzi, bezsilnej szarpaniny, złości i lęku, których nie potrafiła opanować. Drżały jej dłonie, upuściła łyżeczkę, zwracając na siebie uwagę.

– A gdzie pani mąż? – nagle zapytał dowódca.

– Ona wdowa, nie widzicie? – kulawą francuszczyzną wytłumaczyła pani Salomea. – Czarna suknia nic wam nie mówi?! – dodała podniesionym głosem.

– Czarną suknię nietrudno włożyć – przytomnie stwierdził Rosjanin.

Uświadomiwszy sobie, że oficer również jest zaniepokojony, Zofia odczuła satysfakcję. To była jednak niewielka pociecha wobec tego, co ją wkrótce czekało.

XLIII

Od dnia powrotu na zamek Cecylia prawie nie wychodziła ze swoich panieńskich komnat. Początkowo, wstrząsana dreszczami i pogrążona w półśnie, leżała w łóżku, budząc się jedynie wtedy, kiedy służące przynosiły napar z lipy i czarnego bzu lub posiłek. Sny miała duszne, ciężkie, męczące. Uciekała w nich przed złymi zwierzętami, przed katem winnickim, który chciał ją spalić na stosie, wreszcie przed własnym ojcem wyciągającym ręce, by dotykać jej maleńkich dziecięcych piersi. Ale i tak wolała te koszmary od rzeczywistości. Kasztelan obwiniał ją o niestosowne zachowanie i ani razu nie odwiedził. Nie przysłał też nikogo z pytaniem o jej zdrowie. Bracia pojawiali się rzadko i jakby z obawą. Nie chcąc martwić chorej, nie opowiadali o tym, co się dzieje na zewnątrz, i zatroskani wychodzili po kilku minutach. Wreszcie całkiem przestali do niej zaglądać. Leżała osamotniona, zobojętniała na wszystko, nie licząc już nawet dni od przyjazdu. W niepewnej sytuacji wolała być chora niż winna nieposłuszeństwa.

Czuła przy tym, że ciało, tak zazwyczaj powolne i zgodne z jej pragnieniami, wiedzie teraz inne, osobne życie. Zrobiło się ciężkie, rozlazłe, opuchnięte. Mimochodem spojrzawszy w lustro, rozczochrana, bez bielidła i barwiczki na twarzy, nie poznawała samej siebie! Kiedy wreszcie zrozumiała, że to ona tak teraz wygląda, zdziwiona dotykała policzków, jakby należały do kogoś innego, po czym wracała do łóżka, aby choć na chwilę zasnąć. Z każdym dniem jej samopoczucie miast się poprawiać, pogarszało się. Cyrulik zamkowy już nawet zamierzał jej puszczać krew, ale wtedy akurat przywieziono wielu rannych z zajazdu w Grodzie Orłowym i przez kilka dni miał ręce pełne roboty.

A potem znów zapomniano o zastosowaniu kuracji, gdyż ku końcowi października na zamku się zakotłowało. Najpierw przyjechał do Turowa Nepomucen Maria Lange. Długo musiał czekać na posłuchanie. Kasztelan chciał zapewne upokorzyć krnąbrnego zięcia, który przybył wspaniałym poszóstnym zaprzęgiem, w okazałej gdańskiej karecie, podczas gdy jego żona przed zawieruchą bez pieniędzy kałamaszką pod opieką zbójcy wracała! Gdy wreszcie drzwi do kancelarii się otwarły, Tadeusz Jandźwiłł nie wyszedł z rozwartymi ramionami i szczerym uśmiechem, aby powitać gościa, jak by to zrobił przed elekcją. Nie patrzył nawet w jego kierunku! Spokojnie przeglądał papiery, podpisując się na tym i owym i mówiąc coś do stojącego obok Strasza. Dopiero po kilku długich minutach bez podnoszenia głowy wskazał Langemu miejsce w fotelu obok swego biurka.

– Siadaj, wasze! Co sprowadza w moje niskie progi? – zapytał, unikając jego spojrzenia.

– Szukam żony! – hardo odrzekł Nepomucen Maria.

– Żonę waść zgubił! – prychnął kasztelan. – Słyszysz, Strasz? Nasz Lange żonę zgubił! Słyszałżeś kiedy o podobnym przypadku?

Strasz uśmiechnął się krzywo. Lange nie reagował na zaczepki. Siedział godnie, pewny swego, z nogą założoną na nogę i od niechcenia popatrywał po ścianach, czekając, aż mu kasztelan poświęci uwagę. Po dłuższej chwili Tadeusz Jandźwiłł, odłożywszy pióro, przetarł twarz dłońmi, wstał, wyszedł zza biurka i jakby dopiero teraz przypomniał sobie o obowiązku gościnności, podszedł do niego.

– Pewnieś głodny? – rzucił sucho. – Opowiadaj, co tam w Warszawie?

Przeszli do jadalnej. Służba w pośpiechu nakrywała stół, a Jandźwiłł i Strasz słuchali o tym, jak garstce posłów pod osłoną luf moskiewskich udało się elektora saskiego uczynić polskim królem, jak biskupi Jan Aleksander Lipski i Stanisław Józef Hozjusz odśpiewali w kościele parafialnym w Kamieniu *Te Deum*, a rosyjskie armaty zagrzmiały na wiwat, aż się podłoga świątyni zawaliła. Kasztelan jadł w milczeniu, z marsową miną. Lange, przekonany, że skruszył pierwsze lody, postanowił wrócić do tematu Cecylii.

– I teraz, kochany teściu, kiedym zleconą przez ciebie misję co do joty spełnił, chciałbym, abyś mi wypłacił posag i zwrócił żonę.

– Jam ci żony nie zabierał! – wysyczał kasztelan przez zęby. – W ciąży ją samą zostawiłeś, na wielkie niebezpieczeństwo narażając, wielokrotnie biedaczkę oszukawszy, na co mam świadków. Domu żeś nie zbudował, po którym nas wszystkich z dumą oprowadzałeś, czym nas wystawiłeś na pośmiewisko! Że z was karciarz i filut, wie cała Warszawa! Pomyśleć, iż to mnie się trafił taki zięć! – krzyknął i rąbnął dłonią w stół. – Nie dostaniesz wasze ani grosza! A żonę możesz sobie zabierać choćby dziś!

– Zatem zachowajcie przy sobie posag razem z córką! – wycedził Lange przez zęby. – Po powrocie do Warszawy wystąpię o rozwód.

– Nie ośmielisz się! – krzyknął kasztelan.

– I jak jeszcze! Córka wasza wierności mi nie dochowała, kto wie, czyj pomiot urodzi. Mam wszeteczną i jej bękarta bez żadnej rekompensaty pod swój dach przyjąć? No, chyba żebym się szaleju pierwej najadł!

Kasztelan spąsowiał, chwycił za lewy bok, jakby chciał dobyć szabli, nie znalazłszy jej jednak, uniósł dłoń, wskazał ku drzwiom i krzyknął co tchu w piersi:

– Precz! Precz z mojego domu!

Lange uniósł się, ale przytomny Strasz skoczył ku niemu, aby załagodzić kłótnię.

– Panowie, tak się nie godzi. Ani to pora, ani miejsce na załatwianie takich spraw. Spokoju do tego potrzeba i rozwagi. Kasztelanka wciąż chora, możeś powinien, panie Lange, wprzódy ją odwiedzić z jakim dobrym słowem, skoroś tłukł się taki szmat drogi? Ona nadal jest twoją żoną, a kasztelan tymczasem ochłonie nieco. Jutro możecie wrócić do tematu, jeśli wola.

Nim ucichli, do komnaty wpadł sługa Stanisława Jandźwiłła. Zdyszany, potargany, z obłędem w oczach, ledwie zdolny wykrztusić jakiekolwiek słowa:

– Moskwa! Moskwa w Grodzie Orłowym! W Winnicy! Wszędzie! Wszędzie!

– Most zwodzony podnieść! Bramy zawrzeć! – krzyknął kasztelan.

Co tchu podbiegli do okien, ale nic nie dawało się widzieć poza krótkim odcinkiem traktu. Straże spokojnie stały na bramie, niczego nieświadome. Na rozkaz jednak zakręcili kołowrotem, most podnosząc.

– Cóżeś widział? Opowiadaj!

– Pan mój w Grodzie Orłowym oblężenie przyjął, ale pismo podali jakieś, że przez magnatów polskich są zaproszeni i dać kwaterę oraz furaż się należy.

– Jakich magnatów?! Jam nikogo nie zapraszał! – wściekł się kasztelan.

– Radziwiłłowie pono i inni książęta litewscy do carowej Anny Iwanowny o opiekę się zwrócili. A wojsko ma pilnować, abyśmy się w obronie króla nie próbowali skonfederować.

– Za późno na konfederację, skoro Leszczyński już w Gdańsku, a pewno i do Francji zdążył odpłynąć! – Lange lekceważąco machnął ręką.

Kasztelan się zasępił.

– Tegom doczekał! – westchnął z boleścią i usiadł.

– Jegomość wszak chciał widzieć królem elektora saskiego, a za nim Moskwa stoi, to i wojsko weszło! – mądrzył się Nepomucen Maria.

– Zamilcz! – krzyknął Tadeusz Jandźwiłł. – Co ze Stanisławem? Jak się tobie udało wymknąć? – zwrócił się do sługi.

– We dworze spokojnie, weszli, rozlokowali się, wieczerzę podać kazali, a tam niewiele zapasów, ale konie nakarmili, bo siana i owsa nie brakło. Jam wyjechał, mówiąc, żem jeno w gościnie. Nikt mnie nie zatrzymywał.

– Idźże do kuchni, niech ci co dadzą z obiadu – powiedział kasztelan i zwrócił się do Strasza i Langego: – Cóż nam czynić wypada? Radźcie!

– Przyjąć, moja rada – powiedział Strasz. – Zbyt ich wielu, aby się brać do bijatyki.

– Ale jak to tak: wpuścić do domu własnego obce wojsko? – Kasztelan tarł czoło, nie mogąc się pogodzić z faktami. – Tegom doczekał?

– Na wojsko podatków się płacić nie chce, to obce trzeba pod dach swój przyjmować! – ironizował Lange.

– Zamilcz, wasze! – Jandźwiłł krzyknął wzburzony i zerwał się na równe nogi, jakby chciał uderzyć zięcia. – Do żony idźże, boś jeszcze o jej zdrowie nawet nie zapytał!

Lange, uśmiechając się głupkowato, bąknął:

– W rzeczy samej, nic tu po mnie. Panowie… – Skinął im głową i ruszył ku wyjściu.

– Żmija! – wysyczał przez zęby Strasz, gdy drzwi zamknęły się za Nepomucenem Marią. – Świętą macie cierpliwość, panie, ciągle go tolerując.

– Po posag przyjechał! Cóż to za kanalia! Wieści od Jana nie było?

– Nie, panie.

– Gdzie on się podziewa tyle czasu?

– Pewnie w jakim dworze siedzi.

– Czemuś nie kazał mu mnie o łaskę błagać?

– Bom sądził, że jaśnie pan taką synowi nauczkę obmyślił.

– Nie mogłem był inaczej się zachować. Zaraz się po powiecie rozniesie, żem własne dziecko z domu wygnał!

– Panie, tylko my dwaj i panicz Jan wiemy, co się stało

– To harda sztuka! Co mu się stało, że własnego ojca zaczął krytykować?!

– Posmakuje świata i wróci. Za dziesięć talarów daleko nie ujedzie.

Umilkli, zamyśliwszy się. Chwilę później ciszę przerwał dzwonek ostrzegawczy z wieży, znak, że straże spostrzegły niebezpieczeństwo. Kasztelan bezradnie spojrzał na Strasza.

XLIV

Kacper Hadziewicz wiedział już o wszystkim. Najpierw od arendarza ze Złotego Mostu, któremu nowiny przyniósł chłopak miecznikowej, potem na własne oczy zobaczył, jak traktem na Turów wlecze się wojsko moskiewskie. Utrudzony żołnierz szedł noga za nogą, niemal się nie rozglądając. Gdyby podstarości uderzył znienacka, może by i rozbił oddział, choć sam miał niewielu ludzi. Bez odpowiedniej liczby koni, bez zaplecza, bez zapasów nie odważył się jednak teraz zacząć wojny. Trzeba by dołączyć do jakiego większego zgromadzenia, skonfederować się pod obranym przez szlachtę marszałkiem i wygonić Moskwę z granic. Ale co z bronią? Z mundurami? Z końmi? Kto ma na to wszystko dać fundusze? O, niesławny sejmie 1717 roku, któryś liczbę wojska polskiego tak drastycznie ograniczył! Tu, na Litwie, są wielkie regimenty, choćby Radziwiłłowski, ale czy pójdzie się on bić przeciwko carowej Annie? Wielce to wątpliwe.

Podstarości pokręcił głową w milczeniu, odpowiadając sam sobie na te pytania. Spiął konia i ruszył w kierunku wschodnim, przeciwnym do tego, w jakim szło wojsko. Do

Złotego Mostu dotarł w porze obiadu. Brama dworu, inaczej niż zwykle, była otwarta na oścież, podwórze zajmowali sołdaci, pokrzykując coś jeden do drugiego. Między nimi prawie ginęli nieliczni słudzy Zofii Niezgodzkiej. Złapał któregoś, aby go zapowiedział. Chwilę później gospodyni wybiegła mu naprzeciw.

– Jak się cieszę, panie podstarości, że widzę go całym i zdrowym! Toż to radość prawdziwa w tym nieszczęściu! – zawołała ze łzami, nie wiedział żalu czy uciechy. – Mówili, żeś nieżyw, usieczon, żeś spłonął we wieży! – paplała bez końca.

– A otom żyw i cały! – Hadziewicz uśmiechnął się, szczerze uradowany jej wzruszeniem.

– Wejdźcie, z drogi jesteście? Zmęczeni? Może głodni?

– Zmartwionym nad wyraz waszymi gośćmi...

– To boleść prawdziwa, wrócili ludzie z Gdańska, niewiele co przywożąc za zboże, a tu jeszcze te rekwizycje... Jak nie owies, to siano, jak nie baran, to wieprzek. Nie wiem, czym własnych ludzi nakarmię, jeśli dłużej Moskiewscy postoją. Cała sotnia tu zległa w Złotym Moście, objedzą wszystko do ostatniej kosteczki, do ostatniego ziarna, a nam z głodu umrzeć przyjdzie. Do lasu chodzą, zwierzynę tłuką, dziewki mi plugawią, raz po raz która z płaczem przybiega. Skaranie boskie!

Patrzył na nią z lekkim uśmiechem. Takiej ożywionej, promiennej, rozmownej nie widział jeszcze nigdy. W zmartwieniach, których jej los nie szczędził, miecznikowa rozkwitła.

– Ale co tam ja! – Machnęła lekceważąco dłonią. – Mówcie, co u was? Jakeście się z tej wieży uratowali?

– Nie spałem, nim ogień rozgorzał, zdołałem wyskoczyć. Trochę włosy opaliło, nogę skręciłem, ale to nic... Wykurowałbym się spokojnie w domu.

– Nim do zdrowia wróciliście, zajazd wam uczyniono.

– Jedyna pociecha, że teraz wojsko już pewnie i zamek turowski okupuje, wreszcie kasztelan zrozumie, co to zajazd komu uczynić.

– Gdzieście stanęli?

– W kasztelańskim lesie.

– A więc to prawda?... – wyszeptała ze zgrozą Zofia.

– Cóż było robić? Jednak Moskwa plany pogrzebała. Byłbym dwór odbił, ale teraz trza króla bronić!

– Ćś! – przyłożyła palec do ust. – O tym ani słowa!

Weszli do świetlicy. Hadziewicz rozejrzał się po sali. Nie tak dawno, zazdrosny o młodego Jandźwiłła, cierpiał tu męki zazdrości. Teraz jest witany jak gość najmilszy. Zofia kazała podać do stołu. Kacper patrzył pożądliwie na misę z bigosem hultajskim, pieczeń i kaszę oraz miód przyniesione przez ochmistrzynię.

– Wybaczcie, ale węgrzynem nie poczęstuję, nie stać mnie w tej porze. Posilcie się! – zachęcała, ale on tej zachęty wcale nie potrzebował.

Jadł szybko, łapczywie, a kiedy już zaspokoił pierwszy głód, popatrzył na nią i powiedział nadzwyczaj poważnie:

– W różne ostatnio popadałem termina, ale myśl o was nie pozwalała mi tracić ducha.

– Myśl... o mnie? – zapytała niedowierzająco, a głos jej drżał niczym wiosenne listki na osice.

Porwałby ją w ramiona i nawet bez zgody ucałował, gdyby w tej właśnie chwili nie weszła do świetlicy pani cześnikowa Żelska. Ciągnęła za sobą Ignasia i Dorotkę, a na jej twarzy malowało się obrzydzenie.

– Moja Zosiu! Kłaniam, mości Hadziewicz! Cieszę się, żeście w dobrym zdrowiu. Ale bo też, moja Zosiu... – mówiła niemal z płaczem. – Cóż to za utrapienie z tymi

Moskwicinami! Czy ich nikt nigdy niczego nie uczył? Nie dość, że pieniądze w ustach noszą, to brudni tacy, że widać, jak robactwo po nich skacze!

– Oficerowie? – zdumiała się Zofia.

– Nie, no proste sołdaty. Chcieli sobie suchary upiec w czeladnej. Oczywiście z naszej mąki, ale com miała rzec? Pieczcie, skoro taka wasza wola! Dzieżę im dali, oni ciasto gniotą. A nad tym ciastem czeszą robactwo z głowy i wraz zagniatają, śmiejąc się przy tym, aż im te szczerbate zęby na wierzch wyłażą! Dzieci stoją i patrzą, i uczą się tego dzikiego obyczaju. Moja Zosiu, zróbże coś, porozmawiaj z tym oficerem, bo tu z obrzydzenia przyjdzie mi trupem paść!

Hadziewicz spojrzał na nią, szczerze rozbawiony, a ona siadła na krześle, posadziła obok dzieci i patrząc na nie surowo, tłumaczyła:

– Byście mi nigdy podobnych okropieństw nie wyczyniali!

– Toż sucharów piec chyba same nie będą! – uniosła się Zofia. – Bo wiecie, panie podstarości, różne już się tu rzeczy widziało u tego narodu. Dzikość w nim straszna. Niespotykana. Oficer wyższy kultury pełen, ale prosty żołnierz to jakby z boru najgłębszego wyskoczył.

– Jak jaki zbójca! – z uśmiechem podchwycił Kacper.

– Śledzi u Żyda kupili, to je rwą dłońmi na kawałki do misy, chleb kruszą i tak z tej misy, ledwie zawrze, jedzą.

– A co się nakłaniają nad tym! – wtrąciła się cześnikowa.

– Bo to pobożny naród, oni się tak modlą – wyjaśnił podstarości.

– Ale nie do naszego Boga! – oburzyła się pani Żelska. – A my z Ignasiem już *Wierzę w Boga* prawie umiemy na pamięć! Prawda, Ignasiu?

– Jeszcze nie całkiem... – przyznał chłopiec.

– Ja umiem! – pochwaliła się Dorotka.

– Ty? Ciebie jeszcze nikt nie uczył! – zdziwiła się cześnikowa.

– Ale umiem! „Wierzę w Boga, ojca wszechmocniejszego...".

– Dobrze, już dobrze! Powiesz babci później. A ty, moja Zosiu zróbże coś z tymi sołdatami, powiedzże dowódcy, że to obrzydzenie wzbudza, oni potem te suchary z robactwem spożywają, jak nieludzie! – pożaliła się i zabierając dzieci, wyszła.

– Takie tu, widzicie, dzieją się rozmaite sprawy! – Zofia westchnęła i spojrzała na Kacpra, który mierzył ją zachwyconym spojrzeniem. – Smakowało panu podstarościemu?

– Jak nigdy! Aż teraz żal będzie do jaskini wracać.

– A czemu do jaskini?

– Bo domu innego na tę porę nie mam.

Zofia chciała coś powiedzieć, ale się powstrzymała.

– Może do kogo w gościnę się udajcie, choćby do pana Żaby, rad był wam zawsze. Zima idzie, jeszcze zamarzniecie w tej jaskini!

– Palimy tam co dnia ogień i mamy czym się okryć. Czasem w karczmie na strychu przenocujemy, tam bardzo ciepło.

Zofia się zasmuciła.

– Czekajcie! U mnie strojów męskich wiele, przyniosę coś po mężu, może wam się nada. I buty, i kożuchy. Po ojcu moim też wiele strojów zostało! – Ruszyła ku drzwiom, ale zatrzymała się z dłonią na klamce. – Toście teraz jak prawdziwy zbójca... – Spojrzała na niego z serdecznością, która była niczym balsam na jego duszę.

XLV

Ponury Rabiński siedział w jaskini i strugał cienki patyk.

– I co? – Mężczyzna kiwnął głową w kierunku wyjścia. – Teraście nowego herszta obrali? Myślicie, że długo on wami pokieruje? Wszak wiecie, że na wojnę z Moskiewskimi mu pilno. Nie wasze on, a swoje interesa ma na względzie. Kasztelanowi chce dwór wyrwać, zajazd pewnikiem zrobi, żeby młodego Jandźwiłła z Grodu Orłowego wykurzyć. Waszymi rękami to uczyni, nie swoimi przecie. A potem zamknie się za wysokim murem i ani przystąp. Kto wam wtedy przywódcą będzie?

Skończywszy struganie, zaczął dłubać w zębach, a kompani siedzieli, patrząc w ogień i rozważając jego słowa.

– Może i prawda... – westchnął któryś.

– Kasztelan zły srodze na podstarościego – kontynuował Bartek. – Jak byście mu go dostawili, łaskami was obsypie i dobrem wszelakim. Każdemu po koniu obiecał – łgał bez mrugnięcia – i rząd jeszcze do tego! A który by chciał, to i na zamek mógłby do służby przyjąć.

– Nas, zbójców, do służby zamkowej?! I co byśmy tam robić mieli? – dziwowali się.

– A choćby i w polowaniach pod łowczym pomagać. Wszak las znacie? I zwierzynę leśną podchodzić umiecie.

– Co mamy nie umieć!

Rabiński zamilkł. Teraz musieli zacząć żyć marzeniem. A gdy zimno i głód znów dadzą się im we znaki, nie będzie trzeba większej zachęty, aby kasztelanowi Hadziewicza niczym tłumok dostarczyć. Wtedy on nagrodę zgarnie, pokłoni się panu Straszowi i ruszy przed siebie, gdzie oczy poniosą...

– Tożeś się waść świata naoglądał! – nie bez zazdrości powiedział kat, pociągając z kubka łyk miodu i rzucając na stół kolejną kartę.

– Co prawda, to prawda! – Na wspomnienie swych warszawskich przygód Rabiński westchnął całą piersią. Nie zdradził oczywiście najważniejszego: Jandźwiłł by go na suchej gałęzi kazał powiesić, gdyby komukolwiek wyjawił, do jakiej konfidencji doszedł z Cecylią. – Sejm rzecz wielka, króla wszak żem obierał.

– Toście się Rzeczypospolitej przysłużyli!

– I w nagrodę popadłem do kasztelańskiego lochu! – ponuro skomentował Bartek.

– Ale żeś to acan wyszedł o własnych siłach?! – nie mógł się nadziwić kat. – Ciekawość, co też musiałeś przyobiecać?

– Nic zgoła! – skłamał Rabiński, natychmiast sięgając po kubek.

Kat spojrzał nań z politowaniem.

– Za mojego katostwa jeszcze się nie zdarzyło, aby kto żywym z lochu turowskiego wyszedł. Nie dziwcie się więc, panie Rabiński, że cię o to ludzie pytać będą. Moja rada: zawczasu przygotujcie wiarygodną odpowiedź.

– Nic nie znaczy, żem życie kasztelance uratował?

– Więc czemu was do lochu wtrącili?

Co miał powiedzieć? Że przez pomyłkę? Teraz Bartek przyznał mu rację: przygotowanie wiarygodnej odpowiedzi to dobra rada. Ludzie będą się dziwić, że jeszcze żyje. Lub, co gorsza, od razu zrozumieją, że na służbę do kasztelana przystał. Do tej pory dawało się to jakoś ukryć, był siejącym postrach zbójem, teraz nie będzie już sposobu.

– Nie moja to rzecz, ale na waszym miejscu nie siedziałbym tak spokojnie, miód popijając – kat kontynuował swoje dywagacje. – Boście są w nie mniejszym niebezpieczeństwie na wolności, niż gdybyście siedzieli w lochu.

– A wy?! – zaatakował Rabiński. – Nie siedzicie spokojnie, grając ze mną w karty? Czemuście jeszcze z miasta nie uszli? Pozwoliliście wieżę spalić, a może i samiście ogień podłożyli?

– Co?! – Kat poderwał się z miejsca, gotów do bitki.

– Ochędożyć by się przydało… – aby go ułagodzić, Bartek zmienił temat, rozglądając się po chałupie. Choć nigdy nie było tu porządku, dziś wyglądała na całkowicie zaniedbaną. – A gdzie wasz chłopak?

– Uszedł! – rzucił ponuro kat i znów usiadł.

– Uszedł albo już i gdzie usieczon… Może to jego sprawka z tą wieżą?

– Bogać tam! Klątwy się przeląkł.

– Jakiej klątwy? – Rabiński ciągnął go za język, udając, że o niczym nie wie.

– Wszyscy tu poginiem marnie! To grzech taką młodą dziewkę na stos skazać! A klątwa niewinnej ma moc! – Uniósł palec do góry, aby podkreślić wagę swych słów.

– Pewnie nie była winna tego, o co ją oskarżyli, ale zbyt wielu ona sadła za skórę zalała… – powiedział Bartek z jakimś rzewnym westchnieniem, a kat, być może po raz pierwszy, nie żałował tego, co się stało.

Zamilkli. Gospodarz wstał, Rabiński zasłuchał się w wycie wiatru. Marna świeca łojowa dopalała się, migając nierówno.

– Idę się wyszczać, póki świeca nie zgaśnie – powiedział kat i uchylił drzwi.

Do chaty wpadł zimny podmuch. Rabiński zatarł dłonie i popatrzył, gdzie by się tu do snu ułożyć. Powieki już mu opadały i rad zakopałby się w ciepłym sianie, zasnął, o świecie bożym zapominając, a zwłaszcza o obietnicy, którą złożył Straszowi i która wisiała nad nim jak miecz katowski nad głową niewinnego. Wtedy, w lochu, obiecałby wszystko, byle tylko wyjść na świat, odetchnąć świeżym powietrzem, nie słyszeć już wycia tego szaleńca, nie czuć smrodu gówna, wreszcie się do syta najeść. Obiecałby zabicie własnej matki, króla, papieża nawet! Wychodząc z zamku, smakował wolność, jakby była marcowym piwem uderzającym mocno do głowy. Minęło kilka dni, odespał, najadł się wreszcie, począł wracać w nim dawny, zbójecki duch i Rabiński zrozumiał, że ratując kasztelankę, stracił wszystko. Gdyby nie kierował się sercem, siedziałby dziś u jakiej bogatej warszawskiej mieszczki, chodził w czystej koszuli i gził się pod ciepłą pierzyną. Kat ma rację, kasztelan nie popuści. Nawet jeśli podstarości zabity będzie, on, Bartek, nie zobaczy ani tynfa obiecanej zapłaty! Wraz go do lochu wrzucą, ale już na dobre, boby chyba rozum postradali, aby go jeszcze z zapłatą za morderstwo wolno puszczać!

– Dureń! Dureń! Co ze mnie za dureń! – Rabiński walił się dłonią w czoło. Do lasu też wrócić nie mógł, bo puszcza wielka, ale nie dla chorągwi kasztelana. Nie utrzyma się w nim nikt, kto pozwolenia kasztelańskiego nie ma. Może, póki moskiewskie sołdaty w powiecie stoją, kasztelan co innego będzie miał na uwadze. A może i nie?

– Coście tacy posępni? – spytał kat, wróciwszy do izby.

– Bom zmiarkował, że mi w drogę trza ruszyć.

– A dokąd to?

– Tam, gdzie trybunały, wszakżem się na jurystę wyuczył! – skłamał Bartek na wszelki wypadek.

– I służbę kasztelańską chcecie bez podziękowania porzucić? – Kat uśmiechnął się krzywo.

– A wy? Nie ruszylibyście znów gdzie gościńcem? Też wam się tu już sprawy pogmatwały.

Kat westchnął ciężko, jakby rozważał propozycję.

Klątwa to jest, wiecie, takie paskudztwo, że gdziebyście nie poleźli, tam was dopadnie. Choćbyście się w mysiej norze skryli, powlecze się za wami i swoje zrobi. Można przed nią uciekać za góry, za lasy, nic to nie da. Tu, na miejscu, poczekam, jaki mi los pisany.

XLVI

Przez zamek płynęło straszne, nieludzkie wycie. Ni to lament zawodu, ni skowyt gardła zdartego w próżnym błaganiu. Kto słyszał, a nie słyszeć nie było sposobu, kręcił głową, dziwując się sile głosu, który już piąty dzień wydobywał się z zamkniętej na głucho komnaty. Ciarki szły po plecach, a włosy stroszyły się na głowie. Trudno było znieść uporczywe, przerażające krzyki i gdy tylko na krótką chwilę ustawały, każdy wsłuchiwał się w kojącą ciszę i modlił się w duchu, by już nie wróciły.

Choć nieco przytłumiony, do kancelarii zamkowej głos docierał również. Nie wiadomo, jak udawało mu się przeniknąć przez grube mury. Można by sądzić, że wzmacniały go jeszcze. Poruszony nimi kasztelan chodził w tę i z powrotem. Dłonie splótł z tyłu, opuścił głowę, starając się zebrać myśli. Pochłonięty troskami nie zauważył, gdy do komnaty cichutko wślizgnął się Strasz.

– Przyszedł cyrulik... – oznajmił.

Tadeusz Jandźwiłł machnął przyzwalająco ręką. Cyrulik wszedł, ukłonił się i stanął tuż przy drzwiach. Kasztelan odwrócił się i widać było, że całą siłą woli stara się panować nad wzburzeniem.

– Krwi upuszczono?! – warknął.

– Trzykrotnie, wasza wysokość.

– Może za mało?!

Medyk przez krótką chwilę wahał się z odpowiedzią.

– Więcej nie sposób. Wszak jest brzemienna – powiedział przepraszająco.

– To co innego wypróbujcie, bo wszyscy poszalejem, jeśli to dłużej potrwa!

– Panie mój, wszystkiegom próbował... – tłumaczył, czując, że za to wyznanie zostanie srodze ukarany.

– Ale bez skutku! – krzyknął kasztelan i zasłuchał się w ciszę, która nagle zapadła. – Jeszcze się Moskiewskim muszę spowiadać, kogo tu torturujem! Przychodzą rad mi udzielać! Każą cichaczem powiesić! Oferują się z pomocą!

– Co za bezczelność! – fuknął cyrulik.

– Słuchajcie, Dietrich, daję wam czas do wieczora. Jeśli jej do tej pory nie uciszycie, to nie chciałbym być w waszej skórze! – Jandźwiłł zrobił ruch dłonią, świadczący o końcu audiencji. Mężczyzna w pokłonach wycofał się do drzwi. Strasz skłonił głowę i wyszedł za nim.

– Nie mogłem... – Niemiec usprawiedliwiał się płaczliwym tonem. Patrzył Straszowi prosto w oczy, licząc, że ten go zrozumie. – Naprawdę nie mogłem... On by mnie zabił, zabiłby jak psa...

– Pewnie tak by się stało... – Strasz westchnął smutno. – Ale teraz musicie radzić sobie sami.

– Z waszą pomocą? – próbował upewnić się Dietrich.

– Mnie do tego nie mieszajcie! To wy się nią opiekujecie!

– Ja! I bodaj bym sczezł! Radźcie, co począć?

– Czym ja cyrulik?

– Panie Strasz, życie wam uratowałem! Jużeście zapomnieli?

– Kasztelan rzekł: do wieczora ma zamilknąć!

– Zgubi mnie to! Zgubi! – załkał cyrulik, pokręcił głową i zgarbiony, jakby kulił się pod naporem płynącego korytarzem krzyku, ciężko pociągając nogami, ruszył przed siebie.

Rozkaz zamknięcia Cecylii Lange wydał sam kasztelan. Rzekomo chodziło o spokój, jaki był jej niezbędny, by wyzdrowiała. Po powrocie w niepewnej sytuacji Jandźwiłł chciał mieć córkę przy sobie. Kiedy Dietrichowi udało się uśmierzyć gorączkę, zlikwidować złe sny i nieco wyrwać kasztelankę z otępienia, zauważył ze zdumieniem, że w jej zachowaniu zaszła niepokojąca zmiana: Cecylia, zawsze wobec niego wyniosła i oziębła, poczęła mu czynić awanse! Najpierw mu to pochlebiło, nigdy wcześniej bowiem nie zwróciła na zamkowego cyrulika baczniejszej uwagi, rychło jednak zrozumiał, że bynajmniej nie o niego kobiecie chodzi.

To go przeraziło. Leczył ją najsilniejszymi znanymi sobie medykamentami, wreszcie odważył się zastosować nawet sproszkowany róg jeleni, jednak bezwstyd kasztelanki rósł. Zdarzało się, że w jego obecności zadzierała do góry suknię, łapała jego dłoń i pocierała nią srom, jęcząc przy tym z rozkoszy. Nie poznawał jej! Kiedyś nigdy by czegoś podobnego nie uczyniła. Szeptano co prawda na zamku, że kasztelanka miewa romanse, plotkowano wręcz wśród zaufanych, że jak kotka w rui gzi się, z kim popadnie. Ale choć słyszał te plotki, wietrzył w nich złość odrzuconych zalotników i zazdrosnych o urodę dziewek. Teraz nie miał już wątpliwości – to choroba, a znał na nią tylko jedno lekarstwo. Jeśli róg jeleni nie ostudzi gorącej krwi pani Lange, ucichnie ona wyłącznie w objęciach mężczyzny.

Jako cyrulik nie mógł tego nijak powiedzieć kasztelanowi. Ów może nawet domyślał się, w czym rzecz, pewnie usłużny Strasz doniósł mu już o wszystkim. Nic się nigdy przed nim nie ukryło. A jeśli właśnie dlatego Lange wyjechał w takim wzburzeniu, zostawiając ojcu niewierną wraz z jej nieprzystojnymi chuciami? Nawet nie złożył chorej kurtuazyjnej wizyty! Nie było zatem nadziei, że to on zaspokoi wybujałą namiętność kasztelanki. Któż więc? Kto będzie na tyle odważny, aby zrobić rzecz, za którą kasztelan, by zamknąć mu usta, może go potem uwięzić? Kto będzie tak oddany, by nie pochwalić się doznanymi łaskami?

Im dłużej Dietrich myślał, tym bardziej utwierdzał się w przekonaniu, że nie znajdzie na zamku nikogo, kto spełniłby obydwa warunki. Jemu także brakło potencji, by zadość uczynić potrzebom kasztelanki. Gdy była piękna i niedostępna, gardziła nim i pomijała wzrokiem, wtedy mógłby rzucić się dla niej z murów zamkowych. Teraz na widok Cecylii nie czuł żaru w przyrodzeniu, żaden świąd nie kazał mu szukać zaspokojenia. Patrzył na rozlane ciało ciężarnej, na jej oczy, jakby niewidzące, na wpół otwarte usta, z których nie słyszało się nic poza bełkotem, i zastanawiał się, czy nie na niego spadnie danie dowodu wierności wobec domu Jandźwiłłów, w którym służył od blisko dziesięciu lat. Należało działać bez zwłoki, bo krzyk ponownie rozlewał się po korytarzach i dziedzińcach. Za chwilę kasztelan wezwie go do siebie i zażąda zdania sprawy z nieskutecznego leczenia, jak wtedy, gdy śmierć mimo nadludzkich wysiłków zabrała jednak kasztelanową.

Gdyby chodziło tylko o Jandźwiłła, Dietrich podjąłby pewnie ryzyko, jednak był ktoś, kogo bał się bardziej niż potężnego kasztelana. Tym kimś była jego połowica, Józefa. Gdyby żona dowiedziała się o kuracji, jaką zastosował wobec kasztelanki, zgotowałaby mu piekło na ziemi, przy którym kasztelańskie więzienie niewarte byłoby splunięcia.

W ciemnej komnacie oświetlonej tylko jedną świecą i płonącym na kominku ogniem Józefa Dietrich głaskała śpiącego na jej kolanach maltańczyka. Podniosła wzrok i pytająco uniosła brwi. Cyrulik w milczeniu pokręcił głową i zmęczony opadł na krzesło. Wsparł dłonie na kolanach i westchnął ciężko.

– No!... – ponaglała.

Wzruszył tylko ramionami i popatrzył w sufit, jakby tam szukał natchnienia.

– Mówże! – niecierpliwiła się.

– Nie pojmiesz tego! – Pokręcił głową w desperacji. – Nie tylko nie pojmiesz, ale i pomóc nie zdołasz. Kasztelanka wścieklizny dostała.

– To mi dopiero nowina! – rzekła z wyższością. – Słyszę przecież. Czym ją leczyć zamierzasz?

– Już wszystkiegom próbował... Wszystkiego... – wyszeptał bezradnie. – Jeśli do wieczora nie umilknie, nie ma dla nas ratunku... Przepędzi nas kasztelan na cztery wiatry albo i, co gorsza, uwięzi może?

Dietrichowa pociągnęła nosem i chrząknęła.

– Mówią, że to wścieklizna macicy – zaczęła niepewnie.

– Cii...! – syknął przestraszony i rozglądając się po kątach, przyłożył palec do ust. – Ani słowa!

– A więc to prawda... – Pokiwała głową, nie kryjąc dezaprobaty.

– Nic nie działa! Nic! – Cyrulik wstał i zaczął chodzić po pokoju. – Gdyby nie była w takiej kondycji, sama by sobie lekarstwo znalazła. A tak? Siedzi w tej komnacie, zamknięta na cztery spusty, mąż wyjechał i nie wiadomo, kiedy wróci.

– I czy wróci... – kwaśno dodała pani Dietrich.

– Choćby i jakiego pachołka podstawić... – zastanawiał się cyrulik. – Ale nie, głupie to, tajemnicy nie strzyma. Upije się, wypalpe, jakiego honoru doznał, a stąd dla kasztelana problem. Co robić? Co robić?

Cyrulik chodził po komnacie, a jego żona w zamyśleniu głaskała pieska. Dietrich sięgnął ku komodzie, gdzie miał swoje medyczne księgi. Położył jedną z nich na stole, przewracając kartki, potrącił świecę. Wosk wylał się na pokrywający stół kobierzec.

– Uważaj! – warknęła Józefa. – Skaranie boskie!

Korzystając z zamieszania, pies zeskoczył na podłogę i zaczął chłeptać wodę z miseczki. Kobieta klasnęła w dłonie, uśmiechnęła się do siebie i powiedziała:

– Znam lekarstwo na ból kasztelanki.

XLVII

Podczas rozmowy z miecznikową Kacper Hadziewicz zrozumiał, że nie wystarczy chować się w lesie i dowodząc zbójcami, liczyć na szczęśliwy traf. Czy w ten sposób kiedykolwiek odzyska ojcowiznę? Musi z większą siłą uderzyć na Gród Orłowy, a to znaczy, że przedtem powinien się sprzymierzyć z tymi, którym doskwiera służenie kasztelanowi i chętnie by się od tego wyzwolili. Niestety, jego największy w tym względzie sprzymierzeniec, Florian Żelski, nie żył. Ale byli wszak i inni, którzy czapkując i kłaniając się w pas, obłapiali pańskie kolana, a potem pluli w bok ze wzgardą. Wprost ze Złotego Mostu ruszył więc ku Głębokiemu Kątowi, do Wenantego Żaby, bo od dawna łączyła ich ścisła zażyłość.

Podstarości wiedział, że musi być ostrożny. Gdyby gdzieś po drodze trafił na ludzi kasztelana, mogłoby się to dla niego źle skończyć. Oskarżony o cokolwiek, nawet bezpodstawnie, trafiłby pewno wprost do turowskich lochów, z których droga na wolność była nader wątpliwa. Jechał więc duktami leśnymi, omijając gościniec winnicki, aby nie natknąć się na jaki zbrojny oddział. Listopad był chłodny, pochmurny. Przymrozek z nagła ściął kałuże i błoto, koń szedł powoli, wypuszczając z nozdrzy kłęby pary. Popadywał drobny śnieg, rozwiewany przez wirujące podmuchy wiatru. W lesie zaległa już zimowa cisza. Hadziewicz snuł plany skaptowania dla swej partii kilkunastu szlachty z powiatu. Liczył w myśli, kto mógłby do niej przystać, ale najbardziej potrzebny był mu zaprzyjaźniony z wieloma Wenanty Żaba, którego łatwiej po dworach przyjmą i ucha na jego argumenty nadstawią.

Dojeżdżając do Głębokiego Kąta, podstarości nie tylko czuł się zwycięzcą w potyczce z kasztelanem, ale też i wojska moskiewskie widział już poza granicami Litwy, srodze pobite przez konfederatów. W tym radosnym humorze dotarł do dworu. Bramę mu pachołki, jako znajomemu pana Żaby, bez pytania rozwarły. Podstarości zeskoczył z konia i zdziwiony brakiem gospodarza wszedł do sieni. Zobaczył jednak kilka koni, znak, że pan Żaba gości przyjmuje. To nader pomyślna okoliczność, od razu wielu się myśl o konfederacji wyłuszczy.

Podstarościemu przyjemnie było po długiej podróży znów poczuć ciepło. Uśmiechnął się na myśl o posiłku, którym go tu zaraz uczęstują. Nareszcie pojawił się gospodarz. Lekko skonfundowany wyciągnął ręce ku dawnemu kompanowi z pomieszaniem i nie taką jak zwykle radością:

– Witajcie, panie podstarości! Niemałośmy się tu o was namartwili, a wyście cały i zdrów! Wejdźcie! Gości mam, alem wam rad zawsze i wszędzie, wszak to wiecie i bez zapewnień!

– A wiem! Wybaczcie, żem tak długo zwlekał z sąsiedzką wizytą, alem we srogie popadł tarapaty, z których tylko wydostawszy się nieco, do was po radę i pomoc przybywam.

Wenanty Żaba popatrzył na podstarościego jakby przestraszony, ale już Hadziewicz wszedł do świetlicy i ze zdziwieniem zatrzymał się w progu, ujrzawszy kilku szlachty, a pośród nich Stanisława Jandźwiłła, siedzących nad suto zastawionym stołem i radzących o czymś zaciekle. Na jego widok zamilkli zmieszani.

– Tom nie w porę... – powiedział Hadziewicz i zrobił krok do tyłu, ale już nadbiegł sługa z talerzem i kubkiem, więc podstarości usiadł z boku i zmarszczywszy się, bez słowa popatrywał na towarzystwo.

– Widzieć was, panie podstarości, to jakby zmartwychwstałego ujrzeć! – uśmiechając się półgębkiem, przez zęby syknął kasztelanic. – Wiara w moc boską wraca!

– Moc boska zawsze większa będzie od nędzy ludzkich usiłowań! – twardo odpowiedział podstarości, a zebrani spojrzeli na Jandźwiłła, czy nie da komendy, aby Hadziewiczowi te słowa z powrotem w gardło wepchnąć, bo wszyscy zrozumieli, do czego pije i że jawnie kasztelana obraża.

Ten i ów już się poderwał, do szabli sięgając, i byłaby się może rozpętała sroga rąbanina, kasztelanic jednak nie ruszył się ani nie dał żadnego znaku. Na jego obliczu kwitł wciąż ten dziwny uśmiech, ni to pogardy, ni zawstydzenia, jakby rozważał, co począć z gościem niespodziewanym, który najwyraźniej szyki kompanii pomieszał. Wenanty Żaba także nie wiedział, co czynić. Podstarości zrozumiał to aż nazbyt dobrze.

– Nic tu po mnie! – rzekł i nie żegnając zebranych, wstał. – Nie będę waszmościom w posiłku przeszkadzał.

Truchtał za nim gospodarz, mocno pomieszany.

– Mój podstarości, zrozumcie, czasy trudne, naradzić się kasztelanic przyjechał... – powiedział, kiedy wyszli do sieni.

– Z wami?! – parsknął Hadziewicz. – Od kiedy kasztelan zwykł waszej rady zasięgać?

Boleśnie to dotknęło gospodarza.

– Uważajcie, żeby uśpiwszy waszą czujność, w następnej kolejności i was nie zajechał, bo dworu dla drugiego syna potrzebuje, a Głęboki Kąt to łakomy kąsek.

– Coście?! Coście?!... – powtarzał jeszcze Wenanty Żaba, patrząc, jak oddalający się Hadziewicz dosiada konia, mija bramę i skręca na trakt ku Winnicy, po czym machnął dłonią i powrócił do gości.

XLVIII

Tyle było jego, ile postraszył Żabę, ale nie o to wszak chodziło. Hadziewicz złościł się, że mu wierności dawny sprzymierzeniec nie dotrzymuje, ale cóż on sam mógł zaoferować poza gniewem kasztelana, gdyby ów w swych sentymentach pozostał? Wyglądało na to, że nie da się prędko od zbójowania uwolnić. Podstarości zamyślił się, wspomniawszy gładkie oblicze miecznikowej Niezgodzkiej. Miał nadzieję, że z pomocą kilku braci szlachty uda się dwór ojcowski odbić i wreszcie miłości małżeńskiej zaznać. Bez dworu zaś kim jest? Zwyczajnym chłystkiem niewartym splunięcia. Nie miałby odwagi posłać do Złotego Mostu swatów. Zresztą Zofia także w potrzebie, jest godna lepszego męża, bogatszego i stateczniejszego.

„Sam bym jej siebie odradzał. Cóż ze mnie za partia? Tylko kłopot dla niej – myślał, kierując się ku lasowi, aby przed zmrokiem dotrzeć do jaskini. – Jedyna pociecha, że się ona od Jandźwiłłowego syna odstręczyła".

Ujechał może pół mili, gdy usłyszał za plecami tętent. Sądząc, że to pan Żaba jakiegoś posłańca w ślad za nim wysłał, zatrzymał konia, a i bezpieczeństwa swego nie będąc pewnym, chwycił szablę, gdyby się okazało, że to ludzie Jandźwiłłowi chcą skorzystać z okazji, aby rachunki bez świadków wyrównać. Chwilę później zza zakrętu wyskoczył pędzący co tchu samotny jeździec. Bijące na alarm serce podstarościego zwolniło, gdy Hadziewicz rozpoznał Bartka Rabińskiego. Zbójca, zdziwiony, jakby czarta zobaczył, osadził konia i zbliżył się powoli.

– Pochwalony! – przywitał się, z trudem kryjąc niechęć. – A dokąd droga prowadzi?

– Na wieki wieków! A przed siebie! – Podstarości zmrużył oczy, taksując Rabińskiego. – Gdzieżeście to się podziewali, panie Rabiński?

– W Winnicy miałem interes.

– A tam ludzie w jaskini doczekać się was nie mogą... – Nie wiadomo, kpił czy poważnie mówił Hadziewicz.

– Wy mi tu, panie podstarości, ludźmi oczu nie mydlcie! Kiedym gnił w kasztelańskim lochu, toście nimi dyrygowali jak swymi. Co im teraz po kimś takim jak ja?! – warknął rozżalony zbójca.

– Jam się raczej podziękowań spodziewał, żem to stadko spłoszone utrzymał w całości do waszego powrotu. Ale widać wdzięczność dziś złotem opłacać trzeba...

Żachnął się Rabiński. Jakiś niespodziewany skurcz przez jego twarz przebiegł, chwycił się boku, jakby chciał dobyć pistoletu. Ale zawahał się, nie wyjął broni, pozostawszy z dłonią w pogotowiu.

– Czego chcecie?! To wyście są pachoł kasztelański! – syknął mu prosto w twarz.

Hadziewicz wciągnął głęboko w płuca zimne listopadowe powietrze, spojrzał ku niebu, wreszcie rzekł:

– Bo tyś niby tylko na swój rachunek rabował? Takiś sam pachoł, Rabiński, jako i ja! – prychnął i ledwie zdołał się uchylić przed strzałem, którym zbójca chciał uciąć dysputę.

Błyskawicznie zeskoczył na ziemię i złapał Rabińskiego, ściągając go z konia. Bartek upadł jak długi, zdany na dobrą wolę podstarościego. Hadziewicz wyciągnął nóż i przyłożył Rabińskiemu do gardła.

– Co teraz powiesz, zbójco?

– Poniechaj... – wystękał z trudem.

– Żebyś mi w plecy strzelił, kiedy się będę oddalał?

– Poniechaj, a rzeknę ci coś...

Hadziewicza nie interesowało, co mógł powiedzieć Rabiński, ale też i krzywdy nie chciał mu uczynić. Zbójca i jego konszachty z kasztelanem czy innymi były mu w gruncie rzeczy obojętne, choć wolałby go mieć po swojej stronie, bo niewielu już podstarościemu sprzymierzeńców zostało. Może nikt zgoła?

– Gadaj! – rzucił, nie odsuwając ręki z nożem od jego gardła.

– Jandźwiłł za twoją głowę nagrodę obiecał – wystękał Rabiński.

– Też mi nowina. Komu?

– Mnie.

Hadziewicz schował nóż, jawnie lekceważąc niebezpieczeństwo.

– Więc czemuś tak długo zwlekał?

– Okazji nie było...

Podstarości roześmiał się w głos, jakby coś zabawnego usłyszał, ale zaraz sposępniał.

– To ją masz teraz! – huknął ze złością.

Rabiński wstał, otrzepał się i dumnie popatrzył Hadziewiczowi prosto w twarz.

– Teraz to ja jużem się skwitował ze służby.

– Czyli życie ocaliłem? Dziwny z waszeci zbójca... Masz mnie tu samego, strzelasz, nie trafiasz, z nożem się nie rzucasz, złoto Jandźwiłłowskie ci niemiłe? – cedził przez zęby podstarości.

– A wy się nie dziwicie, czemu kasztelan kazał was o głowę bez sądu skrócić?

– Bo sądu on żadnego odprawić nade mną nie może. Czyżem zbrodzień?

– Więc za cóż was tak nienawidzi?

– Kiedy wiecie, mniemam, że on mnie nawet lubi – rzekł Hadziewicz. – Łzę by pewnie niejedną uronił nad moją trumną, tak żeby wszyscy widzieli i długo wspominali, jakim uczuciem obdarzył sierotę.

– I z tej miłości dwór wasz zajechał?

– Bo złoto nasz kasztelan kocha ponad wszystko. I jeśli nie ma innego sposobu, to się i krwią pomaże, byle skarbca nie zmniejszyć. A w tym skarbcu matki mojej szkatuła, o którą żem się upomniał.

– Toście nieostrożność popełnili! – Rabiński wszedł w ton podstarościego. – Bo nie ja, to kto inny się na owo rzekome złoto za waszą głowę połaszczy.

– Nie każdy chce kasztelanowi służyć, bo może się on lochem, nie talarami odwdzięczyć.

– Tak i ja zmiarkowałem.

– Toście człek rozumny. Co teraz zamierzacie?

– Ruszę w świat, gdzie mnie nie znają. Przy sądzie się umieszczę albo za pisarza w jakim grodzie odległym.

– I mojego konia w podróż zabierzecie? – Podstarości roześmiał się, klepiąc siwka po zadzie.

– Koń z rabunkowego złota kupiony! – obruszył się Rabiński.

– A jedźcie sobie, byle dalej stąd! Też bym ruszył, gdyby mnie miecznikowa tu nie trzymała. Samej nie zostawię, a wojna się pono szykuje.

– Jaka wojna, jeśli Moskwa już się po wsiach rozpycha? Tośmy są i bez wojny pod jej butem.

– Będziem się konfederować w obronie króla jegomości! – mówił Hadziewicz, uniesiony oracją, nie bardzo wierząc we własne słowa, zwłaszcza po dopiero co doznanej klęsce. – Trzeba nam ruszyć pod sztandary regimentarskie! I w czas taki chcecie się na pisarza przerabiać? Strzymacie nad sądowymi pismami, wy, zbójca?

– Jużem zaznał zamkowych lochów. Co mnie tu jeszcze czeka?! – warknął Bartek.

– Toście się, jak ja, kasztelanowi cudem jakimś wywinęli! A teraz trzeba pod wyższą komendę się udać, bo wbrew woli narodu Sasa nam na tron posadzą!

– Król daleko, kasztelan blisko… – Bartek ciężko westchnął.

– I tuście w sedno utrafili! Dla nas obu on wróg najpierwszy. Warto by przypieczętować tę jednomyślność!

XLIX

Gdy Bartek się ocknął, nie było przy nim podstarościego. Spod wpółprzymkniętych powiek w słabo oświetlonej karczmie widział zamazujący się obraz arendarza, jakichś ludzi przy stole, słyszał jakieś głosy.

– Przyjacielu! – zawołał i czknął. – Przyjacielu? – Rozejrzał się raz jeszcze, ale Hadziewicza nie dostrzegł. Przetarł twarz dłońmi, to też nie pomogło. – Hej, Żydzie, gdzie podstarości?

– Czym ja jego sługa? Wyszedł.

– Mówił co?

– Nic.

– Psia wiara! Tak mi się widziało, że to być nie może, by on ze mną bez jakiego podstępu pił! Konia! – krzyknął Rabiński i się poderwał, ale w tej samej chwili, nie mogąc ustać na nogach, opadł na ławę. Chwilę potem już chrapał.

Zofia Niezgodzka siedziała jak na rozpalonych węglach. Nie ulegało wątpliwości, że wizyta braci Szuksztów ma cel inny niż czysto sąsiedzki. Starała się zachowywać naturalnie, udawała oczywiście, że nie rozumie, po co przyjechali, częstowała ich swymi specjałami, które chwalili bez miary, poiła miodem, raz po raz powtarzając, jak bardzo jest wdzięczna za pomoc okazywaną w różnych trudnych chwilach. Bracia jedli, pili, kiwali głowami, narzekali i wciąż nie wyjawiali powodu swej wizyty. Rozmawiali o cenach zboża, jakie ci przeklęci kupcy gdańscy bezlitośnie dusili, o nieurodzaju, pogodzie, wyczytanych w kalendarzach mądrościach i przepowiedniach, wreszcie o dziwnej sytuacji politycznej, która spowodowała okupację Litwy przez obce wojsko bez wypowiedzenia wojny.

Bracia zapowiadali, że w najbliższym czasie, pewnie po świętach, staną pod Pociejem, by wyzwolić kraj i stworzyć warunki do powrotu króla Stanisława, wraz ze świtą w gdańskiej twierdzy oczekującego na pomoc od swego zięcia, króla Francji.

– Ale nim się skrzykniem, to trochę potrwa – stwierdził filozoficznie Jacek Szukszta. – Może i do wiosny...

– A miecznikowej to tu samej w Złotym Moście nie straszno? Wokół pustki, las i moskiewskie wojsko. Diablo ciężkie czasy nastały – wtórował mu brat, Szymon, a Jacek trącił go łokciem.

– Wybaczcie bratu memu, pochopny on czasem w słowie. Ale co prawda, to prawda, czasy ciężkie.

– Jawnej krzywdy strzegą się komukolwiek uczynić, tyle że objadają wieś bez żadnej litości, wciąż rekwizycje czyniąc. A jeśli i zapłacą, to tyle, że śmiech bierze. Raczej kwity papierowe rozdają, które Bóg raczy wiedzieć, kiedy wykupią. Sama nie wiem, za co przyjdzie święta przygotować, chyba samą wodziankę i chleb na stole postawim. W okolicy też niespokojnie, ale wszak wiecie to sami.

– Byłaby na to rada... – wszedł jej w słowo starszy z braci, Jacek.

– Ciekawe jaka? – odezwała się nagle milcząca dotąd pani Salomea. Jej pytanie, nie wiedzieć czemu, spłoszyło gościa.

Zofia spojrzała na matkę z wyrzutem. Wcale nie chciała przyśpieszać dojścia braci do sedna sprawy. Niewielu zostało jej sąsiadów skorych do pomocy, a jeśli rozmowa potoczy się w przewidywanym kierunku, i tych dwóch ubędzie.

– No, rada jak to rada... – plątał się starszy Szukszta. – Może dobra, może zła, ale ze szczerego serca płynąca...

– Bo pani miecznikowa z jejmością to tu same jedne – pomagał jak mógł Szymon.

– A w dzisiejszych niespokojnych czasach jak białogłowom majętności przypilnować?

– I waść sugerujesz, że ja... – Pani Salomea zapłoniła się niczym młode dziewczę. – Że męża szukam? W moim wieku? A kto by mnie tam zresztą chciał... – Machnęła ręką dla efektu i może po to, aby usłyszeć coś miłego.

Rozmowa przyjęła niespodziewany obrót. Zofia ledwie powstrzymywała się od śmiechu, widząc, jak bardzo matka skonfundowała Szuksztów.

– No, pani cześnikowa to jest zacności niewiasta! Cały powiat jejmość szanuje i na pewno znalazłby się niejeden, co by za honor sobie poczytywał... – wił się jak w ukropie.

– Czyście w swaty przyjechali, mości panowie? Bo jeśli tak, to wiedzcie, żem ja świętej pamięci cześnikowi ślubowała! – nadspodziewanie twardo rzekła pani Żelska.

Ulga odmalowała się na obliczach obu braci, co Zofia skrzętnie wykorzystała, pokazując chłopakowi, aby dolał mężczyznom do szklanic, bo już dno w nich było widać.

– Nie, no ma się rozumieć, przymuszać nikt jejmości nie zdoła. Już by musiał z nami mieć do czynienia!

– Musiałby, szubrawiec! – Młodszy Szukszta, czując ulgę, uderzył pięścią w stół, ale zaraz zreflektował się, że w białogłowskim domu tak nie przystoi, więc szybkimi ruchami począł wygładzać zmarszczony obrus.

Zofia patrzyła na braci z rozbawieniem. Tak bardzo chcieli wykazać się galanterią! Zdolni do rąbania szablą i picia nie potrafili znaleźć gładkich słów, którymi zabawia się damskie towarzystwo. Chcieli być uważani za pełnych dystynkcji, ale w ich zaścianku takie umiejętności nigdy nie były potrzebne. Czując się niezręcznie, bo rozmowa okazała się trudniejsza, niż przypuszczali, Szuksztowie szukali ucieczki w jedzeniu i piciu. Żaden nie ośmielił się powiedzieć Zofii, co ich sprowadza. Kiedy wychylili nowe toasty i nabrawszy nieco odwagi, zbierali się do kolejnego ataku, do świetlicy wpadł chłopak, a za nim kompletnie pijany Kacper Hadziewicz.

– Pochwalony! – wybełkotał, przytrzymując się futryny.

– Na wieki wieków! – odpowiedzieli chórem.

– A co tu się za rezolucja odprawia?! – zapytał przybysz nieuprzejmie, jakby ich zastał we własnym domu.

– Panie podstaroście! – Powstawszy, Zofia chciała wypchnąć Hadziewicza ze świetlicy. Gdzieś by mu tam posłali, żeby się przespał, bo na noc wygonić nie wypada, ale on zaparł się mocno i ani myślał ustąpić. Zrobił dwa kroki w kierunku stołu i ciężko oparł dłonie, wychylając się ku Szuksztom.

– Co was tu, bracia Szuksztowie, za interes sprowadza?! – indagował.

– No, w goście przyjechaliśmy.

– To radziśmy wam wielce! – Hadziewicz kiwał głową. – Radziśmy, póki po ten kwiatek nie sięgacie! – Z miłością w zamglonych oczach spojrzał na Zofię, która zbladłszy, zacisnęła wargi. – Już my skwitowani z dawnych spraw i sporów, ale jeślibyście myśleli, że tu dla was się ślubny kołacz upiecze, to wybijcie sobie to z głowy! Tu przed wami inni mają większe prawa!

– Panie podstarości! – warknęła Zofia i zawołała na chłopaka, który nieskutecznie starał się wziąć Hadziewicza pod rękę.

– A idźże! – Podstarości wyrwał mu się. – Idźże, mówię!

Chłopak cofnął się nieco. Kacper zrobił krok ku Zofii, a potem upadł przed nią na kolana.

– Królowo! – Rozłożył ręce i beknął. – Miłuję cię ponad życie! Gotów jestem zginąć, porąbany przez tych tu braci, jeśli tylko moja śmierć byłaby ci miłą. A jeśli nie, to obu położę trupem na miejscu, rzeknij tylko, co rozkażesz, wszystko spełnię!

– Precz! – krzyknęła wzburzona Zofia. – Precz z tego domu i nie śmiej pan nigdy przekroczyć jego progu!

Do świetlicy wpadło kilka sług, wzięli Hadziewicza pod ramiona i wyprowadzili na podwórzec. Ni takiego towarzystwa, ni takiego responsu spodziewał się podstarości. Na powietrzu spojrzał w gwiazdy, strącił służących z siebie i krzyknąwszy:

– Wara mi, psubraty! – sam wgramolił się na konia

Cmoknął i przez uchyloną bramę ruszył w stronę lasu.

Kiedy dwa pacierze później wszedł znów do karczmy, pijany Bartek spał na ławie. Ocknął się jednak i zobaczywszy Kacpra, zapytał radośnie:

– Gdzieś był, przyjacielu?

– W piekle – odpowiedział całkiem trzeźwy Hadziewicz.

L

Zofia rozchorowała się ze wstydu i doznanego zawodu. Z mokrym okładem na pałającym czole położyła się w alkierzu, aby nie patrzeć sługom w oczy. Pewnie wszyscy się z niej teraz śmieją po kątach. Ten podstarości! Jak mógł tak ją ośmieszyć?! Dlaczego to zrobił? Czym mu zawiniła? Uczucie, do którego sama już zaczęła się przed sobą przyznawać, prysło, pozostała niechęć, złość, upokorzenie. Gdyby tak zachował się któryś z braci Szuksztów, pewnie jej smutek byłby o wiele mniejszy, nigdy bowiem z żadnym z nich nie wiązała swojej przyszłości. Ponieważ mniemała, że Kacper Hadziewcz zmienił się na korzyść, i sobie przypisywała rolę osoby, która przywiodła go ku dobremu, tym silniejsze było jej rozczarowanie.

Miała nadzieję, że podstarości spędzi święta w Złotym Moście, chciała już nawet na ten temat rozmawiać z matką, nie pozwoli przecież, by wieczerzę wigilijną jadł w jaskini czy w karczmie! Ale wszystkie dobre chęci prysły wobec ciosu, jaki jej zadał. Czy on w ogóle myśli? Przewiduje konsekwencje swojego zachowania? Nie, po stokroć nie! Nie taki ojciec jest potrzebny jej dzieciom! Nie taki gospodarz Złotemu Mostowi. Przeklinała dzień, w którym przyjęła go pod swój dach! Przypominała sobie świętej pamięci Atanazego Niezgodzkiego, kryształowego człowieka, który jej nigdy w niczym nie uchybił, z którego powodu nie musiała się nigdy wstydzić czy uronić choćby jednej łzy. Był starszy, to prawda, dużo starszy od niej, jednak jego obycie i poczciwość charakteru powodowały, że nigdy nie mogłoby się zdarzyć coś takiego! Podstarości to dziki człowiek. Jak tu takiemu zaufać? Jak na niego liczyć w trudnych chwilach? Prawda, młody. Prawda, gładki jak rzadko który. Te jego jasne włosy, pierścionkami wymykające się spod barankowej czapki, ten wąs, te krasne usta, oczy niczym noc ciemna. Ale uroda przemija, a charakter w człowieku krzepnie i coraz gorszym się jawi. Stanowczość zmienia się w ślepy upór, rozmowność zrzędliwością się staje, gorąca krew porywczość zapowiada.

Ledwie Zofia, zamknąwszy oczy, zdążyła ukoić nieco swe troski, krzyk wielki się uczynił w podwórcu. Wsłuchiwała się przez chwilę w wołania, ale rozpacz jakąś niosły i lamenty, chcąc nie chcąc zerwała się więc. W pośpiechu wkładając strój domowy, wybiegła ku sieni. Tam już stali w zbitym tłumie słudzy czekający jej widoku. Chłopi mieli krew na kożuchach, na dłoniach, trzymali cepy, kije, sierpy.

– Co tu się stało? – zapytała z lękiem, widząc ich wzburzone twarze.

Wystąpił najodważniejszy z nich, Kaźko.

– A bośmy się z Moskiewskimi porąbali! Dość już będzie ich panowania we wsi! Rabunki dzień w dzień, rekwizycje, a dziewki nasze musim przy sobie trzymać, coby ich nie popsowali.

– Krew macie na rękach…

– Ale to oni naszych posiekli i z tym my do jejmości przyszli, bo na śmierć posiekli!

– Kogo?

– Bartoszów syna i Kuźmę.

– Matko Boska! Budźcie dowódcę! – rozkazała, ale nim ktoś zapukał do izby oddanej oficerom, dopinając ostatnie guziki munduru, wyszedł z niej Arsenij Iwanowicz.

– Co tu się dzieje? – zapytał po francusku.

– Pańscy ludzie panoszą się we wsi, zabili dwóch moich poddanych! – oskarżycielsko zaczęła Zofia.

Nie czekając na dalsze tłumaczenia, oficer rzucił ostro:

– Rozejść się! – i wyszedł na podwórze.

– Idźcie do domów – poprosiła Zofia, nikt się jednak nie ruszył.

– My tu są deputacją, bo nad winnymi trza sąd wykonać! Inaczej wyrżniem ich co do nogi! – wykrzykiwali jeden przez drugiego.

– Ćśśś! – uspokajała Zofia, jakby obawiała się, że ktoś usłyszy. – Wszak to wojsko, moskiewskie wojsko, kto ma ich sądzić?

– Jest sąd w Winnicy, niech ich sądzi!

– Oni naszej jurysdykcji nie podlegają – tłumaczyła Zofia. – Idźcie do domów opłakiwać zabitych. Ja porozmawiam z ich dowódcą.

Chłopi, acz niechętnie, wycofywali się z wolna, Zofia zaś zastanawiała się, jak przekonać Lichodiejewa do wskazania i ukarania winnych. Niepotrzebna jej była w Złotym Moście wojna chłopów z moskiewskim wojskiem. Zachodziła jednak całkiem uzasadniona obawa, że jako białogłowa nic nie wskóra, co wtedy? Poruszona czekała na oficera w świetlicy. Wrócił dość szybko. Nie kryjąc wzburzenia, przyprowadził ze sobą rannego. Żołnierz miał rozcięty policzek, z którego na podłogę kapała krew.

– Widzisz pani?! – ruszył do ataku. – Oto, co zrobili ci rozwydrzeni chłopi! Napadli na moich żołnierzy! Bez żadnej przyczyny, formalnie ich roznieśli!

Zofia nie uwierzyła.

– Moi chłopi napadli na pańskich ludzi?! A to paradne, doprawdy! Chce pan powiedzieć, że dowodzi wojskiem, na które byle chłopi są w stanie napaść?

– Zaskoczyli ich w kąpieli – bronił się Lichodiejew.

– Panie oficerze – Zofia mówiła wolno i stanowczo. – Nie mam wątpliwości, kto na kogo napadł. Jeśli nie wyda pan winnych i ich przykładnie nie osądzi, nie ręczę za moich chłopów. To prości ludzie, ciężko pracują na chleb, który im od ust odbieracie. Wychowują w bojaźni bożej swoje dzieci i chcą, by były one podporą ich starości, a nie ginęły z ręki obcego wojska, które panoszy się na Litwie, nawet nie wypowiedziawszy nam wojny! Jeśli pan nie ukarze sprawców, znajdę drogę do pańskiego dowódcy!

Lichodiejew nigdy w życiu nie spotkał kobiety, która śmiałaby mu mówić, jak ma dowodzić wojskiem! Ta Polka jest szalona! Otworzył usta, aby jej odpowiedzieć, machnął jednak tylko dłonią i wyszedł. Nie była partnerem do rozmowy. Z czego zresztą miał się usprawiedliwiać? Wojsko to wojsko, takie rzeczy się zdarzają. Niech się cieszy, że tylko dwóch zginęło.

– Lepiej daj spokój! – przekonywała Zofię matka. – Wojny nie ma, ale co to dla takiej sotni spalić Złoty Most? Choćby przez przypadek? Nawet jeśli nikt by nie zginął, cóż będziemy znaczyć, pozbawieni naszych domów?

– Mam zgadzać się na to, żeby wciąż robili komuś krzywdę?!

– Jak mniemam, nasi chłopi dłużnymi im nie pozostają?

– Ale to moi chłopi własne dzieci pochowali, po moskiewskiej stronie nikt nie zginął! – Zofia broniła swego punktu widzenia.

– Czego właściwie chcesz, drogie dziecko?

Miecznikowa westchnęła głęboko i usiadła, na chwilę się zamyśliwszy.

– Chcę, żeby sobie stąd poszli.

– A to już chyba zależy tylko od woli bożej… – odparła pani Salomea.

– Jaka więc jest twoja rada, matko?

– Siedzieć cicho, póki nas nie ruszają.

– Wszak siedzę cicho, nie pojechałam do kasztelana ani nie szukam dowódcy tego wojska! Czekam, aż Lichodiejew sam wskaże winnych.

– A cóż on by był za dowódca, gdyby za zabicie jakichś dwóch chłopów oddał pod sąd swoich ludzi?

– Byłby sprawiedliwy.

– Niepotrzebnie tego od niego zażądałaś. Postawiłaś go tylko w trudnej sytuacji, a nic nie wskórasz. Przecież on może spełniać jedynie rozkazy swego dowódcy, na pewno nie twoje!

Kilka następnych dni minęło Zofii na oczekiwaniu. Lichodiejew zarządził swym ludziom jakieś ćwiczenia w polu, wychodzili rano, wracali wieczorem. Był to dobry sposób na utrzymanie posłuchu. Zmęczeni żołnierze marzyli wyłącznie o tym, żeby zjadłszy coś, zakopać się w sianie. Nie widać było we wsi pijanych, drących się na całe gardło i szukających zaczepki sołdatów, jednak sprawa nie została rozwiązana, a winnych wciąż nie ukarano. Osierocone rodziny pochowały swoich zmarłych. Odprowadzając ich całą wsią na cmentarz, mieszkańcy Złotego Mostu pokazali, że nie darują swojej krzywdy. Tego samego wieczoru znów rozgorzała bójka, byli ranni. Dowiedziawszy się o tym, Zofia zażądała widzenia z Lichodiejewem. Sądząc, że to coś pilnego, wyszedł do niej w koszuli i spodniach.

– Domagam się, aby zakazał pan swoim ludziom zaczepiać moich poddanych!

Mężczyzna wypuścił powietrze i zrobił zaciętą minę.

– Posłuchaj, ślicznotko! – wysyczał wściekły. – Trzymam moich ludzi w ryzach, ale jeśli wciąż będziesz mi się naprzykrzać, dalibóg, przestanę!

Zofia spąsowiała. Czując, że zaraz się rozpłacze, odwróciła się na pięcie i odeszła bez słowa. Dopóki wojsko będzie stało we wsi, dopóty ona nie zazna spokoju.

LI

Przez wąską szparę Strasz zobaczył Cecylię Lange. Opromieniona światłem płonącego w kominku ognia siedziała nieruchomo, patrząc na śpiącego maltańczyka.

– Najpierw krzyczała na całe gardło, teraz spokojna jak posąg – niepewnym tonem wyszeptał do stojącego za nim cyrulika.

– Woleliście, panie, kiedy krzyczała?

– Nie, nie! Już lepiej niech milczy... Niewiasty są zawsze zbyt głośne. Zostanę z nią przez chwilę, nie będziecie mi potrzebni.

Dietrich ukłonił się i oddalił, a Strasz wszedł do środka, zamykając za sobą drzwi. Cecylia się nie poruszyła, całkowicie ignorując jego obecność. Mężczyzna usiadł na zydlu. Dłuższą chwilę upajał się szlachetnym profilem kasztelanki. Ubrana skromnie, z włosami zaczesanymi w prosty kok, bez zbędnych ozdób, z uwydatniającą się już mocno ciążą, milcząca, nie przypominała tej, którą była jeszcze do niedawna. Jej położenie całkowicie się odmieniło. Porzucona przez męża, zaniedbywana przez ojca i braci, siedząc tu niczym w więzieniu, miała tylko swe brzemię i tego śmiesznego psa...

– Jak się dziś czujecie, pani? – zapytał, ale ona nie tylko nie odpowiedziała, ale nawet nie spojrzała w jego stronę. – Wolicie milczeć? Milczcie więc. Godzi się milczeć niewieście, której sprawy obrót tak niefortunny przybrały. Zamyślenie przystoi tej, co przez swą dumę niepojętą popadła w niełaskę u własnego ojca. – Westchnął z nieszczerym współczuciem. – A rad moich nie chcieliście słuchać! Przyjaźń moją, co do szaleństwa niemal mnie przywiodła, odrzuciliście... Milszy był wam ów dowódca straży zamkowej. Jak go zwali? Bieniasz? Tak, Jakub Bieniasz, ladaco i moczywąs. No, ale młody i postawny! Co też mu się przytrafiło?... Zdaje się, z murów zamkowych spadł, kark skręciwszy? Ot, nieszczęście... Ale kasztelanka płakać po nim nie zdążyła. Któż by i płakał po takim nicponiu, co wołał czarownicę od córki pana na Turowie? Chyba tylko owa dziewka, co z niej czarownicę zrobili, aby rzec nic nie śmiała, i spalili na stosie, na zawsze usta zamykając. Zresztą trwały przygotowania do ślubu, wielkie nadzieje miała spełnić kasztelańska jedynaczka, któż by się tam jakimś sługą przejmował? Kogo obchodziła jakaś czarownica? Strasz też się uwijał, starał, kasztelance nadskakiwał i jaka nagroda go spotkała?... – przerwał, jakby chciał dać Cecylii szansę na odpowiedź, kiedy ta nie padła, pokiwał tylko głową. – Et, dajmy pokój żalom. Może większy powód do smutku miał marszałek Stryjewski, co go do złej sławy i przedwczesnej śmierci nowo poślubiona małżonka przywiodła, uganiając się za jego synowcem? Staremu nie było się równać z młodym, a krew nie woda, jak mówią. Synowiec zbyt częstym okazał się gościem w domu marszałka, któremu to na zdrowie nie wyszło. I tak kasztelanka wdową została. Ale już po Litwie fama się rozpełzła, że pani marszałkowa zacnością nie grzeszy, że rogi przyprawiła mężowi, co ten życiem przypłacił, ostrożnym być trzeba, bo we wianie bękarta jeszcze przynieść może. – Strasz, opierając ręce na kolanach, mówił wolno. Nie spuszczał oczu z Cecylii, a ona siedziała wciąż tak samo nieruchoma i milcząca. – Ma młodość swoje prawa, może być obojętną i dziką, ja to rozumiem, ale nie powinna być ślepa na to, co się dzieje dookoła. A kasztelanka widzieć ani słyszeć nie chciała, jakim ją Strasz obdarzył afektem. Śmiała się z biednego sługi, drwiła zeń, że mały, pokraczny, że włos jego rzadki, a lico niepiękne. Co za brak serca! Cóż za nieostrożność! Wszak to ów odrzucony sługa jej kolejnego męża wybierał... – Zawiesił głos, widząc, że Cecylia zadrżała. Ponieważ jednak nie powiedziała nic ani się ku niemu nie obróciła, ciągnął swe żale: – Narzeczony miał być bogaty, ustosunkowany, wymagania kasztelana miary nie znały, jakby wydawał za mąż co najmniej księżniczkę. Najważniejsze jednak było, żeby kandydat na kasztelańskiego zięcia nie dowiedział się o przeszłości swej narzeczonej, bo ta, wdowieństwa nie zachowując, już sobie kolejnego amanta znalazła! I trafiła kosa na kamień, a kasztelanka na Langego. On nicpoń, prawda, karciarz, łotr i szubrawiec, że drugiego takiego w całej Warszawie nie znaleźć. Wielki tylko swą ambicją i marzeniami, ale w gruncie rzeczy litości godzien, bo wciąż w długach tonący. Kto by pomyślał, że tak szybko się odwinie? Nawet roku z kasztelanką nie strzymał. Ale, mój Boże, żona niestała, teść dusigrosz, o co tu walczyć, trza się rozwodzić! – Strasz westchnął ciężko. – Źle zrobiliście, moja pani, afekt sługi swego odrzucając. Lepszego męża byście dostali, nie stroniąc ode mnie i łask swych mi nie skąpiąc. Żylibyście sobie spokojnie, na mą dumę nie plwając i mego ducha nie dręcząc. Wszak was nęcą przygoda i męskie ramiona. Czemu nie chcieliście zakosztować moich? W czym ja gorszy od tego zbójcy? A teraz zamknięci w samotni aż do rozwiązania, jeno do tego psa możecie usta otworzyć, ale on się nad wami nie ulituje i losu waszego nie zmieni. Głaszczcie go, głaszczcie, jedyna w nim pociecha. Strasz o wasze łaski prosił nie będzie. Strasz dostanie, co zechce, bo was, pani, nikt już poczciwy za żonę nie weźmie. Wziąłby pewno, gdyby kasztelan szkatuły uchylił... Ale to próżne rachuby. I tak teraz wy, chcąc nie chcąc, na mojąście łaskę skazana. Nigdy bym nie pomyślał, że zwlekanie taką rozkosz dać może, większą pewnie od tego, co w waszych ramionach idzie poczuć. Zresztą już aniście młoda, ani ładna, litość bierze patrzeć. Ulgę poczuje kasztelan, oddając was Straszowi, bo musi się pozbyć bękarta i córki nieroztropnej. A pozbędzie się, pozbędzie, jak pozbył się już jednego syna, co mu śmiał wejść w drogę! – Mężczyzna popatrzył uważnie, ale Cecylia nie wyglądała na zainteresowaną. Pewnie uważała, że on kłamie, chcąc ją nakłonić do mówienia.

Straszowi jednak nie zależało, aby właśnie dziś usłyszeć głos kasztelanki. Miał dużo czasu. A wszystko układało się podług jego zamierzeń. Choćby nie wiadomo jak długo koncypował, nie uknułby intrygi, która zmusiłaby kasztelana do wyrzucenia syna! Może hardy kasztelanic nie wróci już do Turowa? To by było pięknie! Na razie sprawa się nie rozniosła, ale wystarczy jedno, ba!, pół słowa rzuconego Żydowi i już cały powiat się dowie! Tak, wszystko szło jak najbardziej po myśli Strasza! Zadowolony omiótł wzrokiem komnatę, jakby już do niego należała, klepnął się w uda, wstał i wyszedł, nie czekając odpowiedzi.

Ta padła, kiedy oddalił się na kilkanaście kroków i na pewno nie mógł jej usłyszeć.

– Idź precz, pomiocie szatani! – syknęła Cecylia Lange.

LII

Powykrzywianymi, brudnymi paluchami starucha grzebała w kaszy, wybierając ostatnie skwarki.

– I co? – dopytywał się Hadziewicz.

Bezzębne dziąsła starej powoli mełły jedzenie. Podstarości patrzył w napięciu, jak wniebowzięta rusza szczękami. Jedyną jej odpowiedzią było wzruszenie ramion.

– Gadaj! – ponaglał wściekły.

Kobieta przełknęła pokarm, sięgnęła po piwo i piła, głośno przełykając.

– Co ma być? – powiedziała, odbeknąwszy. – Raz po raz tłuką się Moskiewscy z naszymi, czasem trochę krwi się poleje, nieraz i kogoś zabiją, jak to w bójce. Pani nasza chodzi zasmucona, bo nie widać, kto by mógł wieś raz na zawsze wyzwolić ani kiedy koniec tej gościny nastąpi. Bladziutka taka się zrobiła, aż przykro patrzeć.

– A jej samej nie krzywdzą?

– Bo to się dowiesz? Wszak chwalić się czymś takim nie będzie.

– Ścierwa! – krzyknął Hadziewicz i walnął pięścią w stół. – Wytłukę wszystkich, do nogi!

– To by pięknie było – wymamrotała starucha. – Ale jednych wybijecie, drugie przyjdą. Moc ich tu dookoła, łatwo nie będzie.

Miała rację. Udając chłopa, zabiłby kilku, góra kilkunastu. Może zdołałby wkraść się znów w łaski Zofii, chociaż pewności nie miał. Może by mu przebaczyła, ale w grę wchodził i inny rozwój wypadków: za oddanie i poświęcenie odpłaciłaby jeszcze dąsami i złością. Nie wiedział, co czynić, i to go doprowadzało do furii. Gnałby gdzieś na oślep, wyzwał kogo na szable, ubił ze czterech, może by mu wtedy ulżyło. Zapomniał o własnych zmorach, o majątku utraconym i przepadłej godności. Tylko ona była ważna, tylko jej zdanie się liczyło. Tylko jej chciał słuchać i tylko na nią patrzeć. Każdy dzień bez Zofii najsroższą mu się zdawał katuszą. By mieć o niej najświeższe wiadomości, wyzbywał się ostatnich groszy, jak dziś stawiając wódkę i kaszę owej babie żebraczce, która wieści przyniosła. I najpierw chciał ruszać z miejsca na Moskala, bić go i choćby pod bramą w Złotym Moście samemu zginąć, a potem wypijał jedną, dwie, trzy wódki i zasypiał na ławie albo wracał do jaskini, aby tam wraz z kamratami przy ogniu się grzejąc, snuć niedorzeczne plany.

– Jak to: w podróż? Dokąd i po co? – twardo zapytała pani Salomea. – Nie pora teraz ludziom głowy zawracać, wszak adwent.

– Potrzebuję męża – jakby zmieniając temat, odpowiedziała Zofia.

– I pojedziesz go szukać po dworach? Cóż to za nowa moda?! Zabraniam ci!

– Nie będę szukać męża, chcę zobaczyć, jak inni radzą sobie z nieproszonymi gośćmi.

– A cóż ty mi za banialuki opowiadasz, dziecko?! Po to chcesz jechać w taki czas niesposobny, po śniegu i mrozie? Powiem ci, jak sobie radzą, i bez wyjeżdżania. Męża dla ciebie musimy szukać, to inna rzecz. Dobrze, żeś już wygnała z serca podstarościego. Wielu jest godnych i majętnych, lepszych od niego. A że on urodziwy? Uroda, jak śniegi na wiosnę, ginie, nim się spostrzeżesz, a mądrość, stateczność, majątek pozostają. Rozum u ciebie, widzę, piękności dorównuje – dodała pani Żelska, chcąc zrobić córce przyjemność, bo tak niepewna mina Zofii, jak i jej zachowanie w ostatnich dniach świadczyły o obawie, wątpliwościach, lęku, któremu do ust przystępu nie dawała, który jednak rósł z każdym dniem w jej duszy. – Już dobrze, jedź, zażyj trochę przyjemności, tylko weź ludzi ze sobą i uważaj, bo wilki znów groźne! – Ucałowała córkę na dobranoc i udała się do swego alkierza.

Zofia modliła się długo i żarliwie, chcąc w duszy swej utwierdzić zamiar, z jakim nosiła się od pamiętnej upokarzającej rozmowy z Lichodiejewem. Następnego dnia spakowała trochę najpotrzebniejszych rzeczy, wzięła trzech konnych i pożegnawszy matkę i dzieci, ruszyła w objazd najbliższych majątków.

Przyjmowana była z honorami, choć dosyć podejrzliwie. Radziła sobie jednak, znajdując dobre słowo dla pana domu, panią prosząc o radę. Bystrym okiem obserwowała, w której wsi stoją moskiewscy sołdaci, i szybko zmiarkowała, że jedynie tam, gdzie bliskie więzi nie łączą właścicieli z kasztelanem. Gdyby nie była białogłową, zapewne dowiedziałaby się więcej, tu i ówdzie jednak wymknęło się przy stole podchmielonemu gospodarzowi, że po świętach szykuje się ruszyć pod wspólny sztandar.

– Czy nasz powiat się skonfederuje przeciwko Moskwie? – zapytała imć pana Żabę, do którego również zajechała w nadziei usłyszenia wieści o Kacprze Hadziewiczu.

– Ależ miecznikowo! – zapienił się pan Żaba. – Toż by to było oczywiste szaleństwo! Oni uzbrojeni, szkoleni, a my co? Kiedy który z nas miał broń jaką w dłoni?

– Rokrocznie ją macie po wielekroć, na polowania się udając! – rzekła zdziwiona.

– Polowania na nagonionego zwierza chcesz pani porównać do wojny z Moskwą? – parsknął. – Toż oni nas wystrzelają jak kaczki.

– Zatem siedzieć radzicie i znosić upokorzenia?

– Trzeba nam czekać... – westchnął imć Żaba.

– Czekać? Na co?! Na kogo?!

– Na króla. Na hetmanów... Ktoś musi dowodzić.

– Na króla Moskwa ruszy ze swą potęgą najpierw. Wszak Leszczyńskiego nie życzy sobie ponoć carowa Anna? – zapytała zdumiona. – Tu jej wojska wystraszyć nas tylko mają, byśmy głów nie podnieśli i do koronacji króla nie doprowadzili.

– A po cóż tę piękną główkę zaprzątacie sobie takimi troskami? To nie białogłowskie zmartwienie. Bo wy zapewne w bój nie pójdziecie? – próbował trywializować gospodarz.

– Ale na przednówku nie będę miała czym zasiewów zrobić! Dopiero adwent, a już dno się pokazuje w sąsiekach! Sołdaty wybierają, co chcą. Oni pójdą precz, a my tu o głodzie zostaniem. Was to nie trapi? Nie zastanawia, co wasi ludzie do misek włożą? Wszak o komosie, mchu i soku brzozowym trudno będzie rok przeżyć! – wyrzuciła z siebie zawiedziona i mimo próśb i nalegań nie została w Głębokim Kącie na noc.

Zastanawiające było, dlaczego obywatele niemal całego powiatu z założonymi rękoma czekali na to, co los przyniesie. W imię czego ci potomkowie bitnej polskiej szlachty pozwalali się okradać przez małe oddziały moskiewskiego wojska, które w pojedynkę dałoby się zapewne przegonić, gdyby taktykę jakąś rozsądną wymyślić? Dlaczego wszyscy zbliżającymi się świętami usprawiedliwiali własną bezradność i lenistwo? A co po świętach? Żywiąc się chudym barszczem, będą czekali Wielkanocy?! Ile jeszcze tego czekania? A jeżeli król zostanie pobity przez Moskwę? Czy wtedy carowa zostanie królową Polski i jej wojska już na zawsze będą stały po litewskich wsiach?

Nie miał kto rozwiać tych wątpliwości ani odpowiedzieć na niezliczone pytania. Zofia wróciła po czterech dniach do Złotego Mostu jeszcze bardziej przybita. Wyjeżdżając, miała przynajmniej nadzieję, teraz i tej zbrakło. Co gorsza, w sąsiedztwie, zupełnie nie rozumiejąc jej pobudek, zaczęto przebąkiwać z przekąsem, że miecznikowa zrobiła objazd powiatu w poszukiwaniu męża! Gdy Żyd Szmul zajechał, aby zapytać, czy czego jej nie trzeba, i powtórzył Zofii krążącą po powiecie plotkę, zatrzęsła się z oburzenia.

– Żadnego z nich, rozumiecie? Żadnego z nich żoną nie zostanę! Nasz powiat to jeden w drugiego sami tchórze, odważni tylko, żeby snuć za stołem baśnie o dawnych czasach! Ale co było, nie wróci, a teraz wróg w kraju, my zaś biesiadujem, na przyjście Pana Jezusa czekając! Moskwa nam na karku twardym butem stoi, a my harce wyprawiamy! Tak, Szmulu, wygląda nasz powiat winnicki! Możecie to powiedzieć w każdym dworze, a niechby się już i na mnie poobrażali, nie dbam o to. Wstyd i hańba! Gdybym miała męża, spakowałabym mu węzełek, do siodła przytroczyła i sama konia wyprowadziła za bramę! Ojczyzna w potrzebie, a szlachta się na króla i hetmanów ogląda!

– perorowała, chodząc tam i sam po świetlicy. Szmul słuchał z otwartymi ustami i ani śmiał wtrącić słowo.

Ale nie byłby sobą stary, gdyby nie zrozumiał, do kogo przede wszystkim miecznikowa kierowała swą gorącą orację. Zatrzymał więc konia przed złotomojską karczmą i sprawdził, czy tam się aby nie grzeje podstarości, co z braku zajęcia przystał do zbójników. Hadziewicza nie spotkał, jednak zostawił mu krótką wiadomość, która, choć enigmatyczna, jasną była dla odbiorcy. „Droga na Złoty Most wiedzie przez krwi przelanie" – tyle spamiętać mógł niepiśmienny arendarz i powtórzył słowo w słowo, gdy podstarości znów zawitał w progi karczmy. Nie wiedzieć czemu wielce tym uradowany tym razem Kacper Hadziewicz ani zajrzał do szklanicy, tylko co tchu wsiadł na konia i pocwałował gdzieś w ciemność grudniowej nocy.

LIII

Przez trzy dni nieobecności kasztelana na zamku Strasz, który wyjątkowo nie towarzyszył mu w podróży, poczuł się tak, jakby wszedł już w posiadanie tej pięknej warowni. Postanowił doprowadzić do sytuacji, w której Jandźwiłł sam poprosi go o zaopiekowanie się Cecylią i jej dzieckiem. Pierworodny wnuk kasztelana nie może się urodzić jako bękart! Strasz, najbliższy i najbardziej zaufany sługa swego pana, z pewnością zgodzi się na to poświęcenie. Właściwie brał je od dawna pod uwagę, tak zżył się z tą myślą, że już nie wyobrażał sobie innego obrotu spraw, czekał tylko na sposobny moment. A teraz okazja sama pchała mu się w ręce! Trzeba tylko jak najszybciej rozwieść Cecylię z Langem. Będzie to oczywiście kosztowne, ale Strasz znalazł już sposób. Ślub z kasztelanką stanie się ukoronowaniem jego dworskiej kariery, choćby i Jandźwiłł poskąpił na posag.

Czy on, syn szlachcica zaściankowego spod Oszmiany, mógł kiedykolwiek liczyć na tak piękną karierę?

Od podwórca niosło się szczekanie psów. Strasz wyjrzał i zobaczył kasztelana wysiadającego z sań. Natychmiast pobiegł na dół, aby bijąc we drzwiach korne pokłony, powitać swego pana i dobroczyńcę. Jandźwiłł nie spojrzał nań, rzucił tylko w powietrze:

– Czołem, mości panowie! – i uniósłszy dłoń ku górze, minął zgromadzonych domowników.

Strasz jak zwykle ruszył za nim, by być w każdej chwili pod ręką. Kasztelan nie przywitał się z nim osobno, znaczyło to, że przywiózł złe wieści.

– Strasz, za mną, proszę! – rzucił wreszcie i skierował się wprost do kancelarii.

Strasz swoim zwyczajem zatrzymał się tuż przy drzwiach. Ledwie Jandźwiłł zrzucił z ramion delię, spytał:

– Jan wrócił?

– Nie, jaśnie panie.

Kasztelan przygryzł wąsa i uderzył dłonią o dłoń.

– Szukałżeś go?

– Zapadł się jak kamień w wodę – gładko łgał Strasz.

– Jeśli mu się co stanie, zapłacisz gardłem! – syknął kasztelan, niepomny, że sam syna z zamku wygnał.

– Panie, cóż się może paniczowi stać? Pewnie do Grodu Orłowego podążył, bo gdzieżby indziej?

– Takeś go wychował, że zamiast ukorzyć się i na kolanach ojca o wybaczenie prosić, z bratem się zabawia, swych obowiązków synowskich zapominając! Oto dzisiejsza młodzież! – Westchnął ciężko.

– Ukorzy się, na kolanach przyjdzie, o łaskę błagając. Gdybyśmy jawnie go szukali, jeszcze pomyślałby, że kasztelan swej decyzji żałuje.

– Rabińskiego odnalazłeś?

Pytanie zaskoczyło Strasza. Nie wiedział, jakiej odpowiedzi powinien udzielić, aby zadowoliła kasztelana. Zresztą co innego ostatnio go zaprzątało.

– Nie. Ale on pewnie tam, gdzie go wysłaliśmy... – zaczął asekuracyjnie.

– My?! – nie wytrzymał kasztelan. – Ja go wysłałem do lasu, żeby podróżnych rabował, a nie żeby mi się na moskiewskie wojsko czaił! Z tego żadnego pożytku być nie może! Miałeś z nim porządek zrobić, kiedy tylko dopadnie podstarościego!

– Czekam, że po nagrodę przyjdzie...

– To się nie doczekasz! Zanadtoś pewny swego, bo on nagrodą wzgardził. Skumało się tych dwóch i pod bokiem harce mi wyprawiają!

– Jedno twoje słowo, panie, a wykurzę ich z jaskini! – zapewnił cicho Strasz. Starał się nadać swemu głosowi ton spokojny i stanowczy.

– Jedno słowo?! Miałeś podstarościego we wieży i pozwoliłeś mu zbiec. Rabińskiego też nie upilnowałeś! Mam wszystkim pokazać, że w moim lesie toleruję zbójców?! Że sobie z ludźmi nie radzę?!

– Winę wezmę na siebie...

– Ty mi rad nie udzielaj! Jutro z rana zrobisz zasadzkę i do nogi ich wyrżniesz! Żadnych jeńców, żadnych sądów, żadnych świadków! Oczyścisz las z tego ścierwa albo sam zawiśniesz na winnickiej szubienicy!

– Rozkaz, jaśnie panie!

Kasztelan kiwnął głową z zadowoleniem, w chwilę później jednak zastygł z kwaśną miną.

– Nie, zaraz, przecież jest adwent! Tego mi klechy nie darują! Trzeba by jaką bitwę wywołać... Radźże coś!

– Może tuż po Trzech Królach? Nie spodziewają się zasadzki, nie uciekną nam... Podstarości nie ma dokąd pójść, a gdyby nawet miał, to nie wyjedzie, bo w miecznikową jak w obraz zapatrzony.

– No, musi tak być! – wykrzyknął szczerze uradowany kasztelan, klepiąc się w udo. – To z jej podszeptu! Ona jeździ po powiecie, ludzi mi buntuje, do konfederacji przeciwko królowi namawia!

– Przeciwko któremu?

– Ot, durnyś! Wiadomo! Skoro Kacper taki rozamorowany, to będzie chciał na łaskę miecznikowej zasłużyć! Musimy ich z tej pieczary wygnać, bo mi gotowi w rzeczy samej powiat do buntu podnieść! A miecznikową za mąż wydać trzeba! Przy starym Niezgodzkim była cichutka jak trusia, ledwie toto wzrok śmiało do góry podnieść, a teraz po powiecie hula, obywatelom w głowach mąci, wichrzycielka jedna! Trzeba, aby kto ją dobrze w ryzach trzymał, bo gotowa zasmakować w tej wdowiej wolności!

– Panicz Jan byłby zdaje się nie od tego... – zasugerował Strasz.

– Nie wspominaj mi o nim! Ty się z nią ożenisz!

– Ja... panie?

– Ty! Majątek już trochę uszczuplony, ale lico u niej wciąż gładkie, głos dźwięczny, usta krasne, kibić zgrabna. Dzieci ci jeszcze będzie rodzić! Tylko ją trochę utemperować trzeba. Zobaczysz, podziękujesz mi za tę radę! A ja do ciebie w kumy przyjdę! I sąsiada w tobie uszanuję! Bo też i ty, Strasz, powinieneś wreszcie słodyczy małżeńskich zakosztować!

– Jaśnie pan mnie od siebie oddalić zamyśla? Com ja uczynił, żeby na tak srogą karę mnie skazywać?

– Jaka kara? Małżeństwo? Toż to sama słodycz!

– Dla mnie słodyczą największą jest służyć kasztelanowi.

– I dasz dowód swej wierności, śląc swaty do miecznikowej! Tak! Ukręcimy łeb tej hydrze! Zapędzisz babę do rodzenia, robótek, prac przy gospodarstwie i na moją dozgonną wdzięczność zasłużysz!

– A jeśli miecznikowa odrzuci moje oświadczyny?

– Toby chyba rozumu nie miała, gdzie jej się lepsza partia trafi?

Strasz poczuł się zapędzony w pułapkę, nie pozwolił sobie jednak na okazanie niezadowolenia. Zofia Niezgodzka nie wzbudzała w nim żadnych uczuć. Nie była też dostatecznie bogata, jego ambicje sięgały znacznie wyżej. Ślub z miecznikową tylko po to, by usunąć przeszkodę z drogi kasztelana, rujnował jego plany, odmowa jednak nie wchodziła w grę. A jeśli ona się zgodzi? Nie mógł do tego dopuścić!

– Pojadę do niej! – powiedział, aby zakończyć temat.

LIV

Wieczorami winniccy gospodarze spuszczali psy pilnujące gospodarstw, wtedy zwierzęta ruszały na polowanie. Głodując przez cały dzień, przebiegały ulice w poszukiwaniu resztek jedzenia, grzebały w śmieciach, łapały myszy i szczury, czasem upolowały kunę. Zdarzało się, że dostawały jakieś resztki pod karczmą i tu gromadziły się najczęściej.

Trzymając w dłoni kawałek chleba, kat wyciągnął rękę w kierunku psa, ten jednak nie zareagował. Gdyby to była słonina albo chociaż kawałek kości, wtedy, kto wie, może skusiłby się na poczęstunek, ułatwiając katowi zadanie. Ale wszak istniały inne sposoby, aby takiego wałęsającego się psa upolować. Kij z pętlą ze sznurka, którym tak sprawnie posługiwał się chłopak, teraz znów się przydawał. Kat dość długo się tego uczył, ale wreszcie zrozumiał, jak daleko trzeba wyciągnąć rękę i kiedy szarpnąwszy, przyciągnąć. Z karczmy dobiegały głosy pijanych gości, jakieś krzyki, musiał się śpieszyć. Ostrym, zamaszystym ruchem zarzucił pętlę na głowę psa. Zdziwione zwierzę zacharczało, dusząc się. Straciwszy oddech, pies upadł na ziemię. Kilka konwulsyjnych ruchów, jakby próbował zagrzebać się w śniegu, i koniec. Choć zdechł, jego oczy wciąż patrzyły w ciemność.

Kat zdjął pętlę, ujął łapy po dwie i niczym barana zarzucił sobie psa na plecy. Przez kożuch czuł ciepło nieostygłego jeszcze ciała. Nie chciał, aby ktoś go teraz zobaczył, ale w niewielu domach paliły się kaganki, z żadnego komina nie unosił się dym. Ludzie już spali. Niedługo później martwa suka leżała na katowskim stole. Skóra na psie, jak zbyt luźny worek, dawała się dość łatwo oddzielić.

Prowadząc ostry nóż po brzuchu, kat nie myślał o zabitym zwierzęciu, tylko o swoim nędznym losie. Od jak dawna nie wyjmował ze skrzyni karmazynowego kaftana, kapelusza ani miecza! To, co robił ostatnio, sprowadzało się do sprzątania padliny i polowania na bezpańskie psy. Z kata, jego urzędu, jego godności, jego czynności zawodowych nie pozostało już prawie nic i nawet gdyby co noc nie śniła mu się ta przeklęta dziwka, którą z dobroci serca chciał uczynić swoją żoną, i tak wiedziałby, że słusznie została spalona, bo ponad wszelką wątpliwość była czarownicą!

Minął prawie rok od egzekucji, a jej klątwa wciąż działała! I co z tego, że jako kat miał precyzyjnie ustalony cennik czynności, skoro od roku nikogo nie wziął na tortury, nikogo nie postawił pod pręgierzem, nikogo nie wychłostał, nie wsadził w gąsior, nikomu uszu nie odciął, nikogo nie powiesił, nikomu ręki nie odrąbał, ni prawej, ni lewej, nikogo nie utopił, nie wrzucił do wrzącego oleju, nie pogrzebał żywcem, nie rwał cęgami, nie wdział na pal, nie wykastrował, nie łamał kołem, z miasta nie wygnał? Jego umiejętności na nic się nie przydawały. Nie miał się jak wykazać swoim mistrzostwem.

Cóż to za mistrz sprawiedliwości, z którego wiedzy nikt nie korzysta? Dopilnował co prawda postawienia nowej wieży w Winnicy i pogrzebał jednego samobójcę w Skrzeczewicach, ale było to diabelnie mało, zysk z tego prawie żaden. Teraz przede wszystkim sprzątał nieczystości, czyścił studnie, usuwał padłe zwierzęta, ale to nie honor dla kata! Wszak nie to miało być głównym jego zajęciem! Dobrze, że chłopak gdzieś w świecie szczęścia poszukał, bo teraz nie byłoby go czym opłacić. Zwłaszcza że łąka koło szubienicy, która się zazwyczaj katu należała, z powodu nieurodzaju prawie całkiem wygniła, a siano trzeba było kupować. Przyrzeczonego sągu drewna z lasu winnickiego też nie otrzymał. Tygodniówki starczało ledwie, żeby się najeść i napić, w chałupie i wieży wiało chłodem, paru drobnych złodziejaszków siedzących w więzieniu sarkało na zimno i brak podściółki. A z czego miał ścielić, skoro siana nie dostał?!

Więc zdzierał teraz skórę z tej psiny nieszczęsnej, która nie wiadomo, bezpańska była czy też nie, ale kat musiał wszak za coś żyć, a popyt na psie skóry nie słabnął. Pojedzie z nimi do brzeskich garbarzy, bo tam pewnie dostanie lepszą zapłatę. Psia skóra nie tylko dobra na rękawice, nadaje się zwłaszcza na buty, zimą przyjemne ciepło zapewniając, latem zaś chłód, bo noga się w niej nie poci. Psia skóra to dobry, poszukiwany towar i jeśli nic się nie zmieni, to za psami trzeba będzie się do Skrzeczewic udać, bo w końcu wszystkie w Winnicy życie za kata oddadzą.

A nie to przecież miało być jego głównym zajęciem! W gruncie rzeczy pogardzał tymi psimi polowaniami, nie powinien się tym zajmować. Od tego miał chłopaka. Nie on, tylko chłopak powinien wywozić za miasto nieczystości. Co to za kat bez pachołka? Trzeba by jak najszybciej zatrudnić jakiegoś, ale czym się z nim dzielić, skoro starosta zalega z wypłatami za pół roku, na czasy ciężkie narzekając? Póki miastem rządził podstarości, to choćby kasa winnicka i pustką świeciła, zawsze coś tam rzucił na odczepnego.

I kiedy kat pomyślał, że wiosną jeszcze dał kasztelanowi zarobić, kupując od niego katownię, bo liczył na zyski! Co za diabeł podsunął mu ten durny pomysł?! Cała gotówka poszła do kasztelańskiego skarbca, a złamanego grosza stąd nawet nie widać. Co za czasy?! Co to za ludzie? Przyjdzie na mszę dać, żeby kto znowu na jakąś karę zasłużył!

A co najgorsze to nuda. Nic się nie dzieje. W więzieniu sami drobni złodziejaszkowie, nawet koniokrada nie uświadczysz! Koniokrad to już coś! Bez poważnej kary by się nie obyło, a jeśli kto kurę ukradnie i nawet nie bardzo można mu to udowodnić, to jaka kara za takie przestępstwo? Posiedzi kilka dni w dolnej wieży, jeszcze się jedzenia domaga, jakby w karczmie stanął, na siano mokre, na chłód narzeka, jak dostojnik jakiś, a ty biegaj wokół, służ, choćbyś i zgrzytał zębami!

Psia skóra była już niemal całkiem zdjęta. Kat rzucił truchło do komórki, a skórę przysypał śniegiem i zadowolony poszedł spać. Gdy wstał nad ranem, szykując się do podróży, zapakował pięć psich skór i ruszył do Skrzeczewic. Nie chciał w Winnicy sprzedawać, jeszcze by kto poznał swojego psa, a do Brześcia droga daleka. Zapakował skóry w jeden worek, psie truchła, których zamierzał pozbyć się w puszczy, w drugi, zaprzągł konia do sanek i ruszył.

Noc była jeszcze ponura, bezgwiezdna, śnieżna. Gdyby nie znał drogi, z trudem szukałby zasypanego traktu ku Skrzeczewicom. Prowadził swe sanki na pamięć wzdłuż brzegu puszczy winnickiej. Koń szedł wolno, wypuszczając z każdym oddechem kłęby pary. Kat siedział skulony, zamyślony, zły, że musi ruszyć w taką pogodę, zamiast pójść do karczmy albo grzać się przy kominie, przekręciwszy się na drugi bok. Nie zatrzymując się, jak początkowo planował, minął krzyżówki w Złotym Moście, nie wstąpił do karczmy, aby się nieco ogrzać przed dalszą drogą. Pilno mu było, więc tylko zaciął konia, obiecując sobie sutą ucztę w Brześciu po dokonaniu transakcji.

O dwa pacierze od Złotego Mostu zrównał się z jakimś obcym. Bogato ubrany młody mężczyzna, w mieszczańskim stroju, jechał konno.

– Toście w drodze ku Skrzeczewicom? – zapytał. – Bo drogi nie znam i chętnie ruszyłbym z wami.

– Coście za jeden? – Kat spojrzał nań podejrzliwie.

– Z Prus. W interesach podróżuję.

– Sam? I bez towaru? Co to za interes? – powątpiewał kat.

– Ano taki, co towaru żadnego nie potrzebuje. Wyście ze Skrzeczewic?

– Coś jakby.

– A pan na Turowie, jaki to człowiek? Idzie z nim się dogadać?

– Godny to pan i majętny, w całym powiecie szanowany.

– Tak wszyscy powiadają. To i dobrze, bom zamyślił się tu osiedlić.

– W Skrzeczewicach?

– Miasto się rozwija, kupcy mi powiadali, że duży jarmark się tu odbywa, miasto dzięki kasztelanowi rozkwita, to i ja z pomocą Bożą może zdołam się tu gdzie przytulić?

– A wyście kto? Cyrulik? – dopytywał się kat.

– Prawie. Ale znam się i na całkiem innym rzemiośle.

– Czyście aby nie mistrz sprawiedliwości?

– Tuście mnie przyłapali! – parsknął obcy z zadowoleniem. – W rzeczy samej! Jeśli mi się spodoba, przyjadę wiosną, przywilej od kasztelana wykupię i będę waszym ziomkiem. Ale wtedy trzymajcie się ode mnie z daleka! – Mężczyzna się zaśmiał, a za nim kat winnicki wyszczerzył zęby.

– Jam nie z takich, co z prawem zadzierają!

– To się chwali, bo nie chciałbym mieć was za klienta!

– Może byście siedli obok mnie, na sankach, i opowiedzieli o dalekim świecie? – zaproponował kat winnicki i zatrzymał pojazd.

Tamten zachęcony konia do sanek na sznurze przywiązał.

– Daleko jeszcze?

– Będzie ze dwie mile – odparł kat winnicki i gdy nieznajomy wsiadał, zarzucił mu na szyję sznur i mocno zacisnął pętlę. Przybysz zamachał rękoma, jakby w ten sposób mógł zaczerpnąć powietrza, wybałuszył oczy w niemym zdumieniu, wyprężył się, ale po chwili zwiotczał. Już nie żył.

Kat zawrócił i wjechał w las. W puszczy zwalił ciało na ziemię, a konia puścił wolno, wygrzebał z torby obcego mieszek ze srebrem, który schował do sakwy, strzelił z bata i niepomny na swe interesy, jakby go sto czartów gnało, pędem ruszył na powrót ku Winnicy.

LV

Cóż tam czytacie, podstarości? W takimście zamyśleniu, że każdy, nie tylko przyjaciel, ale i wróg, i jeszcze krzywdę jaką wyrządzić podejść was zdoła.

Hadziewicz podniósł głowę znad lektury i popatrzył na Rabińskiego.

– Listy Seneki do jego przyjaciela Lucyliusza. Tyś w szkołach bywały, to pewnieś słyszał albo i znasz może?

– A jakże! – zapalił się Rabiński. – „Kto z ubóstwem zostaje w dobrej zgodzie, jest bogaczem".

– To o nas. My z ubóstwem za pan brat! – Hadziewicz uśmiechnął się krzywo.

– Ja nie myślę, żeby tak na zawsze podstarości miał nędzarzem zostać. Jeszcze przy okazji odbijem kasztelanicowi Gród Orłowy.

Hadziewicz założył stronę w książce i uważnie spojrzał na Rabińskiego.

– A potem zgodnie ruszymy na Turów, gdzie Rabińskiego osadzimy na stolcu kasztelańskim!

Przez jedno mgnienie oka Rabiński jakby się rozmarzył, jednak zmiarkował po chwili, że podstarości żarty sobie jego kosztem stroi, i z obrażoną miną wzruszył ramionami.

– No, co też wy…

Do karczmy wpadł Witek, sługa Hadziewiczowy. Zabiwszy dłonie kilka razy, bo mróz trzymał tęgi, zdarł ośnieżoną czapkę z głowy i do pocałowania złapał dłoń podstarościego. Hadziewicz wyrwał rękę z niesmakiem.

– Idźże z tym! Siadaj! – rozkazał. – Co za wieści?

– Ze Złotego Mostu pięciu chce pójść, z Lichosielec dwóch, z Winnicy sześciu, z Grodu Orłowego dziesięciu odbieży kasztelanica.

– Zuchy!

– Zbierze się narodu, bom jeszcze nie był w Głębokim Kącie i w Turowie.

– W Turowie uważaj, Wituś, żeby mi cię w lochu nie posadzili.

– A bom to ja kiep?! – chełpliwie rzucił chłopak, wzruszając ramionami.

– A ludzie nasi gdzie? – zapytał Rabiński.

– Po swoich domach pokryci, tylko rozkazu czekają.

Podszedł karczmarz i podał miskę kaszy.

– Dobrze, żeśmy się ze Złotego Mostu wynieśli! – Witek pociągnął nosem. – Tam już Moskiewscy z kasztelańskiego nakazu urzędują, a w karczmie ciągle siedzą i z nudów piją, nie płacąc.

– To może by my tak ich stamtąd wykurzyli? – roznamiętnił się Rabiński.

– Ot, głupiś, zbójco! – syknął podstarości. – Toć oni nas tam właśnie czekają! Nam trza na obcej ziemi harcować. W okolicach Oszmiany albo Mińska.

– Krainy nie znamy… Jak tam walczyć? – zainteresował się Witek.

– Do innych się przyłączywszy.

– Ja powiat oszmiański i ludzi tamtejszych znam – pochwalił się Bartek. – I dziś ruszyć mogę.

– I się im pochwalicie, żeście u nas zbójowali?

Nie zdążył Rabiński odpowiedzieć, bo nagle drzwi karczmy otwarły się na całą szerokość i chłop jakiś wniósł na plecach szlachcica.

– Chłopy! Miejsce zróbta! – krzyknął z wysiłkiem.

– A co mi tu taszczysz? – zainteresował się karczmarz.

– Zmarzły na kość. Trza poznać, co za jeden, rodzinę zawiadomić. Czy papiery jakie ma przy sobie? – zastanawiał się chłop.

– Bo talary toś mu już wszystkie zabrał, co? Przyznaj się, Jaremo! – żartował arendarz.

– Nic nie miał, jak pragnę skonania doczekać! Mogłem mu buty ściągnąć i płaszcz, i dalej pojechać, kto by się poznał, wszak on już nic nie potrzebuje! A po katolicku wziąłem na wóz i konia też przyprowadziłem.

Hadziewicz pochylił się nad trupem.

– Matko Boska Kodeńska, toż to nasz kasztelanic!

Rabiński i Witek przyskoczyli natychmiast. Podnieśli ciało i położyli w kącie na słomie.

– Sam był? – zapytał podstarości.

– Samiusieńki.

– Konia opatrz, Żydzie! Jemu już niepotrzebny, ale nam się przyda! Daj obroku, a najlepszego!

Zdjęli czapki i ze smutkiem popatrywali na zsiniałą twarz Jana Jandźwiłła. Wierzyć się nie chciało, że sam w podróż wyruszył!

– Ludzie go zostawili czy co? – zastanawiał się Rabiński. – Cokolwiek wynędzniały...

– Może z misją jaką tajną do Oszmiany jechał? – zastanawiał się Kacper.

– Bez sługi? To niemożebne. I strój też na nim jakiś taki...

– Albo wilcy napadli na orszak? – sugerował Witek.

– Dajcie mu wódki! – zaproponował podstarości.

– Na co mu teraz wódka? – zdziwił się arendarz.

– Wódka nikomu nie zaszkodzi, nawet nieboszczykowi! – rzekł ze śmiechem Rabiński. – Napijmy się za kasztelanica! Niech mu Bóg odpuści, bo w grzechu odszedł! – Wychylił kieliszek i ku zadziwieniu kompanów lekko rozchylił zmarznięte usta Jana Jandźwiłła, wlewając mu do gardła wódkę.

– Dajcie świecy, Żydzie, a dobrej, bo to nasz kasztelanic! – krzyknął Kacper Hadziewicz i przyklęknął na jedno kolano. Za nim poszli Rabiński, Witek i chłop, który przyniósł zwłoki.

Mężczyźni pośpiesznie przeżegnali się i wstali. Patrząc na zamarznięte ciało, nie wiedzieli, co czynić.

– Trzeba by kasztelana zawiadomić. Ty, Witek, z rana do Turowa pojedziesz – polecił Hadziewicz. – Dobrze się składa, bo cię nikt podejrzewał nie będzie, że szpiegujesz. A nam, nim wrócisz, trza miejsce postoju zmienić, bo kondolencjów kasztelanowi składać nie zamierzam ani w pogrzebie uczestniczyć. Dziwna to śmierć i niezrozumiała. Anim słyszał o takim przypadku. Dajcie jeszcze wódki, Żydzie, bo mi się we środku też zimno zrobiło! – Podstarości zatrząsł się, jakby lodowaty wiatr powiał przez karczmę.

Wypili. Odeczknęli.

– Wszak to ziomek nasz był, do jednejśmy miecznikowej smalili cholewki... – Hadziewicz gadał całkiem od rzeczy. – Znałem ja go od lat najmłodszych...

– Pokój jego duszy! – westchnął Rabiński.

Wychylili ostatni kieliszek, butelkę do cna osuszając i jeszcze smutniej się w karczmie zrobiło. Siedzieli milczący, popatrując na dopalającą się świecę. Czas już im było do snu się układać, ale jakoś nie umieli się podnieść, tylko siedzieli z pospuszczanymi głowami, może myśląc o śmierci, co to nigdy nie wiadomo, jaka, kiedy i komu pisana.

– „Śmierć albo unicestwia nas doszczętnie, albo wyzwala" – pamiętasz, Rabiński, to zdanie z Seneki? – zapytał cicho Hadziewicz. – Ciekawe, czy dusza jego już przed tronem pańskim stoi i na sąd czeka? Wyzwolony czy unicestwiony kasztelanic? I jacy my będziem, kiedy nasz czas przyjdzie?

– Ot, filozofia! – burknął Rabiński. – Do snu się trza zbierać. Ale nijako tak... Koło niego... Przenieść by go gdzie?

– Co ci teraz zrobić może? Łagodnieje człek po śmierci... I my też złagodniejem, snem wiecznym zasnąwszy – zażartował Kacper.

– Facecjonista... – mruknął Rabiński i poszedł ułożyć się do snu.

Chwilę potem ruszyli za nim Witek i chłop, który posilił się miską chudego żuru. Ścieśnili się, aby leżeć jak najdalej od ciała kasztelanica, bo niezwyczajni byli z takim sąsiedztwem się pokładać.

LVI

Nie wiedzieć czemu, Bartek kręcił się, przekręcał, mościł i nijak odpowiedniej pozycji znaleźć nie mógł. W duchy przecież nie wierzył, już prędzej w złych ludzi. Zatargu żadnego z kasztelanicem nigdy nie miał, ani mu tamten w czym zawinił, ani on jemu. Ciał bez duszy też mu się w życiu już parę trafiło, choć nigdy nie czuł przyjemności, patrząc na trupy. Dlaczego zatem akurat nieżywy kasztelanic tak go dręczył? Nie wiadomo. Wszyscy już spali, pochrapując przez sen, a najgłośniej ów chłop, zmęczony pewnie drogą. Witek coś mamrotał, podstarości świsnął raz czy drugi. Ale żadnemu z nich śmierć snu nie odjęła.

Wreszcie Bartek wstał i usiadł na ławie. Czochrając włosy, oparł głowę na rękach. Wspominał dom rodzinny, zastanawiając się, czy kiedyś tam wróci i czy rodziców jeszcze żywych ujrzy. Przypominał sobie przeprawę z Warszawy do Turowa, kiedy to wiózł chorą kasztelankę, za co nagrodą było wtrącenie do lochu, i zdało mu się nagle, ale to przywidzenie być musiało, że przywykłe do ciemności oczy zobaczyły ruch jakiś w kącie, gdzie trupa kasztelanicowego złożyli.

„Taje” – pomyślał spłoszony.

Chwilę potem znów coś we słomie zaskrzypiało.

„Może już szczury się do niego dobierają?” – zaniepokoił się.

Wstał, żeby tupnięciem przepłoszyć niecnoty. Ale kiedy podszedł do ciała, zdało mu się, że jest inaczej ułożone niż wprzódy. Spłoszony wrócił na ławę. Znów czochrał włosy i targał brodę, bo lęk go nagle straszny naszedł, a budzić kompanów nie śmiał.

– Gdziem ja? – usłyszał nagle ciche, jakby z tamtego świata pytanie.

Nie odpowiedział.

Teraz nie było już wątpliwości, że w kącie, gdzie złożyli trupa, coś się poruszyło.

– W imię Ojca i Syna, i Ducha Świętego! – Bartek pośpiesznie się przeżegnał. – Zgiń, przepadnij, maro nieczysta! – wyszeptał, odsuwając się na ławie jak najdalej w kąt.

Czekał tam jeszcze na jaki znak z zaświatów, myślał, że może duszę kasztelanica zobaczy, jak wyfruwa z ciała i świecąc niebieskawo, ku kominowi bieży, ale nic się takiego nie stało. Po izbie niosły się jedynie pochrapywania i westchnienia śpiących, które też wreszcie i Bartkowi sen upragniony przyniosły. Kiedy się przebudził, drżąc z zimna i strachu, na zdrętwiałych nogach podszedł do słomy i legł na swoim posłaniu, aby snem pełnym mocy piekielnych, duchów i zjaw dospać aż do rana.

Kiedy się ocknął, nad ciałem Jandźwiłła stali w zdumieniu ów chłop, co go przyniósł, podstarości, Witek i arendarz.

– Toż karczma w Komarowym Borze! – powiedział Witek, jakby odpowiadając na pytanie.

– Dajcie mu wódki! – krzyknął do karczmarza podstarości. – I dla nas toć cud nad cudy, że do żywych powrócił, całkiem wprzódy zamarzły!

– Do życia? Co? Jak? – Rabiński zerwał się na równe nogi.

– A mieli my tu już taki cud! – rzekł arendarz, nalewając wódkę. – Choć przyznać trzeba, że tylko raz jeden.

– Ktoście wy? – wyszeptał Jandźwiłł.

– To dobrzy są ludzie, panie! – wtrącił się chłop, pchając się do przodu. – Ale to jam was wyjął ze śniegu, boście pewnie z konia spadli. Jakaś nagroda by się zdała za życia uratowanie...

– Dajcie mu spokój! Wszak on jeszcze jedną nogą na tamtym świecie tańcuje, poczekajcie, niech do siebie całkiem wróci! – perswadował Hadziewicz.

– Panie, wszak ja też do siebie wrócić muszę! Pierwszy to raz na własne oczy zmartwychwstanie widzę. Dziw to nad dziwy!

– Koń mój? – chrypiał Jandźwiłł. – Czy żyw?

– Ma się dobrze, w stajni zamknięty. Nie bójcie się, tu chrześcijanie sami. Pijcie! – Bartek podał kasztelanicowi wódkę. – Do dna, w podzięce za traf szczęśliwy! – Podtrzymał Jandźwiłła, a ten, wypiwszy wódkę, się zakrztusił.

– A gdzie ludzie wasi, panie? – pytał arendarz, ciekaw opowieści.

– Samem jechał.

– Sam? – zdziwił się Witek. – To się nie godzi! Bez jednego sługi, taki pan?

– Żaden ja pan. Tylko ubranie na mnie pańskie. Choć też już prawie w strzępach.

– Pan, pan! Już my wszystko wiemy! – zapewniał Żyd, pośpiesznie dolewając gościom napitek. – Znają tu was, syna kasztelańskiego! Żałowali nawet, kiedyście się umarłym wydawali.

– Ktoście, ludzie? – zapytał Jan Jandźwiłł, unosząc się na łokciu. – Znam was! – powiedział. – Wyście są...

– Rabiński, sługa waszej miłości! – Bartek skłonił głowę. Kasztelanic zmrużył oczy, aby w kiepskim świetle pochmurnego poranka rozpoznać twarze.

– Podstarości winnicki? – zdumiał się.

– Do usług!

– A co wy tu robicie?

– Grzeję się w kącie u tego starego Żyda. W naszej jaskini zimno.

Kasztelanic spróbował wstać. Chwiał się na nogach, więc Witek wziął go pod rękę i podprowadził do stołu.

– Jeść co macie? – zapytał nieśmiało.

– O, to musi jakaś grubsza sprawa się w Turowie wydarzyła. – Podstarości zagwizdał przez zęby. – Waść bez orszaku, czemuście nie zajechali do jakiego dworu?

– Bom odbieżał ojca i nie chcę, by wiedział, gdziem jest.

– Z jakiej przyczyny ta waśń?

– Politycznej – kłamał Jandźwiłł, bo trudno mu się było z prawdą zmierzyć przed obcymi.

– Coś mi się to nie widzi... – Rabiński pokręcił głową. – Prędzej wy z jaką tajną misją przez kasztelana zleconą do księcia jedziecie.

Kacper spojrzał na Rabińskiego i kiwnął głową z aprobatą.

– Wybaczcie, ale nigdy synowie kasztelańscy własnego zdania nie mieli. Trudno uwierzyć, żeście sami odeszli od możnego ojca, wygody porzuciwszy.

– Czym kiedy jeździł samopas? – tłumaczył się kasztelanic. – Zawsze dwóch albo i czterech sług mi towarzyszyło. A gdyby u mnie był choć jeden sługa, czyby mi pozwolił popaść w takie koleje?

– Może wilcy go zjedli? – zasugerował Witek.

– Samem wyjechał – smutno powtórzył kasztelanic. – Z własnej woli Turów opuściłem.

Arendarz postawił przed nim miskę z kaszą. Jandźwiłł wyjął zza cholewy łyżkę i zaczął chciwie jeść.

– Wbrew woli ojca? – dopytywał się podstarości. – To wy już powrotu na zamek nie macie…

– Nie mam.

– I co zamierzacie?

– Nie wiem. Może do jakiej służby wstąpię. Książę i księżna mnie poważają. Może się komu nadam?

– A nie poważają oni bardziej ojca waszego?

– Któż to wie, planu na razie żadnego nie umyśliłem.

– A jakeście umarci byli, to Boga widzieliśta? – ciekawił się Witek.

– Dajże pokój! Co za bajdy pleciesz?! – krzyknął zgorszony Kacper.

– Zdaje mi się, że śniłem o Bogu, w jasności go widząc – przyznał Jandźwiłł w zamyśleniu. – Ale to sen tylko był taki… Wy na mnie nie krzywi? – Przełknąwszy, kasztelanic spojrzał na podstarościego.

– A cóż wy mi zawinili?

– Gród Orłowy zajechałem…

– Ano zajechaliście. Ale nie wy mi wrogiem.

– A kto?

– Ojciec wasz i prawa przez niego stanowione. Ale teraz to nawet nie on sam, lecz Moskwa, co stanęła w Litwie, naszemu królowi rządzić nie dozwalając.

– O tom się właśnie z ojcem mym zwaśnił! – ochoczo podchwycił kasztelanic.

– Toście nam kompanem! – zawołał Rabiński. – Żydzie, wódki!

LVII

Strasz zrobił listę kandydatów na męża dla miecznikowej. Najważniejszym kryterium nie była ani uroda, ani bogactwo, ani nawet wiek, lecz stosunki, jakie łączyły konkretnego szlachcica z kasztelanem i z nim osobiście. Musiał też mieć pewność, że mąż nie da sobą powodować. Po długim namyśle na placu boju zostało trzech kandydatów, z których najbardziej spodobał mu się podstoli Wenanty Żaba, oddany kasztelanowi, spokojny, ale stanowczy, z niewielkim majątkiem, szanowany jednak w powiecie, obecnie, jako jego sąsiad, mocno zaprzyjaźniony ze Stanisławem. Problem polegał tylko na tym, że pan Żaba był zatwardziałym kawalerem. Ale nie z takimi Strasz umiał sobie radzić. Postanowił go ożenić nawet wbrew niemu samemu.

Czasu było mało, toteż przed świętami ruszył z wizytą do Zofii Niezgodzkiej. Zdziwiła się, przyjmując go bez należytej wylewności. Niczego innego się jednak nie spodziewał, wiedząc, co o niej ostatnio powiadali. Zajęta czymś w czeladnej tylko otarła dłonie, kazała podać jakieś jadło dla podróżnego i usiadła, aby wysłuchać, z czym przyjechał. Kiedy się posilał, nie omieszkała opowiedzieć mu, co się dzieje w Złotym Moście i okolicy, by miał wyobrażenie i przekazał wieści kasztelanowi.

– Słuchając was, pani, mam wrażenie, że sami gotowiście jakąś konfederację na Litwie zawiązać! – zażartował kąśliwie.

– Jam na to za słaba, a fortuna moja nie może się mierzyć z Jandźwiłłowską. To raczej po kasztelanie naszym spodziewałabym się jakiejś myśli zmierzającej ku obronie ojczyzny, jakichś czynów patriotycznych, zwołania wojska i wyzwolenia powiatu od tej moskiewskiej zarazy! – odcięła się zręcznie.

Strasz westchnął, zamyślił się, jakby rozważał poddaną kwestię, pokiwał głową, co Zofia błędnie oceniła jako uznanie, i rzekł:

– Ja tu do pani miecznikowej właśnie z polecenia kasztelana przybywam!

– Dziękuję, ale niczego mi nie trzeba! Sąsiedzi służą nam we wszystkim pomocą.

– Zacności ludziska, nasz powiat z tego słynie! Jeden za drugiego gotów sobie krwi utoczyć! – ucieszył się nieszczerze. – Rozumiem, że skryptami świętej pamięci cześnika pani nie zamęczają, o swój dług się upominając?

– Jakimi skryptami?

– Dłużnymi. Czekają może, aż procent większy urośnie?

– Kto w ich posiadaniu?

– Wielu, a choćby i ja…

– Wielu?! Wy?! Czemu zatem żadnych rewersów u ojca nie znalazłam? Żadnych zapisów w księgach, nic… – zdumiała się.

– Skąd mnie to wiedzieć, co cześnik ze skryptami zrobił i jak jego księgi były prowadzone?

– Waść mi zarzucasz, że ojciec mój nieuczciwie interesa swoje prowadził?! – zdesperowana Zofia podniosła głos niemal do krzyku i wstała z miejsca, jakby chciała biec do szuflad, by tam szukać nieszczęsnych papierów.

– Pani, jam przyjaciel. Oferować pomoc przybyłem... – Strasz łagodził jej wzburzenie.

Usiłując nadążyć za tumultem przerażonych myśli, Zofia usiadła.

– Nic mi nie wiadomo o żadnych skryptach, o żadnych długach. Muszę zapytać matki. Pan żądasz wypłaty? Na jaką kwotę? – mówiła coraz ciszej.

– Całkiem inny mój zamiar. Chciałem pomocy udzielić, wiem, że wam trudno samym. Najpierw zbrakło miecznika, tuż po nim cześnik zasnął w panu, a świat dzisiejszy nie dla samotnych białogłów stworzony. Dookoła okrucieństwo, pazerność, zawiść, złość, trzeba, aby kto was i wasze dzieci przed złymi ludźmi chronił. Wyście niewiasta zacna, moglibyście uszczęśliwić niejednego. Wtedy ni Moskwa, ni skrypty by was trapić nie musiały.

– Przyjechaliście mnie swatać? – dopiero teraz zrozumiała. – A z kimże to?

– Pani, jeszcze podczas wesela kasztelanki ojciec twój prosił naszego pana o pomoc. Sprawy się odwlekły, ale problem pozostał.

– Problem? Uważacie, że sama, jeśli zechcę, nie zdołam sobie znaleźć męża?

– Gdyby się rozniosło, jak wiele odziedziczyliście długów po świętej pamięci cześniku, same chęci mogą nie wystarczyć... – powiedział lodowato. – Wtedy liczyłbym tylko na łaskę kasztelańską. A nasz pan dwa razy prosił nie będzie, jeśli dziś odrzucicie jego pomoc, dalej będziecie sobie musieli radzić sami.

– Kimże jest ów kandydat kasztelański? – zapytała niepewnie.

– To człowiek zacny, honorowy, z pięknymi parantelami, kawaler…

Zofia zadrżała, sądząc, że Strasz prosi o jej rękę dla Jana Jandźwiłła.

– …pan Wenanty Żaba.

– Wie o długach?

– Zapewniam, że gotów jest sprostać sytuacji i zadbać o szczęście twoje, pani, oraz twoich dzieci.

– Czy zostawisz mi pan kilka dni do namysłu? Wszak zaraz święta…

– A co tu jest do rozważania, szanowna pani! W pani sytuacji lekceważenie dobrej woli kasztelana, jego niemal ojcowskiej troski, byłoby nietaktem i narażaniem się na kłopoty.

– Panie Strasz, doceniam troskę kasztelana o mnie i moje dzieci. Na razie jednak nikt nie każe mi wykupić żadnych weksli, a małżeństwo to krok zbyt poważny, abym miała się zgodzić w ciągu jednego dnia! Muszę wszak poznać warunki drugiej strony, zasobność mojego przyszłego męża i roszczenia ewentualnych wierzycieli. Muszę wreszcie naradzić się z matką, tego mi pan chyba nie zabroni?!

Strasz był wściekły. Fuknął raz i drugi, zatarł dłonie, zacisnął usta, chciał coś jeszcze powiedzieć. Kręcił się po świetlicy, jakby szukał sposobu, aby uzyskać już dziś zgodę miecznikowej, ale wreszcie dał za wygraną:

– Co mam przekazać kasztelanowi?

– Że odpowiedź dam panu Żabie po świętach.

Odprowadziwszy gościa, Zofia wróciła do świetlicy, aby ochłonąć. Tu odnalazła ją zaciekawiona pani Salomea.

– I cóż Strasz?

– Gwałtem chce mnie wydać za mąż!

– To i dobrze! – ucieszyła się cześnikowa. – Za kogo?

– Za pana Żabę.

Salomea Żelska na chwilę wstrzymała oddech, jakby nie miała gotowej odpowiedzi na taką propozycję. I nim zdążyła pogratulować córce, usłyszała zadziwiające pytanie:

– Matko, czy mieliście długi?

– Jegomość trzymał mnie z dala od kantoru, ale wszak i od ciebie pożyczał na spłatę dzierżawy, bo komisarz kasztelana naglił.

– A od innych? Strasz o wielkich długach cześnika prawił. Każe mi szybko iść za mąż, bo sobie nie poradzimy. Jakieś skrypty są w jego posiadaniu.

– I pan Żaba chce je spłacić? Zacny człowiek! Lubili się z twym ojcem, pamiętasz, jakeśmy pojechali do Głębokiego Kąta?

– Czemu kasztelan chce, żeby to pan Żaba spłacał ojcowskie długi? Dlaczego nie odbierze mi resztki majątku, jak to już był zrobił z jarmarkiem winnickim?! Dlaczego utrudnia sobie zadanie, swatając mi pana Żabę? – powiedziała i zamilkła na chwilę. – Chyba że o co innego zgoła chodzi... Papiery trzeba raz jeszcze przejrzeć, wszak jakieś rewersa muszą się tam znajdować, jeśli prawdę ten Strasz powiada.

– Są czy ich nie ma, powinnaś wyjść za mąż i to jak najprędzej. Czasy ciężkie, mocne ramię by się zdało, abyś się na nim wesprzeć mogła!

– Matko, pan Żaba prędzej by się na moim ramieniu wesprzeć musiał, nimby mi wsparcia udzielił! Zresztą skoro to kasztelański kandydat, to wyjdę za niego chyba tylko siłą przymuszona!

– A kto da na spłatę długów?

– Gdy mi okażą weksle, zacznę szukać męża, który by je spłacił.

LVIII

Rabińskiemu nie w smak była nagła komitywa między kasztelanicem a podstarościm. Siedzieli, pili piwo i gawędzili o rzeczach zamkowych, których on rozumieć nie mógł. Uśmiechał się krzywo, gryzł wąsa i milczał, a oni tego nawet nie zauważyli! Teraz, kiedy patrzył na całkiem już odmarzłego kasztelanica, coraz większa podejrzliwość wkradała się w jego serce. Czy było możliwe, by najstarszy syn pana na Turowie mroźną zimą porzucił dom rodzinny, ruszył przed siebie, bez sługi, bez grosza, zdawszy się na łaskę i niełaskę obcych ludzi? Czy było do pomyślenia, by zamarzłszy, życie odzyskał tu akurat, gdzie ukryli się podstarości z Rabińskim, których jego ojciec uważał za swych największych wrogów?

Siedział zbójca i próbował dojść, co też tych dwóch tak zabawnego znajduje w opowiadanych historiach? Bo rżeli jak młode źrebaki po majowej koniczynie. Fakt, że Żydzisko piwo miało przednie, szło do głowy i bez wspomnień nijakich. Więc kiedy Jandźwiłł zmęczony przeżyciami i sutym jedzeniem po południu do snu się ułożył, wywiódł Bartek Hadziewicza z karczmy, aby bez świadków wyjawić mu swe podejrzenia.

– Trzeba nam się stąd szybko wynieść, ale tak, żeby kasztelanic nie wiedział, dokądeśmy uciekli.

– A czemuż to? Wszak on z nami wojował będzie!

– Raczej przeciwko nam! Da pismo jakie przez karczmarza, ściągnie z Turowa kasztelańską chorągiew i za jednym strzałem obu nas upolują. Mus uciekać, bo historia ze zmartwychwstaniem dobra dla winnickich braciszków, co życia ani polityki nie znają, ale nas ona chyba nie uśpi? Jak często wam się zdarzało cuda na własne oczy oglądać?

Posmutniał Kacper.

– Masz rację, zbójco. Zbyt wiele tych przypadków. Ów chłop, co wniósł kasztelanica do karczmy, mógł być w zmowie, z drużyny zamkowej nawet, przebrany tylko dla niepoznaki. Może twierdząc, że mu do dom śpieszno, już ku Turowu ruszył, a my w karczmie piwo sobie popijamy! Trzeba konie siodłać w pośpiechu i gdzie dalej się ukryć. Witka tylko zostawmy na znak, że wrócim jeszcze, byśmy na czasie zyskali.

– Chłopaka zostawić nie pozwolę! Rozumu mu nie brak, ale teraz już wiedzą, że on wasz, więc zamiast pana choćby i chudopachołka wezmą. Wy nie znacie turowskiego lochu, ja i wrogowi najgorszemu nie życzę, aby się tam znalazł, a tym bardziej takiemu zmyślnemu słudze. Bo wyjścia stamtąd nie ma. Chyba że pod szubienicę na rynku winnickim.

– Patrzcie, a wam się udało!

– Tylko dzięki wam! – powiedział Rabiński i zaśmiali się obaj.

Bartek odetchnął głęboko i nie zastanawiał się już dłużej, czy aby prawdy nie było w tym, co mówił kasztelanic. Nie potrzebowali go, paniczyka. Nawet jeśli zamek porzucił, jeśli chciał do wojny z Moskwą przystąpić, może to zrobić na swój rachunek. Nie musi innym mieszać szyków, opieki się domagając. Życie odzyskał, niech rusza swoją drogą.

Cichaczem zebrawszy swoje rzeczy, co tchu pośpieszyli ku Oszmianie. Na popas zatrzymali się w Wiedziernikach. Była tu niewielka karczma, ale miejsca dla wszystkich starczyło. Śmiejąc się i popijając podczas wieczerzy, wspomnieli na Wigilię i Boże Narodzenie, które przyjdzie w tym obcym miejscu spędzić. I rzewność jakaś niespodziewana im dusze zalała. Zapatrzyli się gdzieś przed siebie, we wspomnienia matek i domów rodzinnych, z których wyzuci czy to przez swą winę, czy też z własnej woli, jak jakie dusze pokutujące zasiedli w tej nędznej karczmie.

– Już bym wolał bić się z kim, niż tak czekać Bóg wie na co! – krzyknął Kacper, wychylił wódkę i klepnął się po kolanie.

– Coś wisi w powietrzu. Taki to czas…

– Po świętach ruszym wraz do Pociejowego się wojska zaciągnąć, bo już tego czekania nie strzymam!

– A choćby i jutro, mospanie! Ale wpierw nam po ludzi wrócić do Winnicy trzeba. Marne zimą wojowanie, zawsze wtedy wojsko na leżach staje aż do wiosny, jako i my czynim.

Kacper wyjął z sakwy książkę i zaczął czytać. Jednak po chwili wzrok podniósł i powiedział cicho:

– A jeśliby tak w święto Gród Orłowy odbić?

Zadrżeli. Nie ze strachu i nawet nie z ochoty, tylko ta myśl tak im się wielką, tak odważną i swawolną zdała, tak niemożebne stawiała przed nimi zadanie, że zmierzyć się z nią musieli w spokoju ducha. Przez dłuższą chwilę nikt się nie odezwał, wreszcie Witek podniósł głowę i spojrzawszy na swego pana, rzekł:

– Ja pierwszy pójdę, choćby i życie przyszło stracić!

– Czasu mało... Jak się w dni parę przygotować? – marudził Rabiński.

– Jeden jest sposób, ten sam co zawsze – rzekł podstarości.

– Jaki?

– Podstęp uknuć.

Zaprzątnięty tą myślą Kacper Hadziewicz nie pił już, tylko intensywnie myślał, jak wykorzystać nieobecność Stanisława Jandźwiłła, bo pewnie do Turowa na święta się uda, i zmyliwszy straże, dwór na powrót zdobyć. Jednak im więcej myślał, tym szybciej pomysły swe odrzucał. Bo jeden był głupszy od drugiego. Wreszcie, zmęczony, zasnął.

Noc nie przyniosła mu żadnego rozwiązania i kiedy rankiem oczy otworzył, zły był na siebie, że w ogóle wpadł na taki koncept, bo teraz trzeba już z kompanami temat drążyć aż do wyczerpania. Nie wypadało odstąpić od raz powziętego zamysłu, boby się człowiek na śmieszność naraził.

„Ilu na straży dworu może stać? Co by ich zmyliło? Komu daliby wiarę i dwór zawarty odemkli? A jeśli nie pilnują wcale, tacy pewni swego i potężnego pana, który nad nimi pieczę trzyma? Jak by to sprawdzić?" – Podstarości nie znał odpowiedzi na żadne z tych pytań.

Rankiem Rabiński też wstał z ponurą miną.

– Toście mi ćwieka zabili! – rzekł, drapiąc się w głowę. – Całą noc mi się śniło, że podstępem zdobywam Gród Orłowy.

– I co?

– Ano nic. Tylkom się nawalczył aż do niewyspania.

– Trudna sprawa! – Podstarości pokręcił głową. – Trzeba nam wypić za lepsze myślenie!

Siedzieli tak nad stołem przez dzień cały, a kiedy mrok zaczął spowijać świat, do karczmy wszedł nowy gość.

– Czołem waszmościom! – powiedział i zdjął czapkę.

Poderwali się na równe nogi.

– Kasztelanic?! – zawołał trwożnie Bartek. – Jakeście nas tu znaleźli?

– Po śladach, mospanie, po śladach... Pan Bóg pobłogosławił piękną pogodą, a śnieg kopny... Daleko toście schronienia nie szukali. – Jan uśmiechnął się krzywo. – Czego mnie tam samego zostawiliście? – Spojrzał na Kacpra z wyrzutem.

– Bo wam nie wierzym! – twardo odrzekł Rabiński. – Wyście są Jandźwiłł, pierworodny syn tego, co mnie nakazał podstarościego podstępem życia pozbawić.

– Mówiłem wam, żem służbę u ojca mego porzucił! – łagodnie perswadował kasztelanic.

I wtedy myśl straszna nawiedziła podstarościego. Nic nie mówił jeszcze, bo choć odwagi mu nigdy nie brakło, teraz się przeląkł. Gdy pewne słowa wypowiesz, świat nagle staje się odmienny. Są słowa, które we mgle, w powietrzu się rozpływają, nikomu szkody nie czyniąc, są też inne, cięższe, potężniejsze, te niczym wystrzelona z krócicy kula ból zadają, zmieniają ludzkie uczucia, a czasem i zabić potrafią. Kacper Hadziewicz miał je na końcu języka, ale czekał jeszcze, bo wypowiedziane mogły zyskać siłę pocisku, który miażdży pancerz, a i serca dosięgnąć potrafi. Zaciskał więc wargi, z niepokojem czekając chwili, gdy nie będzie już odwrotu.

Tymczasem zdjąwszy okrycie, Jan Jandźwiłł zasiadł przy stole, na Żyda o posiłek wołając. A oni wciąż stali i jakby w pogotowiu czekali, czy kto za nim do karczmy nie wpadnie.

– Co tak sterczycie? Siadajcie, panowie! Prawdę rzekłem. Jakich dowodów wam trzeba, byście mym słowom dali wiarę?

– Otwórzcie nam bramę Grodu Orłowego! – powiedział wreszcie Kacper.

W karczmie zaległa martwa cisza. Spojrzenia rozbiegły się po kątach, nikt nikomu nie śmiał patrzeć w twarz, bo żądanie było zuchwałe, a nawet niecne. Jeśli kasztelanic się zgodzi, potwierdzając, co mówił o zatargu z ojcem, i otworzy podstarościemu bramy jego dworu, to może zyska w nim przyjaciela, choć do tego droga daleka, z pewnością jednak na zawsze straci szansę powrotu do Turowa.

„Czy Hadziewicz nie przesadził z tym żądaniem? – zastanawiał się Rabiński. – Przecież po czymś takim kasztelan wydziedziczy syna jak amen w pacierzu!".

Zdrętwiał w oczekiwaniu na odpowiedź, która mogła być tylko jedna: „Nie!". Wszak kasztelanic nie nadweręży swego honoru i dla jakiegoś żartu nie zhańbi się, zdradzając własnego ojca! W powietrzu zapachniało kłótnią, a nawet pojedynkiem. Jan Jandźwiłł zagryzł zęby i zacisnął pięści. Twardym spojrzeniem mierzył Kacpra Hadziewicza, który spoglądał kpiąco, jakby chciał powiedzieć: „A nie mówiłem?", aż wreszcie zaczął się śmiać.

– Co w tym śmiesznego? – niepewnie zapytał kasztelanic.

– Moi panowie! – Kacper obchodził go w kółko, jakby przedstawiał jakieś zwierzę z dalekich krajów. – Oto Jan Jandźwiłł, syn kasztelana, który lęka się swego ojca tak bardzo, że nie śmie nawet pomyśleć, że mógłby mu się sprzeciwić!

– Łgarstwo!

– Spójrz na mnie, kasztelanicu. Jam zaprawiony w utarczkach z twym ojcem. Wiele mi winien. Trzyma gdzieś w skarbcu posag mojej matki, za który omal głową nie zapłaciłem, w winnickiej wieży podpalony.

– To potwarz!

– A ja w nagrodę za uratowanie twojej, paniczu, siostry jedynej trafiłem do lochu. I mam na polecenie twego ojca zabić tu obecnego podstarościego – zawtórował Rabiński.

– Co gadacie?!

– A zajazd to za jakie moje wobec kasztelana winy uczyniliście?

– Bośmy myśleli, że nie żyjesz, że tam tylko garstka służby się broni, że w niebezpieczeństwie dwór...

– Co?! Że ja bym dworu nie dopilnował? Oj, paniczu... – Witek dumnie wyprostował pierś.

– Kasztelan chce mnie do cna złupić, bardzo by mu było na rękę, gdybym już nie żył. A tu tymczasem zmiennym obrotem fortuny stałem się posiadaczem najcenniejszego kasztelańskiego skarbu – rzekł ze śmiechem Kacper.

– O czym mówicie?

– O was! – rzucił podstarości i błyskawicznym ruchem wyciągnął sztylet. Przykładając go Jandźwiłłowi do gardła, krzyknął ku Rabińskiemu: – Związać go! – i dodał z uśmiechem: – Niezbyt mocno... Od tej chwili jesteście moim więźniem!

Zadowolony Rabiński rzucił się, by skrępować dłonie pojmanego.

– To rozumiem!

– Co chcecie ze mną zrobić? – zdumiał się kasztelanic.

– Wymienić was na mój dwór. Rozkażecie załodze otworzyć wrota albo zginiecie!

– Czy do was nie przystałem? Czemu to robisz, Hadziewicz?!

– Głupcze! – zdenerwował się Kacper. – Chcesz z otwartą przyłbicą stanąć przeciwko własnemu ojcu?! I co ci to da, że wydziedziczony na banicję posłany zostaniesz? Możesz być z nami również jako nasz więzień.

– To niehonorowe.

– A zamarznąć w śniegu jest honorowo? – spytał znudzony Bartek. – Żydzie, daj piwa, bo mgli mnie już od tych banialuków!

– Jedzcie, pijcie, bawcie się, bo rankiem ruszamy! – krzyknął Kacper i przeciął sznury krępujące kasztelanica. – Teraz lepiej?

Jandźwiłł odruchowo masował nadgarstki. Widać niezwyczajny był takich więzów.

– A dokąd rozkażecie? – ciekawił się Witek.

– Do najpiękniejszej kobiety na Litwie, do miecznikowej ze Złotego Mostu! – rzucił od niechcenia Kacper i westchnął głęboko.

LIX

W Wigilię Stanisław Jandźwiłł z niewielkim orszakiem wjechał na dziedziniec zamkowy. Wszystko niby było po staremu, służba kręciła się, wykonując swoje zadania, ale bez werwy, jakby na nich wszystkich ktoś zły czar rzucił. Aby powitać kasztelanica, z sieni wybiegł Wacław Strasz:

– Jan może z wami? – zapytał, rozglądając się uważnie.

– Czemu miałby być ze mną?

– Bo od kiedy wyjechał, znaku życia nie daje.

– To musimy go szukać! Zima wszak sroga... czy coś złego mu się nie przytrafiło?

– Kasztelan zabronił... – powiedział Strasz i opuścił wzrok.

– Znam was! Mówcie, co wiecie, bo wszak nie zastosowaliście się do zakazu? – nalegał Stanisław.

– Bardzom chciał, lecz nie zdołałem go odnaleźć.

– Jakże to możliwe?! Nikt nie widział orszaku?

– Sam był kasztelanic...

Stanisław o nic już nie pytał, tylko pobiegł do kancelarii ojca. W ślad za nim podążył Strasz.

– Jan z tobą?! – surowo zapytał Tadeusz Jandźwiłł.

Stanisław podszedł do ojca, ukląkł przed nim na jedno kolano, a kiedy ten gestem powitania ujął go za barki, wstał.

– Nie, ojcze.

– Nie odwiedzał ostatnio Grodu Orłowego? Nie słał ci żadnych wieści?!

– Żadnych.

– A to nam zgotował siurpryzę! Gdzież on się, u licha, podziewa?! Wyjechał, służbę z nagła porzuciwszy, śladu nie zostawiając ani mówiąc po co, na co, dokąd! – pieklił się kasztelan, a Stanisław słuchał, marszcząc brwi, bo po ojcowskiej opowieści brata nie poznawał, rozumiał jednak, że na razie wypada wierzyć, nie mnożąc wątpliwości. – Strasz, roześlesz ludzi, niech się rozpatrzą po dworach, z dziesięcioma talarami nie mógł daleko zajechać! Na pasterkę ma mi być z powrotem!

Strasz skłonił się i wyszedł. Niedużo czasu dał mu kasztelan. Za dwie godziny zapadnie zmrok, a potem szukaj wiatru w polu. Zły był na kasztelanica, że nie rozumie, na czym polega synowskie posłuszeństwo, zły na swego pana, który wydał niemożliwy do spełnienia rozkaz, zły na siebie, że czekał, aż Jan przyśle kogoś z wieściami lub sam wróci skruszony. Nie sądził, że to potrwa tak długo. A może by jeszcze zaczekać, wszak dziś Wigilia, dzień kończenia waśni? Kasztelan wzruszyłby się pewnie, przyjął syna marnotrawnego i usadził go przy stole, uradowawszy się z zakończenia sporu.

Idąc na dół, aby wydać polecenia, Strasz zauważył, że wartownicy przy bramie, wyraźnie czymś poruszeni, rozmawiali, gestykulując, ledwie zauważyli jego przyjście. Wyprężyli się jednak, czekając, co poleci.

– Coście tacy rozmowni?

– Panie, znów wilcy podróżnego zagryźli!

– Gdzie?!

– Przy drodze do Skrzeczewic. Łowczy powiada, że tylko kości z konia zostały.

Strasz zesztywniał.

– Wezwać go!

– Coście widzieli? – rzucił, gdy łowczy stanął przed nim.

– Że wilki konia pożarły.

– A siodło widziałeś?

– Nie, panie.

– A szczątki ludzkie? Odzienie? Sakwy?

– Nie.

– Jeśli kłamiesz, zgnijesz w lochu!

– Panie, a na cóż miałbym kłamać?

– Boś może rząd zabrał! Wszak siodła wilki nie pożarły.

– Panie, zbójców pytajcie, gdzie mnie cały las upilnować! Jakbym co znalazł, tobym wam pierwszemu powiedział, żeby miejsca nie stracić!

– Zbierz ludzi, weźcie pochodnie i jedźcie tam, szukajcie uzdy, siodła, strzemion, stroju jeźdźca, wszystkiego, co zdołacie znaleźć! – krzyknął Strasz i szybkim krokiem pośpieszył ku kancelarii.

– Musimy ruszać do Winnicy! – przywitał go Tadeusz Jandźwiłł, podrywając się na równe nogi.

– Panie mój, w puszczy znaleziono świeże końskie kości... Wysłałem już ludzi, by szukali po okolicy, ale śnieg pada, trudno będzie o ślady.

Kasztelan zamyślił się przez chwilę.

– Tym bardziej musimy gnać co tchu do karmelitów! Niech się modlą, aby zły czar odwrócić! Niechby mi i pokutę jaką zadali niezbyt surową, wszak muszą znać sposób!

– Pokutę za co, panie? – chłodno zapytał Strasz. – Syn kasztelana w tajnej misji wyjechał, możemy jedynie czekać na jego powrót, strachu ani zniecierpliwienia nie okazując. Tu wszystko powinno się toczyć jak najzwyczajniej, inaczej ludzie gadać zaczną, a wszystkim ust nie zamkniemy.

Tadeusz Jandźwiłł odwrócił się do okna, patrzył ku szarzejącej dali, ku wierzchołkom świerków i w duchu przyznawał Straszowi rację. Czuł jednak dojmujący lęk na myśl o klątwie, w którą z każdym dniem wierzył coraz bardziej niezachwianie. To klątwa była przyczyną wszystkich jego niepowodzeń! A jeśli tak, musi znaleźć sposób, aby przerwać działanie złych mocy! Skoro nie on, może kto inny w zastępstwie powinien się pokajać lub dzięki hojnym datkom uprosić którego świętego o wstawiennictwo?

– Zamówisz te sześćdziesiąt mszy u karmelitów. I biada im, jeśli nie zmogą czaru!

LX

Chcecie, panie, abyśmy w Złotym Moście popasali? Wszak mówiliście, że miecznikowa was już tam nie wpuści? – zdumiewał się Witek.

– Sam słyszałem – wtórował mu Rabiński.

– Ja do Złotego Mostu nie jadę! – obruszył się Jandźwiłł.

– To gdzie się chcecie zatrzymać, nim ludzi zbierzem? W jaskini? A może w złotomojskiej karczmie, żeby kasztelan pierwszy dowiedział się, co zamierzamy?! – fuknął podstarości. – Miecznikowa nam bramy przed nosem nie zatrzaśnie. Mówiła, co mówiła, zakazała mi się na oczy pokazywać, to mogę nie wchodzić do izby. Prześpię się w stajni. Ale gdzieś musimy odpocząć, nim na Gród Orłowy ruszymy. Was ona godnie przyjmie i jedzenia nie poskąpi, a o mnie mniejsza.

– Ja z wami w tej stajni... – wyrwał się kasztelanic.

– Wybijcie to sobie z głowy! Dopiero co was chłop zamarzniętego do karczmy przyniósł. Wy niezwyczajni niewygód, ja tak. No, napijmy się na odjezdnym i w drogę, bo dzień krótki!

*

Kończąc wydawanie poleceń, Zofia Niezgodzka patrzyła, jak służba wnosi do izby skromną wieczerzę: barszcz, bigos z karpia, pierogi i leguminę. Gdy wszyscy domownicy stanęli przy stole, zmówiła krótką modlitwę za nieżyjących: swego męża i ojca.

– Rok za nami ciężki, oby Dzieciątko Jezus przyniosło odmianę na lepsze! – zakończyła i przeżegnawszy się, usiadła do stołu, dawszy znak rozpoczęcia wieczerzy. W tej samej chwili matka pochyliła się ku niej:

– Gości mieć będziem – wyszeptała. – Każ nakryć jeszcze na cztery osoby: trzy przy pierwszym stole i jeden talerz na końcu.

– Matko, co też wy...? Jeśli ktoś miałby nas nawiedzić, już byłby przyjechał!

– Jakem się zdrzemnęła, dłoń śniłam o trzech palcach. Na jednym złoty pierścień pobłyskiwał, na drugim srebrny, na trzecim mosiężny, a wszystkie herbowe.

– I cóż by to miało znaczyć?

– Mówię przecież, że trzech panów herbowych do nas zjedzie.

– Matko, do Trzech Króli daleko, zbyt wczesna twoja przepowiednia! – łagodnie odpowiedziała Zofia, czując jednak pewien niepokój w duszy.

Wieczerza mijała wartko, żaden gość spóźniony do bram dworu się nie dobijał. Wojsko moskiewskie zakopane w słomie spało, burd przy Wigilii nie wszczynając. Kiedy już syci domownicy zaczęli podśpiewywać kolędy, uczynił się rumor na podwórcu. Początkowo Zofia sądziła, że to pijani sołdaci wyszli i szukają zwady, wytężyła więc słuch i czekała, czy ją bramni zawołają, aby rozsądziła spór. Chwilę później do świetlicy wbiegła zdyszana ochmistrzyni.

– Pani, goście zjechali, zastawę trza szykować, bo z drogi, głodni i zmarznięci!

Zofia zamarła. Kogóż to niesie po nocy w Wigilię? Przeczuwała, lękała się, odmówić w takim dniu jednak się nie godzi. Wstała i wyszła do izby, gdzie czekali już, zrzuciwszy okrycia, Kacper Hadziewicz, Bartek Rabiński i Jan Jandźwiłł!

„Trzech panów herbowych…" – pomyślała strwożona.

– Witajcie waszmościowie! – rzekła poważnie. – Honor mi uczyniliście, wybierając mój dom na wieczerzę wigilijną. Rada jestem bardzo tej wizycie, zachodźcie dalej! – Wskazała dłonią salę jadalną, przez której drzwi już się głów kilka ciekawych wychyliło, sprawdzając, co też zjechali za goście.

Służba odeszła, aby przygrzać naprędce potrawy, ustawić naczynia i podać wodę do umycia rąk. Pani Salomea rzuciła córce znaczące spojrzenie, pokazując jej dłoń z trzema palcami i kiwając znacząco głową, po czym zabrała dzieci, aby ułożyć je do snu.

Zofia starała się nie okazywać zdziwienia, wszak w Wigilię nie wypadało, jednak tych trzech mężczyzn podróżujących w jednej kompanii wprawiło ją w niejaką konfuzję.

– Siadajcie, panowie! – powiedziała cicho. – Dom mój znacie, nie jest on szczególnie zasobny, ale rad gościom, a zwłaszcza w dniu takim! Posilajcie się, czym chata bogata! – dodała, przypatrując się, jak ziębnięci i zgłodniali niemal rzucili się na resztki wigilijnych potraw.

Nikt nie przerywał milczenia. Żaden z gości nie śmiał rozpocząć rozmowy. Opowiadać, co ich sprowadza, nie chcieli, dlaczego są razem – również nie. Wiedzieli, że mogą liczyć na dyskrecję Zofii, na trochę strawy i ciepły kąt w jej domu, i tymczasem tylko tego oczekiwali. Jednak gdy gorące potrawy rozgrzały ich nieco, a pierwszy głód nie ściskał już kiszek, podstarości i kasztelanic zaczęli coraz dłużej popatrywać na Zofię, która, skrępowana, w milczeniu dotrzymywała im towarzystwa. Nareszcie odłożyli łyżki, otarli wąsy i sięgając po kielichy, wznieśli je w górę.

– Zdrowie naszej dobrodziejki, miecznikowej Niezgodzkiej! – rzekł Hadziewicz.

– Zdrowie! – zawtórowali pozostali.

– Niedługo popasamy, świtaniem ruszymy w dalszą drogę. Daj nam, pani, tylko gdzie w cieple głowy złożyć.

– Wybaczcie ten najazd niespodziewany! – odezwał się Jan Jandźwiłł. – Przymuszeni sytuacją, nie bez wahania zdecydowaliśmy się was prosić o gościnę.

– Mnie o gościnę nikt prosić nie musi. To staropolski obyczaj i cnota, od której nie chcę się uchylać. Nic zamierzam też pytać, co was sprowadza, jeśli zechcecie, powiecie mi sami, jeśli nie, naciskać nie będę. Proszę tylko, abyście mi zdradzili, co wiecie w ważnej dla mnie kwestii, od której życie moje nagle zawisło.

Popatrzyli ku niej w skupieniu.

– Pytajcie, pani.

– Czy słyszeliście o długach mojego świętej pamięci ojca? Podobno po powiecie krążą jakieś niewykupione weksle, które mi każą myśleć o rychłym zamążpójściu. Życzliwi ludzie swatają mi nawet kandydatów, coby je spłacić mogli. Problem w tym, że na razie tylko jeden wierzyciel się zgłosił, niczego zresztą nie okazując, nie wymieniając sumy, jedynie strasząc owymi tajemniczymi wekslami i sen mi spokojny odbierając.

– Mnie na ten temat nic nie wiadomo – wyrwał się Hadziewicz. – Ode mnie nigdy cześnik grosza nie pożyczał.

– Ja w puszczy siedząc, cześnika bliżej nie poznałem, toteż i w sprawie nic mi nie jest wiadomym – powiedział Rabiński.

– Kasztelan mnie w swoje finansowe przedsięwzięcia nie wprowadzał, zatem chcąc być szczerym, nic rzec o sprawie nie potrafię. – Jandźwiłł bezradnie rozłożył ręce, ze smutkiem popatrując na Zofię, którą zmartwiły te wiadomości.

– Ciekawość, kogóż to wam swatają? – niby obojętnie zapytał podstarości.

– Pana podstolego Żabę – powiedziała spokojnie. – Po świętach mam dać odpowiedź.

– Kogo?! Dlaczego akurat jego?! – Hadziewicz porwał się na równe nogi, jakby go kto dźgnął żelazem.

– Pani, nie podejmuj pochopnej decyzji… – cicho wtrącił się Jan Jandźwiłł.

– A kto wam go swata? – obojętnie zapytał Rabiński, bardziej zajęty jedzeniem niż konwersacją.

– Sekretarz kasztelana – odpowiedziała Zofia, jakby zawstydzona, i spojrzała w bok.

– Jeżeli Strasz – Rabiński zawiesił głos – nic dobrego z tego wyniknąć nie może.

– Bo zapewne jest to pomysł samego kasztelana! Nie o wasze dobro tu idzie, tylko o większe interesy! – zapalił się Hadziewicz.

– Co sugerujecie, podstarości?! – wyrwał się z kolei młody Jandźwiłł. – Że mój ojciec źle tym powiatem rządzi? Że nie dba o poddanych? Że nie ich, tylko własne interesy ma na względzie?

– Celnie to ujęliście, panie Jandźwiłł! Sam bym lepiej nie potrafił! Właśnie to chciałem rzec!

Skonsternowana Zofia patrzyła na ich sprzeczkę, a oni już porwali się z miejsc, skacząc ku sobie, gotowi do bitki.

– To ja wam powiem, żeście są w błędzie, bo nie znacie kasztelana, jak ja go znam!

– Zapewne, nie znam i osądzam mylnie. Pomyślmy zatem, co tu robicie, panie Janie? Czemu przy wigilijnym stole nie z rodziną, tylko ze zbójcą i infamisem w niecnym towarzystwie kolację spożywacie?

– Panie podstarości! – uniosła się Zofia. – To się nie godzi! Już drugi raz wasze zachowanie w moim domu uwłacza mojej godności! Z dobrego serca udzieliłam wam schronienia, a wy mi się odwdzięczacie, nazywając moje towarzystwo niecnym?! Czy słudzy mają drzwi wam w tej chwili pokazać? Jeśli chcecie korzystać z gościny, musicie respektować prawa tego domu, inaczej fora ze dwora!

LXI

Kiedy Zofia wstała wczesnym rankiem, chcąc dopilnować przygotowań do śniadania, okazało się, że goście, nie żegnając się, opuścili już Złoty Most. Nie zdziwiła jej ta niewdzięczność, czegóż właściwie powinna oczekiwać? Co prawda bramni przekazali podziękowania od kasztelanica i podstarościego, ale marna to była pociecha. Dowiedziała się też, że na trzech szlachciców czekał już zbrojny oddział kilkunastu konnych i że ruszyli ku złotomojskiej karczmie, co jednak niczego nie wyjaśniało, bo na krzyżówkach mogli skręcić do Turowa, Winnicy i Skrzeczewic, a stamtąd ruszyć do Grodu Orłowego, Głębokiego Kąta, Brześcia czy nawet do Białej.

Westchnęła więc tylko, że nie byli wobec niej szczerzy. Trochę też żałowała, bo przez chwilę, kiedy ich gościła, poczuła się pod swoim własnym dachem bezpieczna.

Tymczasem oddział liczący kilkunastu ochotników, którzy chcieli ścierać się z moskiewskim wojskiem, minął już karczmę w Złotym Moście i ruszył ku Winnicy. Przejechał przez senne miasteczko i niedługo później zatrzymał się, aby przypomnieć wszystkie plany. Koło południa zdumiona załoga Grodu Orłowego zobaczyła u bram dworu niewielki podjazd, a na jego czele byłego właściciela, Kacpra Hadziewicza, trzymającego sztylet przy szyi skrępowanego sznurami Jana Jandźwiłła.

– Hej tam, na bramie! – zawołał podstarości. – Otwierać wrota i wychodzić, broń zrzuciwszy, bo jak nie, to trupa wam poćwiartowanego na obiad zaserwujemy.

– Pana naszego nie ma! – odkrzyknięto. – A wy rozkazów wydawać nam nie będziecie!

– Głupcy! – krzyknął wściekły kasztelanic, zgięty w niewygodnej pozycji, bo uciekał przed ostrzem noża. – Życia mnie chcecie pozbawić?! Otwierajcie wrota i wychodźcie, inaczej będziecie się mieli z pyszna!

Szum się zrobił za bramą, ale wkrótce otwarto wrota. Hadziewicz jednak nie dał znaku, by wyjeżdżali, gdyż mogła to być pułapka. Odsunęli się tylko od bramy, by ustąpić placu, i liczyli, ilu opuści Gród Orłowy.

– Ilu ich tam służyło? – zapytał Hadziewicz.

– Dwudziestu.

– Piętnastu wyszło. Ruszajcie przed siebie, waszmościowie! – krzyknął podstarości i kiedy tamci oddalili się na bezpieczną odległość, wciąż kierując ostrze sztyletu w szyję kasztelanica, jako pierwszy wjechał na podwórzec. Rabiński ze swymi zbójcami osłaniał tyły. Gdy znaleźli się w środku, zaryglowali bramę i czym prędzej naznaczyli wartę.

Kacper Hadziewicz zeskoczył z konia i prowadząc przed sobą Jana Jandźwiłła, wszedł do sieni. Tu mu radosne powitanie zgotowała nieliczna pozostała służba, czym prędzej zabrawszy się do przygotowywania posiłku.

– Dużo czasu nie mamy. Pewnie dziś jeszcze kasztelan się o swoje upomni – myślał na głos podstarości. – Choć może da nam spokój w święto? Ale nie dziś, to jutro oblężenia należy się spodziewać. Czy obronimy dwór, jeśli ruszy na nas całym swoim wojskiem?

– A co zrobicie ze mną? – zapytał kasztelanic.

– Puścimy was wolno.

– Tylko tyle jestem wart?! – W głosie Jana Jandźwiłła wyraźnie słychać było zawód.

– Nieśpieszno wam na zamek… Cóż, potargujemy się o wasze życie. Ale jeśli kasztelan odda kuferek mojej matki, przecież będę musiał was zwrócić… – powiedział podstarości i bacznie przyjrzał się swemu rzekomemu jeńcowi. – Wszak nie będziecie stawać przeciwko własnemu ojcu?!

Zamilkli. Hadziewicz patrzył na Jandźwiłła. Ten przygryzał wargi, kręcąc się niespokojnie i popatrując po kątach.

– Bodajbym zamarzł w tych lasach! – syknął wreszcie przez zaciśnięte zęby.

– Hola, hola! Nie grzeszcie! Jeszcze do zgody powrócicie. I to wam radzę. Kasztelan pan możny, no i zawsze ojciec. Winniście mu posłuszeństwo. Bez ojca samemu się fortuny dochrapać trudno, niemal nie sposób. Wierzcie mi, wiem, co mówię, bom od dawna sierota. Trochę karku zgiąć dla własnego dobra nikomu jeszcze nie zaszkodziło.

– Nakłaniacie mnie do zgody? Wy, którzy od kasztelana wycierpieliście tyle upokorzeń? Którzy musieliście swoją własność podstępem wydzierać?

– Samemu boleśnie na świecie. Zresztą, dokąd byście się nie udali, wszędzie ojcowskich rekomendacji będą żądać. Macie je? Macie choć jakie złoto na podróż? Na paszę dla konia?

Jan Jandźwiłł zwiesił głowę.

– Nigdy bym nie przypuszczał, że to akurat wy będziecie mnie namawiać, abym do ojca powrócił i się przed nim ukorzył!

– Może kiedyś to wy kasztelański urząd będziecie sprawować? Czy warto z tego wszystkiego zrezygnować, ku niepewnemu się puściwszy? Daję wam okazję do powrotu na zamek, czy z niej skorzystacie, to już wasza sprawa.

Nim podstarości zakończył zdanie, do świetlicy wpadł Rabiński.

– Straże ustawione, mysz się nie przeciśnie. Ludzi trochę w las poszło, będziem zawczasu wiedzieć, czy się kto z wrogim zamiarem nie przedziera. Teraz zjadłbym cośkolwiek, Boże Narodzenie w końcu! A u waszmościów jakieś miny smętne... Umarł kto? – Roześmiał się sam do siebie. – Ale co wam powiem, to wam powiem, ze Złotego Mostu niezbyt chętnie wyjeżdżałem. Bo też ta pani Zofia zacności białogłowa. Co za rozum, co za uroda! Ruszyłoby się dziś jeszcze w koperczaki!

– Ani mi się waż! – niemal krzyknął Hadziewicz. – Weksli nie spłacisz. Lepszego jej męża trzeba, nie takiego gołodupca!

– Zaraz gołodupca! A tyś majętniejszy?

– Może i nie taki bardzo, ale dwór u mnie nie w jaskini się mieści.

– Przyjdzie kasztelan z chorągwią, ogień pode dwór podłoży i po twojej majętności, Hadziewicz.

– Choćby i nawet, to jeszcze ziemia mi zostanie!

– A skąd pewność, że ona was zechce, panie podstarości? – zapytał kasztelanic.

– Pewności zawsze brak, póki się swatów nie pośle. Ale z nas trzech ja jej stanem najrówniejszy i będzie miał ze mną sprawę każdy, kto się zacznie do miecznikowej umizgać! – rzekł twardo, spoglądając na Jandźwiłła i Rabińskiego.

– Gadaj zdrów! My na wojnę z Moskwą pójdziem, a ją pan Żaba cichaczem za żonę weźmie i tyle naszego, co się ze sobą zwadzimy! – Rabiński wzruszył ramionami.

– A wasze jakie zdanie? – Kacper zwrócił się do Jandźwiłła. – Na własne oczy widziałem, że nie była wam obojętną.

– Ona mnie nie zechce – rzucił jakby zawstydzony.

– A to czemu? – Rabiński zmarszczył brwi z wysiłku. – Syna kasztelańskiego?

– Właśnie z tego powodu. Jej ojciec na progu kancelarii kasztelana ducha wyzionął, trudno, żebyście o tym nie słyszeli. Kiedym chciał z kasztelanem o tym porozmawiać, drzwi mi pokazał.

– Dlategoście bez żadnego sługi podróżowali, omal życia nie postradawszy! Oj, ważna ona dla was... – Rabiński pokręcił głową z uznaniem. – Ja również dla białogłowy wszystko rzuciłem, od śmierci uratowałem, a ona mi za to więzieniem podziękowała!

– Moja siostra też jakby w więzieniu zamknięta. Przez męża porzucona, w srogiej prostracji rozwiązania czeka. Nikt nie wie, co za choroba ją toczy. Najpierw krzyczała bez przerwy, teraz milczy zawzięcie.

– Jaki to świat, popatrzcie. Zazna kto na nim szczęśliwości? – rzucił ponuro Hadziewicz.

– On nie po to stworzony, byśmy szczęśliwości za życia zaznawali. Każdy swój krzyż niesie, jak ta dziecina Jezus – filozoficznie stwierdził Rabiński. – Ale pókiśmy u was w gościnie, dajcie przecie wódki, panie gospodarzu! Trza się bawić, kto wie, kiedy pod kasztelański topór przyjdzie głowę położyć lub od moskiewskiej kuli polec?

LXII

Przebieg bożonarodzeniowej uczty, podczas której goście starali się udawać, że nie zauważają nieobecności starszego syna ani córki kasztelana, przerwało zamieszanie na dziedzińcu. Mimo zamkniętych okien i gwaru przy stole rumor kilkunastu konnych dotarł aż tutaj, a nieco później ochmistrz pochylił się nad uchem pana. Usłyszawszy wieści, Tadeusz Jandźwiłł, nie licząc się z obecnymi, uderzył pięścią w stół.

– Przepraszam państwa! – zreflektował się. – Strasz, Stanisław, za mną! – rzucił sucho, wstał i wyszedł.

Przed kancelarią czekał już dowódca drużyny pozostawionej w Grodzie Orłowym. Nie miał dobrych wieści. Wiedział, że przed nim trudna rozmowa, a być może i zasłużona kara.

– Cóż to za samowola?! Dlaczego opuściliście dwór bez rozkazu? – zapytał rozwścieczony kasztelan.

– Zostaliśmy zmuszeni. Nagle w otoczeniu kilkunastu zbrojnych u bram stanął podstarości, wbijając sztylet w gardło kasztelanica Jana. Twierdził, że zamorduje panicza, jeśli obrony nie poniechamy. Cóż miałem czynić?

Wszak on infamis, gotów byłby to zrobić, a wtedy ja bym odpowiadał!

– Bzdura! Zakpił z was i ze mnie! On za głupi, żeby kogo z wyrachowania zamordować. Ale jak oni się zwąchali, ci dwaj? Mój syn teraz przyjacielem infamisa?! Biada mi! Biada!

– Panie, jeńcem był podstarościego... – cicho zauważył Strasz.

– Wszystko przez tę klątwę! Co robić, radźcie!

– Cieszyć się, że Jan żyje, i z rąk Hadziewicza go wyzwolić! – zakrzyknął Stanisław.

– Pertraktować z nim?! Prosić o łaskę? Cóż za poniżenie! Co za wstyd! Żeby się pysznił po całym powiecie, że dyktował warunki kasztelanowi?! Trzeba było spalić ten dwór, aby kamień na kamieniu nie pozostał, a ziemię zaorać! – pieklił się Tadeusz Jandźwiłł. – Mówiłem, żeby jaskinię zdobyć, kiedy się tam ukrywał! Byłoby po kłopocie! Ale jeszcze nie jest za późno! Jeszcze wszystko da się naprawić. Żadnego cackania, wyrżnąć do nogi! Stopą stanąć na gardle, inaczej cały powiat zarażą tym bezhołowiem!

– Panie, pora wracać do gości – łagodnie perswadował Strasz.

– Pojedziesz tam, zobaczysz, ilu ma ludzi i czego żąda w zamian za wydanie Jana. Na własnej piersi wychowałem tę gadzinę! Jak syna traktowałem, urząd dałem, podstarościm uczyniwszy! A on mi dziecko uprowadza!

– Pojadę, wedle rozkazu, lecz nie dzisiaj, po świętach. Niech triumfu nie czuje. Niech trochę w zalęknieniu posiedzi, bojąc się, czy kasztelan dworu znów siłą nie zechce zdobyć.

– A Jan? – zmartwił się Stanisław.

– Kasztelanic zbyt cenny dla podstarościego, aby mu choć włos spadł z głowy.

Wrócili do gości. Kasztelan starał się trzymać dobrą minę, rozmawiać z braćmi szlachtą na bliskie wszystkim tematy, a zwłaszcza ten, która z dwóch elekcji była prawomocna. Ośmieleni wypitym winem zaczęli wieść dyskurs polityczny.

– Kiedy konfederację zawiążemy, aby w obronie króla i praw naszych bić się z Moskwą i Sasami? – zapytał ktoś z dalej siedzących, czym do reszty rozdrażnił Tadeusza Jandźwiłła.

– Pora już Moskwę z granic Litwy wyrzucić! – pierwszemu zawtórował kolejny głos.

– Tak jest! Czyśmy to jej pachołkowie, żeby wojsko moskiewskie żywić całą zimę? – odezwał się następny śmiałek.

– Tylko mi teraz konfederacji w powiecie potrzeba! – mruknął do Strasza kasztelan. – A jużci! – głośno huknął. – Czekam i ja znaku od Pocieja, gdzie się zebrać mamy i dokąd ruszyć. Na Gdańsk, gdzie król Stanisław siły zbiera, czy też tu, w Litwie, z nieprzyjacielem się zetrzeć? Ale wszak wiecie, że nie do mnie należy ta decyzja, tylko do regimentarza. Teraz czekać wiosny wypada, a kiedy kogo przyśle, miejsce zbiórki wyznaczając, to staniem jak jeden mąż, aby króla, Rzeczypospolitej i naszych wolności bronić!

– Tak nam dopomóż Bóg! – krzyknęli z różnych stron i wraz chwycili za kielichy.

– Zobacz, jak tu pusto przy tym stole – wyszeptał Jandźwiłł do Strasza. – Rok nie minął, a ja sam ze Stanisławem tylko zostałem. Myślałem, że w te święta będziemy się z dwiema synowymi radować, a tu synowych ani widu, ani słychu, zięć obwieś dał drapaka, córka rozum straciła, a starszy syn w rękach zbójców.

– Panie mój…

– Nie próbuj mnie pocieszać i nie mów, że klątwa na mój dom nie spadła, bo nie uwierzę! Co za rok obrzydły, oby już się raz wreszcie skończył!

– Kasztelanowi żony potrzeba – zaryzykował Strasz.

– Może i masz rację... – westchnął Tadeusz Jandźwiłł. – Po mojej łożnicy wiatr hula, zimno tam i pusto, ani do kogo gęby otworzyć, o innych rozkoszach nie wspominając. Ale czy to człowiek w tej krzątaninie znajdzie czas na własne przyjemności, kiedy całymi dniami goni za sprawami powiatu? Furda tam czas, pewnie by się i znalazł, ale boję się, że w tych okolicznościach odmowa mnie spotka, a to wstyd gorszy od wszystkich! Popatrz na nich – powiedział, myśląc o swych gościach – bawią się jak gdyby nigdy nic... Jedna miecznikowa nie przybyła... Odważyła się w święta u kasztelana nie stawić! Jej ojciec nigdy by się nie zdobył na taki gest. Skąd u niej ta odwaga? Nie boi się mnie? To niedobrze, niedobrze... A jak tam twoje konkury, Strasz? Oświadczyłeś się już? Kiedy zapowiedzi?

– Odrzuciła moje swaty, ani prosząc o czas do namysłu. – Udając smutnego, Strasz rozłożył ręce.

– Nie mówiłżeś nic... – Jandźwiłł popatrzył zdziwiony.

– Po co miałem kasztelana jeszcze i tym martwić?

– Co to za bestia w białogłowskiej skórze!

– Nie zdziwiłbym się, gdyby się okazało, że to ona maczała palce w uprowadzeniu panicza Jana – Strasz zniżył głos do szeptu.

– Jaki miałaby cel?

– Zemścić się chce. Kasztelan zapomniał, że panicz w niej srodze rozamorowany? Wystarczy, żeby kiwnęła palcem...

– Poróżnić mnie z synem, wziąwszy potajemny ślub? Co za bzdura! Jan nic bez mojej zgody nie uczyni! Wie, czym by to się skończyło! Zresztą on groszem nie śmierdzi.

– Alboż to kasztelan wieczny? Przebiedowaliby jakoś te parę lat...

– Ślub bez ojcowskiego błogosławieństwa?! Na powinność się swoją nie oglądając, wziąć sobie taką... Taką... I dybać na ojcowską schedę?! – syknął kasztelan i potoczył wzrokiem po gościach.

Półgębkiem się uśmiechając do tego i owego, wznosił kielich. Minę miał jednak nietęgą, jakby się skisłego wina napił, widać nurtowało go to, co usłyszał i co w duszy sobie dopowiedział. Strasz odczekał kilka minut, a wreszcie, przynaglany spojrzeniem swego pana, powiedział z namysłem:

– Musimy złu zapobiec. Za wszelką cenę.

LXIII

W Grodzie Orłowym święta przebiegały pod znakiem czujności. Załoga popijała, ale z umiarem, w każdej chwili gotowa do odparcia wojsk kasztelana, gdyby ten znów chciał siłą dwór zagarnąć. Jednak wojska nie nadchodziły i nie miały nadejść. Po świętach przyjechał natomiast Wacław Strasz z jednym tylko sługą, co wzbudziło nie mniejszą czujność podstarościego, niż gdyby się z całym pułkiem pod jego bramą stawił.

Zaproszony do środka usiadł, rozejrzał się i zapytał bez ceregieli:

– Czego chcesz?!

– Szkatuły mojej matki i weksli miecznikowej! – odparł bez namysłu Hadziewicz, widać miał zawczasu przygotowaną odpowiedź.

– Na cóż ci one?! Nie wolisz pokoju?

– Wolałbym, gdybym weń wierzył. Między nami go nigdy nie będzie.

– Zastanawiam się dlaczego?

– Bośmy poszli innymi drogami.

– Więzisz tu kasztelanica i śmiesz mi prawić morały?! – uniósł się Strasz.

– Wielem skorzystał z twoich nauk…

– Rozumiesz, że odpowiedzieć bez zgody kasztelana nie mogę.

– Możesz, ale nie odpowiesz, aby zyskać na czasie.

– Wiele byśmy razem zdziałali… – Strasz westchnął, jakby mu było żal.

– Gdybym chciał być narzędziem w twoich rękach? Strasz, Strasz, niepoprawny marzycielu… Nie na twoje ja usługi! Wszyscy myślą, że kasztelan jest zły. Ale to tyś wszystkiemu winien. To ty szepczesz za jego plecami. Twoim głosem on przemawia. Gdybyś ty był prawy, wszyscy kochaliby kasztelana i spokój panowałby w powiecie. Czy to nie ty oskarżyłeś o czary tę służącą?

Strasz uśmiechnął się przelotnie, jakby usłyszał komplement, ale zaraz zgasił uśmiech i jego twarz przybrała wyraz niezadowolenia.

– Cóż ja mogę?… Wykonuję tylko rozkazy…

– Które sobie wcześniej ustami swego pana wydasz.

– Dość tego! Chcę się rozmówić z kasztelanicem! W cztery oczy!

Hadziewicz rozłożył ręce i wycofał się z komnaty.

O czym rozmawiali młody Jandźwiłł i Strasz, podstarości nie pytał. Wystarczyła mu zacięta mina Strasza, kiedy opuszczał Gród Orłowy. Zatem nic nie wskórał! Teraz oni stawiają warunki! Jeśli dobrze to rozegrają, przed Trzema Królami Zofia będzie uratowana!

Zbyt wcześnie cieszył się Kacper Hadziewicz. Chwilowy triumf przyćmił mu nieco ostrość widzenia. Nie docenił też determinacji Strasza, który na drodze do swego celu nie liczył się z niczym. Upojony chwilowym zwycięstwem podstarości nie posłał nikogo w ślad za Straszem. Gdyby to zrobił, może uprzedziłby nieszczęście, ale zawarłszy, jak mu się zdawało, chwilowy rozejm, nie podejrzewał, że wróg szykuje kolejną niespodziankę.

Strasz z krzyżówek nie ruszył na Turów, tylko na Złoty Most. Tu zatrzymał się w karczmie, upewniwszy się, że wysłany z zamku podjazd już nań czeka, i jeszcze przed zmrokiem był gościem Zofii Niezgodzkiej.

– Dobrą wieść wam przywożę, pani. – Skłonił się dwornie i uśmiechnął najszczerzej, jak potrafił.

– Jakąż to? – Zofia zapytała zmrożonym głosem.

– Tknięty litością, bo waćpani była jedną z umiłowanych dwórek świętej pamięci kasztelanowej, pan mój postanowił oddać weksle waszego ojca.

– Jak to: oddać? Bez wykupu? Bo ja pieniędzy nie mam.

– Kasztelan odda weksle, nie żądając niczego w zamian.

– A małżeństwo z panem Żabą?

– To już sami zdecydujecie, czy ono dla was nie najlepszym wyjściem. Ale te dwie sprawy nie mają nic wspólnego.

– Czego zatem żąda ode mnie kasztelan?

– Nic zgoła. Prosi tylko, abyście wyświadczyli mu ten honor i na zamek po weksle przyjechali.

– Czemu pan mi ich nie przywiózł, skoro taka była wola kasztelana?

– Pani nie bywasz na zamku, szlachta zastanawia się, czy nie czujesz przypadkiem żalu za śmierć twego ojca. Gdybyście się pojawiła, kłam zadając plotkom, byłoby to dla mego pana wystarczającą zapłatą za sumy, które pożyczył cześnikowi.

– Nie chcę żadnej darowizny! Co mój ojciec winien, spłacę kasztelanowi do grosza! Nie jestem żebraczką, która miałaby się jałmużną pożywiać.

– Nikt nie mówi o jałmużnie! Termin wykupu weksli jest bliski; gdy będą w waszych rękach, spłacicie je bez zachowania terminu lub nie spłacicie w ogóle, bo wszelki ślad po nich zaginie.

– Wciąż nie rozumiem, jak to się stało, że żaden zapis na ten temat nie zachował się w księgach gospodarskich ojca, nie znalazłam też żadnych papierów dłużnych.

– Nie do mnie należy rozwikłanie tej kwestii, chciałbym jedynie pomóc w zamknięciu sprawy raz na zawsze, po to tu przyjechałem. Jeśli pani udasz się ze mną do Turowa, jutro będziesz tu z powrotem, spokojna i zadowolona.

– I mówi pan, że kasztelan nie oczekuje niczego w zamian?

– Niczego poza waszą obecnością. Chce bowiem, aby zamilkły złe języki, które go obwiniają, a wszak on nie winien temu, że ojciec wasz, tknięty apopleksją, padł na progu jego komnaty. To się mogło zdarzyć wszędzie. Śmierć nie wybiera ni czasu, ni miejsca.

– I tak po nocy chce pan jechać? Nie strach to? Wszak wilki. Może jutro z rana?

– Mały oddział czeka nas przy karczmie. Będziemy mieć ochronę. Jutro po śniadaniu goście kasztelana się rozjeżdżają, dlategom tu gnał na złamanie karku, bo dopiero na Wielkanoc będzie w Turowie kolejny duży zjazd. Chcesz pani czekać do Wielkanocy? A jeśli przez ten czas kasztelan zmieni zdanie i jednak wykupu weksli zażąda?

– Poczekajcie chwilę, muszę się przygotować – powiedziała Zofia, zostawiając Strasza w świetlicy.

– Złe wieści? – zapytała pani Salomea. – Wypadające zęby śniłam.

– Wprost przeciwnie! Nie wiedzieć czemu, kasztelan chce nam oddać weksle! – uradowała się Zofia. – Muszę tylko sama po nie pojechać, by pokazać całemu powiatowi, że żalu nie czuję. Jednak dobrze zrobiłam, nie pokazując się na zamku w święta!

– A kto po nocy puszcza się w podróż?! Straszowi zaproponuj nocleg i jutro rano ruszcie, boję się, że tam w lesie spotka was coś złego.

– Strasz ma oddział przy karczmie. Jutro będę z powrotem! Zaopiekuj się dziećmi! – Zofia ucałowała matkę w policzek i zastanowiła się przez chwilę, co ze sobą zabrać w podróż. We dwa pacierze była gotowa. Nie podejrzewała, co ją czeka.

Strasz chodził po świetlicy w napięciu. Kiedy jednak zobaczył miecznikową ubraną do drogi, a za nią dwórkę i sługę taszczącego tobół, odetchnął z ulgą. Wskazał jej miejsce w saniach, sam zasiadł obok i ruszyli. Zofia nawet się nie obejrzała na domostwo, zresztą o tej wieczornej porze niewiele już było widać. Przy karczmie w Złotym Moście rzeczywiście czekali na nich konni z pochodniami. Gdyby zjechało więcej sań, można by pomyśleć, że to ruszył sąsiedzki kulig. Strasz bawił Zofię konwersacją i przez chwilę wydawał się nawet sympatyczny. Miał doskonały humor, który i jej się udzielił, toteż droga do Turowa minęła im nadzwyczaj szybko. I choć to wszystko wyglądało na piękny sen, miecznikowa czuła wielką ulgę, że załatwi sprawę weksli bez konieczności nagłego i niechcianego zamążpójścia.

Na podwórcu zamkowym panował dziwny spokój, ale zmęczonej przeżyciami i podróżą Zofii to nie zaniepokoiło. Szybko skierowała się do wskazanej komnaty i wygodnie rozlokowała. Minęła już północ, toteż nie zdziwiło jej, że nie słyszała gości kasztelana ani odgłosów uczty. Zapewne wszyscy udali się na spoczynek. Zjadłszy co nieco z przyniesionej tacy, i ona ułożyła się do snu.

LXIV

Trzy dni minęły podstarościemu oraz jego gościom na jedzeniu, piciu i spokojnym wyczekiwaniu odpowiedzi kasztelana. Czwartego na podwieczerz do Grodu Orłowego przyjechał umyślny od cześnikowej z druzgocącą informacją, że Strasz wywiózł Zofię ze Złotego Mostu do Turowa! Miała wrócić, nie wróciła, cześnikowa nie wie, co robić ani co myśleć. Boi się o córkę i prosi o pomoc.

– Zmylił nas, łajdak! Porwał Zofię, wiążąc nam ręce. Myśli, że teraz obaj staniemy u bramy zamkowej z błaganiem o litość dla miecznikowej i zgodzimy się na wszystkie jego warunki! – wykrzyknął Kacper Hadziewicz.

– Które będą?... – zapytał kasztelanic.

– A skąd mnie to wiedzieć?! Ma nas w garści! O, ja głupi! Nie przewidzieć, że Strasz, ta bestia w ludzkiej skórze, przed niczym się nie cofnie! Co teraz robić?!

– Nic – spokojnie odrzekł Jan Jandźwiłł.

– Już was los miecznikowej nie obchodzi?! Dopiero co za nią świata nie widzieliście, a teraz chcecie nieszczęsną na łasce i niełasce Strasza zostawić? Nie wystarczy wam, że cześnik życie na zamku stracił? Teraz jeszcze ona ma w Turowie ducha wyzionąć?!

– Mówcie, co chcecie, o moim ojcu, podstarości, ale jeszcze on krzywdy żadnej białogłowie nie wyrządził.

– Poza tą sługą, której spaleniu nie zapobiegł! A szczuł na nią, aż cały powiat uwierzył, że się czarów dopuściła!

– Nawet kasztelan bezsilny jest wobec złych mocy.

– Bajdy gadacie! Tam mocy nijakich nie było, tylko złość ludzka i zawziętość. Ale jeżeli wasz ojciec ośmieli się podnieść rękę na miecznikową, jeżeli jej choć włos z głowy spadnie, będzie miał ze mną do czynienia. Nie spocznę, póki...

– Na razie się z groźbami wstrzymajcie. Powiem wam, co uczynimy...

Przez cztery dni Zofia bezskutecznie próbowała dociec przyczyny swego przedłużającego się pobytu na zamku. Chodziła wzburzona po niewielkiej komnacie, przysiadała, modliła się, popłakiwała. Nie rozumiała, dlaczego kasztelan jej nie wzywa, wreszcie zaczęła podejrzewać, że Strasz jej ślub potajemny z panem Żabą szykuje. Od przynoszących jedzenie służących nie mogła się niczego dowiedzieć. Kiedy żądała widzenia z kasztelanem lub Straszem, słyszała, że żadnego nie ma na zamku, bo wezwani przez regimentarza czy księcia nagle ruszyli ku Brześciowi. Dlaczego zatem nie pozwolono jej wrócić do domu? Tego słudzy nie potrafili wyjaśnić. Nie dano jej też papieru i piór, aby skreśliła choć kilka zdań do zaniepokojonej matki.

Piątego czy szóstego dnia – Zofia powoli zaczynała tracić rachubę – pomiędzy posiłkami do komnaty przyszła nieznana jej sługa. Minę miała tajemniczą i jakby zalęknioną, prosiła, aby Zofia pofatygowała się za nią. Wędrowały wąskimi korytarzami i zapomnianymi, nieużywanymi przejściami. Wreszcie dotarły do szerszego korytarza i służąca uchyliła wąskie drzwiczki. Mijając kilka niewielkich komnat, stanęły przed dużymi, nieużywanymi drzwiami. Dziewczyna zapukała, a potem nacisnęła klamkę.

Znalazły się w obszernej, dość zaniedbanej komnacie. W fotelu, patrząc na ogień płonący w kominku, siedziała kobieta, trzymając dłonie na dużym brzuchu. Na dźwięk kroków odwróciła głowę. Zofia z trudem poznała w niej Cecylię Lange. Nieuczesana, nagle postarzała, nienaturalnie blada, spojrzała na gościa jakby z nadzieją. Westchnęła i wskazała dłonią krzesło. Zofia, ukrywając zdumienie, w jakie wprawił ją wygląd kasztelanki, ukłoniła się zgodnie z panującym na zamku ceremoniałem.

– Pani...

– Doniesiono mi, żeście kilka dni temu na zamek przybyła i zapewne niedługo go opuścicie.

– Kasztelan zamierzał oddać weksle mojego ojca, po to tu jestem. Tymczasem nie znalazł nawet chwili, aby mnie przyjąć!

– Nie wiem nic o wekslach, ale kasztelana nie ma teraz na zamku, nie czekajcie na jego powrót, tylko wyjeżdżajcie czym prędzej. Myślę, że to przez knowania Strasza tu się pojawiliście.

– Wszak przywiózł mi dobre wieści! Wcześniej mówił, że powinnam czym prędzej poślubić pana Żabę, żeby spłacił weksle, ale teraz tego poniechał.

– Bo pewnie wcale nie o was mu chodzi ani o wasze weksle. Jesteście tylko narzędziem w ręku tego intryganta! Nigdy nie wierzcie słowom ludzi pokroju Strasza, bo nie zrozumiecie, kiedy mówi prawdę, a kiedy was zwodzi. Umyślił sobie, że ożeni się ze mną i zagarnie zamek.

– Ale wyście zamężna przecież!

– Dla niego nie ma przeszkód.

– A kasztelan?

– Wierzy mu jak własnemu synowi. Strasz potrafi przedstawić wszystko tak, jakby chodziło o dobro Jandźwiłłów. Zły to człowiek i przewrotny. Rzekomo z troski o pierworodnego wnuka kasztelan nakazał mu mnie tu zatrzymać. Wszystkich mam przeciwko sobie!

– A gdzie wasi bracia? Nie mogą kasztelanowi powiedzieć prawdy?

– Kiedy prawda jest niewygodna, mój ojciec się od niej odwraca. Ale nie po to was tu zaprosiłam. Widzicie, w jakim jestem położeniu, potrzebuję pomocy.

– Ale cóż ja...

– Nie mam w Turowie żadnego wiernego sługi. Nie mogę wrócić do swego majątku, a wszystkie moje pisma trafiają do Strasza. Proszę was tylko, abyście te listy oddali podstarościemu. I radzę: póki czas, z zamku uchodźcie! Nie wiem, co wam Strasz szykuje za niespodziankę, ale na pewno nie będzie ona miła!

– Mam tak z gościny bez słowa wyjechać?

– Jeśli nie chcecie być narzędziem w ręku tego niegodziwca, to wracajcie do domu. Zażądacie sań, a jeśli nie zechcą wam oddać, rzućcie parę czerwonych złotych bramnym, wnet się ochota pokaże. I jedźcie prosto do Grodu Orłowego, błagam! Tu chodzi o życie! – dodała łamiącym się głosem i pogładziła swój brzuch.

Zofia poszła za jej radą. Widać nie było zakazu wypuszczania miecznikowej z zamku, bo nawet nie musiała przekupywać straży. Najwidoczniej Strasz nie przewidział takiego obrotu spraw. Ledwie sanie wyjechały z bramy, pędem puściły się przez las wprost ku Grodowi Orłowemu. Wdzięczna za radę i pomoc w ucieczce Zofia chciała jak najszybciej oddać Hadziewiczowi listy kasztelanki. Kiedy dotarła na miejsce, miało się ku zachodowi. Słudzy dość długo zwlekali z otwarciem bramy, widać mieli nakazane dokładne sprawdzanie przybywających. Wreszcie z dworu wybiegli wszyscy trzej: podstarości, kasztelanic i Rabiński, dawny zbójca. Pomogli jej wysiąść i zadawali wiele pytań, na które ledwie zdążała odpowiadać.

– Mam z wami do pomówienia na osobności – zwróciła się do Hadziewicza.

Jandźwiłł i Rabiński niechętnie wyszli ze świetlicy. Wtedy Zofia wyjęła listy.

– Kasztelanka prosiła mnie o przekazanie wam tych pism.

Kacper otworzył list adresowany do niego i szybko przebiegł go wzrokiem.

– Wysyła mnie do Kurlandii! Czy ona zmysły postradała?! Mam dla jej widzimisię taki szmat drogi jechać? Jeszcze zimą?! Mało to sług na zamku?

– Powiedziała, że Strasz wszystkie listy przejmuje.

– A jeżeli to podstęp? Nie udało się mnie w wieży spalić ani uśmiercić podczas zajazdu, to może się uda w drodze do Kurlandii? Mam tu wszystkie sprawy zostawić, narażając dwór na kolejny zajazd, i gnać na złamanie karku nie wiadomo dokąd, bo tak się jej zamarzyło? Nie wiemy nawet, co to za sprawa! Nie, nie ma mowy!

Zofia posmutniała.

– Popatrzcie, do czegośmy doszli! Już człowiek człowiekowi nie wierzy, wszędzie wietrzymy podstęp, nie chcemy sobie nawzajem pomagać, nie ufamy jeden drugiemu. Gdzie nasza godność? Gdzie *verbum nobile**? Co się z nami dzieje? Nie tak dawniej bywało. Pamiętam, jak mój ojciec na jedno słowo kasztelana jechał do Brześcia, Wilna, nawet do Warszawy, nie zastanawiając się, czy w podróży życia nie postrada, a za jedyną zapłatę wystarczała mu podzięka. A teraz nie wiesz, kto przyjaciel, kto wróg, z kim

* Szlacheckie słowo honoru (łac).

trzymać, kogo unikać, komu bramy otwierać, przed kim uciekać jak od zarazy. Szlachta dwóch królów obiera, jakby o zabawkę jaką chodziło, i ucztując po dworach, czeka, aż obce wojska porządek w Rzeczypospolitej zaprowadzą. Świat oszalał!

– Miecznikowo złota, tyś na inne, lepsze czasy stworzona.

– Ale żyć, panie podstarości, i dzieci wychować muszę w tych, których nie rozumiem i nie akceptuję. Czego mam je uczyć? Żeby się na każdym kroku strzegły, bo człowiek człowiekowi wilkiem? Że wszystko złotem kupić trzeba? Że nie cnoty nasze się liczą, tylko to, z kim interesa nas związały? Wszak w ten sposób nigdy nikomu nie zaufają! A alianse zmieniają się, ani za nimi trafisz. Dziś jesteś z tym, jutro z owym, jak ci wygodniej, bo do wierności nikt już nikogo przymusić nie zdoła. Mamy być jak zwierzęta w tym kraju bez zasad?

Hadziewicz patrzył na nią, nie śmiejąc przerwać. Niekiedy i jemu podobne myśli błąkały się po głowie, ale nigdy nie miał czasu, aby się nad nimi zastanowić. Zresztą, co by to dało? Czy ktokolwiek jest zdolny w pojedynkę zmienić świat? On jest, jaki jest. Cóż począć, że tworzą go ku swej wygodzie ludzie głupi, źli i przewrotni?

„A czy my chociaż lepsi od nich?" – pomyślał, zaczerpnął powietrza i aby przynajmniej sobie wydać się lepszym, powiedział:

– Pojadę!

Dla niej jak na skrzydłach pomknąłby do samego piekła.

LXV

Sprawy komplikowały się z każdym dniem i Strasz nie bardzo żałował, że miecznikowej nie ma już na zamku. Teraz kwestia jej weksli, a raczej intryga mająca na celu ściągnięcie do Turowa Jana i Kacpra, stała się nieistotna. Wobec zapowiedzianej na Trzech Króli wizyty księcia pana wszystko, nawet zamiar kolejnego zajazdu na Gród Orłowy, przybrało inny wymiar. Było tylko kilka dni na przygotowanie szczegółowego planu wizyty, listy potraw, gości, których znów trzeba będzie zawezwać, aby dali godną oprawę tak ważnej osobistości.

O co mogło chodzić księciu, że sam się fatygował do Turowa, a nie, jak zwykle, wysyłał umyślnego z listem lub zaproszeniem dla kasztelana? Czyżby ktoś się skarżył? Na tę myśl Strasz już układał w głowie listę potencjalnych wrogów. Długą, zawierała bowiem również nazwiska tych, których kasztelan bez wahania nazwałby raczej swymi przyjaciółmi. Kasztelanowi było wolno, Strasz musiał się mieć na baczności. Zatem Lange? Nie, dla kogoś tak podłej konduity książę nie fatygowałby się taki szmat drogi. Kto więc mącił, aby kasztelanowi zaszkodzić? Lista gości musi być bardzo dokładnie przemyślana, bo korzystając z wizyty, przy stole mogą nagle wyskoczyć z czymś niegodnym. Sami więc najbardziej zaufani tego zaszczytu dostąpią! Strasz klasnął w dłonie i zawezwał sekretarza. W dwa pacierze powstała lista, a zaraz potem kilku umyślnych pędziło już do okolicznych dworów z radosną nowiną.

Tymczasem w Grodzie Orłowym panowała napięta atmosfera. Oczekiwano kasztelańskich wojsk lub co najmniej wizyty Strasza, nie wiedząc, że jest zbyt zajęty czymś zgoła innym. Wreszcie któryś ze zbójców, wysłany do karczmy w Złotym Moście, przywiózł zadziwiające wieści.

– Ciekawe, jak wytłumaczą twoją nieobecność. – Rabiński spojrzał na kasztelanica.

– Książę nie po to do Turowa zjeżdża, aby się mojej osobie przypatrywać – odparł Jan. – Strasz wymyśli coś na poczekaniu i nikt się nie będzie zastanawiał, czy to prawda, czy fałsz. Najważniejsze, że zyskujemy kilka dni spokoju, bo wojować pod bokiem księcia kasztelan się nie ośmieli.

I rzeczywiście biesiadom i dyskusjom na zamku nie było końca. Stoły uginały się od cudzoziemskich potraw, a książę, podróżujący ze swą trzynastoletnią wychowanicą, rozkazał specjalnie dla niej przygotować salę balową i podczas kiedy goście szli do tańca, on wraz z kasztelanem rozprawiał o sprawach najważniejszych.

– Mój panie Tadeuszu, jest ci chyba wiadomym, jak cię poważam i szanuję. Nie jechałbym tu, gdyby rzecz miała się inaczej. Wychowanica moja, którą ze sobą przywiozłem, już zdatna do małżeństwa i jam jej właśnie męża znalazł.

Kasztelan zmartwiał na takie *dictum.* Panna była urodziwa, ani słowa, dzierlatka co się zowie, kibić miała wiotką, liczko bielutkie, włos miękki w misterną fryzurę upleciony, usteczka różowe, ząbki niczym perły, przyjemnie się patrzyło na tę istotkę. Jednak nikomu nie było tajnym, że ta rzekoma wychowanica to książęce dziecię z nieprawego łoża, które niczym kukułcze jajo ojciec zechce komuś podrzucić. Toteż kiedy Stanisław ujął dłoń dziewczęcia i powiódł ją do tańca, Tadeusz Jandźwiłł zacisnął na chwilę powieki, przełknął gorzką ślinę i spojrzał na Strasza.

– Piękna para! – rozrzewnił się książę, a kasztelan zmartwiał. Nie takiej on partii upatrywał dla swego syna. Uśmiechnął się więc tylko kwaśno i rzekł:

– W rzeczy samej.

– A jaka usłuchana, jaka grzeczna, nigdy się nie sprzeciwi, rozum jej zaś urodzie dorównuje! Szczęścia dostąpi, kto to serce posiądzie!

– Któż by się ośmielił wątpić, wszak ona księcia pana wychowanica! – z ukłonem przyznał Strasz.

– Oddam ją tylko najpoczciwszemu i suto wywianuję, aby jej ptasiego mleka nie zabrakło.

– Wyróżnionym będzie, kto takiego zaszczytu dostąpi! – Tadeusz Jandźwiłł przytaknął księciu. – Ale mój syn jeszcze do żeniaczki nieskory. Pstro ma w głowie, polowania, harce, oto, czym się zajmuje. Zresztą kiesa u mnie pusta, zamek w ruinie, zwierzyna w lasach wyzdychała albo przez wilki pożarta, tyle mojego, co te czasy dobre wspomnę, za małżonką moją nadobną w kwiecie wieku zmarłą zapłaczę...

– Dość już być musi tego frasunku, mój kasztelanie! Wyście jeszcze mąż czerstwy, radości i szczęścia powinniście dostąpić, bo człek szczęśliwy lepszym się staje, wzrasta w nim ochota do życia i czynienia dobra.

– A gdzie mi tam radości i szczęścia szukać? – Kasztelan westchnął smutno. – Tu głowę utrudzoną złożę, przy mojej nieboszczce, w tej kaplicy, gdzieśmy nasze dziatki chrzcili.

– Waszych sił jeszcze naród potrzebuje! Nie ważcie mi się już więcej mówić o śmierci, kiedy do życia pod nowym królem cały kraj się podnosi!

– Będę służył krajowi, póki starczy tchu w piersi, mości książę!

– Wierzę, chętnie wierzę! Ale żeby wam tego tchu nie zbrakło i abyście mieli jeszcze siły tak tańcować, chcę wam tę dzieweczkę nadobną na żonę wyswatać.

– Jak to: mnie?! – Przerażony kasztelan poczuł, że włos mu się jeży.

– A wam! Wam! Przysyłali do mnie w swaty różnych, ale to wszystko młódź była, gołowąsy niemal, a mnie stateczny mąż się dla niej widzi, w świecie bywały, aby ten kwiatek opieką otoczył.

Kasztelan powiódł mętnym wzrokiem po sali i popatrzył na pannę, którą nie jego synowi, tylko jemu, lekceważąc wszelkie zasady, swatał sam książę. Wiedział on, że nie spotka się z odmową. Sprzeciwić się księciu trudno, to samobójstwo niemal. Ale cóż to za despekt! Nikomu nie było tajnym, że dziewczę z jedną z mieszczek lewartowskich, piękną szewcową Natalią Kowal, spłodzone książę na swym dworze rozkazał wychować, aby dobrymi manierami nasiąkło.

„Za co? – Kasztelan tarł rozpalone czoło. – Za co taki policzek?! I jeszcze mam się uśmiechać i dziękować może?! Wszak teraz cały powiat – ba! – województwo całe ze mnie śmiać się będzie! Cała moja powaga, całe moje dostojeństwo w pył się właśnie obraca. Jak własnym dzieciom, jak sługom w oczy spojrzę, z bękartem się ożeniwszy?! Czego jeszcze mam się spodziewać? Najazdu Tatarów?! Potopu?! Końca świata?!".

Zaczął gorączkowo rozmyślać, za co spotyka go ta niezasłużona kara. Czym uchybił księciu, w czym nie zadowolił, gdzie ze swych służb się nie wywiązał. Chciałby jak najszybciej ze Straszem się w tej kwestii naradzić, ale książę siedział tuż obok i spoglądał wyczekująco.

– Wasza wysokość, to zaszczyt dla mnie i honor – mówił przez zaciśnięte zęby. – Nigdy bym się nie spodziewał, że na taką łaskę zasłużę, a zwłaszcza że książę pan osobiście jako swat wystąpi! Powątpiewam tylko, czy panna zechce starego, kiedy wkoło niej tyle się młodzi zachwyconej kręci.

– A i twój syn jej nie odstępuje, jak widzę! Ależ z ciebie szczęściarz, mój kasztelanie! W czepku urodzony, można powiedzieć!

Strasz słuchał wymiany tych kąśliwych uprzejmości i również zachodził w głowę nad przyczyną niespodziewanej łaski, która zgoła inaczej mogła być zrozumiana. Nie miał wątpliwości, że nie o dobro dziewki tu idzie, lecz o to, by powiat, województwo, cała Litwa może rozprawiała o niespodziewanym zaszczycie, który spadł na Tadeusza Jandźwiłła. Tymczasem jego baczne oko wychwyciło coś, co umknęło zajętym rozmową księciu i kasztelanowi. Oto Stanisław Jandźwiłł stanowczo zbyt długo tańczył już ze swoją przyszłą macochą! Goście kasztelana popatrywali po sobie zgorszeni, albowiem nie godziło się tak jawnie wyróżniać którejkolwiek z panien, gdy inne czekały na swą kolej.

W głowie Strasza jedna myśl goniła drugą. Zastanawiał się w pośpiechu, czy ewentualny ożenek kasztelana zmieni jego pozycję. Dzieweczka wyglądała na niewinne dziecię, grzeczna i słodka osóbka prawdopodobnie da sobą powodować. Dla niego to kolejny sposób, aby wpływać na decyzje Jandźwiłła, ale też obawa, że przybędzie potomków do podziału majątku.

– Dziewczę we wszystkim mi powolne będzie. Zatem na Cyryla i Metodego? – pytał książę, jakby nie przewidywał żadnego oporu, w czym miał zresztą całkowitą rację.

Zmiażdżony fatalną nowiną gospodarz siedział zgięty wpół i ledwie miał siłę podnieść wzrok.

– Cyryla i Metodego? – powtórzył mimowolnie, ocknął się jednak, zrozumiawszy, jak niedługi mu książę wyznaczył termin. – Wszak to za pięć niedziel!

– Kontrakt możemy spisać choćby jutro, mój sekretarz wszystko przygotował.

Oszołomiony Tadeusz Jandźwiłł kiwnął głową. Jedynie śmierć mogła go uratować przed hańbą.

LXVI

Kat odczekał kilka dni, drżąc ze strachu. Nikt jednak nie poszukiwał zaginionego, nikt nie mówił o kolejnej ofierze wilków. Dopiero tuż po świętach wieść się rozniosła, że znów samotnego podróżnego wilki napaść musiały. Ciała nie znaleziono, dowodem nieszczęścia były tylko kości końskie i rząd pozostawiony niedaleko traktu do Skrzeczewic. Mimo że winą obarczano głodne o tej porze zwierzęta i nie padło ani jedno słowo na temat możliwego sprawcy, każde pukanie do drzwi, każde wołanie na ulicy przyprawiało kata o żywsze bicie serca. Zastanawiał się dlaczego, skoro niejednego już o głowę skrócił, powiesił lub z miasta wygnał. Dlaczego akurat ta śmierć była mu tak przykrą? Wiatr wył w kominie niczym dusza potępiona. Czasem dało się słyszeć pukanie i nawoływania, a kiedy drzwi się otworzyło, nikt za nimi nie stał.

Kat rozumiał, że co innego stracić kogoś z nakazu sądu, a zupełnie inna rzecz śmierć zadać bez wyroku i bez spowiedzi odbycia. I pewnie teraz ta dusza pokutująca nachodzi go, żądając zadośćuczynienia. Ale cóż było robić? Gdyby ów drugi kat dostał posadę w Skrzeczewicach, to zabrałby resztę nędznego zarobku, który tam idzie wydusić, i zaraz pewnie łakomym okiem zacząłby spozierać na

Winnicę. Z jednego miasta trudno katu wyżyć. Zwłaszcza teraz, kiedy ta czarownica klątwę rzuciła i ludzie, przeląkłszy się, w bojaźni bożej jakby na złość żyć zaczęli!

Na swoją zgubę ten kat szczęścia w Skrzeczewicach szukał. Trzeba mu było do Brześcia albo do Białej, do większego jakiego miasta się udać. Tam ciągle się coś dzieje, bójki, kradzieże, czary, morderstwa. Czemu się pchał na to biedne Polesie, gdzie lud ciemny, ubogi i prawy? A może to jej sprawka? Może to ona go nasłała? Może to nie człowiek był, ino sam czart? Przybył mścić się za swej kochanicy krzywdę? Kat począł kopać w stercie słomy, gdzie schował mieszek nieznajomego. Rozsunął go i wysypał na dłoń monety. Poczuł chłód i ciężar srebra. Wziął jedną i nadgryzł. Wydała się autentyczna, ale to nic nie znaczyło. Cóż za trudność dla złego srebrne, a nawet i złote monety wyczarować? Przeklęte one! Pewnie, kiedy tylko by się spróbowało gdzieś nimi zapłacić, zaraz by się rozpłynęły albo obróciły w proszek. Zresztą nawet jeśli i nie, to ludzie, wiedząc, że do roboty ma w Winnicy niewiele, dziwiliby się, skąd u kata taki majątek, i co by im wtedy powiedział?

Inna rzecz jeszcze sprawiała kłopot: już dawno kat powinien pojawić się w Skrzeczewicach, tymczasem nie miał śmiałości nawet za dnia w las się zapuścić, pewien, że go za swe krzywdy tamten prześladował będzie. Nie było jednak rady, nawet nadkładając drogi i jadąc przez Rubieżewicze, musiał w końcu do Skrzeczewic pojechać.

A tu jak na złość ciepłe wiatry wiać poczęły, topiąc śnieg i rozmiękczając drogi. Teraz to i szczątki jakie na wierzch mogły spod zasp wychynąć, powodując kasztelańskie dochodzenie. Trzeba ufność w wilkach i zbójcach pokładać, że ani ciało, ani strój, ani uprząż podróżnego odnalezione nie zostaną. W Skrzeczewicach zaś interesa szybko mus załatwić, bo okrężną drogą do Winnicy daleko.

W strugach nasilającego się deszczu kat wjechał na rynek skrzeczewicki od innej niż zwykle strony i miasto ujrzał nieco inaczej. Jakby cichsze, spokojniejsze. Niewielu ludzi kręciło się po rynku, ale wydawało mu się, że wszyscy, ukryci za zamkniętymi oknami, popatrują nań oskarżycielsko, jakby już wiedzieli i jakby cieszyli się, że wreszcie nie minie go, co mu sądzone. Skręcił w boczną uliczkę, na której końcu znajdował się należący do kasztelana zamtuz*. Była to nieróżniąca się od innych, kryta słomą chałupa z bali. Kat zdziwił się, nie widząc żadnego konia ani powozu, nie słysząc śmiechów ani głośnych rozmów. Pchnął ciężkie, drewniane drzwi, które przeraźliwie zaskrzypiały. Pochylił się w niskiej futrynie i przestąpił próg.

– Pochwalony!

W izbie panował półmrok. Przy stole blisko okna siedziała stara Katarzyna, na podołku miała fartuch z suchą fasolą, którą łuskała do miski.

– Na wieki wieków! – odpowiedziała niechętnie.

– Coście to sami? Gdzie dziewki?

Kobieta wzruszyła ramionami i pociągnęła nosem.

– A poszły.

– Dokąd?

– Przyjechał taki jeden...

– Kto?

– Czort go wie. Elegancik. Czerwony kabat, kogucie pióra w kapeluszu, zabawiał się trzy dni, z karczmy ciągle mięsiwo świeże i piwo przynosili, dziewczyny brał na stronę, raz jedną, potem drugą, wreszcie znowu trzecią. A śmichów co było, a chichów, jakby nie on jeden tu stanął, ale cały pułk!

---

* Dom publiczny.

– I Walerka poszła?

– Ona pierwsza!

– Zakazać nie szło?

– Gdzie zaś! „Zakochałam się! Ciągnie mnie do niego jak do miodu!" – kobieta przedrzeźniała rozamorowaną dziewkę.

– Wszystkie trzy się zakochały?

Baba raz jeszcze wzruszyła ramionami, zdjęła z kolan płachtę, odłożyła na ziemię i podeszła do kuchni.

– Miał pieniądze, obiecywał Bóg wi co, to się i zakochały. Ale żeby wszystkie trzy za jednym zamachem?!

– Pusto tu jak w sąsieku przed żniwami. Co mam rzec Straszowi?

– Ściągnę jakieś nowe, zaraz po wsiach przednówek się zacznie. Przyjdą, choćby i za pajdę chleba – zapewniła pośpiesznie. – A wy coście tacy ponurzy?

– Nie bardziej niż zwykle! – burknął kat. – Czyście mnie wesołego kiedy widzieli?

– Niedobrze wyglądacie. Możeście chorzy?

– Nic mi nie jest! – burknął niechętnie.

– Albo to choroba duszy? – zastanawiała się w przypływie dziwnej ciekawości.

– Kat nie ma duszy!

– Wszyscyśmy grzeszni, ale wszak czasem mus o tym zapomnieć – pocieszała go. – Wam zabawy z gorącą dziewką trzeba, byście zbyli tych czarnych myśli, a one lęgną się w człeku, gdy flegma się w nim zastoi, ujścia nie znajdując. Samotniście, ot co!

– Gadacie jak na księgach uczona! – parsknął.

– Bo to mnie życie dzień po dniu nie uczy? I ksiąg żadnych nie potrzebuję krom tych kalendarzy, co w nich wszystko jest na kolejny rok zapisane.

– I już wiecie, jaki los komu przypadnie?

– Według gwiazd na lepsze czasy idzie. A lepsze czasy, kacie, to dla nas kłopot, bo my w gorszych czasach nasz interes upatrujemy.

– Zło w człowieku, w odróżnieniu od dobra, znacznie głębiej zakorzenione. Ku niemu od pacholęcia mamy większą skłonność. I wy, i ja, i taki nawet kasztelan czy król. Ludzie sobie tylko czasem o dobru przypominają, ale wytrwać w nim nie potrafią.

– Gadacie jak jaki klecha! – fuknęła i nalała mu gorzałki. – A możeście głodni?

Kat przypomniał sobie, że nie pamięta, kiedy po raz ostatni coś jadł. Ale nie czuł głodu, raczej jakąś rozpełzłą po wnętrznościach gorycz, której nawet wódką nie dawało się spłukać. Cmoknął więc tylko i wzruszył ramionami na znak, że jadł nie będzie.

Katarzyna znów nalała po kieliszku. Ale kat już i pić nie chciał.

– Nie smakuje mi – powiedział, pociągając nosem.

– Wódka nie jest od smakowania, tylko od duszy bólu.

– Życie mi obrzydło. Rano wstać mi się nie chce. Nogi jakby w ziemię wrosły, a nieraz gdzieś iść trzeba. Chłopaka nie mam, to go nie poślę, wszystko sam zrobić muszę. A we środku mgli mnie dzień cały i w nocy jeszcze. Budzę się przed świtaniem i ani oka już zmrużyć nie mogę. Kręcę się na posłaniu, gorąco jak w piekle, choć piec dawno wygasł. Ni spać, ni wstać.

– Urok jaki kto rzucił, czy co?

– Gdzie padło przekleństwo, i mistrza sprawiedliwości nie trzeba.

LXVII

Zabierzcie mnie ze sobą! – zażądał kasztelanic, gdy po odjeździe miecznikowej Kacper Hadziewicz ogłosił swój zamiar.

– A wy mnie na co?

– Na nic, bo też i nie o was mi chodzi. Ruszym tylko razem. Gdzie indziej muszę szukać szczęścia. Do wojska się jakiego zaciągnę.

– Do jakiego?

– No przecie, że nie do moskiewskiego ani do pruskiego! Do króla Stanisława rad bym, do Gdańska...

– Nie macie się za co uzbroić! – prychnął Rabiński.

– Od Żyda którego pożyczę.

– A to myśl przednia! I do kasztelana go z wekslem poślijcie! – zakpił Hadziewicz.

Rabiński zarechotał, ale Jana Jandźwiłła żart nie rozbawił. Zaciąwszy usta, milczał. Podstarości mu się nawet nie dziwił. Ojciec to ojciec. Gdyby jego ojciec żył, też pewnie nie pozwoliłby sobie na wiele z tego, na co sobie jako sierota, pozwala. Ojciec nie dopuściłby, aby zadarł z prawem, by kalał nazwisko i honor szlachecki. Trzymałby go aż do ślubu twardą ręką, rad dobrych nie szczędząc.

– Też bym gdzie ruszył – rozmarzył się Rabiński. – Co mnie tu trzyma?

– Chyba nie odjedziesz po raz wtóry swoich zbójców, coś ich już raz był zostawił! – fuknął Kacper. – I dworu ktoś musi bronić, póki ja nie wrócę.

– Bo to on mój, abym go bronić miał?

– Czego się tu spodziewać po zbójcy? Za gościnę możesz chyba dobrem odpłacić?! Nikt wreszcie nie każe ci siedzieć w jaskini. Jużeś zapomniał, jak smakuje dziczyzna na żywym ogniu pieczona? I miecznikowej ma włos z głowy nie spaść, bo własną odpowiesz! Pchnij tam którego każdego dnia po nowiny.

– Każdego dnia?! Tożby się w drodze mijać musieli!

– Niech ci będzie: co drugi dzień. I nie hulać mi po dworze, gamratek nie sprowadzać! Jeśli który chce, to do zamtuza w Skrzeczewicach prosta droga. A teraz już pora na spoczynek!

Nazajutrz ze świtaniem ruszyli. Żeby szybciej podążać, zabrali niewiele bagażu, wzięli też kilka luzaków, aby w razie potrzeby zastąpić zmęczone konie. W Brześciu kasztelanic pożyczył na rewers niewielką kwotę od znajomego Żyda i najął chłopaka do posługi. Potem zawrócili ku traktowi, lasom i Winnicy. Ze względu na brak śniegu i roztopy podróż była długa i męcząca.

Przez cały czas kasztelanic usilnie starał się dowiedzieć, jaki to interes miecznikowej gna podstarościego zimą aż do Kurlandii. Jednak Hadziewicz ani słowem się nie zdradził. Szóstego dnia dojechali do Grodna. Tu mieli się rozstać. Kasztelanic planował ruszyć na zachód, ku bliskiej już granicy Prus, a potem na Elbląg i Gdańsk, podstarości zaś kierował się na północ do Memla*. Jeśli morze będzie skute lodem, dalej pojedzie na północny wschód saniami, jeśli nie – zabierze się jakimś statkiem.

Wreszcie przyszło się rozstać, Hadziewicz uściskał kasztelanica jak starego przyjaciela. Cenił go za odwagę porzucenia wygodnej egzystencji i podjęcie ryzyka, na które sam by się może nie poważył. Czy to była odwaga, czy konieczność – nie dociekał.

– Do samej ziemi kłaniaj się królowi od szlachty litewskiej! Choć go w Warszawie nie wybierałem, całą duszą jestem za Piastem i kiedy z mej misji wrócę, pod chorągwie się regimentarskie zaciągnę!

– Bywaj, przyjacielu! – Jandźwiłł klepnął go w ramię. – Obyśmy się jeszcze kiedy spotkali! – rzekł wzruszony.

Liczyć mógł już tylko na siebie. Z niewielkim mieszkiem, tępym sługą, dwiema sakwami i czterema końmi ruszył na niepewne. Żałował rozstania z Hadziewiczem, chętnie zostałby na Litwie i tu szukał szczęścia, jednak nie mógł osiąść zbyt blisko ojca, albowiem kasztelan prędzej czy później umiałby go zmusić do powrotu i znów by go zniewolił. Jana nurtowało pytanie, czemu do tej pory tego nie zrobił. Dlaczego Strasz tak łatwo się zgodził na jego odmowę powrotu na zamek? Porwanie Zofii zapewne oznaczało próbę wywarcia nacisku, czemu wobec tego tak słabo jej pilnowano, że zdołała zbiec?

Kasztelanic kiwał się w siodle i popatrując na chłopaka, który raz po raz pokrzykiwał, chcąc dodać animuszu koniom, zastanawiał się nad swoim losem. Myślał o matce – czy pochwaliłaby ten czyn, który w oczach ojca był godny wygonienia z domu rodzinnego? Czy matka nie nakłaniałaby go do ugody z ojcem? Zapewne. Co ma jednak

* Obecnie Kłajpeda, port nad Bałtykiem.

większą wartość? Majątek i wpływy odziedziczone po rodzicach czy własne zasługi i honor, jakiego się dzięki nim człowiek powoli dorabia?

Tego ranka nie znajdował innej odpowiedzi niż ta, że słusznie wybrał. Gdyby ojciec przysłał Strasza z prośbą o powrót, być może, ledwie zakiełkowawszy, złamałaby się jego chęć pokazania własnego charakteru. Jednak nieliczą-ca się z pragnieniami synów despotyczna wola kasztelana nie uległa presji. Czekał, aż syn zrozumie swój błąd, aż w sposób oczywisty zobaczy, że bez jego wsparcia jest i na zawsze pozostanie nikim. Tymczasem młodość Jana i jego nieznajomość życia zwyciężyły. Miał w tej walce jeszcze jednego, nieświadomego wspomożyciela – miecznikową Zofię Niezgodzką. To ona pchnęła go do aktu synowskiego nieposłuszeństwa, dla niej jechał teraz oddać życie lub zdobyć sławę i zaszczyty w walce za króla. A gdy zdobędzie już bogactwo i odzyska reputację, rzuci to wszystko u jej stóp i poprosi, aby go poślubiła.

Tak marzył podczas długiej drogi ku Gdańskowi. Podobnym marzeniom oddawał się Kacper. On nie musiał się zastanawiać, co czynić, by zyskać przychylność miecznikowej. Wystarczyło, że wypełni swą misję i dostarczy Wilhelmowi Kettlerowi ów zapieczętowany list od Cecylii Lange. Hadziewicza nurtowało, co też zawiera? Znając kasztelankę, domyślał się, że być może to zwyczajny *lettre d'amour.* Mimo ciąży Cecylia prawdopodobnie nie zaniechała swoich obyczajów. Tym bardziej złościło go, że Zofia tak łatwo dała się kasztelance podejść! Jaki miała interes, aby służyć tej, która nigdy nie będzie jej przyjaciółką? Która pewno nawet nie podziękuje za wyświadczoną przysługę? Tymczasem jego cudem i podstępem odzyskany dwór w Grodzie Orłowym pozostawiony na łasce i niełasce Rabińskiego przy niesprzyjających okolicznościach jeszcze znów gotów paść łupem kasztelana! Czy wtedy Cecylia Lange pomoże mu go odzyskać? Wielce wątpliwe! Dlaczego więc zgodził się na tę szaleńczą eskapadę? A kiedy wróci, czy Zofia będzie dlań łaskawa? Czy mu wybaczy ów grubiański postępek, kiedy to po pijanemu wszczął waśń z jej gośćmi? Czy znów dopuści go do swych łask? Teraz, kiedy się pozbył rywala, znalazł się znacznie bliżej celu. Jeśliby jeszcze kasztelanka pomogła mu w odzyskaniu skrzyni z kosztownościami matki, a po tym, co właśnie dla niej robi, pewnie nie będzie w stanie odmówić, droga podstarościego ku małżeństwu z miecznikową wydawała się prosta jak zimowy trakt po zamarzniętym Niemnie.

– Ciekawość, kim jest ten Wilhelm Kettler? – przerwał jego rozmyślania Witek. – I czy go łatwo znajdziem? Lipawa, powiadają, port znaczny, ludzi mrowie. Obyśmy się tylko na darmo nie tłukli tyli świat!

– A choćby i nawet, to cóż? – Hadziewicz wzruszył ramionami. – Czybyś tam się kiedy wybrał? Siedzieliby my w domu, na wiosnę czekając, aby się do wojska Pociejowego zaciągnąć. A tak przygody zażyjem.

– Jegomości ciągle mało przygód? Bo mnie to już się pomieszkać we dworze zackniło.

– Wituś, Wituś, za młodyś na takie lamentacje!

– Jednego, czego żałuję, to tych karczem na lodzie. Czy to prawda, że na morzu zimą bywa lód tak gruby, że do Szwecyi idzie się bez łodzi przeprawić i że popasa się po drodze w karczmach, co na lodzie jakby na ziemi stoją?

– Ot, ktoś ci durnoty jakiej naopowiadał! Być to nie może, zresztą sam obaczysz, kiedy już do Memla dotrzemy. I morze, i karczmy, i statki, i ludzi obaczysz. Więc też wdzięcznym sercem wspomnij miecznikową, że trud nam podróży zadając, o naukę na całe życie zadbała.

– Byśmy jeno podczas tej nauki życia nie postradali, to już dobrze będzie!

Hadziewicz spojrzał na chłopaka i westchnąwszy ciężko, tylko pokręcił głową.

LXVIII

Chłopak zwał się Kaźko. Ciemny i mrukowaty, ale robotny. Umiał się zająć końmi, pił z umiarem i nie marudził, kiedy należało zbierać się do drogi. Nie spoufalał się, jak często służba zamkowa. Nie znał tożsamości Jana, podejrzewał jednak, że to ktoś znaczny, i odnosił się doń z atencją, nie dopytując o cel podróży. Droga przed nimi była daleka, ale skracała się z każdą kolejną karczmą, dowiadywali się też coraz więcej. I oto król Stanisław podobno wydał memoriał, zachęcając Polaków do walki z Rosjanami. Ci już zresztą szli całą potęgą na Gdańsk i należało się śpieszyć, aby w obronie króla stanąć, okazji nie przegapiwszy. Tu i tam po Polsce zawiązywały się też konfederacje, które miały na celu obronę majestatu, przeciwko elektorowi saskiemu, siłą narzuconemu narodowi. W Grudziądzu kasztelan rypiński, Sebastian Medziński, zawiązał takąż, na terenie Prus Królewskich z wojskami rosyjskimi potykały się podobno oddziały partyzanckie kasztelana czerskiego Franciszka Kazimierza Rudnickiego, a także Wilhelma Schliebena. Jan zastanawiał się nawet, czy nie słuszniej by mu było udać się pod sztandar którejś z konfederacji. Napływające wieści jednakże niezbyt się wydawały kuszące. Konfederaci, walcząc z wrogiem, grabili częstokroć okolicznych obywateli, tak że w końcu król rozwiązał konfederacje, wydając specjalny uniwersał.

Jechał więc kasztelanic ku Gdańskowi z silnym postanowieniem, że dzięki męstwu i poświęceniu da się poznać samemu królowi. Stanisław Leszczyński przebywał tu już od października. Gdańsk, miasto rozległe i ludne, otaczały dwa pierścienie wałów. Jan Jandźwiłł nie był tu jeszcze nigdy, ponieważ jednak w swej turze po Europie odbytej wraz ze Straszem widział wielkie miasta, Gdańsk nie zrobił na nim aż takiego wrażenia jak na Kaźku. Gdy wreszcie dotarli do Bramy Elbląskiej, chłopak rozdziawił ze zdumienia gębę. Popatrując na bogate, murowane domy pnące się wysoko ku niebu, na czyste, choć dość wąskie ulice wysadzone bezlistnymi w tej chwili drzewami, sprawiającymi jednak wrażenie porządku, wreszcie na ruch uliczny, przez dłuższy czas nie odzywał się ani słowem.

Nad miastem płynęły niskie, ołowiane chmury, znak, że zaraz zacznie się ulewa, ale tego zimowego popołudnia 1734 roku panowała tu niemal beztroska atmosfera, jakby nikt nie lękał się idącego na miasto wroga. Tak się wydawało na pierwszy rzut oka, przygotowania do obrony jednak trwały, widziało się ludzi pracujących przy bramach i na murach. Spalono domy na przedmieściu Neugarten*, wzniesiono redutę na Westerplatte, budowano palisadę na okolicznych pagórkach. Otwarto śluzę i zalano łąki oraz pola na wschodzie i południu od miasta, ciesząc się, że łagodna zima pozwala na tego typu obronę.

Jandźwiłł z chłopakiem znaleźli przytulisko w karczmie Pod Śledziem u pewnej wdowy, potężnej i pyskatej,

* Nowe Ogrody.

silną dłonią trzymającej swój interes. Kasztelanic przedstawił się jako Jan Jaworski, szlachcic z Prus Wschodnich, który do Gdańska przybywa, aby walczyć za króla, ona sama domyśliła się, że również w nadziei zyskania sławy i godności. Nazywała się Florentyna Groddeck. Przyjęła go do zatłoczonej oberży, nakarmiła i poinformowała, że powstaje właśnie milicja miejska, do której mógłby wstąpić, a gdzieś na zewnątrz fortyfikacji stacjonuje gwardia koronna. Obywatele zobowiązani zostali do przygotowania zapasów na dłuższy czas. Każdy musiał kupić trzy funty prochu, sześć funtów kul oraz ładownicę. Oberżystka chwaliła sobie ruch w mieście, „bo wojna to najlepszy czas na robienie interesów".

– Dobrze, żeśmy są tak blisko rynku! – powiedziała. – Gadają klienci, że przedmieścia Stolzenberg*, Szotland** i Szydliz*** oraz zabudowania na Górze Biskupiej mają zostać spalone.

– I żebyście nie myśleli: wcale nie jesteśmy tu tak jednomyślni co do tego, kto powinien zostać królem! – znad kufla z piwem do rozmowy włączył się starszy jegomość, mówiący po polsku z silnym akcentem. – My tam Stanisława nie wybierali. Radziśmy mu w Gdańsku, a elektora saskiego nie poważamy, ale już jasno widać, żeśmy sobie tą polityką biedy napytali. Król z miejsca podpisał uchwały przeciwko innowiercom, a my wszak w większości jesteśmy protestanci.

– Gdańsk zawsze umiał sobie z wrogami radzić, to i teraz sobie poradzi! – żartował kasztelanic, myśląc o legen-

* Chełm.

** Stare Szkoty.

*** Siedlce.

darnym bogactwie miasta i jego sposobie zażegnywania sporów i zjednywania przychylności obcych.

– To się dopiero obaczy. Od października, kiedy przyjechał król, mamy tu Radę Wojenną. Buduje i naprawia fortyfikacje, robi nabór żołnierzy, gromadzi żywność. Na razie czujemy się bezpieczni, ale oblężenie to zawsze oblężenie. Wierzymy w nasze mury, co jednak, jeśli wrogowie okażą się silniejsi? Lada dzień staną pod nimi i zaczną strzelać z armat.

– Tak myślę, czy nam bokiem ta miłość do króla nie wyjdzie? Bo choćby się i ceny podniosło, to co, jeśli zginą ludzie? – dodała karczmarka.

– Ale król jest teściem króla Francji! Nie zostawi go Francja w potrzebie! Wszak jego ambasador w Warszawie francuskim złotem szafował, zjednując stronników. Miałby go teraz opuścić, pieniądze straciwszy? A morskie potęgi: Anglia i Holandia, czy nie staną po stronie Gdańska? Wszak łączą je wspólne interesy! Jest Szwecja blisko, czy w końcu ona nie pomoże? Toż z łaski jej króla Karola XII, Stanisław Leszczyński na godność królewską został niegdyś wyniesiony – przypomniał kasztelanic.

– A został, został! Równo trzydzieści lat temu został! – jegomość przytaknął mu gorliwie. – I jak to się skończyło? Haniebnie! Najpierw wojną z Rosją, a potem, kiedy Szwedzi przegrali, sromotą. Obym był złym prorokiem, ale tym razem nie musi być wcale lepiej.

– Czemuż to?

– Bo wrogów ma on zbyt silnych. Francja daleko, Rosja tuż pod bokiem. A skoro go tak bardzo panowie polscy chcieli, to czemu pospolitego ruszenia nie zwołali? Tyleście ich widzieli! Waść jeden z niewielu, co ryzykuje życie, króla chcąc bronić. Inni w domach się kryją, licząc na to, że Wolne Miasto wam króla wybroni, interesy swoje narażając. Ale po mojemu to się nie uda i tylko wojny użyjem, co nam jest całkiem zbędną. Nie mógł to król we Francji siedzieć, jak siedział?

– A w Polsce Wettyn* miał się panoszyć?! Drugi z rzędu?! – rozsierdził się Jan. – Szlachta się za Piastem opowiedziała po sejmikach i na elekcji!

– Chcieliście go, to go teraz brońcie! – fuknął rozmówca zniechęcony. – Tyle wam tylko na koniec powiem, że tu, w Gdańsku, stronnicy sascy siedzą cicho, boby ich chyba tłum rozszarpał, ale już tam oni pewno swoje knują... Zostańcie z Bogiem! – pożegnał się, włożył kapelusz i rzucił pieniądze na ladę.

Po wyjściu mężczyzny karczmarka wyszeptała jego nazwisko, dodając, że to znana jakaś persona. Trzeba przyznać, że wiedzą o stosunkach w mieście i wyczuciem sytuacji zrobił na kasztelanicu duże wrażenie. Zresztą wiele z tego, co rzekł, miało się wkrótce potwierdzić.

Następnego dnia Jan z chłopakiem wyszli przyjrzeć się miastu. Doszli aż do portu. Ich wzrok przykuły niesłychanej wielkości spichrze na zboże. W porcie unosił się ów szczególny zapach morza, ryb, smoły i czegoś nieuchwytnego, może przygody? Ogromne statki czekały na załadunek.

Kasztelanic snuł plany odnalezienia króla i oddania się pod jego rozkazy, nie wiedział jednak, gdzie ów stanął, a postanowiwszy używać innego nazwiska, sam przekreślił swoje szanse. Już odźwierni odsyłali go spode drzwi, ani myśląc wpuścić do środka. Ciż sami Czartoryscy, Ossolińscy, Załuscy, Poniatowscy, którzy jako Jandźwiłła za gościa swego chętnie by go widzieli, tu Janowi Jaworskiemu nie raczyli udzielić nawet posłuchania.

* Fryderyk August pochodził z dynastii Wettynów.

Tymczasem siedemnastego stycznia 1734 roku elektor saski koronował się w Krakowie na króla Polski. Smętna to była uroczystość, na którą z braku arystokracji w mieście niemal siłą spędzano gości. Koronacja w katedrze na Wawelu zdecydowała, kto jest prawowitym królem. Wieść szybko się rozniosła, docierając do Gdańska na początku lutego, niemal w tym samym czasie co armia rosyjska pod dowództwem generała Piotra Lacego. Bezpośrednie niebezpieczeństwo jednak jeszcze Gdańskowi i gdańszczanom nie zagrażało, ponieważ siły rosyjskie, a zwłaszcza ich artyleria, były zbyt słabe. Między Lacym a Radą Gdańska toczyły się pertraktacje, w których żądania opuszczenia miasta przez króla kilkakrotnie odrzucano. Drobne podjazdy milicji oraz wolnych strzelców robiły wojsku rosyjskiemu pewne szkody, co wywoływało wściekłość dowódcy. Ów nakazał więc odwrócić bieg rzeki Raduni, która poruszała w mieście młyny wodne.

– I wychodzi moja zapobiegliwość! – cieszyła się karczmarka. – Zapasów narobiłam, to i kluchów nam nie zbraknie, a dookoła tylko chleb razowy. Ale i moje zapasy się kiedyś skończą... Czas mija, pomoc nie nadchodzi, nikt bitwy Rosji nie wydaje. Czekają, aż nas wezmą głodem. Niejedno oblężenie tak się skończyło.

– Na razie trwają pertraktacje, matko! – odezwał się jeden z gości.

– A wy, zamiast walczyć, uganiacie się za pannami! – złościła się.

– Sami gołymi rękoma takiej armii nie usieczemy – bronił się żartem.

Janowi nie w smak była bezczynność. Snuł się po mieście, szlifując bruki i wypatrując lada okazji, która by go ku spełnieniu celu popchnęła. Planował nawet zaciągnięcie się do dragonów. A że pułk był w trakcie formowania, z docelowych tysiąca dwustu żołnierzy liczył zaledwie pięciuset, kasztelanic pozostawał w pogotowiu. Na razie zgłosił się na Freischütza*. Dostał od miasta strzelbę, pistolet, pięć talarów i życzenie boskiej opieki w samotnym starciu z wrogiem. Teraz wszystko zależało już od jego przemyślności.

Wychowany raczej na posła niż żołnierza nie bardzo wiedział, jak się zabrać do rzeczy. Jednak był skazany tylko na swój rozum i to, czego kiedyś dowiedział się o polowaniu od łowczego w Turowie. Umiał celnie strzelać, ale nigdy nie strzelał do ludzi! Nigdy nie strzelał z zamiarem zabicia! Dodatkowy problem stanowiła nieznajomość terenu. Codziennie wyjeżdżał więc z miasta, spędzał kilka godzin na penetrowaniu okolicy, po czym zziębnięty i głodny, z poczuciem winy i klęski wracał na kwaterę. Sny miał krótkie, burzliwe, najczęściej śnił mu się ojciec karcący go za brak sukcesów.

Kasztelanic powoli zaczynał tracić nadzieję. Nie trafił mu się nawet zbłąkany zając, którego mógłby rzucić karczmarce z żądaniem, aby go upiekła na kolację! Żołd i pożyczone pieniądze miały się niebawem skończyć, a on niczego nie zdziałał. Zupełnie inaczej to przebiegało w jego wyobraźni! Jako syn kasztelana zazwyczaj o nic się nie musiał troszczyć, przychodził na gotowe. Teraz dopiero zaczął doświadczać życia prostych ludzi i wydało mu się ono nieskończenie trudne.

Tego popołudnia, zatrzymawszy się w połowie drogi między Gdańskiem a Pruszczem, przyczajony za ośnieżonymi krzakami obserwował z daleka obóz nieprzyjaciela. Wtem zobaczył samotnego jeźdźca, który śpiesznie zacinając konia, gnał wprost w objęcia wroga. Janowi przeszła

* Wolny strzelec (niem.).

przez głowę błyskawiczna myśl, że to ktoś z ważnymi wieściami. Któż by bowiem z Gdańska z takim zapałem pędził ku Rosjanom? Tylko ten, kto się ich nie obawia. Bez chwili wahania strzelił. Trafiony jeździec zsunął się z konia i spadł na ziemię. Sądząc, że już nie żyje, Jan pośpiesznie podjechał ku niemu. Gdy się pochylił, aby odciąć torbę i obmacać kaftan, niespodziewanie mężczyzna chwycił go za gardło. Zaczęli się szamotać. Tamten był ranny, ale walczył o życie. Kasztelanic zrozumiał, że to nie przelewki i za chwilę sam może zginąć. Czy kto go tu znajdzie? Wytężył wszystkie siły, ale tamten, widać zaprawiony w walce, mimo krwawiącej nogi nie ustępował. Zwinnym ruchem wyciągnął tkwiący w cholewie buta nóż i rozciął kaftan kasztelanica. Jan poczuł ból, zdołał jednak chwycić mężczyznę za rękę. Wytrącił mu nóż i silnym ciosem w szczękę na moment go ogłuszył. Nim napastnik zebrał się w sobie, Jan wbił mu ostrze w klatkę piersiową.

Mężczyzna szeroko otworzył oczy, spróbował złapać powietrze, zarzęził. Z jego ust popłynęła strużka krwi. Kasztelanic, chwiejąc się na nogach, jeszcze raz pochylił się nad wrogiem. Obmacał go i wyczuł coś sztywnego. Rozciął odzienie i znalazł zaszyty w środku pergamin. Wyciągnął go szybko, bo rozlewająca się krew mogła zniszczyć dokument. Zabrał zabitemu torbę i włożył do niej pergamin, po czym przewiesił ją sobie przez ramię. Rozglądając się za koniem, poczuł ciepło, znak, że również został ranny. Z trudem wdrapał się na siodło i ruszył w kierunku Gdańska. Zimny wiatr owiewał mu twarz, a ból stawał się coraz dotkliwszy. Droga powrotna zdawała się nie mieć końca. Kiedy wreszcie Jan dotarł do oberży, stanąwszy w otwartych drzwiach, runął jak długi na ziemię.

LXIX

Kacper zjawił się w Lipawie mniej więcej w tym samym czasie co kasztelanic w Gdańsku. Zadanie miał pozornie znacznie łatwiejsze, zdawało mu się bowiem, że bez problemu odnajdzie poszukiwanego przez kasztelankę Wilhelma Kettlera. Tymczasem spotkał go zawód. Kettlerów było w Lipawie bez liku i nikt nie pośpieszył z ochotą wskazania mu właściwego. Wiele szklanic piwa wypili na jego koszt rozmaici przygodni kompani, którzy chwalili się znajomością miasta i gotowi byli pomóc w poszukiwaniach.

Tymczasem sprawa nie posuwała się naprzód i podstarości miał już ochotę rozerwać pismo, aby się z jakichś szczegółów wywiedzieć, kogo właściwie szuka, gdy pewnego wieczoru do oberży, w której się ze swym chłopakiem zatrzymał, wszedł olbrzymi mężczyzna. Miał pod trzydziestkę. Skromnie ubrany i bez służącego rozsiadł się na ławie, żądając piwa.

– Który tu z Litwy przyjechał? – rzucił, nie podnosząc wzroku.

– Zależy, kto pyta? – Kacper podjął grę.

– A ty kto? – Z jakiegoś powodu olbrzym nie chciał się przedstawić.

– Jam jest podstarości winnicki. Pewnie to waści nic nie mówi?

– Kto cię przysyła?

– Nikt.

– Skoro nikt, to możeś kupiec, nie podstarości? – Nieznajomy zaśmiał się z żartu.

Kacper, poderwawszy się na równe nogi, sięgnął po szablę.

– Śmiesz mi fałsz zadawać?!

Tamten ani się ruszył.

– Szukałżeś Kettlera? – powiedział, nie zmieniając głosu.

– Wilhelma. Znasz go waść?

Olbrzym znów nie odpowiedział.

– Od kogo to pismo?

– Nie odpowiem, jeśliś nie Kettler.

– A jeślim jest?

– Z Turowa list wiozę. Od kasztelanki.

– Nie znam. A kto ona? Wojaków potrzebuje? Zresztą jam już nie do wzięcia. Czekam tylko, który król prawowitym się okaże, i do Warszawy ruszam.

– To jeśliś Wilhelm Kettler, będzie ci po drodze w Turowie się pokazać.

– Będzie albo i nie będzie. Daj list, to się przekonamy.

– A skąd mam wiedzieć, czyś aby na pewno Kettler?

– Wszak on ci jest, grandmuszkieter króla jegomości! – zakrzyknął jeden i drugi z kąta.

Kacper wahał się jeszcze przez chwilę, wreszcie zapieczętowany list wyjął z zanadrza i podał olbrzymowi.

– A czytać umiesz?

– I pisane, i na książce, jeśliś ciekaw. Nie tacy my tu ciemni Kurlandczycy, jak wam się zdaje.

Kettler rozerwał pismo i podsuwając sobie bliżej świecę, czytał z uwagą. W oberży zamilkły głosy i śmiechy. Pochyleni nad swoimi szklanicami czekali, co powie. A on nic nie rzekł, tylko pismo we dwoje złożył, jakby się nieco na twarzy zmieniwszy. Na Kacpra też nie popatrywał już wilkiem, tylko piwa zamówił i kazał mu się przysunąć.

– Gdzieś stanął?

– W tej oberży.

– Dwa dni potrzebuję, może trzy, żeby się do drogi uszykować.

– Zaczekam.

– W gościnę radbym cię przyjąć, ale nie mogę.

– Nie potrzeba, byleś się pośpieszył, bo mnie na Litwę pilno.

Dwa dni później ruszyli w drogę powrotną. Kettler nie był rozmowny, toteż Kacper nie od razu pojął, cóż za interesa łączą grandmuszkietera z kasztelanką. Jednakże długa podróż, podczas której nie ma innej rozrywki jak rozmowa, dała niejedną sposobność, aby się tego i owego wywiedział.

– Skąd znasz naszą kasztelankę? – znienacka zapytał olbrzyma, a ten, nim się spostrzegł, odpowiedział:

– Z Warszawy.

– Pisze coś o rozwodzie? Bo tam u nas w okolicy o tym głośno – skłamał.

– Pisze, że potrzebuje pomocy i nikomu oprócz mnie nie ufa.

– Toś ty tak bardzo jej bliski?

Kettler nic nie odrzekł i to była dla Hadziewicza najlepsza odpowiedź. Teraz już domyślał się, jaką misję pełnił.

– Możesz się zatrzymać w moim dworze. Chyba że od razu zechcesz kasztelanowi swoje usługi zaproponować.

Wejść w jego łaski byłoby najlepiej, bo do kasztelanki cię takiego z drogi raczej nie puszczą. Ona od dawna nikogo nie przyjmuje. Nie wiem, z własnej chęci czy po niewoli.

– Raczej to drugie.

– Wróciła z Warszawy bardzo odmieniona. Dziecięcia się spodziewa, może już powiła?

Kettler milczał. Spoglądając na niego z boku, Kacper widział, jak raz po raz zaciska szczęki. Ciekaw był, jaką rolę mu wyznaczyła Cecylia. Może chce wyrwać się z Turowa, do swego majątku ruszyć? Ale co jej po jednym pachole, choćby i rosłym jak dąb, a na przebiegłego mu Kettler nie wyglądał. Kacprowi przeszło co prawda przez myśl to, o czym kasztelanka napisała do Kettlera, ale choć wiedział, jak lubiła poznawać wciąż nowych mężczyzn i doświadczać z nimi rozmaitych przygód, nie dopuszczał do siebie jedynego wniosku, jaki się nasuwał.

– A gościnę przyjmuję z wdzięcznością! – przypomniał sobie Kurlandczyk. – Daleko twój dwór od zamku?

– Będzie mila z okładem.

– Daleko – powiedział Kettler i zagryzł wargi. – Daleko… – powtórzył, jakby chciał obarczyć Kacpra winą.

LXX

Obudził go silny ból. Z trudem tworzył oczy.

– Ktoś ty?

– Cyrulik.

– Gdzie sakwa? – wyrzęził Jan, przypominając sobie przez mgłę, co zaszło.

– Jest, panie! – powiedział uradowany Kaźko, który przyciskał zdobyczną torbę do piersi tak mocno, jakby od niej miało zależeć życie kasztelanica albo i jego własne.

– Przynieś więcej światła! – zażądał cyrulik.

Gdy chłopak wrócił po chwili ze świecą i postawił ją na chybotliwym stole, zabrali się do zdejmowania odzieży z rannego. Cięcie w bok było dość głębokie i widać, że sporo krwi stracił kasztelanic, zanim dotarł do miasta. Cyrulik wyjął instrumenty i flaszkę z jakimś płynem. Najpierw przetarł ranę, a potem szył wygiętą igłą niczym tkaninę, łącząc dwa brzegi skóry i nie przejmując się ni krzykami, ni jękiem cierpiącego. Dokończył dzieła, kiedy pacjent zemdlał z bólu.

Kiedy Jan Jandźwiłł się ocknął, cyrulika już nie było. Czuł opatrunek, który uciskał ranę. Dygotał z zimna, przypomniał sobie jednak, co zaszło.

– W torbie są listy, wyjmij je – wycharczał.

Kaźko spełnił polecenie. Wyjął papiery i podał Janowi. Ten jednak miał oczy zaszłe mgłą i pisma nie rozumiał.

– Wezwij księdza – wystękał z trudem.

Chłopak spojrzał nań przerażony.

– Panie, to wy już w ostatnią drogę się szykujecie? Laboga! – Łzy mu się zakręciły, pociągnął nosem i stał dalej niczym słup soli.

– Rób, co mówię, durniu! – syknął zezłoszczony kasztelanic.

Na te słowa chłopak zakręcił się na pięcie i szybko wybiegł z izby. We trzy pacierze przyprowadził ze sobą pastora.

– Tylko takiego znalazłem... – tłumaczył się zawstydzony.

– Mówi po polsku? – zapytał kasztelanic.

– Mówię! Po polsku i po niemiecku! – obruszył się pastor. – Chcecie się wyspowiadać?

Jan zaczynał gorączkować, czuł suchość w ustach, oddychał płytko.

– Nie, jeszcze nie teraz. Chcę, abyś mi przeczytał listy, które na wrogu zdobyłem.

Następnego dnia około południa niecodzienna deputacja pojawiła się w oberży Pod Śledziem. Obiecując się z nią podzielić nagrodą, Jan ubłagał karczmarkę, aby mu za posła służyła, i to ona sprowadziła jakichś panów z Rady Gdańska, twierdząc, że ma u siebie ciężko rannego Freischütza ze zdobycznymi listami. Ona też podjęła się pertraktacji w miejsce pozostającego wciąż w gorączce Jana.

– Ten tu oto mój gość wczoraj z potyczki wrócił z ważnymi listami, które na wrogu zdobył. Oddamy je Radzie, jeśli nagrodę wypłaci.

– Jak możemy płacić za coś, czegośmy nawet na oczy nie widzieli? – fuknął jeden z dwóch przybyłych.

Karczmarka wyjęła mapę i rozłożyła ją na stole. Pochylili się nad nią we troje.

– Boże mój! – powiedział drugi z przybyszy. – Toż to... Co tam jeszcze macie?

– Najpierw rewers! Trzysta talarów i ani jednego mniej. Wojak długo się będzie kurował, a cyrulik niezapłacony! O sobie nie wspomnę.

– Dwieście! – rzucił pierwszy z panów.

– Dwieście pięćdziesiąt.

– Zgoda. Pokazujcie!

Nieco poplamiony krwią list, który wyjęła oberżystka, zdumiał ich jeszcze bardziej. Cmokali, starając się nie pokazywać wzburzenia, ale sprytna kobieta nie spuszczała z nich oczu.

– Macie papier? – powiedział wreszcie pierwszy z przybyłych.

– I papier, i inkaust wnet przyniosę! – Kobieta dygnęła i wybiegła z izby.

Po chwili trzymała już w dłoni rewers na dwieście pięćdziesiąt talarów, nagrodę dla Jana Jaworskiego, który czynu bohaterskiego dokonał.

– Jutro po wypłatę przyjść możecie – rzucił drugi z mężczyzn, podpisując pismo eleganckim zawijasem, a kobieta rada, że dług od żołnierza odzyska, znów gorliwie dygnęła.

Tego samego dnia, dwudziestego lutego 1734 roku, ktoś przyniósł do oberży wieść, że Rada Gdańska przejęła korespondencję pomiędzy szpiegującymi na rzecz elektora saskiego rosyjskim posłem Erdmanem i saskim Frentzdorfem a stojącym w Pruszczu naczelnym wodzem wojsk rosyjskich Piotrem Lacym. W pakiecie znajdowała się mapa z oznaczonymi domami, w których stacjonował król Stanisław Leszczyński oraz możni panowie z jego otoczenia, jak wojewoda mazowiecki Stanisław Poniatowski, wojewoda ruski książę August Czartoryski czy ambasador Francji w Polsce Antoine-Félix de Monti. Listy zawierały plan działania, który miał ułatwić wejście wojskom rosyjskim do Gdańska, i przewidywał podpalenie spichlerzy miejskich. Podczas gdy ludność zajęłaby się ich gaszeniem, wojska rosyjskie planowały zaatakować najsłabsze miejsce na wałach obronnych. Obu posłów natychmiast wydalono z miasta, jednak nie powstrzymało to generała Lacy'ego, który trzy dni później ze swą dwunastotysięczną armią stanął we Wrzeszczu.

LXXI

Liczący kilkanaście powozów i trzydziestu konnych orszak kasztelana przez nieoczekiwane lutowe roztopy brnął w kierunku Lewartowa. Choć droga była daleka i męcząca, humory dopisywały, bo wszak jechali na ślub i wesele! Tylko Tadeusz Jandźwiłł ani przez chwilę nie przestał się zastanawiać nad tym, za co go spotyka ten wątpliwy zaszczyt. Inni mu może zazdrościli łaski książęcej i młodziutkiej żony, on jednak widział w swym wywyższeniu jedynie powód do zmartwienia. Jechał więc nieswój, złamany nagłą utratą względów księcia, przewidując najgorsze.

– Bodajbym się nigdy nie urodził, nimbym miał takiej hańby dożyć!

– Panie mój – pocieszał Strasz – może nie tak na to patrzeć należy? Dziewczę hoże, urodziwe, książęca krew…

– Książęca, ale z nieprawego łoża! A gdy mnie kto spyta, jak moja żona z domu, co powiem, że nie z domu, tylko z kuźni, bo ją zwą Kowal?

– Książę pan ukochał to dziecię, będzie wam rad. Zbliżycie się dzięki temu mariażowi do jego majestatu.

– Majestat daleko, powiat blisko! Już wszyscy się pewnie zwiedzieli i śmieją się w kułak po dworach. Myślałem się kiedyś ożenić, nie powiem, ale z niewiastą stateczną, zasobną, z rodu możnego. Już nawet taka miecznikowa, choć groszem nie śmierdzi, byłaby lepsza. Czemuś mnie z nią waść nie wyswatał?!

– Mnie kasztelan nakazał z nią ożenek!

– Myślałby kto, żeś zawsze taki usłuchany!

– Odmówcie księciu.

– Teraz?! Kiedy żenić się jadę?! Lepiej od razu na śmierć się szykować! Tożbym już w Litwie nic nie zwojował! Nic bym nie znaczył, mając takiego wroga.

– Więc skoroście zdecydowali się ożenić, to niezależnie od okoliczności, panie, uśmiech przywdziejcie, jakby was książę znacznym przywilejem obdarzył, bo wrogom swoim dajecie powód do radości.

– Zawszem sądził, że to łatwe, uśmiechałem się wszak do swoich wrogów. A teraz jakoś mi niesporo... – Kasztelan usiłował zrobić próbę, ale czuł, że nikogo takim wyrazem twarzy nie zwiedzie.

Tuż przed Lewartowem czekali na nich ludzie księcia. Powitali szanownego gościa i obiecali pomoc w przeprawie przez bród. Kasztelańscy wysiedli z powozów, pozostali w nich tylko woźnice. Rzeka była niezbyt szeroka, jednak należało zachować ostrożność. Tadeusz Jandźwiłł podniósł wzrok i zobaczył zamyślone oblicze Stanisława.

„Teraz to i on żony zacnej nie znajdzie" – pomyślał, lecz nie wyjawił głośno swych trosk.

– Głowa do góry, Stanisławie! Nie z takich żeśmy opałów wychodzili! – szepnął mu do ucha i klepnął po przyjacielsku w plecy.

Stanisław popatrzył na ojca ze smutkiem. Oddałby w tej chwili wszystko, mogąc stanąć na jego miejscu. Cóż, nie taki był wybór księcia. Jakiś w tym pewnie poważniejszy tkwił zamysł, gdyby jednak mógł przewidzieć, że takim afektem do siebie zapałają kasztelanic, Stanisław Jandźwiłł, i owa śliczna dziewczka, Flora Kowal, może by i zmienił zamiar, rozumiejąc, że on dla niej wiekiem stosowniejszy? Nikt jednak księcia o tym nie powiadomił, bo książęcą decyzję za niewzruszoną uważano. Wsiadał na tratwę mającą go na drugi brzeg przewieźć ze złamanym sercem i boleściwym obliczem. Trzeba czekać, aż klamka zapadnie i Flora stanie się jego macochą, do której przystępu zabroni mu boskie prawo i posłuszeństwo synowskie.

Stanisław wiedział, że i ona była mu wzajemną, co tylko powiększało ból i cierpienie. Zamyślił się, dumając, jak żywot swój skrócić, by mąk strasznych nie cierpieć, jednocześnie coraz to pomysł zuchwały do głowy mu wpadał, aby do ślubu nie dopuścić, publiczne wyznanie w kościele uczyniwszy. Na szczęście nie był jeszcze tak otumaniony, aby sobie skutków straszliwych nie uświadamiać. Cierpiał więc w pokorze, dla oderwania myśli raz po raz odmawiając jaką modlitwę, ale nim którą zdołał ukończyć, znów tabun myśli przez głowę mu przelatywał, do rzeczy strasznych nakłaniając. Gdybyż jeszcze kasztelan czuł się szczęśliwym! Może zabrałby się Stanisław i gdzie w świat ruszył, aby miru domowego nie zakłócać. Choć kto wie? Patrzenie na Florę przysparzało tyle samo radości co bólu. Wiedział, że nie wolno mu się ubiegać o jej rękę, że wobec mającego za parę dni nastąpić ślubu już sama myśl o niej jest grzeszna.

„Jedyne wyjście to wstąpić do klasztoru! Oddać swój nędzny żywot Bogu w ofierze” – pomyślał, stojąc na skraju tratwy i patrząc w wodę. W tej samej chwili jego noga poślizgnęła się na oblodzonym balu i Stanisław wpadł do rzeki.

Zatrzepotał rękoma, czując, że zaraz utonie. Straszliwe zimno owładnęło nim w jednej chwili. Przerażony przewodnik starał się go złapać za rękę, ale nie zdążył.

– Sznur dawajcie, a prędzej! – krzyczał chłop do swoich, którzy już byli niemal na drugim brzegu.

Tadeusz Jandźwiłł osłupiały patrzył, jak kasztelanic walczy, aby utrzymać się na powierzchni.

– Ratujcie go! Ratujcie! – wołał w bezsilnej rozpaczy. I myśl straszliwa mu przez głowę przemknęła, że gdyby Stanisław się dziś utopił, on sam byłby skwitowany ze swego narzeczeństwa i nikt, nawet sam książę, nie mógłby go doń zmusić.

Jest! Chwycił! Pociągając za sznur, wyratowali wreszcie kasztelanica z wody. Przestraszony, zmarznięty trząsł się cały. Najgorsze było jednak przeświadczenie, że ów niefortunny przypadek to wyraz zgody na jego ofiarę.

„Bóg dał mi znak. Chce, abym umarł dla świata. Po powrocie do Turowa zakomunikuję o tym ojcu" – pomyślał Stanisław, szczękając zębami.

W Lewartowie wszystko już czekało. Służący kręcili się wokół gości, chcąc im dogodzić. Książę szczerze się zmartwił przygodą Stanisława, który przebrawszy się w świeżą odzież, nie miał jednak odpowiednich butów, bo tych na zmianę nie zabrał. Gdy tylko to dotarło do księcia, kazał gościowi przynieść najlepsze, z safianowej skóry. A potem często o kasztelanica się dopytywał, zlecając pałacowemu medykowi, by miał nań baczenie i miksturami go rozmaitymi przy dobrym stanie zdrowia utrzymywał. Dzięki tej przygodzie nie musiał się Stanisław obawiać, że go mina zasępiona zdradzi. Zresztą czuł się bardzo źle, tak na duszy, jak i na ciele. Popatrywał wzrokiem zamglonym na swą bogdankę, a ona mu równie smutne słała spojrzenia.

Nie wiedziała jeszcze, jakie w nim zakiełkowało postanowienie.

Nazajutrz nastąpiła wymiana prezentów ślubnych. Flora podarowała przyszłemu mężowi ręcznie wyszywany woreczek na tabakę, ozdobiony misternym haftem, złotą nicią poprowadzonym. Tadeusz Jandźwiłł przywiózł narzeczonej przepiękne puzdro na kobiece drobiazgi, wykładane macicą perłową i kamieniami wielkiej wartości.

– Florka to najmilsza dwórka księżnej – powiedział książę zadowolony z wymiany podarków. – Jakże nam będzie tu smutno bez niej! Prawda, duszko? – zwrócił się do małżonki, ta zaś potwierdziła jego słowa bladym uśmiechem. – Zazdrościmy wam tej radości, którą nam zabierając, wasz zamek, drogi kasztelanie, napełnicie! Co tu było śmiechów, śpiewów, a jak na luteńce przygrywa! Toż rozkosz słuchać! A zdolna jaka, jak ścieg prowadzi, spójrzcie jeno na tę robotę!

Kasztelan skinął głową, nie wyrzekając ani słowa, bo łzy mu się do oczu toczyły, a w gardło jakby kto polne kamienie wsadził. Tadeusz Jandźwiłł bał się, że książę po tonie odgadnie, jak bardzo nie po myśli była mu ta zachwalana dwórka. Tyle planów, tyle marzeń, a tu nagle przychodzi chwila, gdy za jednym zamachem człowiek wszystko traci, wobec wyższej racji postawiony. Gdybyż mógł jeszcze kasztelan znać przyczynę, może łatwiej by się karę odcierpiało?

– A śliczna jak malowanie! Żal, żal z rąk wypuszczać takie dziecię! – Książę westchnął po raz kolejny, a Tadeusz Jandźwiłł popatrzył na swą przyszłą żonę i pomyślał, jak bardzo byłby w tej chwili szczęśliwy, gdyby Florę książę spłodził ze swą małżonką, a nie z którąś z lewartowskich mieszczek.

„Oto cień się kładzie na szacowne nazwisko Jandźwiłłów. Jak tu szlachcie na sejmiku w oczy spojrzeć? Toć wszyscy poczną sobie dworować, że po księciu panu pludry donaszam! Dlaczegom odwagi nie znalazł i nie odmówiłem mu tego mariażu?" – lamentował w myśli.

Następnego dnia odbył się ślub. Niewielu gości zmieściło się w pałacowej kaplicy, ale też i nie spodziewał się kasztelan hucznego ślubu ani wesela. Wszak książę wydawał za mąż tylko swoją dwórkę.

„W świat i tak nowina pójdzie, a im mniej mnie będzie szlachty oglądać w dniu hańby, tym lepiej" – myślał zrozpaczony Tadeusz Jandźwiłł.

I jakby w złą chwilę te słowa mu zaświtały, bo gdy się ze swą oblubienicą w łożnicy pokładł, nie wiedzieć, z troski czy odwyknienia od małżeńskich obowiązków, nijak nie mógł im sprostać. Obłapiał dziewczę w tę i we w tę, na ustach krasnych niezdarne pocałunki wyciskał, piersiątka twarde miętosił, ale nijak męskiej potencji poczuć nie zdołał. Prawda i to, że ona takoż niezdarna i niechętna owej rzeczy była. Niczym pokutę cierpliwie znosząc mężowskie zabiegi, odetchnęła głębiej dopiero wtedy, gdy wreszcie zrezygnowany kasztelan stoczył się z niej i obrócony na bok zachrapał.

LXXII

Kacper z Wilhelmem dotarli do Grodu Orłowego po dziesięciu dniach podróży, późnym wieczorem. I tylko ten był powód, dla którego podstarości nie puścił się od razu do Złotego Mostu. Upewniał go co prawda Rabiński, że miecznikowa w dobrym pozostaje zdrowiu, nie dalej jak onegdaj chłopak wrócił z wieściami. Jednak Hadziewicz czuł taką tęsknotę za Zofią, że gdyby nie noc i wilki, z ochotą w drogę by ruszył.

Nie wybrał się jednak do miecznikowej dnia następnego, albowiem okazało się, że w Turowie mała pozostała obsada i jeśli Kettler ma się zobaczyć z Cecylią, to najlepiej teraz. Wybrali się więc niewielkim podjazdem. Kacper i Rabiński na wszelki wypadek ukryli swoich zbójców w lesie, a Kettler śmiało na zamek podążył. Twierdząc, że ma listy dla kasztelana i jego córki od jej męża wprost z Warszawy, które mu osobiście nakazano dostarczyć, poczynał sobie zawadiacko. A że na zamku podczas nieobecności kasztelana i Strasza dyscyplina zawsze szwankowała, przy skwapliwej pomocy panien służących bez trudu dostał się do Cecylii.

Żałosny to był widok! Kochankę swą pamiętał w pełnym rozkwicie jej urody, to, co zobaczył, ścisnęło mu serce. Cecylia najwyraźniej zobojętniała na swój wygląd. Obrzmiała, nieuczesana, w starej jakiejś sukni grzejąc się przy kominku, założyła dłonie na wysokim stanie. Wilhelm szybko obliczył w pamięci i struchlał. Kasztelanka nie wstała, aby go powitać. Pokazała mu miejsce i zaczęła bez zbędnego wstępu.

– Panie, potrzebuję twojej pomocy. Ale zapłacę za nią dopiero wtedy, kiedy wydrę ojcu memu, co do mnie należy, to znaczy mój majątek po pierwszym mężu i dwór, gdzie tymczasowo ustanowił swoją załogę. Tu na nikogo nie mogę liczyć, ale kiedy tylko pozbędę się tego brzemienia, muszę mieć w pogotowiu kogoś, kto wszystko zorganizuje, kto biegle włada bronią i nie zawaha się jej użyć w mojej obronie. Skoroś przybył, znaczy, że nie masz intratnego zajęcia. Zatem na moje warunki przystajesz?

– Dziwne to słowa w ustach kasztelanki. Proponujecie mi, abym z możnym panem zadarł? Jakże potem mam się o patent oficerski u nowego króla starać? Wszak zła fama będzie się za mną ciągnąć do samej Warszawy!

– Strata z profitem często chodzą w parze. Porachuj waść, czy zyskanie łaski u nowego króla, dla którego mąż mój, Nepomucen Maria Lange, wielkie starania przy elekcji poczynił, nie przewyższy aby płonnych obaw o twe imię, które łacno możesz zmienić. Poza mną i podstarościm nikt cię tu nie zna. Jeśli strój podróżny odmienisz, to za kogo innego cię wezmą. Na zamku z okazji ślubu kasztelana spodziewany jest zjazd szlachty. Jako posłaniec od mego męża wmieszasz się w tłum gości, nie budząc zdziwienia ni zbytecznych pytań, a jeśli nawet kto cię o co zapyta, znajdziesz chyba sposób, aby odpowiedzieć, niczego nie zdradzając? Tu ludzie świata widzieli niewiele, będą słuchać dziwów, o reszcie zapomniawszy. Goszcząc na zamku, zaczekasz do rozwiązania, to już niedługo. Gdyby się jednak przeciągało, poszukasz gościny u Hadziewicza. Zbierzesz kilku ludzi, pojazdy, broń. Wszystko, co potrzebne, aby uczynić zajazd, a potem dwór utrzymać.

– Kilku ludzi nie zdoła dworu odbić.

– Zdoła, jeśli moment stosowny wybierzemy, użyjemy podstępu albo przekupimy załogę.

– Na to potrzeba pieniędzy. Masz je pani czy jak mnie chcesz zwodzić ludzi obietnicami?

– Sądzisz, że kasztelan na prawo i lewo złotem sypie? Krzywd się tu nazbierało mnóstwo, a już służba umęczona jest szczególnie. Jedno słowo wystarczy, aby rozniecić iskrę.

– Iskra płomień wznieci, ale ogień trudno opanować. Obyśmy w nim i my dwoje nie zgorzeli.

– Mówisz waść nie jak oficer, ale jak dziewka folwarczna! – Cecylia podniosła głos. – Mąż słusznego wzrostu, z bronią obyty, na wojnach bywały, boi się kasztelana i jego załogi, którą z łatwością na swoją stronę mógłby przeciągnąć! Nie potom was z Kurlandii ściągała, aby lamentów wysłuchiwać! Zdecydujcie: zostajecie czy wracacie?

– Zostaję, ale chcę w tej kwestii sąd podstarościego poznać.

– A to czemu?

– Zastanawia mnie, dlaczegoście jego nie zatrudnili? Obrotny to człowiek i rozumu zapewne mu nie brak. Skoro aż do Kurlandii zgodził się zimą w cudzej sprawie podążyć, to pewnie ująłby się za wami?

– Kiedyś zapewne tak... Tymi czasy zbyt jest zajęty miecznikową Niezgodzką, aby innej niewieście, choćby i potrzebującej, zbrojnie na pomoc ruszyć.

Kurlandczyk nie miał już żadnych pytań, skłonił się i odprowadzany przez służkę wyszedł. Aby go dobrze zapamiętano, sypnął groszem stajennym i bramnym, po czym opuścił zamek, do którego przywiodła go tak niespodziewana sprawa.

Niedaleko, przy trakcie wiodącym na Mińsk, czekali nań zbójcy z Rabińskim i Hadziewiczem.

– Ludzi będę potrzebował – rzekł bez wstępu Kurlandczyk.

– Ludzi nam nie brak. Co za przedsięwzięcie? – żywo zainteresował się Rabiński.

– Kasztelanka dwór swój pragnie odzyskać.

– Na mnie nie liczcie! – zbójca zaprotestował i stanowczo splunął w bok.

Kettler spojrzał na Rabińskiego pytająco, ale ten nie zamierzał się tłumaczyć.

– Zapłatę godziwą obiecuje! – kusił.

– Tak? I co jeszcze? Może w więzieniu gnicie do sądnego dnia?! – warknął Rabiński.

– A czyśmy to nie dość sprytni, aby sprawę po szlachecku załatwić? Chyba żeście nie szlachcic? Czym się pieczętujecie? Świńską racicą?

– Nawet gdybym miał się do końca życia pieczętować krowim kopytem, dla kasztelanki życia swego nie narażę, choćby i workami złota płaciła.

Przysłuchując się rozmowie, podstarości miał wielką uciechę. Wiedział, że Rabiński, groszem nie śmierdząc, chętnie by się jakąś robotą zajął, ale jeszcze lepiej rozumiał, że on do ratowania kasztelanki się nie wyrwie. Jemu samemu zaś było obojętne, czy Cecylia na zamku pozostanie, czy też zdecyduje się ojcu sprzeciwić i, podobnie jak Jan, pójdzie własną drogą.

– Dużo wam będzie trzeba argumentów, mości grandmuszkieterze, aby naszego zbójcę do ratowania kasztelanki nakłonić – powiedział ze śmiechem.

– Cożem przez nią wycierpiał w lochu zamkowym, ludzkimi słowy nie opowiedzieć! – srożył się Rabiński.

– Patrząc na was żywego, miarkuję, że chyba tylko ducha żeście postradali – Kettler kpił w żywe oczy.

– Mało brakowało, a byłbym życie postradał!

– Gdyby się nie zobowiązał, że mnie na tamten świat wywiedzie, tobyśmy już go pewnie nie oglądali... – Hadziewicz westchnął przesadnie.

– To on, widzę, nie tak zręczny, jak mniemałem, skoro wciąż cieszycie się dobrym zdrowiem! – odciął się Kurlandczyk.

– Zręcznym, zręcznym! Jeno do życia zabierania serca nie mam. Boska to jest rzecz i czasem katowska, a mnie w zbójowaniu rabunek wystarcza. Jeśli raz komu w mgliste oczy popatrzysz, czekając, aż ducha bez spowiedzi wyzionie, to owo spojrzenie nie da ci nigdy spokoju.

– To by chyba wojen na świecie być nie mogło! – z niedowierzaniem i niekrytą pogardą prychnął Kettler.

– I taki świat byłby lepiej urządzony! Na co komu wojny? Królom tylko chyba?

– Co on bredzi?! – Grandmuszkieter szukał ratunku u podstarościego. – Ja tam nigdy kłopotu z zabijaniem wrogów nie miałem! Wróg to wróg. Albo ja zabiję jego, albo on mnie, to sprawiedliwe chyba?

– Widać nie dla wszystkich.

– Wszak gdyby wojen nie było, to i wojsko byłoby niepotrzebne! Czym miałbym się wtedy zająć?! – Kettler nie mógł się pogodzić z poglądem Bartka.

– Może rabowaniem na gościńcu? – skwapliwie podsunął Hadziewicz.

– Tfu! Cóż to za filozof przeklęty! – Kettler splunął, wyrażając swą opinię o Rabińskim. – Choćbyś mnie i na kolanach błagał, to cię do komitywy nie przyjmę!

– A mnie twoja komitywa wiesz za co stoi?! – drażnił się Rabiński.

I byliby się pewnie wzięli za czuby, gdyby nie dotarli właśnie do rozwidlenia dróg. Tu przyszło im się rozstać. Kettler i Rabiński mogli się w drodze do Grodu Orłowego kłócić do woli, Hadziewicz zaś na złamanie karku pognał ku Złotemu Mostowi.

LXXIII

Nikt już nie był dlań ważny, żaden druh, żaden przyjaciel. Podstarości chciał koniecznie spojrzeć w oczy tej, o której w podróży myślał przed zaśnięciem, której imię wypowiadał zamiast modlitwy, marznąc i grzejąc się w oberży, o głodzie i podczas posiłków. O, gdyby ona choć w znikomej części podzielała jego uczucie! Jakiż byłby szczęśliwy! Niestety, miał poczucie, że miecznikowa, mimo pozornie surowego odprawienia, wciąż ma głowę zaprzątniętą kasztelanicem. Zaraz pewnie zapyta, dokąd też mógł pojechać, kiedy wróci i będzie trzeba opowiadać słowo w słowo, co sobie w podróży przedstawili. Ani on dla niej, ani ona dla niego, a jednak tak się jakoś na tym świecie dziwnie ludzkie losy plączą, że rzadko trafiają na siebie ci, którzy mogliby razem żyć w szczęściu. I zawsze ktoś katusze cierpi, pod szerokim uśmiechem ukrywając złamane serce.

Hadziewicz westchnął i spiął mocniej konia. Droga do rozstajów była gładka, ubita przez liczne sanie śpieszące ku Skrzeczewicom. Potem dopiero, od krzyżówek, zrobiło się trudniej, ale oto już coraz bliżej dwór w Złotym Moście, widać i dym lecący z komina. Miła błogość owładnęła podstarościm. Nie życzył śmierci kasztelanicowi, chciałby jednak, aby nie wracał jak najdłużej, aby u króla łask jak największych dostąpił i krescytywy* na dworze doświadczał. Z radością oddałby mu świat cały, aby on jedynie ten kawałek Litwy, ten powiat zaledwie i tę niewiastę odpuścił. Czuł jednak Kacper, że jego marzenie pozostanie niespełnionym. Bo choćby nic z amorów Jandźwiłła do miecznikowej nie wyszło, i tak będzie ona za nim tęsknić i oczy wypatrywać, za mąż nie wychodząc, jakby do klasztoru wstąpiła.

Westchnął raz jeszcze i krzyknął na bramnych, aby otwierali. Ze skwapliwością uchylili wrota. A co się nakłaniali, napozdrawiali, jakby witali własnego pana po długiej nieobecności! Konia wzięli czym prędzej do stajni, chłopak się rzucił, aby go zgrzebłem poczesać, i pytać zaczęli, co tam we świecie, czy wojnę widać i czy na Litwę dojdzie.

„Tym przynajmniej miły mój widok..." – pomyślał Kacper gorzko, w chwilę jednak przystroił oblicze uśmiechem, bo rad ich tu wszystkich jak swoich oglądał. I odpowiadając im choćby pokrótce, nieśpiesznie wszedł we drzwi, gdzie już troszkę nadąsana jego zwlekaniem stała pani domu. Ale i ona wnet radosny wyraz twarzy przyjęła, widząc go całym i zdrowym.

– Toście, panie podstarości, tak całkiem o nas nie zapomnieli?

– A jakżebym mógł zapomnieć, pani dobrodziejko?! Wszak przy was serce moje zostawiłem, tom się musiał po nie wrócić, choćbym miał i niepokoić albo nawet złość wywołać – odpowiedział dwornie.

– Wejdźcie, proszę. Zimno z drogi, zaraz co ciepłego podadzą. Jak tam we świecie? O wojnie słychać?

* Wzrost znaczenia, kariera. (łac.)

– Ponoć Moskwa pod Gdańskiem stoi. Alem nie widział, wszak mi w przeciwną stronę należało ruszyć.

– Misję spełniliście? Bom ja tu we wszystkich modlitwach o was pamiętała.

– Bóg zapłać! Przywiodłem owego grandmuszkietera, po którego kasztelanka nasza posyłała, a co dalej z tego wyniknie, to już nie moja rzecz. O nagrodę was przyjechałem prosić.

Zofia stropiła się nieco.

– A jakąż to?

– Choćby i uśmiech, byle szczery. A tu dla waćpani gościniec przywiozłem. – Wyjął z zanadrza zawiniątko i położył na stole.

– Cóż to takiego? – spytała, odwijając prezent.

– Jantar to jest w srebrnym wisiorze schowany. Czy miecznikowa zechce czasem przystroić nim suknię?

Usta jej się rozwarły w uśmiechu, a na policzkach wykwitł rumieniec zawstydzenia.

– Panie podstarości, toście dla mnie taki świat wieźli to cudo? Pewnie kosztowne bardzo? – Oglądała wisior na wszystkie strony, oddalając je i przybliżając do oczu, jakby klejnot wielki szacowała.

– Nie tak, jakbym chciał, a wyście są warci! – zapewnił szczerze.

Zofia odwróciła wzrok, aby w nim nie dostrzegł nadmiernej radości. Zresztą choćby i widział, to nie mógłby uwierzyć, że tak ją uszczęśliwią jego przybycie i drobny upominek.

– Żałuję, że pierścienia nie wybrałem, alem bał się srogiej odprawy.

– Panie podstarości… – rzekła Zofia z niedowierzaniem. – Ja was miałabym odprawić? A któż mi na tym świecie większym przyjacielem? Kto, życie własne ryzykując, z pomocą zawsze mi śpieszy? Kto może i zbyt często ludzi swoich mi przysyłał, aby sprawdzali, czym zdrowa i czego nie potrzebuję?

– Pani...

– A co tam we świecie? – zapytała, zmieniając ton. – Zatem Moskwa pod Gdańsk ruszyła?

– Takie i ja mam wieści – odparł niezadowolony, że tak miła sercu rozmowa zmierza w zgoła niechciane rejony.

– Ale waść już do żadnej konfederacji się nie szykujesz? – zapytała miecznikowa po krótkiej przerwie.

– Tego obiecać nie mogę. Może trzeba będzie. Powiadają, że stojący w Brześciu pułkownik Kondyriew zbiera po grodach księgi taryfowe, z których nazwiska szlachty poznawszy, będzie do przysięgi na wierność Wettynowi nakłaniał. A póki nadzieja na króla Piasta tli się w narodzie, a król w Gdańsku niepokonany walczy, to i nam godzi się za tym szlacheckim wyborem krew przelać.

– O przelewie krwi słyszeć nie chcę! – fuknęła zagniewana.

– Mówicie, pani, jakby wam cokolwiek na tym moim nędznym żywocie zależało.

– Zależy, zależy i to jak jeszcze! Czym go z rąk śmierci już raz nie wyrwała?

– Prawda, ale i to prawda, żem wtedy obiecał imć Żelskiemu, że waćpani poniecham.

Podniosła wzrok i spojrzała nań zdziwiona.

– Lepszego on się dla was kandydata na męża spodziewał – wypalił Hadziewicz i zamarł, zrozumiawszy, o co się niechcący przymówił. – Wybaczcie, cofnąć słów już nie zdołam.

– Panie podstarości, ojciec mój znał was innego, niż ja poznałam. Kto wie, czy dziś nie zmieniłby zdania. Teraz jednak to ja muszę was prosić, byście mnie poniechali.

Hadziewiczowi pociemniało przed oczyma. Wszystkiego się spodziewał w tej chwili, ale nie tak bolesnego oświadczenia.

– A czemuż to? – zapytał, znając z góry odpowiedź.

– Bo was nie chcę długami ojca mego obciążać.

Niewiele myśląc, Kacper rzucił się jej do stóp.

– Miecznikowo złota, Zofio ukochana, toż ja bym wszystko oddał za dzień jeden szczęścia u twego boku! I majętność moją, ten Gród Orłowy, co mi po ojcach został, i krwi bym sobie dla ciebie utoczył, choćby życie postradać przyszło! Mów, rozkazuj, czego żądasz, wszystko spełnię, tylko daj mi choć cień nadziei, że kiedyś zechcesz być moją!

– Zrozumcie, w jakim mnie Strasz postawił kłopocie. Może się wkrótce okazać, że ja bez żadnego majątku, w jednej tylko sukni zostałam, bo kasztelan obiecał zwrócić weksle, ale słowa nie dotrzymał. Jeśli zechce się o dług upomnieć, nie będę miała sumienia, aby kogokolwiek nim obciążać.

– Ja mu te weksle choćby i z gardła wyrwę, bylebyś tylko snu spokojnego zaznała, królowo moja! Albo je spłacę, choćbym i do samego Belzebuba po pożyczkę miał się udać! Nikomu nie pozwolę zasmucać tego cudownego liczka!

– Ach, jak ja się boję tej waścinej gorączki! – powiedziała surowo. – Obiecajcie, że wbrew prawu niczego dla mojej wygody nie uczynicie!

– Obiecuję! – powiedział i nie pytając o zgodę, padłszy przed nią na kolana, przytknął gorące usta do jej miękkiej dłoni. – Obiecuję! Obiecuję! – Całował jej ręce, rozkoszy takiej doznając, jakby już był w niebie. – Na wszystkie świętości obiecuję!

LXXIV

Strasz nerwowo przestępował z nogi na nogę, mimowolnie skubiąc połę kontusza. Do zamku zjeżdżali goście, witał ich w imieniu przygotowującego się kasztelana i ten obowiązek byłby mu najsłodszym, gdyby nie musiał się jednocześnie wsłuchiwać w dźwięki od kilku godzin dobiegające z komnaty na drugim piętrze. Głębokie, gardłowe, niemal nieprzypominające ludzkich. Teraz niewielu mogło je usłyszeć, gdyż orkiestra grała tak głośno, że poza komnatą kasztelanki prawie nie było słychać. On jednak bacznie nadstawiał ucha i żaden dźwięk nie uszedł jego uwagi.

W chwili gdy pierwsi zaproszeni zajmowali przydzielone im komnaty, krzyk się wzmógł. Teraz już nawet orkiestra, umieszczona jak zwykle w dużej sali, nie mogła go zagłuszyć. Skonsternowani goście wsłuchiwali się w odgłosy szaleństwa córki kasztelana, szczerze współczując ojcu, którego małżeństwu towarzyszy tak szczególna muzyka.

Spomiędzy ud rodzącej powoli wysuwała się powleczona czerwonawą mazią główka. Chwilę potem, wraz z towarzyszącym mu rzężeniem matki, zapłakał uderzony w pupę niemowlak.

– Chłopiec! – uradowała się służąca i zawinęła dziecko w płótno.

Rodząca oddychała z trudem, odchyliwszy głowę do tyłu. Nie wykazywała zainteresowania dzieckiem. Gdzieś z dołu napłynęły dźwięki skocznej muzyki. Cecylia jakby się im przez chwilę przysłuchiwała, potem zmieniła wyraz twarzy i zdziwiona zawołała:

– Baśka!

Kobieta, która przygotowywała wodę, aby umyć kasztelankę po porodzie, spojrzała na wygięte ciało swej pani.

– Przyjcie, drugie idzie! – krzyknęła.

Choć nie odczuwała już takiego bólu jak za pierwszym razem, Cecylia znów zaczęła krzyczeć. Złościła się na Boga, który zsyłając niepożądaną ciążę, pozbawił ją wolności i uczynił więźniem kasztelana. Krzycząc, wyrażała też swój bunt przeciwko pośpiesznemu ślubowi ojca, o którym dowiedziała się od szepczących po kątach służących.

Drugie dziecko przyszło na świat trzy pacierze po pierwszym i było dziewczynką. Zamkowy stolarz przygotował tylko jedną kołyskę, niemowlę zostało więc na razie położone obok matki. Cecylia obojętnie patrzyła na pomarszczoną, brzydką buzię dziecka. W jej sercu nie zatliła się ani jedna żywsza iskierka, która kazałaby sięgnąć po zawiniątko. Gdy mała zaczęła kwilić, kasztelanka nie pośpieszyła, aby przystawić ją do piersi. Oddychała głęboko w poczuciu odzyskanej wolności. Teraz wszystko się zmieni! Jej ciało znów należy tylko do niej! Byle wyrwać się stąd, uciec jak najdalej od tych zimnych, ponurych murów, od okrutnego ojca i głupich dworaków! Zmylić czujność Strasza, który zapewne ma przygotowany plan na tę chwilę, znalazł mamkę i kiedy tylko goście się rozjadą, znowu przyjdzie się natrząsać. Może już nawet przekonał kasztelana, że tylko on zdolny jest uratować honor jego córki? Chociażby po to, aby utrzeć nosa temu pyszałkowi, ona musi opuścić Turów!

Od powrotu z Warszawy rzadko myślała o swym prawowitym mężu. Ciekawe, co też porabia Lange? Czy udało mu się nakłonić kasztelana do wypłaty posagu? A jeśli tak, to czy wszystko już stracił? Czy znajdzie miejsce na dworze? Gdzież się podziewa ten Kettler? Czy zdoła wejść na wesele? Czy starczy mu rozumu, aby zwieść Strasza? Wszak nie ma już żadnych listów.

– Pani, nakarmcie je! – uniżonym tonem poprosiła służąca.

Cecylia popatrzyła na małą. Miała ciemne gęste włosy i była podobna do niej. Niewprawnym ruchem spróbowała włożyć dziecku pierś do ust, myśląc, że w ten sposób uniknie przynajmniej nieznośnego krzyku. Za pierwszym razem zalała tylko oczy niemowlęciu, co wzmogło jeszcze płacz. W końcu jednak się udało! Dziewczynka ssała łapczywie. Przez chwilę zrobiło się cicho. Znów do komnaty dotarły dźwięki skocznej muzyki. Cecylia pomyślała przelotnie o swej młodziutkiej macosze. To dziecko prawie. Kasztelan chciał zapewne pokazać swoim potomkom, że wciąż jeszcze jest jurny i w przypadku braku subordynacji może ich bez obaw wydziedziczyć. Już tylko Stanisław jest ojcu absolutnie posłuszny. Jan gdzieś przepadł bez wieści, jak to się stało? Oboje niechybnie zostaną wydziedziczeni. Swą część majątku otrzymają pewnie dopiero po śmierci kasztelana i to po długich procesach. Strasz mógłby coś wiedzieć, Cecylia jednak nie zamierzała go w tej kwestii indagować. Miała przed sobą wybór, którego już w zasadzie dokonała: albo ukorzy się przed ojcem, wróci do Nepomucena Marii i po rozwodzie wyjdzie za tego, kogo jej wskażą, albo zacznie żyć po swojemu.

Zakwiliło drugie dziecko. Dziewczyna podeszła, zabrała małą i podała chłopca. W odróżnieniu od swej siostry miał jasne włosy i fiołkowe oczy. Przypominał Wilhelma i teraz nie mogło już być wątpliwości, kto jest ojcem. Patrzył bystro, nie krzyczał, jakby wiedział, że to, co jego, i tak go nie ominie. Gdy ich spojrzenia się spotkały, Cecylia zobaczyła dziwny, rozumny uśmiech, który zniknął natychmiast, gdy chłopiec wyczuł pierś. Ssał spokojnie, nie zachłystywał się jak jego siostra.

Cecylia nie zamierzała zabierać dzieci. Pozostaną na zamku, niech się Strasz o nie troszczy. Jeśli udałoby się uciec, zostawiając mu taki upominek, byłoby to godnym zakończeniem sprawy. Niech je sobie wychowuje na obraz i podobieństwo kasztelana. Nie dbała, co się z nimi stanie, choćby miały zasilić szeregi służby. Nie staną na jej drodze. Nie kochała ani Langego, ani Kettlera, nie chciała zaprzątać sobie głowy bachorami.

Wilhelm celowo zwlekał z przyjazdem na zamek. Kiedy zabawa będzie się toczyć w najlepsze, nikt się specjalnie nim nie zainteresuje. Wślizgnąwszy się między gości, spróbuje się czegoś dowiedzieć. Może któraś ze służących będzie miała dla niego wiadomości? Czy kasztelanka już urodziła? Rabiński, srogi zbójca, prawie się zgodził pomóc, chociaż narzekał, że pieniędzy z tego nigdy żadnych nie zobaczą, a jeszcze i w więzieniu skończą. Kettlera poza wszystkim ciekawiło, czyje jest dziecko. Kasztelanka nic na ten temat nie wspomniała, a Wilhelm nawet sam przed sobą nie chciał się przyznać, że pomaga Cecylii może ze względu na swe prawdopodobne ojcostwo. Gdyby się udało, chciałby zobaczyć to dziecko. Nigdy jeszcze nie był ojcem, w każdym razie nie powiedziała mu o tym żadna z wielu panien, wdów i mężatek, z którymi miał do czynienia. Jego kompani nie mogli się opędzić od żądań pieniędzy na nieślubne dzieci, które spłodzili z przypadkowymi dziewuchami, on się tylko z nich śmiał. Do czasu. Bo wreszcie któryś kamrat, wpędzony w kabałę przez córkę piekarza, która na gwałt chciała iść za niego, rzucił urągliwie:

– Żadna cię do małżeństwa nie zmusza? Boś może jak wałach wytrzebiony?

On, Wilhelm Kettler, grandmuszkieter króla jegomości, pociotek książęcego rodu eunuchem? Ta myśl nim wstrząsnęła. Cóż za hańba! Gorsza niż wojenne kalectwo! Postradać męskość to nie utrata ręki czy nogi. A wstyd jaki! Teraz znów przyjdzie do Warszawy wrócić, na dworze zatrudnienia poszukując. I ani chybi znów będą się kamraci dopytywać, czy już go jaka panna z dzieckiem dopadła. O, gdybyż tak się okazało, że to on uczynił Cecylię brzemienną! Toż sama radość! Żadnych trosk, bo wszak Lange będzie nad dzieckiem sprawował opiekę, a mogłoby się z podniesionym czołem rzec przy piwie:

– A nie zmusza, bom swoje pisklę innemu na wychowanie podrzucił!

Czy to nie wzbudziłoby zazdrości kompanów? Wszak niemal całe lato brykał na pani Lange. Wróciłby do Warszawy z podniesionym czołem.

Zamek już rozbrzmiewał odgłosami przyjęcia z okazji ślubu kasztelana, a wciąż jeszcze sunęły ku Turowu sanie z gośćmi. Miecznikowa Niezgodzka, chcąc nie chcąc, również musiała się przyłączyć do wesołej kompanii. Jeśli pokaże się i złoży kasztelanowi gratulacje, on być może zechce wrócić do sprawy oddania weksli. Tak szczególna, radosna okoliczność powinna go skłonić do pokazania się nowo poślubionej małżonce z jak najlepszej strony. Zofia jechała sama, jedynie ze służącą. Zostawiła w Złotym Moście matkę, nie chcąc jej narażać na przykre spotkanie z kasztelanem. Nie miała też nadziei zobaczyć w Turowie podstarościego, który od czasu scysji z Szuksztami, nieszczęsnej ucieczki z płonącej wieży, utraty, a potem odbicia swego dworu wiele miał powodów, aby się do ogólnych życzeń dla Tadeusza Jandźwiłła nie przyłączać. Zresztą pewnie go nie zaproszono.

Zofia, jak wszyscy w powiecie, ciekawa była młodej żony kasztelana, a może jeszcze bardziej powodu, który go skłonił do tak szybkiego ożenku. Choć kasztelan niósł już szósty krzyżyk, męski wigor wciąż widać posiadał, a zimne łoże na starość to nic miłego. Ciekawe, jak się do nowej macochy będą odnosić Cecylia, Jan i Stanisław, wszak dzieci zrodzone z drugiego związku zapewne uszczuplą ich majątek? Nie było to oczywiście jej zmartwienie, podobnie jak i fakt, że, jak powiadali, panienka, choć z książęcego dworu, to tylko mieszczańska córka. Zatem Tadeusz Jandźwiłł tak gorącym zapałał do dziewczęcia afektem, że nie bacząc na niskie urodzenie, zdecydował się ją poślubić? Zofię bardzo interesowała owa panienka, co usidliła kasztelana. Zresztą cały powiat po to właśnie jechał do Turowa. Gnani ciekawością ojcowie i matki dziewcząt, które ominął ten zaszczyt, siedząc przy stole, będą czyhać na każdy błąd nowej kasztelanowej, aby z niego potem czerpać satysfakcję w niekończących się domowych opowieściach.

LXXV

Nawet gdyby mury turowskiego zamku były jeszcze grubsze, i tak nie udałoby się im utrzymać w sekrecie wieści, że kilka dni po swym ślubie małżonkowie Flora i Tadeusz Jandźwiłłowie zostali dziadkami.

Zdyszany Strasz truchtem przemierzał korytarze zamkowe. Miał niewiele czasu, zaraz powinien wrócić na salę, goście nie mogą zauważyć jego nieobecności, trzeba wspierać kasztelana, pilnować uśmiechu na jego ustach, wzywać do kolejnych toastów, strofować wzrokiem smutną kasztelanową, tłumaczyć nieobecność Jana, Stanisława oraz Cecylii, tryskać humorem za nich wszystkich i gości nakłaniać do zabawy. Rok temu nie było to wcale potrzebne, bo nawet kiedy Jan przywiózł wiadomość o śmierci króla, wesele kasztelanki odbyło się w poważnym, statecznym tonie, jednak zadowolenia kasztelaństwo nie kryli. Dzisiejsza zaś uczta do konsolacji bardziej podobna niźli do wesela. Goście się śmieją, wznoszą kielichy, nie wiadomo tylko: na szczęście czy na pohybel? Z całej rodziny Jandźwiłłów nikt nie ma powodu do radości. Tylko on, Strasz, był dziś zadowolony! Starał się nadążyć za służącą, która przyniosła mu radosną nowinę.

„A więc po wszystkim! Cecylia urodziła! I to od razu bliźnięta! Dziewczynka i chłopak! Nie mogło być lepiej! Tak, dam dzieciom własne nazwisko, kto wie, czyje one? Lange się o nie z pewnością nie upomni, kasztelanowi trzeba się będzie przysłużyć, zabrać bękarty z widoku. Cecylię przytrzymamy w Turowie do czasu, aż decyzja konsystorza o udzieleniu rozwodu nabierze mocy, trzeba się wybrać do biskupa, jeśli użyje swych wpływów w Rzymie, skróci czas oczekiwania. To będzie kosztowało, ale niech tam! Zbójcę mus odnaleźć i nakłonić, aby wrócił do lasu i szkatułę kasztelańską znów regularnie napełniał!" – Strasz sporządził w duchu listę spraw.

Mijając komnatę Stanisława, bezszelestnie wszedł do środka. Nad ciężko chorym pochylał się Dietrich.

– Jak się dziś czuje? – zapytał medyka Strasz.

– Wciąż gorączkuje. Robię, co mogę, ale lękam się, aby nie przyszło do najgorszego…

Strasz w udawanym smutku pokiwał głową, zakręcił się na pięcie i wyszedł. Po chwili był już u kasztelanki. Cecylia leżała w łóżku, wyglądała na zmęczoną, odwróciła głowę ku ścianie, obojętna wobec śpiącego obok niej niemowlęcia.

– Pani, cieszę się, oglądając was w dobrym zdrowiu! Co każecie powiedzieć kasztelanowi? – zapytał, nie spodziewając się jednak odpowiedzi.

Nie zareagowała. Strasz podszedł do kołyski i spojrzał na drugie niemowlę.

– Mamka czeka na wezwanie, może przyjść choćby jutro – powiedział, zastanawiając się, do kogo dziewczynka jest podobna. Miał nadzieję, że Cecylia doceni jego starania. – Gdybyście czegoś potrzebowali, proszę przysłać dziewkę – rzucił jeszcze i pośpiesznie wyszedł.

Wróciwszy do gości, kątem oka zauważył miecznikową Niezgodzką. A więc zdecydowała się przybyć! Z dobrej woli czy przymuszona sprawą weksli? Przydałaby się teraz jako sprzymierzeniec. Od śmierci cześnika ma jakiś niewytłumaczalny mir w powiecie. Gdyby się udało nakłonić ją do współpracy... Choćby i po niewoli. Gdybyż tak wypłynęły jakie weksle Żelskiego... Chociaż ta bestia, pisarz kasztelana, pewnie da radę w potrzebie sprokurować takie dokumenty. Tylko znowu mu płać! Wszystkim płać! Tylko się człeku za mieszek trzymaj! Co za czasy! Co za ludzie! Nic już ze zwykłej życzliwości nie zrobią!

Strasz skłonił się Zofii, napotkawszy jej wzrok. Siedziała obok tego nieszczęsnego podstolego Żaby. Cóż ich tak rozweseliło? Chichoczą jak dwa podlotki. Żaba pewnie jakieś sprośne dowcipy opowiada, ma ich kilka w zanadrzu, wciąż te same powtarzając. Inni też się śmieją. Chyba nie myślą o nocy poślubnej? Ta się wszak już w Lewartowie odbyła. Flora nic nie je, częściej niż na męża w talerz spogląda.

– Panie, zostaliście dziadkiem. Córka wasza powiła bliźnięta – wyszeptał kasztelanowi do ucha.

Tadeusz Jandźwiłł spojrzał pytająco.

– Chłopiec i dziewczynka. Wyglądają zdrowo. Matka również. Wznieście toast, bo i tak się wyda! – dodał. – Czy mam to zrobić za was?

Kasztelan tylko kiwnął głową, jakby mu w ustach z emocji zaschło, zatem Strasz, wznosząc kielich, oznajmił uroczyście:

– Bracia, przyjaciele! Temu tu gospodarzowi ze szczęścia mowę odjęło, albowiem dzisiaj nieskończony w łaskawości swojej Pan nasz obdarzył go dwójką wnuków. Wypijmy do dna za ich zdrowie!

Goście skwapliwie chwycili za kielichy i wznosząc je ku górze, kierowali wzrok na kasztelana.

– Uśmiech, panie! Szeroki i szczery! Wstańcie, pokłońcie się! Podziękować wypada! – szeptał Strasz za plecami Tadeusza Jandźwiłła, a ten, jakby doń mówili w obcym języku, nieco się ociągając, wykonywał rozkazy. – Podajcie dłoń małżonce, niech wstanie i też się ukłoni! – dyktował Strasz, a Jandźwiłł i Flora pokornie zrobili, co im kazał.

Czy te miny były w stanie kogoś przekonać? Na szczęście zagrała orkiestra, dając znak, że właśnie rozpoczynają się tańce. Strasz nachylił się do ucha kasztelana.

– Chodzonego małżonkowie razem zatańczą. Chyba nie powinienem kasztelanowi tłumaczyć, z kim tańczyć w pierwszej kolejności?

Tadeusz Jandźwiłł ciężko wstał zza stołu i bez najmniejszego uśmiechu ujął dłoń żony. Rozpoczął się polonez. Pan Żaba ruszył w parze z Zofią.

– Co za smutna uczta! – powiedziała. – Jak żyję, takiej nie widziałam.

– Ano smutna, a wypadałoby się nam weselić…

– Panie podstoli, byliście przyjacielem mego ojca, chyba się nie mylę? – zagadnęła z innej strony.

– Poczytywałem sobie to za zaszczyt, pani dobrodziejko! – wysapał.

– Powiedzcież mi, bo to różnie ludzie gadają i nie wiem, co o tym myśleć, czy ojciec mój, umierając, jakieś sprawy niezałatwione pozostawił? Coś wam wiadomo?

– Nic zgoła, ale takich rzeczy ludzie po jarmarkach nie rozgłaszają. Powiem tylko, że cześnik, Panie świeć nad jego duszą, był kryształowej uczciwości człowiek, a że mogło mu się z powodu śmierci nagłej coś niezałatwionego zdarzyć, cóż poradzić?

– Dziękuję wam za dobre słowo! Miło mi było was tu spotkać! Jak dziś pamiętam wesele naszej kasztelanki, cośmy też obok siebie siedzieli. A wy nie zamierzacie iść w ślady kasztelana i uszczęśliwić jaką białogłowę? Jeszczeście w sile wieku mężczyzna, a dom bez dzieci smutny.

– Droga miecznikowo, co mnie o dzieciach teraz myśleć, jakem całe życie w bezżennym stanie z bożą pomocą wytrwał. Co mnie po młódce? Czy choćby wdowie? Już człowiek przywykł do tego, co ma, zmieniać wszystko na stare lata, przyjaciół odstępować, bo się jeszcze pani żonie nie spodobają? Zabaw swoich zaniechać, bo jej niemiłe być mogą? Cierpieć jej kuzynów i pociotków? Stąd zawsze kłopot. A bo mi to źle na świecie?

– Nasz kasztelan się jednak zdecydował...

– Cóż, pewnie ma swoje powody. Może z tęsknoty za ciepłym łożem? Teraz ono nie ciepłe, ale wręcz gorące będzie! – Zachichotał. – A w Złotym Moście gospodarz by się nie przydał? Sama waćpani chce trudy gospodarowania dźwigać?

– A kto by tam mnie zechciał? Nikt jakoś swatów nie przysyła... – Zofia uśmiechnęła się uroczo.

– Coś mi się zdaje, że się was trochę boją, ale znam ja jednego, coby nie mieszkając, i dziś swaty wysłał.

– Któż to taki, mości Żabo? Alboż go znam?

– Jakżeby nie! Toż o podstarościm mowa. Gładki on i niebiedny, może trochę wartogłów, ale to przez brak niewieściej ręki taki rozhulany. Czyście o nim kiedy myślcli?

– Zawsze ciepło i z szacunkiem.

– Bogać tam! Pani miecznikowo, przecieśmy nie dzieci. Kacper miłuje was, od kiedyście tu na zamku służyli.

– Co też prawicie! On mi o jakiejś innej pannie z fraucymeru kasztelanowej opowiadał. Że rozmiłowany taki, a ona go nie chce... – paplała, chcąc pokryć zmieszanie.

– Bo mu się wprost zwierzyć łacno nie było. Wyśmialibyście go albo odrzucili, stąd despekt dla honoru, a polewki czarnej on by nie ścierpiał, wszak go znacie, impet w nim czasem niepomiarkowany. Takiej żony jak wy mu trzeba: spokojnej, statecznej, zrównoważonej, co by ten impet wyhamowała, a gorączkę ugasiła. Bo serce w nim złote, tylko szalone.

– Czy to podstarości zlecił wam te swaty?

– A Bóg broń! On ostatnimi czasy krzyw na mnie, bom do kasztelana bliżej przystał, nie bywał u mnie ni ze mną na wasz temat dyskutował. Ja sam, z dobrej woli, bo chociem stary, widzę, żeście nie są sobie obojętni, a już zwłaszcza nasz Kacper myśli o was bez przerwy. To jak będzie? Przyjmiecie jego swaty?

LXXVI

Wieczorem po uczcie Tadeusz Jandźwiłł kazał wezwać do swego gabinetu cyrulika zamkowego. Czekał nań wzburzony, chodząc tam i sam, sapiąc i kręcąc głową. Kiedy Dietrich nadszedł wreszcie, kasztelan oddalił Strasza, co zapowiadało rozmowę o nadzwyczaj delikatnej materii. Tyle wystarczyło, aby wyjaśnić, co jeszcze, poza policzkiem, jakim był dlań ożenek z Florą, powoduje drażliwość i nieustająco zły humor kasztelana.

– Jakże tam Stanisław? – zapytał Tadeusz Jandźwiłł tytułem wstępu.

– Bogu dziękować, panie mój. Gorączka trochę zelżała, ale kaszle okrutnie. Całą noc siedział przy nim będę.

– Starajcie się, a nagroda was nie ominie!

– W czym mogę być pomocny? – Cyrulik skłonił się z uszanowaniem.

– Widzicie, mówiąc bez ogródek... Żona moja... To znaczy ja... Czyli my w zasadzie...

– Wielmożny pan pomocy potrzebuje w kwestii małżeńskich uczynków?

– Toście domyślni! Aż tak to widać?! – rozsierdził się kasztelan.

– Żaden inny temat by tak waszej miłości nie stropił.

– Gdybyście jakiego wspomożenia udzielić mi mogli...

– Aby Kupidyna poruszyć i do miłostek skłonić, zalecają szparagów spożywanie.

– Diabła tam, już po kolacji, zaraz do łożnicy iść muszę! Tam żona mnie czeka zimna jak kłoda i niczym jej poruszyć, ani słowy, ani uczynkami nie potrafię. Leży, w sufit patrzy, a jam nie młodzik, by w nią tchnąć czucie lubieżne. Odwykłem już od tego. W nocy spokojności bym zażył, aliści jeśli nie ja, prędzej czy później ktoś się na zamku znajdzie, co ją ku psocie zapali. Radź, a dobrze! Lekarstwo daj mi szybkie a skuteczne. Jeśli żonę ku sobie nakłonię, godnie będziesz wynagrodzony!

– Panie, w tak nagłej potrzebie jeden tylko widzę ratunek.

– Który jest?

– Napój miłosny.

– Tośś rzekł! – Tadeusz Jandźwiłł westchnął głęboko. – Cóż to znowu takiego?

– Jeśli czasu nie mamy, każcie przynieść dwa kielichy z winem, a ja do mych komnat pobiegnę po ów medykament cuda w łożnicy czyniący.

Kasztelan zaklaskał na służącego, Dietrich zaś udał się po lekarstwo.

– Cóż kasztelan? – zapytała go żona.

– W łożnicy sobie nie radzi.

– I nie dziwota. Stary już, a młódki mu się zachciało.

– Gorzej, że to ja mam tę niemoc usunąć.

– Hiszpańską muchą zapewne? – powiedziała z przekąsem.

– To jedyny ratunek w tej chwili.

Cyrulik zabrał niewielką flaszeczkę ze swej podręcznej apteczki i poprzedzany przez służącego z lichtarzem pobiegł do komnaty kasztelana. Ten czekał nań zniecierpliwiony. Dietrich nalał po kilka kropli wyciągu do każdego kielicha.

– Skutek gwarantowany! – powiedział z przekonaniem. – Wypijcie panie razem z małżonką i niech was Wenera prowadzi!

Tadeusz Jandźwiłł kazał co tchu nieść kielichy do łożnicy, gdzie czekała już na niego struchlała, przykryta po brodę małżonka. Flora myślała o mękach, które ją znów czekają, o nieświeżym oddechu kasztelana, jego twardych dłoniach i obrzydliwym języku, który wpychał jej do ust, wywołując wstręt. Pragnęła sobie wyobrazić w tej roli Stanisława, jednak sapanie, które rozlegało się w sypialni, uniemożliwiało jej skupienie się na czymkolwiek innym. Zagryzała więc wargi i popłakiwała, kiedy zbliżała się ta chwila, gdy mąż przygotowywał się na spoczynek. Czuła się samotna i bezbronna. Nigdy nie wyobrażała sobie, że tak ma wyglądać jej życie! Naczytawszy się na dworze książęcym pięknych historii o pannie wodnej Meluzynie, niezłomnym rycerzu Zygfrydzie czy świętej Genowefie, zgoła inaczej wyobrażała sobie małżeństwo. Chociaż romanse go nie opisywały, w jej wyobraźni jawiło się jak spełniony sen. I byłoby jak w romansie, gdyby się w jej życie nie wplątał ten starzec! Ach, czemuż nie dano jej poślubić Stanisława! Czemu książę okazał się tak nieczuły na jej błagania! Powiedział tylko:

– Stary już długo nie pociągnie, wtedy się wydasz i za samego diabła! A tymczasem rób, co ci każę, dziecko. O twoje dobro idzie!

I gdzież ono jest, to dobro?! Zamek pełen obcych ludzi. Patrzą na nią z pogardą, jakby komu co złego uczyniła, a ona być może najbardziej skrzywdzona pośród wszystkich. O! Gdybyż znaleźć jaki sposób zbliżenia się do Stanisława, choćby na chwilę spojrzeć w jego oczy, dotknąć dłoni, może te dni nie byłyby tak długie, a noce uciążliwe? Ileż przyjdzie czekać na śmierć kasztelana? Chyba żeby wreszcie ta wojna wybuchła! Jeszcze Stanisława kasztelan ożeni z jaką inną panną i wtedy co? Rozpacz tylko. Jak znaleźć sposobność, aby się ku niemu zbliżyć?!

Do łożnicy wszedł sługa z lichtarzem i drugi, niosący tacę z dwoma kieliszkami wina. Za nimi kasztelan już w koszuli nocnej i szlafmycy.

– A cóż to, mężu, za libacje planujecie?

– Za zdrowie twoje, duszko, chciałem się przed snem napić. Nie odmówisz mi chyba toastu? – Wziął z tacy kielich i wzniósł w górę.

Sługa podał Florze kielich, drugi postawił lichtarz na skrzyni i obaj wyszli.

– Za twoje szczęście! – powiedział Tadeusz Jandźwiłł i upił łyk wina. Poczuł lekko zmieniony smak, miał jednak nadzieję, że Flora nie domyśli się podstępu.

Umoczyła usta w winie, a potem przełknęła kilka małych łyków. Do tej pory nie pijała zbyt wiele trunków, nie zauważyła więc zmiany smaku. Kasztelan wziął od niej pusty kielich, odstawił na skrzynię, zdmuchnął świece na lichtarzu i potykając się o krzesło, usiadł wreszcie na brzegu łóżka.

Przed mszą dnia następnego znów zawezwał cyrulika. Śpiesząc do kancelarii, Dietrich nie krył obaw, jednak radosna mina Tadeusza Jandźwiłła w mig je rozwiała.

– Dobrzeście się spisali, dziś dacie podwójną dawkę!

Cyrulik skłonił się tylko, nie tłumacząc pacjentowi, że zbyt duża dawka może wywołać skutek odwrotny do oczekiwanego. Po mszy już na zamku rozniosły się plotki, że małżonka kasztelańska tej nocy dopiero dziewicą być przestała, czego nie omieszkali rozgłosić nadgorliwi słudzy. Dobra wieść rozweseliła wszystkich. Podczas śniadania raz po raz padały toasty wznoszone w intencji poczęcia nowego członka rodziny, pieprzne facecje o pannie, która straciła wianek, i tym podobne. Zawstydzały one Florę, kasztelana napawały dumą, a Strasza wprawiały w zły nastrój.

Plotki dotarły również do Stanisława. Czuł, jakby mu napluto w twarz. I to kto? Własny ojciec! Cierpiał niewypowiedziane męki, wyobrażając sobie drobne ciało Flory miętoszone w łożnicy przez zwaliste, opasłe cielsko kasztelana. Gdyby nie był to jego ojciec, pod byle pretekstem Stanisław wyzwałby go na pojedynek i albo posiekał na kawałki, albo sam zginął. Musiał, po prostu musiał, rozmówić się z Florą! Wciąż rozważał oddanie się w służbę Bogu, miał jednak nadzieję, że ani ojciec, ani Flora mu na to nie pozwolą. Zresztą to byłby koniec wszystkiego. W przypływie gorączki snuł marzenia o tajnej schadzce z ukochaną. Zastanawiał się, gdzie mógłby tego dokonać, i nie znajdował żadnego schronienia, żadnej skrytki, gdzie udałoby im się chociaż przez chwilę pomówić sam na sam. Nie ufał służbic, zatem nie mógł też napisać do Flory listu. Choroba zresztą postępowała, czuł się coraz gorzej i zaczął już nawet oczekiwać śmierci. Leżał więc, pojękiwał w malignie i marzył o swej młodziutkiej macosze. Ale i ona przemyśliwała, jakim niewzbudzającym podejrzeń sposobem spotkać ukochanego. Wykorzystała dobry humor kasztelana i oświadczyła mu przy śniadaniu:

– Zaraz po mszy pójdę odwiedzić twego syna, panie. Już się po zamku rozniosło, że Stanisław jest umierający, a macocha się jego zdrowiem nie interesuje. Nie chcę, aby mnie słudzy za nieczułą i płochą uznali.

– Masz rację, duszko. Rób, jak uważasz.

Niedługo potem Flora siedziała już u wezgłowia Stanisława. Odprawiwszy służkę po szklankę wody, której zapragnął chory, wzięła jego rękę i zrosiła kaskadą gorących łez. Przemawiała doń czule, a jemu łzy płynęły po policzkach ze szczęścia, którego, jak mniemał, w ostatniej swej dostąpił godzinie.

LXXVII

Cztery dni bawili się już goście na zamku turowskim i zapewne niektórzy bawić się będą jeszcze długo, niektórzy jednak, jak miecznikowa Niezgodzka, zbierali się powoli do odjazdu. Tego dnia rano do Zofii przyszła jedna z panien dworskich i zapytała, czy mogłaby się zabrać razem z nią do rozstajów przy Złotym Moście, bo musi coś załatwić dla kasztelanki w Skrzeczewicach. Jako że Zofia wracała już do siebie, ustaliły godzinę i po śniadaniu, zgodnie z umową, dziewczyna już na nią czekała. Gdy Zofia, pożegnawszy kasztelana i jego żonę, wsiadła do powozu, spojrzawszy w twarz otulonej kapturem służącej, omal nie krzyknęła, poznając w niej Cecylię Lange.

– Pani?! – wyszeptała tylko.

– Wszystko wytłumaczę, jedźmy, na Boga!

Zofia kazała woźnicy ruszać i przez nikogo niezatrzymywane pomknęły ku Złotemu Mostowi.

Przekupiony bramny oraz rozstawieni w lesie zbójcy błyskawicznie przenosili wiadomości z zamku do Grodu Orłowego. Kettler wiedział już, że kasztelanka powiła bliźnięta, że najlepszym momentem na ucieczkę będzie przedłużająca się uczta i że Cecylia jako środek ucieczki wybrała powóz miecznikowej Niezgodzkiej. Niemal w tym samym momencie, kiedy mijał on bramy zamku, drużyna Kettlera, składająca się z wynudzonych i odkarmionych ludzi z Rabińskim na czele, ruszyła ku traktowi, aby spotkać się z kasztelanką w okolicy Polany Zbójców. Cecylia odradziła Kettlerowi pojawienie się po raz drugi na zamku, mogłoby to wzbudzić podejrzenia, zresztą trzeba by fałszować listy, a tak zdolnego pisarza jak kasztelan Cecylia nie miała. Obawiając się, że Kettler nie poradzi sobie z intrygą, wybrała najprostszy sposób, aby wydostać się z opresji.

– Pani, dokąd, jeśli mogę zapytać, podążacie ledwie trzy dni po porodzie? Wszak to dla was niebezpieczne! – zdumiewała się Zofia.

– Niecierpiące zwłoki sprawy wzywają mnie do mego majątku – rzekła zdenerwowana kasztelanka, raz po raz popatrując przez okienko powozu, aby sprawdzić, czy nie dogania ich pościg. – Dzięki waszemu wsparciu znalazłam wreszcie kogoś, kto pomoże mi je rozwikłać. O! Czuję, jakbym się na nowo urodziła! Tam rejwach i tumult, pewnie nie od razu zauważą, żem się im wymknęła. Ojciec trzymałby mnie pod kluczem do sądnego dnia. Nie wiecie, co to znaczy siedzieć przez kilka miesięcy w komnacie bez możliwości wyjścia! Strasz może by w końcu przekonał kasztelana, że jest dla mnie najlepszą partią, zwłaszcza teraz, kiedy kto inny będzie na zamku sprawował rządy. Żony mu się zachciało na stare lata! Obrzydliwy starzec! – rzuciła, nie wiadomo, o kasztelanie czy o Straszu. – Jaka ona jest?

– Młoda kasztelanowa? – domyśliła się Zofia. – Wygląda jak przestraszone dziecko.

– Trudno mi teraz jej współczuć. Może kiedyś tu wrócę, ale na moich warunkach, z silną eskortą.

– Pani, a wasze dzieci?

– Niech je sobie Strasz wychowuje. Ma już dla nich mamkę. Panny służebne obiecały nie spuszczać z nich oka.

– Porzucacie własne dzieci?!

– Teraz nie mogę ich zabrać, czeka mnie twarda przeprawa z załogą ojca w moim dworze. Nie wiem, co tam się dzieje, zresztą droga niepewna. Tu im się krzywda nie stanie... – Cecylia próbowała stłumić wzburzenie Zofii.

– Zapewne... – Miecznikowa westchnęła, myśląc o swoich dzieciach i ciesząc się, że je wkrótce przytuli.

Zamilkły na dłuższą chwilę. Zofia przypominała sobie rozmowę z panem Żabą, który nieomal poprosił ją o rękę w imieniu podstarościego. Czerwieniła się na samo wspomnienie. Jednak myśl o Kacprze od dawna była jej miła.

„Lepszy on niż pan Żaba" – Miecznikowa uśmiechnęła się do siebie.

Jeżeli czegoś się lękała w tej chwili, to planowanej na wiosnę konfederacji antysaskiej. Z tego gotowa wyniknąć nowa wojna, spustoszenie kraju i ruina wielu majątków. Z rozrzewnieniem pomyślała też o nieobecnym w Turowie Janie Jandźwille. Gdzież go los zagnał? Czy cały i zdrów? Czy fortuna mu sprzyja? Czy wróci jeszcze kiedyś w rodzinne strony, czy wybierze karierę dworską? W tok jej myśli niespodziewanie wdarł się woźnica.

– Pani, jacyś konni co tchu pędzą za nami!

– To pewnie pościg! Zatnij konie, ruszaj, musimy dojechać do Polany Zbójców! – krzyknęła przestraszona kasztelanka i znowu wyjrzała przez okienko.

Konie pędziły już najszybciej, jak mogły, ale konni zbliżali się nieubłaganie. Strzelali w górę na znak, aby powóz się zatrzymał. Cecylia Lange popatrywała po bokach, jakby szukała sposobu, by odeprzeć napastników. Wyjęła z zanadrza długi nóż z kościaną rączką, ale na co mógł się on zdać w tej chwili?

– Broni nie macie? – zapytała, gotowa w pojedynkę stawić czoła napastnikom.

Zofia, której z emocji całkiem zaschło w gardle, jedynie przecząco pokręciła głową. Były już całkiem blisko Polany Zbójców, tam czekali zapewne ludzie Kettlera. Gdyby tak zdążyły dojechać!

– Zatnij konie, człowieku, nie widzisz, że nas gonią! – ponagliła woźnicę Cecylia.

Nagle usłyszały, że ktoś strzelił z przodu, jakby odpowiedział na znak. Zza zakrętu wyłoniło się kilkunastu konnych.

– Ktoś ku nam zdąża! – krzyknął woźnica i jeszcze raz strzelił z bata.

„Oby tylko powóz się nie przewrócił! – pomyślała Zofia i w tej właśnie chwili, wjechawszy na jakąś grudę, koło skrzywiło się i wyłamało z osi, a cały pojazd runął na ziemię. – To już koniec!" – przemknęło jej przez głowę, nim straciła przytomność.

Gdy się ocknęła, słysząc odgłosy potyczki, spróbowała wstać, jednak poczuła straszliwy ból. Prawa dłoń dokuczała nieznośnie, ledwie mieszcząc się w rękawiczce. Zofia patrzyła na walczących mężczyzn, obok stała Cecylia, zagrzewając ich do walki. Kettler ze swymi ludźmi miał przewagę, widać na zamku nie spodziewano się, że ucieczka kasztelanki jest zorganizowana.

– Ktoś mnie zdradził! – krzyczała w podnieceniu. – Tamci wrócą do Turowa, wezmą więcej ludzi i rozpoczną pościg. Trzeba się śpieszyć!

Nad powozem pochylało się już kilku zbójców, usiłując naprawić koło, od strony zamku pędzili Kettler, Rabiński i Hadziewicz. Podstarości zeskoczył z konia i pochylił się nad Zofią. Zobaczył jej opuchniętą rękę.

– Miecznikowo, wyście ranna?

– To nic – odparła z trudem – zimnego by przyłożyć.

Jednak znajdowali się na trakcie, pośrodku lasu, do Złotego Mostu była mila z okładem. Kacper bezradnie rozglądał się dookoła, szukając pomocy.

– Może być złamana – zawyrokował Rabiński. – Jedźcie do karczmy, to niedaleko. Moi ludzie zajmą się powozem, pchnę też kogoś do Winnicy po Żyda, nie z takimi ranami on już sobie radził! – powiedział to z przesadną pewnością siebie, aby tchnąć ducha w Zofię, która robiła się coraz bardziej blada i gotowa jeszcze im tu w lesie zemdleć.

– Musimy się stąd zabierać! Zaraz nas dopadną ludzie kasztelańscy! – piliła Cecylia.

– W tej sytuacji, Kettler, ja wam służyć nie mogę! – Hadziewicz rozłożył ręce. – Bierzcie Rabińskiego i ukryjcie się u mnie, nim dalej ruszycie. Dzień, dwa was nie zbawi.

– Jak to nie?! – zawołała Cecylia. – Kasztelan ludzi do Szymanek pośle, załogę wzmocni i nigdy dworu mego nie odbiję! Nie zostawiaj nas w takim położeniu!

Kacper tylko spojrzał na nią, ale to wystarczyło, aby zrozumiała, że powolny jej nie będzie. To samo spojrzenie wlało w serce Zofii otuchę, że nie tylko kandydata na męża spotkała, ale również przyjaciela, który jej w trudnych chwilach nie odbieży. Zaciskając zęby, wsiadła na konia i choć ręka bolała ją nieznośnie, przytrzymywana przez podstarościego starała się bez narzekań dotrwać do karczmy.

Tymczasem Cecylia Lange z Kettlerem i Rabińskim wobec nagłego zajścia deliberowali nad zmianą planów.

– Nie możemy się skryć w Grodzie Orłowym, bo tam ludzie kasztelańscy udadzą się najpierw.

– Ani w Złotym Moście. Miecznikowa powinna mieć spokój, aby wrócić do zdrowia.

– Dużą grupę konnych łatwo zauważyć. Ale gdybyśmy się tak rozdzielili? – zaproponował Rabiński. – Ja ze swymi ludźmi przez las przeszedłbym ku Skrzeczewicom, wy, pani, z Kettlerem pojechalibyście drogą i tam dopiero na trakcie byśmy się zeszli? Śniegu leży niewiele, ale i tak po śladach mogą nas wytropić, musimy się mieć na baczności.

LXXVIII

Co prawda Lacy od deputacji, która go odwiedziła, żądał, aby wymogła na królu opuszczenie miasta, nikt się jednak ze spełnieniem tego żądania nie śpieszył. Mimo stojącej pod murami armii rosyjskiej w Gdańsku wciąż panowały dobre nastroje. Jan leczył rany po utarczce z wrogiem, ale dzięki oberżystce docierały doń rozmaite wieści, w tym ta najważniejsza, że Gdańsk wciąż górą, bo Rosjanie dysponują zbyt małymi siłami, aby zagrozić dobrze ufortyfikowanemu miastu. Pewnego dnia ruch się zrobił w oberży i hałas, konie w bogatych uprzężach oraz eleganckie karoce ustawiły się jedna za drugą na ulicy Rzeźnickiej. W niedługą chwilę później, nim chłopak zdążył zbiec na dół, aby zasięgnąć języka, co to za szczególny zjazd, już wąskimi schodkami szło na piętro jakieś strojne towarzystwo. Drzwi do izby, w której kurował się kasztelanic, otwarto i oberżystka, kłaniając się w pas, przedstawiła chorego:

– To jest właśnie, mości panowie, ów bohater, Jan, co go chcieliście oglądać!

Jan, rozpoznawszy w jednym z gości króla Stanisława Leszczyńskiego, usiłował się poderwać, by oddać honory należne majestatowi, król jednak położył dłoń na jego ramieniu i nakazując mu leżenie, rzekł:

– Nie wstawajcie, kawalerze! Chcieliśmy tylko zobaczyć, komu naszą spokojność zawdzięczamy, boś ty wszak nie tylko nasze królewskie życie uratował, ale też być może to piękne miasto Gdańsk ocaliłeś przed spaleniem i ruiną. Z serca dziękuję! Proś, o co chcesz, a nim poprosisz, wyjaw nam swe nazwisko, abyśmy je złotymi zgłoskami w historii panowania naszego zapisali!

Jan otumaniony popatrywał na króla i panów z jego orszaku, po czym wyjąkał:

– Jan Jandźwiłł, z Litwy, kasztelana syn, Wasza Wysokość.

– Zapamiętamy to imię! – rzekł król dobitnie, po czym dodał: – Sekretarzu, zapiszcie, gdy tylko na kwaterę powrócim!

Stojący za królem sekretarz skwapliwie kiwnął głową, Jan zaś żałował, że kasztelan nie może go teraz zobaczyć.

– Z Bogiem, mości Jandźwiłł! Życzymy wam rychłego powrotu do zdrowia, bo się nam jeszcze możecie przydać! Najważniejsza rozprawa z wrogiem wciąż przed nami!

Jan chwycił dłoń królewską i z szacunkiem ją ucałował.

– Do ostatniej kropli krwi, Wasza Wysokość! – wyszeptał wzruszony.

Nie zdążył wyrazić żadnego życzenia.

Po wizycie króla pragnął jak najszybciej wrócić do swego zajęcia. Musiał na razie odłożyć kolejne wyprawy na wroga, bo ani ręka nie władała jeszcze bronią z dawną łatwością, ani na koniu nie czuł się dość swobodnie. Tymczasem w drugiej połowie marca sprawy się skomplikowały.

– Podobnież carowa dość ma już Lacy'ego. Tyle czasu pod murami Gdańska zmitrężył, nic nie wskórawszy. Ponoć najlepszego swego dowódcę przysłała, aby z nami sprawę skończył – pewnego dnia ktoś powiedział w oberży.

Ów nowy dowódca, feldmarszałek Burkhard Christoph Münnich, nie kazał długo czekać na swe decyzje. Osiemnastego marca wystosował do Rady wezwanie pełne najstraszniejszych gróźb, a już nocą rozpoczął atak. Na miasto spadały bomby, które szczęśliwie chybiały celu, lecz zachwiały nieco pewność siebie gdańszczan. Następnego dnia Rosjanie rozpoczęli natarcie na Orunię i mimo bohaterskiej obrony wojsk koronnych zamknęli pierścień dokoła miasta. Zmęczony i znów ranny, tym razem w głowę, Jan ze strapieniem patrzył na te postępy. Nie mając ciężkich armat, Rosjanie mogli jednak zagrozić miastu tylko w ten sposób, że zamknęli do niego dopływ żywności. Gdańsk nadal z utęsknieniem wypatrywał mającej lada chwila przypłynąć francuskiej odsieczy.

– Chyba król Francji swego teścia w potrzebie nie opuści? – deliberowano przy piwie.

– Francja daleko, Pan Bóg wysoko, będzie, co zrządzi! – powtarzała karczmarka. – Na razie się nam udaje, to może strzymamy do przyjazdu Francuzów?

– Tylko czemu francuskimi rękoma mamy naszego tronu bronić? – głośno zastanawiał się opasły jegomość, wyglądający na kogoś ważnego. – Król czeka, co Francja dlań uczyni, nie powinien by raczej stanąć na czele wojska, już w Warszawie armię carowej rozgromiwszy, a nie pozwalając się jej rozpełznąć po kraju niczym robactwo po kożuchu? A teraz siedzim tu oblężeni, upokorzeni, zdani na cudzą łaskę niczym dzieci w lesie zagubione.

– Troskliwość króla wokoło ocalenia własnej osoby znana jest powszechnie – wtórował mu kolejny, którego zwali

Klugge. – Nie jest to mąż od oręża, jeno od ksiąg. I zły wybór Polacy uczynili, w takim czasie na królewski stolec go wynosząc.

– Myślicie, panie, że elektor saski byłby lepszym królem?! – odciął mu się hardo Jan. – Już my tronu saskiego i jego rządów powyżej uszu mamy!

– Leszczyński dał dowód, że nie lubi prochu wąchać, a Rzeczpospolita wszak w stanie wojny. Kto ma jej bronić, skoro szlachta się do Gdańska nie zbiegła ku ratunkowi? Już w Warszawie króla odeszliście. Popatrzcie jeno: mamy tu szwedzkich oficerów, francuskiego inżyniera Charpentiera i szwedzkiego Palmstrucka, co wespół mury obronne naprawiają, mamy francuskich oficerów. Szwed Stackelberg dowódcą twierdzy Wisłoujście został, Szwed Steinflycht pełni przy królu rolę doradcy wojskowego. Na żołdzie magistratu są oficerowie holenderscy, pruscy, hanowerscy. Wyście byli gotowi krew za króla przelać, opatrunek na waszej głowie o tym świadczy. Ale gdzie są inni Polacy?! Czemu ich tu nie widzim?! Wszak wasz regimentarz Stanisław Poniatowski w Gdańsku przebywa, czemu wojska nie formuje?

– Przecie regimentarzem koronnym Potocki! A król stanął wszak na Górze Gradowej naprzeciwko Góry Cygańskiej wraz z całym swym orszakiem i ducha obrońców zagrzewał!

– Ale do boju wojsk nie poprowadził! A co by i dwóch regimentarzy zaszkodziło w tej dobie? O wynik wojny czy o dostojeństwa wam chodzi?

– W boju nie byliście, to i męstwa naszego w stanie ocenić nie jesteście. Nie dla zaszczytów walczyliśmy, wróg otoczył posterunek, wielu naszych zginęło, zaciekle broniliśmy pozycji – mówił Jan ze łzami w oczach.

– Gdyby wojska polskie były przy królu, nie tak sprawa by wyglądała! To kunktatorstwo w jego obronie każe mi myśleć, że czekacie, aż Prusy się zabiorą do walki za polskiego króla.

– Wyplujcie te słowa, mistrzu Herder! Jeśli Prusy pomogą, to ta pomoc może się dla Gdańska pyrrusowym okazać zwycięstwem. Pod pruskim butem naszych wolności my nie utrzymamy. W Prusiech porządek i karność panują, ich król srogi i mocny, lepiej niech się od naszych stron z daleka trzyma!

– Król August już w Krakowie ukoronowany, ponoć absolucję obiecuje, jeśli Gdańsk się podda. My tu nie żołnierką, jeno handlem żyjem, każdy dzień oblężenia to dla nas strata.

Jan, pełen miłości dla króla, od którego dopiero co takiej doznał łaski, nie znajdował argumentów, którymi mógłby obalić rozumowanie gdańszczan.

– Wy, mistrzu Herder, za Augustem optujecie? Toż to obraza boska! – krzyknął rozeźlony. – A wieluż was tak myśli?

– Zapewne nie tak mało, młodzieńcze, coraz więcej, tylko na głos nie ważą się tego rzec. W radzie się głosy już dawno podnoszą, aby sprawy królewskiej poniechać, bo niepewną się stała.

– Ale są i tacy, co murem przy królu stoją, nie traćmy ducha. Będzie, co Bóg da! – rzekła oberżystka, jakby chciała pocieszyć Jana. – Z jego pomocą odeprzemy wroga od naszych murów.

– Są, są zapewne, ale na boskiej pomocy opierać się nie wystarczy, kiedy Münnich na wzgórzu Chełm stojąc, ma nas niczym na talerzu. Gdyby ciężkie działa wytoczył, niewiele by nam pomogły te mury przez obcych inżynierów reperowane – droczył się imć Herder.

– A to nie słyszeliście, że udało się zniszczyć piekarnię na Chełmie przez rosyjskie wojska urządzoną? – broniła swego karczmarka.

– Ale Orunię wzięli i tam sobie główną kwaterę uszykowali. A do miasta w obawie o swe życie tłum z przedmieść się garnie. Czym tych ludzi nakarmimy, pani gospodyni? Dowóz żywności prawie ustał, poczta nie działa, naszych obrońców wciąż nie widać.

– Byleby dojechali, zanim rosyjskie armaty pod Gdańsk dotrą! – westchnął Jan. – Jeśli im się nie uda, będzie z nami krucho.

LXXIX

Jak to się stało? Kiedy?! Moja córka w czas tak uroczysty dzieci nowo narodzone zostawia i w podróż bez opowiedzenia się rusza! A dokąd to, jeśli wolno spytać?! – kasztelan podszedł do słaniającej się ze zmęczenia i zdenerwowania Cecylii i spojrzał jej twardo w oczy. – Nie dość wam wstydu, jaki mi przynieśliście? Toż cały powiat, ba! województwo nawet, będzie moje nazwisko szargać po jarmarkach, żem tak córkę wychował! Jeżeli mąż żąda rozwodu, jest to wyłączną żony winą! Waszą winą, żeście zadbać o Langego nie potrafili. Augustus Rex już w Krakowie koronowany, Leszczyńskiego Rosjanie lada moment w Gdańsku pojmają, wasz mąż się ku karierze dworskiej przysposabia, a wy co? Na przygody się z jakimiś zbójcami rzucacie?! Źle to wam u ojca było? Schronienie dałem, wszystko, coście tylko chcieli. To tak się za ojcowską miłość dziękuje? No, ale na szczęście mam ja przyjaciół bardziej oddanych od własnych dzieci! Mam ja wrogów, to pewna, ale mam też sługi wierne i bitnych żołnierzy. Nigdy bym jednak nie pomyślał, że mnie przyjdzie się przed własnym potomstwem bronić! Gdyby nie Strasz, anibym pomyślał, że Stanisław tylko po to do zdrowia wrócił, żeby się w tajemnicy ze swą macochą spotykać, anibym wiedział, co ty, waćpani, knujesz. Ale teraz, jak mi Bóg miły, kara będzie surowa! Chcesz walczyć z kasztelanem? Zrozumienia dla swoich obowiązków nie masz? Może kilka dni o głodzie i chłodzie rozum ci przywróci! – Tadeusz Jandźwiłł głośno wypuścił powietrze z płuc, zaklaskał i na widok wślizgującego się do komnaty zgiętego wpół Strasza wyrzucił z siebie:

– Do lochu z nią!

Cecylia, która przez całą tę tyradę stała z zaciśniętymi ustami, odwróciła się na pięcie i bez słowa wyszła z kancelarii.

– Jakże się miewacie? – zapytał z troską podstarości.

Zofia uśmiechnęła się słodko. Rękę, wciąż unieruchomioną w łubkach, miała zawieszoną na temblaku, co było przyczyną wielu kłopotów, bo nic prawie robić nie mogła.

– Ufam, że to szybko minie, choć nawet dłoni do modlitwy złożyć nie potrafię.

– Do wesela się zagoi! – zażartował Kacper i jął się wpatrywać w jej oczy. Obejmując wzrokiem, pieścił ukochaną od czubka głowy aż po palce stóp.

– A co tam na zamku? Wieści jakie macie?

– Niedobrze. Kasztelan wtrącił Stanisława i Cecylię do lochu.

– W to nie uwierzę! Czymże zawinili?

– Kasztelanic podobno do macochy cholewki smalił, a Cecylia, sami wiecie, chciała swój dwór siłą odbić. Pod Skrzeczewicami bitwę Kettler z Rabińskim i zbójcami stoczyli, siła ich rannych, kilku zabitych, ale na taką potęgę, do stu ludzi liczącą, cóż mogli?

– Oni też w kasztelańskim lochu? Wszak niczego im udowodnić niepodobna!

– Z tym akurat nasz kasztelan kłopotu miał nie będzie. Chyba żeby cud jaki? Bo jeśli nie, to i stryczek im grozi. Rabiński, wiadomo, zbójca, kasztelan teraz z nim rachunki zechce wyrównać. Ten drugi, Kettler, niby z książęcego rodu, jego daleki krewny ponoć rezyduje przy królu Stanisławie, ale czy zdoła kto doń dotrzeć, aby się o krewniaka, i to dalekiego, upomnieć? Wielce wątpliwe.

– Więc cóż nam czynić wypada?

– Waćpani nic zgoła! – żachnął się podstarości. – Wy do zdrowia wracajcie! Ważniejsza dla mnie wasza ręka od kasztelanki, Rabińskiego i dziesięciu książąt Kettlerów!

– No, ale nie zostawim ich tak przecie?

– Oszmiański powiat już się skonfederował, walczyć nam z wrogiem wypadnie. Gdyby tak sam strażnik wielki, Antoni Pociej, się za nimi ujął, to może byłaby jakaś szansa dla Rabińskiego i Kettlera, choć i to rzecz niepewna. Ale czy dla kasztelanki?

– Ojciec strasznie na nią zawzięty. Wszak wnuki mu urodziła!

– Wnukami służące się zajmują. Ale nie przejmujże się tak kasztelanką, królowo złota! Precz frasunki, musisz do zdrowia wracać!

– Panie Kacprze, powiedzcie mi, ale szczerze... – zaryzykowała Zofia.

– Najszczerzej – rzekł poważnie, przykładając dłoń do piersi.

– Znamy się dobrze, jesteście sąsiadem, wiele mi pomagacie, ale jedną rzecz wciąż w skrytości chowacie...

– Co takiego?

– Cóż to za pannę ze dworu kasztelana miłujecie?

Zaskoczony pytaniem podstarości nie wiedział, co powiedzieć.

– Albom wam nie mówił? – starał się zyskać na czasie niepewny, czy dobra to chwila, czy też powinien przez swaty o jej rękę zabiegać.

– Nigdy.

– A wyście się nie domyślili?

– Nie, choć bardzom ciekawa, która tego szczęścia dostąpi. – Zofia się uśmiechnęła, a on zrozumiał, więc już nie czekając, rzucił się przed nią na kolana.

– A zechciałabyś ty mnie, królowo złota?

– Jak nikogo na świecie!

W zimnej celi turowskiego lochu, zamknięci na trzy spusty, zmarznięci i głodni, dzieląc między siebie snopek na wpół zgniłej słomy, siedzieli Rabiński z Kettlerem.

– Jak myślicie? Powieszą nas? – zastanawiał się Rabiński.

– Za co? Żeśmy asystowali kasztelance? Cóż to za przestępstwo?

– Przestępstwo uprowadzenia.

– Cecylia nie potwierdzi.

– Ale sąd pod kasztelanem takie wyroki wyda, jakich kasztelan zażąda. Trzeba mi było trybunału się trzymać! Alem w zbójectwie zasmakował… Tak mi przepowiadali, że na mnie czeka sznur w Skrzeczewicach ukręcony. I pomyśleć, żem już raz jeden w szczęśliwych obrotach fortuny ujść z tego lochu zdołał! Po raz drugi to już się nie zdarzy…

– Jakże to?

– Chcieli, abym Hadziewicza podszedł.

– I co?

– Podejść podszedłem, alem z nim w konfidencję popadł. Teraz za to gardło dać mogę, bom się z umowy nie wywiązał.

– Co fakt, to fakt...

– Ale też i niezbyt prawa to umowa była.

– Czemu?

– Bom w lochu siedział za uratowanie życia kasztelance.

– To kasztelan rzeczywiście chce córkę z tego świata usunąć?

– Kto za nim trafi? Zbójcą mnie ustanowił w lesie winnickim, abym podróżnych łupił i jemu stąd płynących funduszów dostarczał.

– Toś u niego urzędnik!

– Taki tam urzędnik, kogo innego na moim miejscu postawi, i tyle!

– Nie traćmy nadziei! Jakoś się przecież musim wyplątać z tej matni! – rzekł Kettler i podkładając sobie łokieć pod głowę, skulił się i zasnął.

LXXX

Od powrotu ze Skrzeczewic kat winnicki wychodził z domu jedynie za pilną potrzebą, a tych było dwie: pełny pęcherz lub pusty żołądek. Zwlekał się wtedy z cuchnącego barłogu i szedł za chałupę albo lał prosto przed siebie nieskrępowany, że ktoś mógłby go zobaczyć. Jadł co kilka dni. Nastawiał garnek z kaszą, przełykał kilka łyżek, czasem już trzecią wypluwał, tak mu nie smakowało. Rosło toto w ustach, gorzkie i chrzęszczące, jak piasek, przełyk zaś jakby czopem zatkał – nic nie przechodziło oprócz wody. Na szczęście deszcze padały obfite tej wiosny i woda ściekała przez dziurę w dachu wprost do cebrzyka. Kiedy język już całkiem katu skołowaciał, brał dłonią trochę wody i zaspokajał pragnienie. Napity i wyszczany wracał na posłanie, aby zasnąć, zapomnieć o wszystkim, zabić czas, z którym nie wiedział, co zrobić, bo zrozumiał, że spodziewać się nie ma już czego.

Leżał całymi dniami i patrzył w sufit, raz po raz przysypiając. Sny miał złe, męczące, ale i tak lepsze od jawy, zatrutej rosnącą z każdym dniem obojętnością. Póki jeszcze czekał na karę, coś żywego tliło się we wnętrzu. Teraz to wszystko spopielało. Nic go nie obchodziło. Kiedy wstawał, kręciło mu się w głowie, nogi miał ciężkie, a ręce jeszcze bardziej. Wychodząc za potrzebą, musiał się trzymać futryny, toteż zaniedbał swoje katowskie obowiązki, bezpańskich psów nie tłukąc, nie wywożąc padliny, nie porządkując wieży, narzędzi nie czyszcząc i w należytym nie utrzymując porządku.

Woźny sądowy dwa razy dobijał się do drzwi, ale gospodarz nie pośpieszył, aby otworzyć. Mieszczanie zastanawiali się, kiedy ostatnio widzieli kata, i nie mogli sobie przypomnieć. Teraz jednak sprawa stała się pilna. W mieście gruchnęła bowiem nowina, że kasztelan wreszcie zastawił pułapkę na zbójcę z lasów winnickich i pod sąd zamierza go oddać, aby sprawiedliwości za tyle rozbojów na trakcie wreszcie stało się zadość. Cieszyli się ludzie, bo czekali na to od dawna. A za zuchwałe czyny zbójcy nie mogło być innej kary, jak wymierzona katowskim mieczem.

Ten i ów zakłady stawiał, czy krew zbójcy przelaną będzie, czy też skończy się na stryczku. Inni zastanawiali się, czy sam zawiśnie, czy też wraz ze swoją drużyną, ilu ich sądzić będą i jak wielu stracą.

Do kata wieści dotarły w poniedziałek, kiedy zwlókł się z łóżka, aby się odlać.

– Toście są? – zagaił stary Szmul, który jechał ku Grodowi Orłowemu za interesem i zobaczył go akurat w drzwiach chałupy.

– A co ma mnie nie być? – odpowiedział kat.

– Mówili, żeście wyjechali, a sąd ma się we środę zebrać.

– Jakaś pilna sprawa?

– I nie byle jaka! Zbójcę wreszcie kasztelańscy zdybali!

Kat kiwnął głową i wrócił na swoje legowisko. Leżąc, przypominał sobie swą ostatnią rozmowę z Rabińskim. Miał do miasta ruszać, wrócić na drogę cnoty, uciec przed swoim przeznaczeniem. Co też go zatrzymało?

– We środę popielcową ma się zebrać sąd winnicki, jak nic Kettler z Rabińskim za uprowadzenie kasztelanki głowy dadzą! – krzyknął Witek, wpadłszy zdyszany do komnaty.

Podstarości spojrzał nań, zmarszczywszy czoło.

– Więc jednak! Co robić?! Jak im pomóc?!

– Po mojemu teraz to już wszelka pomoc zbędna. Sąd się swego zdania mieć nie ośmieli, Strasz stanie za instygatora*, przedstawi sprawę tak, żeby ucieczka kasztelanki wyglądała jak porwanie. Kat weźmie ich na męki i w mig przyznają się do wszystkiego, nawet świadków nie będzie trzeba, chyba żeby waszą miłość powołali…

– Nie powołają, bo wiedzą, że nic im nie powiem!

– Tak czy owak, ratunku dla nich nie ma. Sędziowie ich najpierw przesłuchają, potem do męczarni oddani zostaną, a tam to nawet jeśli niczego by wcześniej sędziom nie powiedzieli, katowi jak na spowiedzi wyśpiewają, co zrobili i co im się nawet nie śniło. Może nie od razu, nie na samo zagrożenie torturami, i zbójca, i Kettler wszak nie baby, może nawet nie na okazanie narzędzi. Ale kiedy już obnażeni i związani na miejscu tortur usiądą, zobaczą, że ratunku znikąd nie widać, to długo zaprzeczać porwaniu kasztelanki nie będą. Może wytrzymają ciągnienie, może zdzierżą przypalanie boków, obaj w boju bywali, ale jednokrotne. Za drugim i trzecim razem kat więcej bólu zadaje i zdzierżyć go trudniej. Jakem był pachołkiem przy

* Oskarżyciela, prokuratora.

sądzie, tom się tego naoglądał. I nikt, nikt, proszę waszmości, nie potrafił przy swym zdaniu zostać!

– Chyba cię i kto uroczył, bo gadasz i gadasz! – fuknął niezadowolony Kacper. – Wszak Kettler i Rabiński to obaj szlachcice! Nie godzi się ich pod miejski sąd oddawać!

– Tak mi po głowie chodzi, czemu ich cichaczem kasztelan we więzieniu życia nie pozbawił?

– Chodzi o zemstę albo o nauczkę dla innych. Pewnie to drugie.

– Ja to bym waszej miłości wyjazd doradzał.

– Dokąd i po co?

– Tam, gdzie większa od kasztelańskiej rządzi potencja. Bo co będzie Rabiński pleść na mękach, to ani się domyślimy. Jeśli zdradzi, żeś brał udział w porwaniu, żeś po Kettlera aż do Kurlandii posłował... Matko Boska Ostrobramska, miej mnie w swojej opiece! – jęknął przerażony chłopak.

– A co tobie?

– Toż jam też posłował! Wyście szlachcic, może wam odpuszczą, ale mnie to na pewno nie. Kettler powie, żeście ze mną do Lipawy przyjechali, i nieszczęście gotowe! Uciekajmy, panie!

– Zaraz, czekaj! Tak od razu po ciebie nie przyjdą. Moje rozkazy wykonywałeś, jam je wydawał, czemu ciebie mają oskarżyć?

– A bo to z sądami wiadomo? Wchodzisz bez winy, wychodzisz jako oskarżony. Panie, nie mieszkając, uciekajmy do Pocieja! Uwierzcie, to jedyny ratunek!

Aby wszystkiego przypilnować osobiście, we wtorek do Winnicy przyjechał Wacław Strasz. Omówił z wójtem kwestię wyboru sędziów, poświadczył, że weźmie na siebie dowody oskarżenia, i udał się do domu kata, aby omówić szczegóły procedury tortur. Gdy pchnął drzwi, poczuł straszliwy fetor. Mieszkanie było zaniedbane, jakby od dawna nikt w nim nie sprzątał. Do postawionego na środku izby cebrzyka z dziury w dachu lała się deszczówka. Nie było stołu ani nawet zydla, a zimny piec świadczył o tym, że od kilku dni nikt w nim nie palił. W kącie leżało trochę stęchłej słomy, w komorze śmierdzące psie skóry. Na kołku nie wisiała żadna kapota, koń zniknął ze stajni. Jak to się stało?! Gdzież się ten kat, u licha, podział?!

Strasz zmarszczył brwi, splunął i wyszedł na zewnątrz. Natychmiast pchnął sługę do skrzeczewickiego zamtuza, ale wiadomość mógł stamtąd mieć dopiero pod wieczór. Co robić? Kasztelan powiedział wyraźnie:

– Rynek ma się skąpać we krwi. Jeśli nie chcesz stracić swojej, ma spaść dziesięć głów!

Sędziowie wydadzą wyrok, o to był spokojny, ale jak ściąć dziesięciu zbójców bez kata? Trzeba go natychmiast odnaleźć!

Wydawszy odpowiednie dyspozycje, wytrącony z równowagi Strasz udał się do karczmy. Zamierzał wypytać oberżystę i wzmocnić nadwątloną wolę kieliszkiem gorzałki. Ledwie zdążył przełknąć, zaczął rozpytywać siedzących w karczmie mieszczan. Ponieważ naturalnym zwyczajem nikt nie utrzymywał z katem bliższych stosunków, niewiele mogli powiedzieć.

– Nie umknie mi, choćby się schował w mysiej dziurze! – syczał rozeźlony Strasz. – Ale go znajdę! Dopadnę, nawet w piekle, a wtedy biada mu! Biada…

Epilog

W poniedziałek po Niedzieli Palmowej roku pańskiego 1734 do grodu Winnicy wraz ze swą świtą zjechał pułkownik Kondyriew. W imieniu carowej Anny miał odebrać od szlachty powiatu przysięgę na wierność królowi Augustowi III. Najpierw zatrzymał się oczywiście w Turowie, godnie przyjmowany przez kasztelana Tadeusza Jandźwiłła i jego żonę Florę. Z okazji tak ważnej wizyty na zamku odbyła się wystawna uczta, na którą zaproszono jedynie wybranych. Jedzono i pito, wznosząc toasty na cześć nowego króla, życząc mu długiego życia i panowania.

Dzięki wykazowi nazwisk szlachty zamieszkującej powiat, który dostał od kasztelana, Kondyriew uprzedził wszystkich rozesłanym wcześniej uniwersałem, że jeśli ktoś przysięgi nie złoży, traktowany będzie jak wróg. Stanąwszy w ratuszu w Wielki Piątek, wysłuchiwał wypowiadanej po łacinie sentencji, a sekretarz stawiał znak przy nazwisku przysięgającego. Niewielu zdecydowało się na akt nieposłuszeństwa i ci zostali skrzętnie odnotowani. Sprawa króla Piasta wydawała się ostatecznie przegrana.

Koniec tomu pierwszego

Poznaj inne powieści
Malgorzaty Gutowskiej-Adamczyk

Podczas wykopalisk na rynku w Gutowie archeolodzy dokonują niezwykłego odkrycia. Wzbudza ono zainteresowanie córki właściciela cukierni Pod Amorem. Czy Iga rozwikła dawną rodzinną tajemnicę? Czy przepowiednia sprzed wieków naprawdę się spełniła?

W poszukiwaniu odpowiedzi prześledzimy fascynującą historię rozkwitu i upadku jednego z najświetniejszych mazowieckich rodów.

Zajezierscy to pierwsza część trzytomowej sagi o Gutowie.

Autorka opisuje losy kilku pokoleń kobiet (i ich mężczyzn) w malowniczej scenerii dziewiętnastowiecznych dworków oraz współczesnej prowincji. Znakomicie oddaje koloryt epoki, zarówno jeśli chodzi o realia życia codziennego, jak i przełomowe wydarzenia historyczne. Tworzy niepowtarzalną opowieść o silnych kobietach, ich marzeniach i namiętnościach.

W drugim tomie bestsellerowej sagi *Cukiernia Pod Amorem* autorka przedstawia dalsze losy rodu Zajezierskich. Wraz z jedną z bohaterek wyrusza za ocean, znakomicie odmalowując życie polskich emigrantów na przełomie XIX i XX wieku. Na scenę wkracza również barwna rodzina Cieślaków. Poznamy półświatek złodziejaszków z warszawskiego Powiśla, a także artystyczne środowisko przedwojennych teatrów i kabaretów.

I tym razem nie zabraknie pięknych, zdecydowanych kobiet, przełomowych wydarzeń z dziejów Polski i świata oraz ekscytujących historii miłosnych.

Popłyńmy z Marianną do Nowego Świata, a z Grażyną Toroszyn podbijajmy Warszawę i serca prawdziwych dżentelmenów, wiedząc, że i tak wszystkie drogi prowadzą do Gutowa.

DOROTA KOMAN, poetka, krytyk literacki

Wojenna zawierucha. Dramatyczna podróż po okupowanej Europie. Trudy życia codziennego w ponurej rzeczywistości PRL-u. Miłość i pasja. Szczęście i cierpienie. Wielkie namiętności i rodzinne intrygi.

To wszystko jest udziałem bohaterów trzeciego tomu *Cukierni Pod Amorem*. Prześledźmy ostatni etap ich fascynującej historii.

Czy Idze uda się rozwikłać zagadkę tajemniczego pierścienia? Czy dziewczyna zrealizuje ambitne plany, a jej ojciec zazna szczęścia? Czy Celina spotka się z miłością swego życia?

„Cukiernia Pod Amorem" to wielowątkowa, barwna saga rodziny Zajezierskich, osnuta wokół intrygującej, mrocznej historii średniowiecznego pierścienia. Ze smakiem się w nią wczytałam.

ANNA DERESZOWSKA, aktorka

Również w wersji do słuchania

Iga Toroszyn, współwłaścicielka cukierni Pod Amorem, ma powody do niepokoju. Z muzeów na całym świecie w tajemniczych okolicznościach giną obrazy Rose de Vallenord. Trzeba więc zabezpieczyć przed kradzieżą należący do rodziny portret Tomasza Zajezierskiego. Tylko czy to na pewno dzieło słynnej rudowłosej malarki, która przed laty uwiodła młodego hrabiego?

Odpowiedzi na to pytanie poszuka Nina, historyczka sztuki z Warszawy. W tym celu wyruszy do Paryża, tak jak ponad sto lat wcześniej Róża z Wolskich.

Małgorzata Gutowska-Adamczyk zabiera czytelników w niezapomnianą podróż do dziewiętnastowiecznej Francji, snując opowieść o niezwykłej kobiecie: malarce, emancypantce, skandalistce. O jej pasji, pragnieniach, romansach.

Równie ważnym bohaterem książki czyni Paryż – miasto magiczne, w którym spełniają się marzenia.

Po bestsellerowej *Cukierni Pod Amorem* zapraszamy na kolejną wyśmienitą ucztę literacką, która urzeka opowieścią o czasach minionych, pełnych nostalgicznego piękna.

Rose i Nina, mimo że żyją w zupełnie innych czasach, mają bardzo podobne doświadczenia. Obie wyruszają w podróż do miasta świateł ze złamanym sercem. Obie, wbrew faktom, żywią nadzieję, że pobyt w Paryżu przyniesie ukojenie.

Czy te oczekiwania się spełnią?

Podążająca śladem Róży Nina pragnie wyjaśnić zagadkę serii kradzieży obrazów słynnej malarki. Na jej drodze pojawi się fascynujący i tajemniczy kolekcjoner sztuki z Argentyny. Razem spróbują się dowiedzieć, kto i dlaczego kradnie dzieła Rose de Vallenord.

Tylko czy na pewno Nina może mu zaufać?

Małgorzata Gutowska-Adamczyk znów zabiera czytelników w fascynującą podróż do dziewiętnastowiecznej i współczesnej Francji, snując opowieść o dwóch wyjątkowych kobietach. Równie ważnym bohaterem książki czyni Paryż – niezwykłe miasto, w którym zarówno cierpienie, jak i szczęście odczuwa się ze zdwojoną intensywnością.

Również w wersji do słuchania

Życie trzydziestoletniej Kasi, niespełnionej aktorki Białostockiego Teatru Lalek, odmienia się nagle podczas pewnej podróży pociągiem. Zostaje dostrzeżona przez członka ekipy pracującej przy popularnym serialu *Życie codzienne*. Takiej szansy nie może zmarnować. Wkrótce zastąpi odtwórczynię głównej roli. Jak się okaże, nie tylko na planie filmowym...

Czy uczuciowa i szczera dziewczyna z Podlasia odnajdzie się w pełnym fałszu świecie mediów, celebrytów i czerwonych dywanów? Czy będzie umiała rozpoznać prawdziwą miłość?

Wielbicielom sagi *Cukiernia Pod Amorem* przypominamy pierwszą powieść Małgorzaty Gutowskiej-Adamczyk dla dorosłych czytelników. *Serenada* to pełna wdzięku i błyskotliwa zabawa konwencją komedii romantycznej, w której humor i uczucia są zmieszane w idealnych proporcjach.

Kiedy latem 1896 roku Eliza Pohorecka i Judyta Schraiber spędzają wakacje w podwarszawskim pensjonacie, Klara Stojnowska, córka profesora Uniwersytetu Jagiellońskiego, angażuje się w pierwszy na ziemiach polskich bunt robotnic w fabryce cygar. Jako początkująca reporterka, emancypantka, a nawet sufrażystka walcząca o prawa wyborcze dla kobiet buntuje się przeciw ciasnocie poglądów krakowskich filistrów oraz konserwatyzmowi ojca. Jednak radykalizm i upór dziewczyny sprawią, że zmuszona będzie wybierać między lojalnością wobec rodziny, miłością do mężczyzny a wiernością przekonaniom. Tymczasem Judyta, mimo przeciwności losu, realizuje swoje marzenia. Maluje i projektuje tkaniny, a choć w głębi duszy jest rozczarowana z trudem zdobytą samodzielnością i kolejnym nieodwzajemnionym uczuciem, patrzy z nadzieją w przyszłość. Zwłaszcza że przed nią daleka i pełna artystycznych wrażeń podróż do cesarsko-królewskiego Wiednia

Polecamy

W ostatnim czasie Joannie nie powodziło się najlepiej: choroba ojca, utrata pracy, rozstanie z narzeczonym i dziwne, regularnie powracające sny... Życie w małym miasteczku nad Czarnym Potokiem, gdzie wszyscy się znają, też nie zawsze jest proste. Mimo to kobieta każdego dnia stara się udowodnić sobie i światu, że doskonale nad wszystkim panuje. Jedyną rzeczą, jakiej pragnie, jest spokój. Spokój, który próbuje zburzyć pewien tajemniczy Filip...

Sposobem na oderwanie się od codziennych problemów jest nowa pasja Joanny. Tworząc drzewo genealogiczne i przeglądając pamiątki rodzinne, trafia ona na starą fotografię babci urodzonej we Lwowie. To fascynujące odkrycie stanie się początkiem nostalgicznej podróży w rodzinną przeszłość. Będzie w niej wszystko: wojna, miłość, zdrada, szczęście, tragedie i cudowne ocalenia...

Czy Joanna odnajdzie w sobie siłę babek i prababek, żeby na nowo uwierzyć w istnienie szczęścia i dać szansę rodzącemu się uczuciu?

Stuletnia Gospoda tak naprawdę nie ma stu lat. Ma ich znacznie więcej, choć nikt dokładnie nie wie ile. Była świadkiem wielu burzliwych wydarzeń historycznych, politycznych przemian i skomplikowanych losów kilku pokoleń rodziny, która nią zarządza. Ale jedno pozostaje w niej niezmienne: niepowtarzalny smak i zniewalający zapach serwowanych tu od ponad wieku potraw, wobec których nikt nie pozostaje obojętny. Nie wyłączając pewnego wybrednego krytyka kulinarnego z Francji... Bo gotowanie jest prawdziwą sztuką i to się daje wyczuć.

Michał i Jagoda należą do najmłodszego pokolenia właścicieli Stuletniej Gospody. On ma smykałkę do interesów, jej pasją jest malarstwo. Czy połączenie tych talentów wystarczy, by stara, tradycyjna restauracja odniosła komercyjny sukces w nowych, kapitalistycznych czasach? Czy związek tej pary, tak oczywisty od czasów ich dzieciństwa, że nikt nigdy nie wyobrażał sobie innego scenariusza, przetrwa próbę czasu?

Wydawnictwo NASZA KSIĘGARNIA Sp. z o.o.
02-868 Warszawa, ul. Sarabandy 24c
tel. 22 643 93 89, 22 331 91 49,
faks 22 643 70 28
e-mail: wnk@wnk.com.pl

Dział Handlowy
tel. 22 331 91 55, tel./faks 22 643 64 42
Sprzedaż wysyłkowa: tel. 22 641 56 32
e-mail: sklep.wysylkowy@wnk.com.pl

www.wnk.com.pl

Książkę wydrukowano na papierze
Creamy 60 g/m² wol. 2,0.

PaperlinX

Redaktor prowadzący ***Anna Garbal***
Opieka redakcyjna ***Joanna Kończak***
Redakcja ***Anna Sidorek***
Opracowanie DTP, redakcja techniczna ***Joanna Piotrowska***
Korekta ***Zofia Kozik, Ewa Mościcka, Magda Szroeder***

ISBN 978-83-10-12616-0

PRINTED IN POLAND

Wydawnictwo „Nasza Księgarnia", Warszawa 2015 r.
Wydanie pierwsze
Druk: POZKAL, Inowrocław